KB060796

태풍소년

임수현 장편소설
태풍소년

펴낸날 2012년 6월 28일

지은이 임수현
펴낸이 홍정선
펴낸곳 (주)문학과지성사
등록번호 제10-918호(1993. 12. 16)
주소 121-840 서울 마포구 서교동 395-2
전화 02) 338-7224
팩스 02) 323-4180(편집) 02) 338-7221(영업)
전자우편 moonji@moonji.com
홈페이지 www.moonji.com

ⓒ 임수현, 2012. Printed in Seoul, Korea
ISBN 978-89-320-2314-4

임 수 현
장편소설

태풍소년

문학과지성사
2012

차례

1부

"내 집에 온 것을 환영하오. 오시는 건 자유요.
갈 때는 아무 일 없이 안전하게 가시오.
당신이 가져온 행복을 조금은 남겨놓고 가시오."

― 브램 스토커, 『드라큘라』

탄생일

*

소년은 태풍을 따라왔다.

지난밤 휘몰아친 태풍은 개천가에 남아 있는 전봇대 세 주와 버드나무 다섯 그루를 쓰러뜨렸다. 큰바람은 멎었지만 하늘이 어둑어둑해지면서 비를 다시 흩뿌리기 시작했다. 앵두씨처럼 굵은 빗방울이었다. 후드득, 듣는 소리에 창턱으로 걸어가면 빗발은 멈칫거렸고, 돌아서면 숨을 자리를 찾는 발걸음처럼 성급해졌다. 비는 경계심이 많은, 젖고 버려진 동물 같았다. 그러니까 소년처럼.

소년은 군데군데 난간이 끊긴 다리 끝에 서서 개천의 붉덩물을 내려다보고 있었다. 강우는 손나발을 만들어 소년, 하고 외치려다 말았다. 어쩐지 제 기척을 들키고 싶지 않았다. 강우는 창턱에 두 손바닥을 짚고 소년의 가리마를, 목덜미를, 얄따란 종아리를 하나하나 훑어봤다. 처음 보는 얼굴이었다. 길을 잃어버린 것일까. 강우는 새로운 얼굴이 닻섬 어디를 찾고 있는지 헤아렸지만, 푸른 야자수가 그려진 셔츠와 자줏빛 반바지는 남지나해나 피지 같은 먼 남쪽 나라에서 태풍에 휩쓸려온 깃발처럼 느닷없어 보였다.

닻섬의 소년들 가운데 그런 옷차림을 한 아이는 없었다. 소년들은 대개 삼촌이 지난여름 사준 붉은색 티셔츠를 교복처럼 입고 다녔다. 오랫동안 빨지 않아 검붉은 빛이 돌거나, 해져 불그죽죽한 윗도리는 빗장뼈와 어깻죽지가 드러날 만큼 목이 늘어져 있었다. 구름다리 기둥에 엮인 철조망에 걸려 찢기거나, 담뱃불 자국이 숭숭한 소매 채 혹은 가슴팍은 잘라버리고 조끼처럼 걸치고 다니는 아이도 있었다. 소년들이 닻섬의 길과 벽, 구멍을 알짱거릴 때 보면, 화투장처럼 얼룩얼룩한 윗도리는 소년들이 자궁에서부터 묻혀온 피부 같아 보였다.

하지만…… 한눈에 봐도 소년은 닻섬의 소년이 아니었다. 더욱이 혼자라니. 빗속에 서서 고개를 수그린 소년은 정말 태풍이 이곳까지 쓸어온 국기처럼 홀로 펄럭이고 있었다. 소년이 소년들처럼 **정육점골목**이나 폐쇄된 선착장 어귀를 지나왔다면 소년은 하나일 수 없었다. 깃발처럼 선명한 옷도 더럽고 붉은 반점이 돋고, 바람에 떨며 수면을 긋는 버드나무 가지처럼 나달나달해졌을 것이다. 그랬다면 강우는 소년을 소년들 중 하나로 여기고 금세 눈길을 돌리고 말았을 것이다.

소년을 둘러싼 잿빛 풍경이 점점 물크러지고, 소년 혼자 가로등처럼 찰칵 반짝였다. 강우는 침을 꿀떡 삼켰다. 그제야 호기심이 까라지고, 소년에 대한 경계심이 용솟음쳤다. 강우의 의심을 부추기듯 빗발들이 붉은 수면 위로 끓어넘칠 듯 팼다. 소년은 하늘과 개천을 번갈아 쳐다봤다. 빗물에 젖은 눈알이 가려운지 팔목으로 눈두덩을 비볐다. 젖은 머리카락을 흔들었다. 하지만 이내 빗물의 무게에 축 늘어진 나뭇가지처럼 소년은 개천을 향해 고개를 숙였다.

구십구, 구십팔, 구십칠…… 강우는 카운트다운을 해나갔다. 개천은 마치 짐승의 내장처럼 쿨렁거렸다. 소년이 당장이라도 그 속으로 빨려들 것 같았다. 강우는 피와 뼈를 으스러뜨리는 거대한 아가리, 용암처럼 펄떡이는 핏빛 물거품……을 떠올리며 부르르 진저리를 쳤다. 팔십팔, 팔십칠, 팔십육…… 소년은 깃발처럼 그 자리에 꿋꿋하게 버티고 있었다. 사십사, 사십삼, 사십이…… 줄어드는 숫자처럼 자신과 소년 사이의 거리가 좁혀드는 것 같았다. 하지만 빗발은 변덕을 부리고, 바람이 웅성거리기 시작했다. 구, 팔, 칠, 육, 오, 사, 삼…… 꿈틀거리는 붉은 물결, 바람에 펄럭이는, 급류에 떠밀려 바다로 흘러가는 깃발.

세 번도 넘게 백을 헤아렸지만 소년은 개천으로 곤두박질치지 않았다. 소년이 머뭇거릴수록 강우는 소년이 개천으로 고꾸라지기를 바라는 것인지, 빠지지 않기를 바라는 것인지 헷갈렸다. 강우는 조바심이 났다. 강우는 어금니에 괴는 침을 꿀떡 삼키고 두 발을 굴렀다. 마음 같아서는 두 손을 모아 고함을 지르고 싶었다. '어서 뛰어내려.' '조심해, 물러서란 말이야.' 하지만 강우는 두 말 중 어떤 것이 진짜 마음인지 알 수 없었다.

*

등 뒤에서 유리 벽 긁는 소리가 들렸다. 찌꺽찌꺽. 강우는 그 소리에 진절머리를 치면서도, 하마 소년을 놓칠세라 도도록한 귓기둥을 두 검지로 눌렀다. 하지만 빗물에 잠긴 듯 윙윙거리는 귓속까지, 그

소리는 더욱 도드라졌다. 강우는 눈살을 찌푸리고 뒤를 돌아봤다. 마침맞게 넌 냉장고만 한 수조에 딸린 보랏빛 형광등이 껌뻑거렸고, 걸레가 유리 벽에 이마를 부딪으며 열 발톱을 긁어내렸다. 쉿. 강우는 주먹을 들어 보이며 잇새로 쉿소리를 냈다. 강우의 기척을 느꼈는지, 걸레는 갑자기 수긋해져 비루먹은 귀를 쫑긋거렸다. 축 늘어진 꼬리가 굼실굼실 유리 벽을 두드렸다. 밖으로 나가고 싶다는 아양이다.

소년들이 몇 번 수조에서 끄집어내준 뒤 걸레는 걸핏하면 소란을 피웠다. 태풍이 시작된 뒤로는 더 심해져, 비가 한두 방울 듣는데도 수조까지 물이 차오르는 것처럼 설레발을 하며 끼깅거렸다. 강우가 아무 대꾸를 않자 걸레는 유리 벽에 콧잔등을 비비며, 눈곱이 말라붙은 붉은 눈을 천천히 굴렸다. 아휴, **전염병냄새**…… 유리 벽에 어린 걸레의 콧숨과 소년들 중 하나가 껌을 까먹고 붙인 스티커 위로 느닷없이 흙의 목소리가 보였다. 강우는 흙의 얼굴을 떨어내듯 세차게 도리질을 했다. 그래도 새되게 잠긴 한 소년의 목소리는 눈곱처럼 검질기게 들러붙었다. 강우는 손에 잡히는 대로 빈 컵라면 그릇, 내과피만 남은 복숭아, 두루마리 휴지를 수조를 향해 집어 던졌다. 제멋대로인 팔매질에 하필 두루마리 휴지가 긴 꼬리를 남기며 현관까지 돌돌돌 굴러갔다.

강우는 걸레가 오줌을 지리기라도 한 것처럼 식식거리며 수조를 걷어찼다. 그러고는 푸른곰팡이가 나슬나슬하게 덮인 복숭아를 주워 수조 속에 던지고, 풀어진 휴지를 얼기설기 감았다. 홀보들한 휴지를 만지자, 수음하고 싶었다. 강우는 갑작스러운 욕망이 두렵고 부끄러웠지만…… 뿌리칠 수 없었다. 수음은 어느덧 강우의 성격이 되어버렸다.

강우는 새하얀 휴지를 왼손에 붕대처럼 감고 화장실로 들어갔다. 수도꼭지를 틀고, 단추 바지를 허벅지까지 내려 어느새 볼뚝해진 팬티 앞섶을 가만히 내려다봤다. **애국가를 부를까.** 하지만 눈앞에 꿀렁거리는 수도꼭지와…… 샤워기, 모가 누래 뭉그러진 칫솔마저 제 속에 괸 물거품을 참고 있는 성기처럼 삐뚜름하게 보였다. 강우는 온전한 손으로 성기를 조몰락거렸다. 수도꼭지는 신발 끈을 잡맬 시간 동안 꿀렁거리다 녹물을 조금씩 흘려보냈다. 성기가 얼굴을 향해 딱딱해지자, 강우는 몸을 딱 반으로 접어 제 입으로 귀두를 빨고, 음경을 삼키고, 고환을 머금고, 샅을 핥고 싶었다. 강우는 쉽게 사정했다. 강우는 성급하게 범죄를 저지르고 증거를 인멸하듯, 희누렇게 추진 휴지를 손에서 **빼내** 변기에 넣고 밸브를 내렸다.

강우는 손을 씻으려고 세면대 앞에 서서 등허리를 구부렸다. 손 바가지에 물이 고이는 동안 눈을 지릅뜨고 거울을 쳐다봤다. 얼룩덜룩한 거울에 비친 제 얼굴이, 거짓으로 상처를 처매고 휴게소 화장실에 숨은 탈영병처럼 몹시 피로해 보였다. 물이 넘쳐 우그린 열 손가락이 아람 벌어지듯 저절로 열렸다. 강우는 젖은 손바닥으로 거울의 얼룩을 마구 문질렀다. 거울이 콜라 색으로 녹슬 거라 짐작했는데, 흐릿하던 거울은 구름 그늘이 물러난 웅덩이처럼 강우의 붉은 눈과 옅게 주름진 이마, 덥수룩한 앞머리를 고스란히 비췄다. 괜스레 얼굴이 화끈거렸다. 강우는 다시 두 손을 모아 물을 받았다. 녹물은 어느새 잿빛으로 가셨지만, 물줄기는 여전히 수음 뒤 누는 오줌 줄기처럼 쫄쫄거렸다. 강우는 다급하게 깨끗해지고 싶었다. 강우는 손 바가지에 물이 고이자 입속에 머금었다. 그러고는 검지와 가운뎃손가락을, 볼이 부풀어 배꼽처럼 오므라진 입술 새로 집어넣었다. **기쁨**을 삼키고 난 뒤, 으레 헛기침처럼 버릇하는 동작이었다.

*

　소년들은 강우가 입을 헹구는 사이 푸른등대를 빠져나갔다. 강우는
설거지대 앞에 서서 (제 뒷모습이 닫힌 문처럼 빤히 보이게끔) 소년들
이 문손잡이 단추를 딸꾹, 누르고, 새시 문을 덜컹, 닫는 소리가 들
릴 때까지 헛구역질을 하며 혀를 씻었다. 총열처럼 모은 두세번째 손
가락으로 구린 이빨과 비린 입속을 훑으면 입천장이나 혀 밑에서 구
불구불한 터럭이 몇 가닥 골라졌다. 소년들은 푸른등대를 하나도 다치
게 하지 않았다. 등과 입으로 웃음처럼 짧은 기쁨을 나누고 난 뒤에
도, 고요에 흠집이라도 날까 봐 신음을 참았고, 인사도 생략한 채 숨
바꼭질 하듯 푸른등대를 빠져나갔다. 층계참이나 골목을 내려가서야
휘파람을 서툴게 불었는데, 소년들이 푸른등대 언저리를 맴도는 시간
은 늘 주전자의 물이 끓는 시간보다 짧았다. 강우는 소년들이 정육점
골목이나 선착장 어귀까지 사라졌을 거라 어림이 되면, 화장실로 들
어가 물을 틀어놓고 뻑뻑하고 아린 배 속의 정액을 쏟아냈다. 삼촌이
닻섬을 비운 뒤, 그것은 소년들과 강우 사이의 묵약이 되었다.
　강우는 한순간 손가락을 물고 있는 어항 같은 얼굴이…… 항문처
럼 얼떨떨했다. 거울 속에 한 소년이 물구나무를 하고 숨어 있다. 얼
떨결에 술래에게 들킨 소년의 입에 촌충처럼 가느다란 성기가 물려
있다. 소년은 입과 성기로 이뤄진 소년들과 하나도 다르지 않다. 강
우는 소년이 안쓰럽기도 했고, 침을 퉤, 뱉고 싶을 만큼 더럽게도 여
겨졌다. 강우는 입속에 머금은 물을 거울에 뿜었다. 거울에 미끄러지

는 물방울처럼 오금에 힘이 풀리고, 몸이 아래로 축 늘어졌다. **단백질 부족일까.** 강우는 병을 시늉하며 이마를 짚고, 바닥에 쭈그리고 앉았다. 강우는 세면대 모서리를 벌서듯 움켜쥐고 이마를 한 번, 두 번 짓 찧었다. 입이 말랐다. 강우는 성냥을 그슬린 듯 탑탑한 입안을 혀끝으로 궁굴려 침을 모았다. 비듬처럼 뻣뻣한 그 침을 삼키면 단백질이 빠져나간 세포의 빈자리에 그을음이 낄 것만 같았다. 강우는 목뼈를 맞추듯 천천히 고개를 오른쪽으로 겨누고 변기에 마른침을 길게 뱉었다.

변기 속에는 녹물에 퉁퉁 분 휴지가 고스란히 남아 있었다. 강우는 조금 전 몸속에서 쏟아낸 따뜻하고 비릿한 액체가 각혈이었던 것처럼 움찔했다. **아휴, 전염병냄새**…… 시간이라는 파이프를 흘러오는 동안 압력을 잃은 것처럼, 흙의 한 줄기 녹물 같은 새된 목소리가 다시 강우의 눈앞에 보였다. 강우는 이미 오래전에 전염병이 찾아들었는데도, 엉뚱한 길을 헤맸던 사람처럼 피로하고 허탈해졌다. 강우는 얼른 일어나 화장실을 빠져나가고 싶었다. **푸른등대**로 돌아가 창문 아래 놓인 침대에 눕고 싶었다. 100일 동안 깨어나고 싶지 않았다. 다시는 이 덧없는 **기쁨**을 발명하고 싶지 않았고, 가뭄보다 떫고 메마른 기다림 따위 이제 그만두고 싶었다. …… 창과 문이 달리지 않은 측벽에 시커먼 그을음과 붉은 낙서를 새긴 고층 건물처럼, 완성되지 못한 채 폐허가 되고 싶었다, 이제 그만 시시하게 멈춰버리고 싶었다. 아슬아슬한 실패와 빤한 후회를 이불처럼 덮어쓰고 강우는 게을러서, 피로해서, 귀찮아서 마저 사라져버리고 싶었다. (사실 지난번 수음 때도 되풀이했던 다짐들이다.)

강우는 생각의 무게에 짓눌린 듯, 턱밑을 빗장뼈에 붙이고 턱걸이를 하듯 윗몸을 더디게 일으켰다. 강우의 양어깨가 세면대를 움켜쥔 양손의 높이와 수평을 이루는 찰나, 수압이 약해 쫄쫄거리던 물줄기가 갑자기 진저리치며 꽐꽐거렸다. 물소리는 태풍처럼 사나워 귀가 다 베일 것 같았다. 한순간, 강우의 덥수룩한 앞머리가 흥건해지고, 튀긴 물방울이 콧잔등과 볼을 함빡 적셨다. 강우는 허겁지겁 수도꼭지를 잠갔다. 정류장만 한 화장실 안이 수조처럼 고요해졌다. 강우는 물에 빠졌다가 건져진 사람처럼 심호흡을 하며 몸을 곧추세웠다. 그러고는 팔등으로 젖은 얼굴을 훔치며 황급히 변기 밸브를 내렸다. 흙의 얼굴이, 목소리가…… 어제와 오늘이, 낮과 밤이, 빛과 그늘이, 고백과 맹세가…… 바다 한가운데에서 사라지는 태풍처럼 구멍 속으로 잦아들었다.

사위가 다시 고요해졌고, 변기 물이 말갛게 차올랐다. 맑게 고인 물을 들여다보자, 강우는 비로소 지금이, 제 모습이 거울처럼 봐졌다. 아무것도 달라진 건 없었다. 모든 게 그대로였다. 수조에 갇힌 걸레처럼, 푸른등대에 틀어박혀 옴짝달싹하지 않았던, 맑은 감옥의 시간들. 마음은, 침묵으로 만든 태풍처럼 머릿속에서 어지럽게 소용돌이쳐도…… 태풍은 아니었다. 강우는 맑은 얼굴로 깨끗한 물을 두 손에 받아 입속에 머금었다. 강우는 그것을 거울에 뿜지 않았다. 그저 입가로 물줄기를 흘리며 제 얼굴을 남처럼 무심히 들여다봤다. 하나도 예쁘지 않았다. 이 모습으로는 모든 것이 아무리 여전해도, 아무것도 달라진 게 없어도, 화장실 문을 열고 푸른등대에 다섯 발가락을 내려놓는 순간, 벗어나고 싶던 그 시간으로 되짚어 가 있을 것만 같았다.

비로소 완성해가고 있었는데…… 흙이 다녀간 뒤 아무도 푸른등대를 찾아오지 않았다. 흙이 다녀간 뒤 어떤 소년도 다시 푸른등대를 찾아오지 않았다. 강우는 그 시간들을 버텼다. 하지만 태풍을 따라 모든 것이 조금씩 (삼촌만 빼고) 귀환하고 있었다. 어떻게 여기까지 왔는데…… 강우는 불쑥 일어나 주먹을 쥐었다. 하지만 성마르게 굴고 싶지 않았다. 아무렇지 않게. 아무도 모르는 것처럼. 강우는 끄트머리만 산뜻한 손가락으로 눈꺼풀을 눈두덩까지 끌어 내리며 깊은 졸음을 지어냈다. 그러고는 지문을 숨기듯 화장실 문손잡이를 천천히 비틀었다.

푸른등대는 고요했다. 강우는 저도 모르게 씩, 만족스런 웃음을 지었다. 강우의 기척에 유리 벽에 콧잔등을 묻고 움츠렸던 걸레의 콧숨이 다시 가빠졌다. 꼬리가 바람을 맞은 나뭇가지처럼 설렁거렸다. 강우는 싱거운 입맛을 다시며 두 손바닥을 짚고 걸레 앞에 쪼그려 앉았다. 미련한 안도와 바람이 잦아든 풍선처럼 허허로운 기분 탓인지 걸레를 답삭 안아줄까, 얼핏 가여운 마음이 일었다. 강우는 걸레에게 성냈던 한순간이 머쓱해졌다. 강우는 딴청을 부리듯 네모난 유리 바닥에 깔린 조약돌과 물레방아가 딸린 초가집, 푸른 굴뚝처럼 솟은 공기통 사이에 섬으로 잠긴 걸레의 뱃구레를 두렷거렸다. 하지만 눈곱이 말라붙은 빨간 눈자위와 주둥이 털에 묻은 복숭아의 푸른 팡이실을 보자 저도 모르게 헛구역질이 치밀었다. 그렇게…… 살고 싶어? 강우는 무심결에 입술을 틀어막고 흠칫 그렇게 묻고 있는 제 목소리를 보면서, 수음을 들키기라도 한듯 죄를 엎질러버린 낭패감에 휩싸였다.

강우는 주먹으로 유리 벽을 쾅쾅 두드렸다. 그러고는 콧방울에 손가락 집게를 물리곤 혀를 빼물며 꺽꺽, 소리를 지어냈다. 재우쳐 화를 회복한 듯했지만, 누가 자신을 훔쳐보기라도 한 듯한 연극적인 몸짓이었다. 그런 시늉은 목젖처럼 금세 시들해져, 강우는 걸레와 똑같이 혀를 내밀고 헉헉, 가쁜 숨을 따라했다. 깊은 숨에서 입구린내가 스멀거렸다. 강우는 다시 입을 헹구고 싶었지만, 화장실로 돌아가는 게 썩 내키지 않았다. 강우는 설태와 이똥을 긁어 유리 벽에 문댔다. 걸레가 연분홍빛 혀로 유리 벽을 날름 핥았다. 햇볕에 그을린 살갗이 벗겨지듯 유리에 말간 꺼풀이 일어났다. 방 안 가득 비리고 노릿한 냄새가 도료처럼 엉기는 것 같았다.

먹어. 강우는 주먹을 쥐어 보이며 아래윗니를 달각거렸다. 걸레는 굼뜬 꼬리를 설렁이며 유리 벽에 콧잔등을 비볐다. 콧김이 유리 벽에 보얗게 어리다 사라졌다. 강우는 유리 벽에 두 팔을 짚고 살랑살랑 부채꼴 인사를 하던 걸레들이 떠올랐다. 삼촌이 돌보던 걸레들은 죄 사라지고, 걸레 혼자 유리 벽에 남았다. 추억들은 이제 냄새만 풍기고 있었다. 넌 **에이즈**에 걸린 게 분명해. ……냄새가 **지독해**. 강우는 유리 벽에 바보라고 글씨를 썼다. 유리 벽에는 콧김도, 아무 글씨도 남지 않았다. 강우는 유리 벽 너머, 늙고 병들어 모든 걸 맑게 포기해버린 수인처럼, 콧숨만 헐떡이는 걸레를 상대하는 게 그만 지겨워졌다. 강우는 걸레처럼 굼뜬 눈으로 한숨을 내쉬었다. 내…… **슬픔은**…… 왜 **이토록** 평범한 것일까. 강우는 심심해서, 아무 일도 일어나지 않아 심술이 났다.

*

"소년이 물에 빠졌어. 소년이 물에 빠졌다고."

창밖에서 한 소년의 목소리가 들렸다. 골목 여기저기를 잘박거리는 발소리, 새된 고함이 예사롭지 않았다. 아차, 강우는 불을 낸 사람처럼 질겁해 창으로 뛰어갔다. 바지춤을 제대로 여미지 않았는지, 단추 바지가 흘러내리면서 정강이를 물었다. 강우는 그예 바닥에 자빠지고 말았다. 무릎이 금세 시큰거렸다. 강우는 바짓가랑이를 엄지발로 벗겨내고 팬티 바람으로 개천을 내려다봤다. ……소년이 사라졌다. 녹슨 왕관처럼 뾰족뾰족한 난간 새에 서서 개천을 바라보던 소년의 자리는 아무 자취가 없었다. 강우는 그제야 두루마리 휴지가 화살표처럼 가리킨 소년들의 기억에 홀려…… 기쁨에 속아…… 눈앞의 소년을 까맣게 잊어버린 제 손목을 잘라버리고 싶었다, 좆을 뽑아버리고 싶었다. 강우는 두 주먹으로 제 뺨과 정수리를 맵게 후려쳤다.

강우는 아예 창턱에 매달려 개천 이쪽저쪽을 훑어봤다. 소년을 집어삼킨 풍경은 배부른 짐승처럼 한결 느긋해 보였다. 어느새 비가 멎고, 바람은 잠잠해졌다. 지난 비바람에 멍이 들었는지 하늘은 군데군데 파랬다. 태풍의 흔적이라고는, 다리 아래, 개천뿐이었다. 팥죽처럼 들끓는 물살은 꿈틀꿈틀 흐르며 개천 둑과 옹벽을 허물어뜨릴 듯 소용돌이쳤다. 강우는 두 다리를 완전히 뒤로 뻗고 윗몸을 창밖으로 내밀었다. 아무리 둘러봐도 소년을 찾을 수 없었다. 찰나, 머리가 앞으로 기우듬해졌다. 강우는 움찔해 방바닥에 두 발을 딛고, 소년이 섰던 자리를 다시 응시했다. 개천으로 쓰러진 버드나무 가지들만 물속으로 더 휘어져 부서진 난간을 찰싹였다. 가끔 벽돌색 양동이와 파랑색 가빠가 물너울에 떠올랐다. 소년의 주검인가 싶어, 강우의 팔뚝에 오소소 소름이 돋았다. 하지만 이내 굽이치는 대로 산맥처럼 굳어버린 것 같은 붉덩물을 한참 동안 쳐다보고 있으면, 조금 전까지 그곳에 소년이 서 있었다는 사실조차 확신할 수 없었다. 잠시, 강우는 소년이 사라졌다는 사실이 하나도 슬프거나 두렵지 않았다.

때마침 개천 건너 **정육점골목**에서 소년 둘이 뛰어나왔다. 바람과 칼이었다. 미라와 국수라도 삶아 먹었는지, 뒤처진 칼은 연신 손등으로 입술을 훔쳤다. 뒤이어 또 둘, 쥐와 똥이었다. 행군에서 낙오한 약탈 병사들처럼 둘의 주머니가 불룩했다. 쓰러진 버드나무 둥치를 넘던 똥이 강우 쪽을 힐끗 올려다봤다. 똥은 정확히 강우가 서 있는 창을 향해 오른손을 번쩍 들어 위팔을 귀에 붙이고는 손목을 기역자로 꺾었다.

"소년이 물에 빠졌대. 아마 닻섬 건너가는 구름다리나 선착장으로 흘러갔을 거야."

말을 쏟아내고 재우쳐 뛰어가려던 똥은 무슨 생각에서인지 버드나무 줄기에 도로 올라섰다. 똥은 무게중심을 잡으며 주머니를 뒤져 사과 한 알을 꺼내 개천 너머로 던졌다. 태풍에 쓸려온 낙과인지, 사과는 똥의 주먹처럼 작고 설익어 보였다. 강우는 날아오는 사과를 쳐다보며 저도 모르게 오른손을 들어 똥을 향해 소년들의 인사로 화답했다.

사과는 개천 이편 시멘트 길에 떨어져 덱데굴 굴러갔다. 숟갈로 파낸 것처럼 사과 살 한 점이 길바닥에 떨어졌다. 희붉은 껍질 새로 드러난 희푸른 속살을 보자, 눈이 사과를 베어 문 것처럼 시큼하고 찼다. 사과는 개천 끄트머리에 아슬아슬하게 멈췄다. 물이 넘치고, 다시 큰바람이 불면 사과는 붉덩물에 실려 바다로 흘러갈 것이다. 어쩌면 먼 남쪽 섬까지 흘러가, 해변에서 푸른 싹을 틔울지 모른다. 소년의 주먹처럼 둥근 열매를 맺을지도 모른다.

잿빛 풍경 속에서 가로등처럼 찰칵, 반짝이는 사과를 보자, 푸른 나무가 심긴 소년의 윗도리가 자줏빛 소라 껍데기만 한 섬이었던 것처럼, 섬은 고향인 바다의 언저리를 결코 떠날 수 없다는 사실을 깨닫기라도 한 것처럼, 강우는 그제야 소년이 개천으로 곤두박질쳤다는 사실을 실감했다. 제길, 놓쳤어. 강우는 똥이었는지, 칼이었는지, 바람이었는지, 쥐였는지, 한 소년처럼 냅다 고함을 지르고 싶었다. 소년을 놓쳤어. 소년을 놓치고 말았다니까, 씨발. 가슴이 두방망이질 치면서, 조금 전 창턱에 매달려 휘청거렸던 순간이 떠올랐다. 슈퍼맨처럼 창에 걸린 모습 위로 무게중심을 잃고 중력을 향해 떨어지는 사과와, 바닥으로 떨어지면서 얼굴 한쪽이 떨어져 나간 소년의 얼굴이 겹쳤다. 남쪽 나라로 내려갈수록 중력은 약해진다는데. 태풍에 휩쓸려온 소년에게 닻섬의 공기는 훨씬 무겁게 느껴졌을지 모른다. 어쩌면 소년은 머뭇거린 게 아니라, 제 몸을 전염병처럼 두른 공기에 발을 떼는 것조차 버거웠던 게 아닐까. 소년! 강우는 소년의 낯선 얼굴이, 깃발처럼 펄럭이는 옷이, 눈앞에 잡힐 듯 또렷하게 떠올랐다. 어느 순간 낯선 소년의 모습은, 닻섬의 소년들 그 누구보다 더욱 친숙하게 여겨졌다.

"소년!"

강우는 그제야, 마음속에 들끓던 그 한마디를 토해냈다. '어서 뛰어내려.' '조심해, 물러서란 말이야.' 조바심치던 마음이 저도 모르게 소년을 등 떠밀기라도 했던 것처럼, 뒤늦은 두려움이 물멀미처럼 몰려왔다. 강우는 이제 소년을 물속에서 건져내고 싶은 한 가지 마음밖에 없었다. 소년! ……죽지 마, 꼭 살아야 해, 돌아와, 헤엄쳐, 숨을 쉬어, 왼쪽이야, 오른쪽이야…… 떠오르지 마. 강우는 머릿속에 회오리치는 말들을 밧줄처럼 삼키며 푸른등대 바깥으로 뛰어나갔다.

*

오랫동안 닫힌 문을 열자마자, 바람이 강우의 얼굴을 가면처럼 덮어썼다. 비안개가 바다 쪽으로 훌훌 실려 갔다. 바람은 조금씩 두꺼워졌고, 빗발은 골라낼 수 있을 만큼 드물었다. 하지만 낮게 깔린 먹장구름은 언제 변덕을 부릴지 종잡을 수 없게 바람의 방향을 따라 꿈틀거렸다. 금세라도 하늘 전체가 아등그러지며 비바람을 일으킬 것 같았다. 강우는 고개를 잦혀 잿빛 하늘을 응시했다. 똑똑 떨어지는 빗방울을 머금은 눈알이 가려웠다. 강우는 가면을 벗듯 두 손바닥으로 마른세수를 했다. 그리고 먼 길을 나서듯 숨을 크게 들이쉬고 내쉬었다. 태풍의 흔적, 비의 야릇한 비린내는 푸른등대에 서린 전염병냄새와 달리 넓고, 날고, 건강했다. 투명한 피부 같았다.

강우는 첫번째 계단에 오른발을 디디려다 제자리에서 멈칫했다. 서두는 마음과 달리, 처음 무대에 오르는 배우처럼 들뜨면서도 벌거숭이가 된 듯 온몸이 옹색해졌다. 얼마만이지…… 사흘, 일주일, 열흘…… 보름? 삼촌이 닻섬을 떠난 지는 한 달이 넘었고, 아빠백작이 돌아왔는지 확인하러 정육점골목에 들린 건…… 당구장에 태극기가 걸렸으니까, 보름 저쪽 남짓이었다. 그즈음부터 전염병축제가 시작됐고, 소년들이 뱀처럼 푸른등대를 슬그머니 들렀다 빠져나갔다. 그리고…… 흙이 찾아온 게 마지막이었다. 그때부터 정확히 며칠이 지났는지 모르겠다. 낱낱이 꼽아보면 고작 달력 한 장 뜯지 않은, 여름 한가운데부터 끄트머리까지일 뿐인데, 강우에게 그 시간은 암(癌)이나 상(喪), 혹은 사나흘 태풍이 하나의 거대한 계절로 여겨지듯, 단순히 초와 분, 시간과 날짜로 헤아릴 수 없는, 동굴의 시간보다 더 아득했다.

소년을 발견하기 전까지, 강우는 다시는 푸른등대 바깥으로 나가지 않겠다고 다짐하고 있었다. 세상에서 가장 깜깜한 시간에 엎드려 아무도 만나지 않고, 혀가 없는 심해어처럼 입을 다물고 있을 거라고. ……강우가 상상했던 유폐의 결말은…… 소년이 아니라, 삼촌이 돌아와 침대에 사위어 있는 재(가랑잎처럼 바스러지는 비늘이나, 딱딱해진 콜타르 같은 검정이어도 상관없다)를 한 움큼 쥐고, 미안해, 미안해…… 사랑해 주절거리며 후회와 반성, 뒤늦은 깨달음으로 눈물을 펑펑 쏟아내는 장면이었다. (푸른곰팡이를 덮어쓰고 구더기가 고물거리는 몸뚱어리는…… 아무래도 너무 끔찍했다.)

삼촌이 닻섬을 떠나자마자 강우는 남자어른을 기다렸다. 기다리고, 기다리고, 기다리고…… 기다렸다. 강우는 덥고 지루한 여름밤 동안, 인사 한마디, 손짓 한 번 없이 이뤄진 작별에 도취해 있었다. 바늘귀만 한 구멍이 뚫린 비닐봉지 속에 담긴 물고기처럼, 탱탱한 살갗에서 끈끈한 땀이 진물처럼 배어나고, 목구멍이 바싹바싹 마른데도, 이불을 더 깊이 둘러쓰고 엉엉, 울음소리를 지어냈다. 더위에 몸속의 수분이 땀구멍으로 죄 빠져나갔는지, 눈알에는 이슬 한 방울 맺히지 않았다. 그런데도 강우는 언제 조문객이 들이닥칠지 모르는 장례식장을 지키는 고아처럼 비극의 제스처를 쉽사리 관둘 수 없었다. ……기다림은 강우의 유일한 직업이 되었다.

강우는 몸에서 쉰내가 풍겨도 씻지 않았고, 소년들의 성기를 빠듯하게 삼켰을 때처럼 입술을 동그랗게 모으고 이똥이 켜켜이 쌓인 잇새로 푸푸, 가쁜 숨을 몰아쉬었다. 밥알 한 톨 씹거나 삼키지 않은 잔입이 침마저 다 바닥나서야, 무릎걸음이나 절름발로 비척거리며 냉장고를 열었다. 강우는 미라가 갖다 놓은 소고기뭇국이나 퉁퉁 분 국수, 감자와 당근이 설익은 카레라이스를 꺼내 냄비째 아귀아귀 먹었다. 손힘이 없어 숟갈로 체머리를 흔들었고, 자주 입천장을 찔렀다. 무당벌레처럼 몰캉해진 기름 국물이나 콩나물 대가리를 바닥에 흘렸고, 그것을 발바닥으로 쓱쓱 문댔다. 강우는 (걸레처럼) 푸른등대에 갇혀 있었을 뿐인데도, 제자리에서 자전과 공전의 속도를 좇기라도 한 듯 태어나 가장 피로했고, 머리카락과 손발톱의 성장을 응시하는 것처럼 갑갑했다. 시간은 반복되거나 흘러가는 것이 아니라, 그릇처럼 고여 있었다.

*

그리고…… 태풍이 왔다.

강우는 어젯밤, 태풍의 눈이 닻섬을 삼켰을 때에서야 바람에 떠밀리듯 어떤 기다림의 연극을 시부저기, 중지하고 있었다. 태풍은 마치 기억의 박람회처럼 잊었던 목소리까지 마저 쓸어왔다. 강우는 태풍을 따라, 빗줄기로 뜨갠 바람의 틈새로, 떠올리고 싶지 않은 얼굴들이 하나둘 닻섬으로 귀환하는 모습을 보았다. 그것들은 닻섬을 집어삼킬 듯 아우성쳤지만, 다행히 푸른등대까지 침입하지는 못했다. 기다림만이 유일한 직업이었던 강우는 어느 순간, 태풍의 눈에 갇힌 듯 아무것도 기다리지 않았다. 되레 바람에 부푼 닻처럼…… 기억에 저항했다. 기억은 돌아와선 안 되었고, 딱 하나만 빼고, 모든 것들이 새롭게 태어나야만 했다.

비로소 완성해가고 있었는데. 어떻게 여기까지 왔는데…… 강우의 조바심은 태풍처럼 성급해졌고, 강우는 입을 지우고 눈을 다물고 귀를 가둔 채 푸른등대의 미래를 서둘렀다. 강우는 푸른등대에서 푸른등대를 계획했다…… 꿈꾸었다. 그리고 여전히 오염된 푸른등대에 갇혀, 비바람에 씻긴 듯 아름다운 푸른등대의 미래를 보았다. 높은 집, 지붕처럼 높은 집, 등대처럼 높은 집. 덧문이 달린 창, 깨끗한 빨래가 널린 옥상. 깨끗한 접시와 베갯잇, 홑보들한 이불. 그곳의 계절은 햇빛 하나뿐, 밤은 병처럼 파랑. 깨끗한 발을 가진 소년, 치열이 고른 소년. 남자어른을 기다리는 소년, 삼촌이 아닌 그…… 천지창조만큼 성급했지만, 노아의 방주보다 견고한 꿈에 끊임없이 뿌리를 드리우며, 강우는 정말 대홍수에 떠밀리듯 점점 부풀었다. 강우는 다급하게 깨끗해지고 싶었다.

하지만 한순간, 강우는 자신의 몸뚱어리는 여기에서 시들고, 삶은 저기에서 피어나는 기분이 들었다. 꿈은…… 삼촌이 돌아올 때 비로소 완성될 것이었다. 여기의 삶은 허구고, 저기의 삶이 진짜였다. 강우는 또다시 한 발짝도 나가지 않겠다고 다짐을 다짐했다. 그것은 두려움 때문이었고, 삼촌 때문이었고, 태풍 때문이었다. 비는 밤새도록 최선을 다해 내렸다. 태풍이 지나간 자리에는 다행스럽게 그 어떤 것도 자취를 남기지 않았다, 소년처럼. 강우의 마음도 날씨처럼 변덕스럽게 제자리로 돌아왔다.

강우는 그제야 장딴지에 힘을 주고 천천히 계단을 밟아 내려갔다.

아무렇지 않게, 아무것도 모르는 것처럼. 강우는 짐짓 심드렁한 얼굴을 가장하며 허리를 곧추세우고 손깍지를 껴 정수리를 덮었다. 손등에 부딪히는 빗물과 바람의 기운에 휩싸이자, 점점 마음은 알 수 없는 기대감으로 부풀었다. 하늘로 두둥실 떠오르는 아홉 개의 문. 강우는 풍선처럼 닻섬 여기저기를 떠돌다 붉덩물에 흘러가는 소년의 얄따란 종아리를 움켜잡고, 허공으로 솟아오른다. 개를 용서하는 마음으로. 강우는 뜻 모를 말을 궁굴리며 손바닥에 빗물을 받았다. 손바닥에 고인 살구 빛, 잎사귀 무늬의 물방울을 호르르 핥았다. 누군가 자신을 쳐다보고 있기라도 한 듯한 연극적인 몸짓이었다.

*

흙은 어딘가로 달려가던 참이라는 걸 강조하듯 두 발을 뗐다 붙이며 골목 끝에 서 있었다.

강우의 발소리가 들리자 컴퍼스처럼 벌린 두 발을 틀더니, 오른손을 들어 위팔을 귀에 붙이려다 멈칫하고는 손바닥을 살랑살랑 흔들었다. 오랫동안 목소리만 보았던 탓인지, 강우는 막상 천연색의 흙과 맞닥뜨리자 가슴이 덜컥 내려앉았다. 강우는 막다른 벽에 가로막힌 듯 그 자리에 무춤하게 섰다. 생긋, 미소를 지으려고 했지만 입가가 꿰맨 것처럼 전혀 옴쭉거리지 않았다.

"안녕."

"응. ……안녕."

"나왔네."

"응."

"잘 지냈지?"

빗물은 비스듬한 골목을 흘러 흙의 슬리퍼를 지나 여러 갈래에서 흐르는 물줄기로 이어졌다. 그 물줄기처럼 둘 사이에 침묵이 번졌다. 강우는 조바심이 났다. 잘 지냈지. 물음이 아닌 확인의 뒤끝에서, 한 없이 놀이가 길어져 차라리 술래 손에 제 팔목을 쥐여주고 싶은, 지 루함을 닮은 조바심이었다. 강우는 괜스레 마른기침을 하고는 고개를 뒤틀었다. 신발을 짝짝이로 꼽쳐 신은 것처럼 몸이 휘우듬해졌다. 목 뼈에서 발꿈치까지, 실밥으로 홀친 것처럼 온몸의 신경이 배기고 비 뚜름해졌다. 그 희미한 통증은 강우의 발바닥에서 뿌리처럼 뻗어나 가, 어느 기억으로까지 관통하는 것만 같았다. 달랑거리는 실밥을 뜯 거나, 뒤틀린 기억의 신발을 벗어버리면 그만이지만, 강우는 그 거리 가 너무 벅차 지레 걸음을 포기한 사람처럼 제자리에서 옴짝달싹하지 않았다.

강우는 빗방울로 자은 가느다란 물줄기를 눈으로만 따라갔다. 그 끝에 선 흙과 마주하자, 강우는 기다리다 지친 저쪽에서 시간의 실타 래를 얼레처럼 감아, 어느 시간으로 소급해 마주선 것만 같은 착각이 들었다. 그러니까 흙이 푸른등대를 찾아왔던 그 시간으로. 장님놀이를 하듯 흙의 몸짓을 외면했던, 그러니까 전염병의 시작으로. 강우는 그 시간을 회복하고 싶지 않아 실밥을 뜯어내는 헐크처럼 크게 기지개를 켰다. 그러고는 짐짓 명랑한 제스처로 흙의 어깨 너머를 쳐다봤다.

"혹시…… 봤니?"

"소년……"

제가 의도했지만, 강우는 막상 흙의 입술에서 소년이라는 말이 새 어 나오자, 소년의 추락을 보고한 소년의 목소리가 흙이 아니었을까,

의심이 들었다. 하지만 이내 얼떨결에 목소리를 놓쳤어도 오랫동안 보았던 흙의 목소리를 분간하지 못했을 리 없다는 판단에, 잠깐의 의심이 무안해져 더더욱 흙의 얼굴을 마주볼 용기가 나지 않았다.

"소······년······이었지?"

"누군지는 몰라······"

흙은 설핏 고개를 주억이다 천천히 눈망울을 내리떴다.

강우는 흙의 눈길을 따라 고개를 숙였다. 맨발. 강우는 그제야 신발도 신지 않고 푸른등대 바깥으로 나섰다는 사실을 깨달았다. 강우의 발가락 새로 빗물이 길의 주름을 만들었고, 드문 빗방울이 발등에 똑똑 떨어졌다. 강우는 발등에 부딪힌 빗물의 흘러내리는 모양이, 살갗이 벗겨진 것처럼 쓰라려 열 발가락을 움죽거렸다. 빗물은 비스듬한 골목을 흘러 흙의 슬리퍼까지 가 닿았다. 흰 줄 셋, 검은 줄 셋의 3선 슬리퍼였다.

강우는 그제야 흙의 헐벗은 정강이를, 튼튼한 허벅지에 흰 줄 두 개가 그어진 검은색 체육복 반바지를, 붉은 윗도리를, 그을린 목덜미를, 여드름이 난 턱을, 거뭇거뭇한 인중을, 덥수룩한 앞머리를 주저없이 눈으로 더듬었다. ······깃발처럼 펄럭이는 소년과 달리 비와 땀에 젖은 흙은 비둘기처럼 후줄근했다.(하늘까지 물이 차오르면 새들은 어떻게 되는 걸까?) 그 어느 때보다 익숙한 모습이었지만, 강우는 다시 고개를 돌리고 싶을 만큼 부끄럽고······ 언짢았다.

강우의 집요한 눈길이 겸연쩍은지, 흙은 고개를 갸웃하고 젖은 앞머리를 쓸어 넘겼다. 그러고는 젖은 손바닥을 붉은 윗도리 자락에 쓱쓱 닦은 뒤 강우에게 오른손을 내밀었다.

"가자."

강우는 흙에게 선뜻 다가가고 싶지 않았다.

흙은 닻섬의 소년들 중 가장 깨끗하고 친절했다. 하지만 이제 닻섬에서 홀로 도드라졌던 흙은 다른 소년들과 하나도 다르지 않았다. 흙은 폐교의 게양대에 걸린 국기처럼 낡고 더러웠고, 흙이 가로막은 저어딘가에 한 번도 본 적 없는 깃발 하나가 검은 물결 위에서 홀로 펄럭이고 있었다. 강우가 제자리에 개개고만 있자, 흙의 표정이 잠자코 골똘해졌다…… 활짝 밝아졌다. 흙은 3선 슬리퍼를 벗어 물기를 탈탈 털더니 강우가 선 방향으로 가지런히 놓았다.

강우는 흙의 두 발이 빠져나간 슬리퍼의 구멍을 우두커니 쳐다봤다. 소년은 어떤 신발을 신고 있었을까. 개천다리를 서성이던 소년이 난간 너머로 돌멩이를 차거나 두 발을 간댕거렸던 것도 같은데, 아무리 기억을 헤집어도 그저 알따란 맨종아리밖에는 떠오르지 않았다. 소년도 맨발이었을까. 강우는 푸른 셔츠와 자줏빛 반바지 아래 지워진 소년의 발에 제 맨발을 오려 붙였다. ……제 발은 소년에게 전혀 어울리지 않았다. 소년의 맨발은 제 발처럼 전혀 남루하지 않고, 물장구를 즐기듯 가볍고 자유로울 것만 같았다. 강우는 부르르, 도리머리했다.

"괜찮아. 일부러 맨발로 나왔어."

강우는 돌멩이를 차듯 흙의 호의를 거절했다.

강우는 뚝뚝한 마음을 들킬세라 일부러 씩씩하게 걸음을 옮겼다. 흙의 얼굴에 짐짓 서운한 기색이 어렸지만, 흙은 이내 이해한다는 어른스러운 표정으로 가다듬고, 마치 강우와 약속하기라도 한 듯 개천다리를 향해 성큼성큼 앞서갔다. 강우는 서너 발짝 뒤에서 손수레처럼 따라갔다. 강우는 흙의 뒷모습을 흘겨봤다. 마지막으로 봤을 때 군인처럼 짧게 잘랐던 머리는 부숭하게 웃자랐고, 빗물에 젖어 뾰족뾰족했다. 밉고 못생겼다. 까맣게 그을린 목덜미와 팔꿈치의 푸르스름한 땟자국도, 밉고 못생겼다. 오금의 몇 가닥 주름도, 밉고 못생겼다.

흙은 남자어른과 소년 사이에 끼어 채 여물지 못한 과일처럼 어중됐고, 맛이 떨떠름했다. 강우는 표정이 없는 뒷모습이 진짜 얼굴이기라도 한 것처럼 흙을 끊임없이 못마땅해했고, 어떤 방식으로든 흙과 저 사이에 벽을 세웠다. 소년들보다 한 뼘은 크고, 깨끗한 콧마루를 가지고, 눈썹이 짙고, 입술이 도도록한 흙의 모습이 점점 희미해지고, 그저 못생긴 소년 하나가 도도록한 엉덩이를 씰룩이며 저만치 걸어가고 있었다. 땀과 빗물에 검게 얼룩진 흙의 등에서 폐쇄된 건물과 유령의 집에서 웅크리고 있는 소년들의 냄새가 풍기는 것 같았다. 그것이야말로 진짜 **전염병냄새**였다. 아휴, 에이즈 냄새. 강우는 불쑥 그렇게 눈살을 찌푸렸다. 찰나, 저도 모르게 항문 속으로 빨려들듯 어떤 기억에 소스라쳤다.

*

강우는 흙이 돌아가고 난 뒤 **전염병냄새** 대신 다른 이름을 궁리하고는 했다, 변명처럼.

전염병냄새는 단순히 냄새 앞에 다른 이름을 붙이는 작업이 아니었다. 붉은 조명을 밝힌 쇼윈도 골목이 **정육점**이 되고, 짐승의 깃털이 시든 꽃잎처럼 흩날리는 산비탈이 격납고로 변신하듯…… **엄마기계나 아빠백작**…… 소년처럼 암호를 닮은 별명을 발명하는 시간과도 달랐다. 전염병과 냄새는 깍짓손처럼 만나자, 서로 다른 계절에 태어나 비와 눈처럼 완전히 다른 결말을 맞이한 두 개의 전염병처럼, 전혀 다른 얼굴이 되었다. 강우는 셈을 풀듯 그 낱말을 종이에 기록하고 싶어졌다. 하지만 강우는 책가방 따위 들추고 싶지 않았고, 강우가 구할 수 있는 종이는 고작 달력 뒷면이나 전단지 여백뿐이었다. 그건 예쁘지 않았다. 강우는 못생긴 종이 대신 머릿속에 여러 낱말을 적었다. 하지만 머릿속의 종이는 이미 다른 낙서와 낱말로 빼곡해 강우가 새로 적어 넣은 글씨들은 벌레보다 작아졌다.

강우는 어떤 이름을 궁리해도 신이 나지 않았고, 마치 제 혀를 만지작거리는 것처럼 시들했다. 강우는 억울했다. 냄새를 의심하다 보면 제가 **발명한** 전염병이 진짜인지 가짜인지 장담할 수도 없었다. 그말을 내가 발음했더라면, "흙 너한테 **전염병냄새가 나**" 하고 말했더라면. 그러고는 실수인 것처럼 윗니를 씽긋 드러내고 귓불을 핥았더라면…… 흙은 어떤 표정을 지었을까. 웃었을까, 화냈을까, 아니면 바늘을 문 것처럼 딱딱해진 얼굴을 숨기려고 뒤돌아섰을까…… 흙의 눈에는 누구의 얼굴이, 표정이, 동작이 **보였을까**……

강우는 냄새의 숱한 이름 후보를 암호처럼 지어낼 때와 같이 흙을 향한 마음을 썼다, 지웠다, 쌓았다, 무너뜨렸다. 신발을 짝짝이로 신듯 흙과 자신의 자리를 비뚜름하게 포개자, 냄새가 된 한 소년이 다른 소년들에 둘러싸여 소문을 바라는 비밀을 털어놓듯 **전염병(전염병냄새가 아니라)** 하고 삭은니를 뽑아 던지듯 속삭이고 있었다. 소년이 강우의 얼굴로 만든 가면을 벗기자 흙의 얼굴이 드러났다. 누군가의 말과 얼굴이 석류처럼 알알이 자랐던 머릿속은 물을 벗어난 생선 알처럼 냄새를 풍기며 서로 엉기고 허물어졌다. 강우는 그 얼굴에서 빠져나오려는 듯 부르르 진저리를 쳤다.

그러고 보면 누군가 사라진 자리에 새로운 것이 탄생한다. 그것은 탄생이 아닐지도 모른다. 세상에 완벽하게 빈자리는 없다. 썰물이 빠진 자리에 개펄이라는 세상이 드러나듯, 그것은 태어나는 것이 아니라 돌아오는 것인지도 몰랐다. 꿈이 사라진 자리에 꿈이, 화가 사라진 자리에 기쁨이 생겨나듯, 전염병이 사라진 자리에 걸레가, 걸레가 사라진 자리에 전염병이, 삼촌이 사라진 자리에 소년들이, 남자어른이 사라진 자리에 하나둘로 쪼개진 소년들이, 소년들이 사라진 자리에 흙이 기억을 떠메고 찾아오는 것처럼. 태어나고, 돌아오는 것도 아니다. 그것은 이전과 완전히 새로운 것을 발명하는 것이다. 어떻든 분명한 건…… 태어나든, 돌아오든, 발명하든, 새로운 이름을 얻는 순간 모든 것은 다시는 그 자리로 되돌아갈 수 없다는 사실이다.

*

왜 너한테…… 허락했던 걸까…… 강우는 더 이상 흙을 따라가지 않고 제자리에 멈춰 섰다. 흙과 강우 사이의 거리가 점점 벌어졌다. 강우는 다시 푸른등대로 돌아가고 싶었다. 찰나, 강우의 못된 마음에 천벌을 내리듯 우르르 쾅쾅, 천둥이 쳤다. 비구름이 멀쩡하던 하늘을 덮고, 세상이 성큼 낮아졌다. 반짝, 번개가 내리쳤다. 지붕 위로 기차가 지나가는 것 같았다. 닻섬은 조만간 노아의 배처럼 둥실둥실 떠돌다 세상의 어느 끝에 난파할 것처럼 꿈틀거렸다. 아무래도 우산을 챙겨야 할 것 같았다. 언제 빗방울이 후드득 쏟아질지 모를 노릇이었다. 강우는 우산을 챙겨 가려고 푸른횟집 새시 문으로 걸음을 재촉했다.
　흙이 발소리를 듣고는 강우를 돌아봤다.
　"어디 가?"

"가게에."

"왜?"

"깜빡 잊은 일이 있어."

강우는 가벼운 거짓말을 했다.

흙은 강우를 향해 걸음을 되짚어 왔다.

"연락 왔니?"

강우는 그 자리에 우두커니 멈춰 섰다.

흙은…… 어떻게 알았을까. 하긴 엄마기계는 강우보다 흙과 더 친했으니까. 삼촌 심부름인지, 미라언니 부탁인지 흙은 가끔 엄마기계를 찾아왔고, 그러면 엄마기계는 흙을 푸른등대 바깥으로 데려가 뭔가 은밀하게 속삭이며 돈을 쥐여주고는 했다. 강우는 우산을 잊고, 흙이 무심히 건넨 말에 함빡 젖어들었다.

"응. 정말…… 연락이 왔어. 아마…… 모두 다시 돌아올지 몰라. 그럼 다시 문을 열겠지."

강우는 차마 제 혀에 엄마기계와 아빠백작의 이름을 얹고 싶지 않아 최대한 두루뭉술하게 대답했다.

그것은 절반의 진실이었다. 강우는 과거와 미래의 예감 사이에 엄마기계의 전화를 어중되게 걸쳐놓고는, 흙에게 거짓말을 한 건 아니라고, 미안해하지 않아도 된다고, 제법 빤빤해지려고 마음먹었다. 하지만 개천가에 우뚝 멈춘 흙은 강우가 딴에 에멜무지로 던진 말이 가시라도 됐는지, 짐짓 당황한 눈빛이었다가, 이내 모든 것을 알고 있는 듯한 눈빛으로 벼려졌다.

정말? 아직도 그렇게 생각하고 있니. 흙의 눈은 모든 사실을 간파하고 있다는 확신을 담아 그렇게 묻고 있었다. 강우는 그 말이 또 다른 덫이라고 생각했다. 하지만 강우는 이제 그 덫을 밟는 일 따위 두렵지 않았다. 강우는 그것이 삼촌의 시험이 아니라, 고작 흙이 남자어른을 시늉하며 지어낸 것이라고 의심했다. 삼촌이 돌아오면 진실은 판가름 날 것이었다. 강우는 아무 내색도 하지 않고 푸른횟집의 새시 문을 열었다.

오랫동안 열지 않은 탓인지 새시 문은 쉽사리 열리지 않았다. 강우는 마치 술 취한 아빠백작이 안에서 문을 틀어막고 있기라도 하듯, 고집 센 문짝을 걷어차고, 있는 힘껏 미닫이문을 밀었다. 한순간 문 저쪽에 갇혀 있던 빗물이 강우의 정강이로 흘러넘쳤다. 푸른횟집은 어느새 바다가 되어 있었다. 그림자가 진 자리는 쑥색이었고, 빛이 들어찬 자리는 노랑이었다. 강우는 문턱까지 들이찬 붉덩물에 떠다니는 그릇과 비닐봉지, 의자를 얼이 빠져 쳐다보았다. 우산은커녕 이마를 가릴 행주 한 장 찾을 수 없을 것 같았다.

강우는 그제야 그 숱한 인기척에도 결국 아무도 푸른등대를 찾아오지 않은 이유를 짐작할 수 있었다. 소년이 선뜻 푸른등대로 건너오지 못한 까닭도, 그곳의 입구로 짐작되는 곳이 비가 넘쳐 감옥처럼 고립돼 있는 줄만 알았기 때문인지 몰랐다. 소년은 당연히 뒤꼍으로 이어진 뒷문을 모를 테니까. 강우는 그것도 모르고 혼자 섬처럼 기다리고 있었던 거다.

강우는 바다에 홀린 사람처럼 푸른등대 속으로 걸어갔다. 강우가 문턱을 넘어 웅덩이에 발을 집어넣자, 공책 한 권이 강우의 정강이에 부딪쳤다. 강우는 정말 덫을 밟기라도 한 듯 기겁해 아래를 내려다봤다. 그것은 엄마기계가 장부로 쓰던 보험 공책이었다. 강우는 한순간 기억에 등 떠밀리기라도 한 것처럼 머릿속이 출렁거렸지만, 얕은 신

음조차 내뱉지 않았다. 강우는 엄마기계의 목소리가 푸른횟집의 아랫
도리를 흠뻑 적신 비바람의 환영이었을지도 모른다고 생각했다. 모두
다시 돌아올지 몰라. 그럼 다시 문을 열겠지. 하지만 강우는 그 기억을
다시 불러들인 게 마치 자신인 것만 같아, 허깨비 같은 얼굴로 흙을
향해 돌아섰다.

전염병축제

*

흙은 소년들 중 맨 마지막에 찾아왔다.

쥐였나, 바람이었나, 칼이었나. 두번째였나, 세번째였나, 다섯번째였나. 소년 하나가 **푸른등대**를 뱀처럼 스며들었다 빠져나간 이튿날이었다. 강우는 **푸른등대** 아래가 소란스러워 창밖을 내려다봤다. 소년들이 푸른횟집 출입문에 딸린 수조에 갈매기를 집어넣고, 그 앞을 승냥이 떼처럼 에워싸고 있었다. 날갯죽지를 다쳤는지, 검붉게 얼룩진 갈매기는 좁다란 수조 벽에 머리를 부딪고 연신 푸득거렸다. 졸음이 채 가시지 않아 게슴츠레하게 눈을 뜬 강우는 연방 개꿈인가 싶어 눈을 비볐다.

똥이 낮달처럼 숨은 강우의 기척을 느꼈는지 **푸른등대**를 힐끗 올려다봤다. 강우는 그 시선을 피하지 않았다. 똥은 무심한 척 시선을 내려뜨리고 수조를 빠져나가려는 갈매기를 라면 상자로 가로막았다. 나머지 소년들은 그물코가 타진 뜰채와 각목을 들고 틀만 남은 수조 모서리를 쾅쾅 두드렸다.

"전염병 옮아라, 전염병 죽어라."

강우는 문득 지금이 언제인지 헷갈렸다. 어제까지만 해도 **푸른등대**를 어슬렁거릴 때는 발소리를 죽이고, 숯을 삼키듯 더운 신음을 참던 소년들이었다. 하지만 하룻밤 새 다섯 소년은 깍짓손처럼 뭉쳐 여름 저쪽으로 되돌아가 있었다. 강우는 소년들의 주문이 어이가 없었다. 화가 나기는커녕 당찮은 수작에 담배 연기에 사레든 것처럼 허, 쳇, 풋 헛웃음만 났다. 고작 다친 바닷새 하나를 전리품으로 내세우는 창밖의 소년들은 분명 걸레를 핑계로 푸른횟집을 처음 찾아온 날(삼촌이 **푸른등대**에 마지막으로 머물고는, 개천다리를 건너 해가 기울듯 깜깜한 **정육점골목**으로 사라진 시간이기도 하다), 조무래기들의 모습에 지나지 않았다.

강우는 두고 보자는 듯 팔짱을 끼고, 짐짓 같잖다는 표정으로 혀를 끌끌거렸다. 강우는 수조에 웅크린 걸레를 끄집어내 소년들의 못생긴 까까머리를 향해 적선으로 던져주고 싶을 지경이었다. 하지만 자칫 작당한 소년들에게 말려들었다가는, 시간을 되짚어 소년들과 똑같은 조무래기로 둔갑해버릴 것만 같았다. 강우는 소년들 따위를 상대할 만큼 한가하지 않았다. 미래를 재촉하는데도, 시간은 소년 하나를 목말 태워 걷는 것보다 무겁고 더디기만 했다. 그것도 모자라 (하나가 아닌) 다섯 소년의 느닷없는 귀환은, 소년들이 기억을 밧줄로 묶어 버팅기기라도 하듯, 그 모든 전염병의 시작으로 차츰차츰 뒷걸음치게 만들었다.

*

　소년들이 처음 푸른횟집을 찾아왔을 때도, 기억을 버티는 소년들의 안간힘으로 데워진 듯, 따가운 태양이 목구멍을 간질이는 한낮이었다. 똥과 칼, 바람과 쥐, 코 다섯 소년은 손차양도 없이 개천다리를 건너 푸른횟집 주위를 기웃거렸다. 개를 찾고 있다는 핑계였지만, 강우는 소년들의 목적이 무엇인지 빤히 짐작할 수 있었다. 소년들은 새로운 놀이터를 탐색하고 있었다. 간판이 빠개지고 물이 말라버린 푸른횟집은 소년들의 놀이터로 안성맞춤이었다. 소년들은 자기들만의 놀이터를 찾는 데 귀신이었다. 창문을 달지 않은 건물 꼭대기나 지하, 물고기의 등허리처럼 물컹거리는 구름다리, 하늘을 굴리다 멈춘 것 같은 녹슨 대관람차, 자정의 무덤보다 어두운 귀신의 집……을 생쥐처럼 들락거리는 소년들을 따라가다 보면, 감은 머리칼이 저절로 마를 시간이면 좋이 한 바퀴 산책할 수 있는 닻섬은 제 떨기보다 수십 배나 큰 뿌리를 숨긴 나무처럼 훨씬 넓고 복잡하게 여겨졌다.

　강우는 푸른횟집 주위를 맴도는 다섯 얼굴이 아쉬우나마 반가웠다. 하지만 비밀 장소에서 헤어져 푸른등대로 돌아올 때 발걸음 수를 헤아리듯 되뇐 흙의 얼굴이 보이지 않아 영 허전한 마음은 감춰지지 않았다. 소년들은 코흘리개들에게 빼앗은 게 분명한 햄스터와 이구아나를 손바닥에 올려놓고, 평상 그늘에 누운 삼촌과 횟집 내실에 몸을 물음표로 구부리고 잠든 아빠백작 눈치를 살폈다.

　"걸레가 물고길 잡아먹는다며?"

　칼이 처음 훔친 물건을 흥정해보는 좀도둑처럼 과장된 눈으로 소곤거렸다.

삼촌이 아빠백작과 술을 홀짝이다 죽은 볼락을 뜰채로 건져 걸레를 향해 던진 적이 있었다.

한낮이 지루한지 삼촌의 팔짓은 영 매가리가 없었다. 비늘이 흐무러진 볼락은 수조와 개천 사이의 하얀 시멘트 길에 철퍼덕, 떨어졌다. 개천다리가 드리운 그늘에 웅크리고 있던 걸레가 대가리를 치올리고 앞발을 세웠다. 삼촌은 백열등처럼 벌게진 얼굴로 햇빛 속으로 걸어가 오요요, 걸레를 불렀다. 걸레는 어르는 소리에 삼촌을 향해 달려왔다. 삼촌은 걸레의 더러운 이마를 쓸어내리고 꿀밤을 먹였다. 그러다 무슨 생각에서인지 개의 뱃구레를 붙안아 뿌연 수조에 담가버렸다. 물에 잠긴 걸레는 물을 벗어난 물고기처럼 버둥거렸다. 삼촌은 걸레가 거칠게 반항할수록 더 대가리를 물속에 잠갔고, 눈을 송곳니처럼 희번덕이며 깔깔거렸다.

소문은 소년들에게 너무 늦게 도착한 모양이었다. 소년들이 소문에 뒤처진 사이, 수조는 아빠백작의 발길질에 폐선처럼 메말라버렸고, 겁먹은 개는 비린내를 풍기며 닻섬 여기저기를 헤매고 다녔다. 가끔 푸른횟집 어귀를 어슬렁거렸지만 그마저 닻섬이 깜깜해진 뒤라, 강우는 미라한테 들러 국수를 삶아 먹거나 삼촌 방에서 비디오를 보고 돌아올 때마다, 개의 끙끙거리는 기척에 배내똥도 안 마른 아기가 들어 있는 상자를 걷어찬 것처럼 소름이 돋았다. 그러니까 걸레는 생선을 즐기는 먹성이 생겼건, 닻섬랜드가 폐쇄된 뒤 처음으로 삼촌을 기꺼이 웃게 만들었건, 아빠백작처럼 잊힐 만하면 푸른횟집을 드나 나나, 강우에게는 정육점골목에서 닻섬 전체로, 밀반죽이 부풀듯 자란 덩치만큼 제 영역을 키운 께름칙한 유기견에 지나지 않았다.

"걸레가 격납고 근철 어슬렁거리는 걸 봤어."

"돼질 파묻은 구덩일 귀신같이 찾아내던걸."

"구름다리 철조망을 훌쩍 넘는 걸 봤어야 하는데."

"동물원 우릴 흡혈귀처럼 돌아다니더라고."

소년들은 뒤늦은 소문을 만회하려는 성급함에, 걸레를 고장 난 타임머신에 실어 닻섬의 겨울과 이른 봄, 한여름 아무 데나 떠다밀었다. 소년들 역시 시간 전쟁에서 대장을 잃어버린 병정들처럼, 어떤 승전보를 전해도 과거에서 길을 잃고 미래에 엉뚱한 소식을 흘릴 것처럼 어수선하기는 매한가지였다.

"왜 하필 물고길 먹었을까?"

"동물원도 텅텅 볐고, 수선화도 문을 닫았잖아. 닻섬에 먹을 게 있어야지."

"돼지처럼 에이즈에 걸린 게 아닐까?"

"그랬다면 진즉 죽었겠지."

"아냐, 물고길 먹어서 살았을 수도 있어. 물고긴…… 에이즈에 안 걸리잖아."

"하긴 물고긴 깃털도 없고, 발가락도 없지."

강우는 혀짤배기소리로 학예회를 꾸리듯 가관인 소년들을 무시하고, 다리가 부러진 의자, 국물이 말라붙은 냉면 그릇, 헐벗은 여자가 술병을 쥐고 있는 달력과 새시 문 유리에 붙은 ㅍ와 ㅜ, 르, 호, ㅅ, ㅈ, ㅂ 시트 글자를 뜯어, 뒤꼍을 바란 벽만 덩그러니 남은 영광횟집 쓰레기 더미에 내다 버렸다.

강우는 조무래기를 상대할 겨를이 없다는 시늉으로 분주하게 움직였다. 간단한 노동이 끝난 뒤 강우는 옷자락을 털고, 팔뚝으로 이마를 훔치며 삼촌을 쳐다봤다. 삼촌은 어느새 깨 평상에 앉아 새우깡을 먹고 있었다. 잠이 덜 깨 눈살을 찌푸리고 허벅지까지 기어오른 햇빛을 쫓아내는 삼촌은, 가문 개펄에 낚싯대를 드리운 어부처럼 조금 명청해 보였다. 귀여워. 강우는 그 얼굴이 어떻든 흐뭇했다. 강우는 눈을 질끈 감고 다문 입술과 볼을 구겨 하회탈을 닮은 주름을 만들었다.

쨍그랑 쨍쨍. 강우의 침묵을 어떻게든 깨뜨려보려고 작당했는지, 소년들은 빈집 쓰레기를 뒤져 병 싸움을 시작했다. 제가끔 가장 강하다고 판단되는 공병(空甁)을 주워 떨어뜨리는 게임은 강우가 좋아하는 놀이였다. 소년들은 자그마한 초록빛 맥소롱 병이 맥주병을 이기자 환호성을 질렀다. 바람은 어슷하게 베어낸 그루터기 같은 유리 조각을 발 옆으로 차고 영광횟집으로 달려갔다. 똥도 그 뒤를 따랐다. 똥과 바람은 굴착기가 바스러뜨린 시멘트 무더기에 뒤섞인 앉은뱅이 식탁, 뜯겨진 벽지와 타일, 읽을 수 없는 한자가 쓴 족자를 헤집었다.

영광횟집은 푸른횟집보다 먼저 문을 닫았다. 강우는 당구장 사내들이 들릴 때마다 골목에 퍼더버리고 누워 악다구니를 쓰던 횟집 남자와 유리문 뒤에 숨어 미미 인형을 안고 엄지를 빨던 계집아이가 떠올랐다. 아빠백작은 팔짱을 낀 채 장사에 방해된다며 영광횟집 남자에게 퉁바리를 놨다. 강우는 아빠백작의 옷자락을 끌어당기는 엄마기계가 떠오르자…… 소년들이 무덤을 파헤치기라도 한 듯 진저리를 치고 골목 저쪽으로 시선을 던졌다. 골조 공사만 끝내고 멈춰버린 3층짜리 건물도 영광횟집과 사정은 엇비슷했다. 땡볕에 그을린 듯 시커먼 외벽과 창틀을 감싼 찢긴 비닐을 보자 강우는 봉지를 뒤집어쓴 것처럼 숨이 막혔다. 부서지다 만 집, 짓다 만 건물, 파헤치다 만 땅, 채우다 만 펄과 구덩이…… 강우는 인내심 약한 화가처럼 눈앞을 압도하는 풍경을 검게 황칠해버렸다. 그곳에 한눈팔다가는, **푸른등대도** 조만간 그런 결말을 맞이할 수밖에 없을 것 같아 조바심이 났다. 강우는 삼촌을 원망스레 쳐다봤다.

삼촌은 아무 의욕도 없는 맹한 눈으로 하품을 했다. 남자어른의 무기력한 모습을 보자, 강우는 소년들이 그 둘레에서 그의 의지를 훼방놓기라도 한 것처럼 지긋지긋해졌다. 소년들의 어린양이, 앙상한 상상력이, 조악한 몸짓 하나하나가 100일 동안 이어진 나쁜 날씨처럼 진저리가 났다. 변덕이 아니라 문득 교훈을 깨달은 기분이라, 강우는 꿋꿋이 자기들만의 놀이를 이어가는 소년들이 왜 새삼스레 고작 걸레를 핑계로 코흘리개처럼 어수룩하게 구는 건지, 그들이 뭉개고 있는 목적이 무엇인지 점점 종잡을 수 없었다. 의심이라는 확신이 갈색, 초록, 하양 유리 파편들처럼 강우의 머릿속에 무덕무덕 쌓였다. 햇빛 아래가 아닌 동굴처럼 더럽고 충충한 장소에서는 자궁에서부터 몽고반점 대신 흉터를 새기고 태어난 듯 온몸의 감각이 사금파리처럼 벼려지던 소년들이었다. 강우는 한순간 붉은 윗도리를 공산당처럼 맞춰 입은 소년들의 메스게임 같은 놀이가, 치열이 엉망인 간니에서 새나오는 소년들의 어린 발음이, 틀니를 뺀 치매 노인의 어리광처럼 측은한 걸 넘어 섬뜩하기까지 했다.

그래, 개가 물고길 먹었다 쳐. 걸레가 물고길 먹은 건 아마 미라 보지를 빨아봐서 그럴 거야. 미라 씹에서 물고기 썩는 냄새가 진동하잖아. 강우는 주머니에 손을 넣고 검지와 가운뎃손가락에 엄지를 밀어 넣었다. 강우는 소년들의 턱밑에 좆이 돋은 종주먹을 들이대고 소문 따윈 썩은 물고기나 마찬가지라는 걸 일깨워주고 싶어 생니를 다 뽑아버리고 싶을 지경이었다. 하지만 소년들과 말을 섞는 순간 폐허나 마찬가지인 소년들의 영역에 포함될 것만 같아 시간을 줄다리기하듯 이를 사리물고 딴청을 부렸다. 나는 너희 같은 코흘리개들이랑 완전히 달라. 강우는 부러진 의자 다리로 푸른횟집 바닥에 나뒹구는 앞치마와 불룩한 비닐봉지를 집어 영광횟집 한쪽에다 내던졌다. 하루빨리…… 삼촌과 푸른등대를 완성하고 싶었다.

강우는 삼촌이 얼른 한낮의 꿈에서 깨어나길 바랐다. 부스럼처럼 주렁주렁 매달린 소년들을 떨어내고, 단둘이서 더럽고 안일한 지상에서 두 발을 떼고 기구처럼 두둥실 떠오르길 바랐다. 하지만 삼촌은 기지개를 켜며 가축처럼 느린 걸음으로 개천다리를 향해 걸어갔다. 소년들도 다툼을 멈추고 호기심 어린 눈으로 삼촌의 뒷모습을 좇았다. 강우는 삼촌에게 달려가 그의 허리를 끌어안고 싶었다. 하지만 삼촌은 강우의 따가운 눈빛은 아랑곳하지 않고 허리춤을 긁으며 다리 난간에 서서 개천을 향해 기울어진 버드나무 가지 하나를 꺾어 장죽처럼 질겅거렸다. 그러고는 해가 기울듯 그림자가 깊은 **정육점골목**으로 그만 잠겨버리고 말았다.

*

"삼촌이 여길 접수했다며?"

삼촌이 **정육점골목**으로 완전히 사라지자, 한순간 대장간처럼 요란하던 푸른횟집 사위도 정전이 된 것처럼 고요해졌다. 칼이 그리 말했을 때, 소년들과 강우의 얼굴도 5초쯤 방전된 텔레비전 화면처럼 아뜩해 있었다.

"닻섬은 에이즈가 완전히 접수한 게 아녔어?"

코가 시들하게 대꾸한 뒤, 강우가 버린 앞치마를 주워 똥에게 맞춰보며 낄낄거렸다. 바람이 똥의 선홍빛 윗도리 소매를 어깻죽지까지 끄집어 내렸다. 똥은 바르작대며 허공에 주먹을 날렸다.

"에이즈가?"

"응, 그래서 삼촌이 닻섬에서 쫓겨날지도 모른다던데."

걸레와 물고기를 발음할 때와는 달리, 소년들의 혀는 싸움에서 모아진 병조각처럼 벼려져 있었다. 햇빛에 짜부라진 풋과일처럼 얼뜬 표정도 어느새 돌멩이처럼 딴딴해졌다.

"그럼 여긴 개평인가."

"수선화랑 당구장은?"

"당연히 에이즈가 벌써 접수했지."

"정말? 골목 전부 다."

"그렇다니까."

"그럼, 닻섬은 에이즈 게 되는 거야?"

"그럼 미라도 에이즈 게 되겠네?"

"그럼…… 닻섬이 완전히 에이즈에 걸리는 거네."

소년들은 서로의 옆구리에 야린 잽을 먹이며 키들거렸다. 강우 따위는 안중에도 없어 보였다. 걸레는 과거 어디에서 실종됐고, 삼촌이 사라진 자리를 힐끗거리는 눈빛에도 두려움이 가셔 있었다. 소년들은 결코 깨지지 않는 병을 상대하기 위해 무수한 병을 주워 오듯, 자기들만의 내기에 취해 소문과 소문을 부풀렸다. 하지만 소년들의 소문은 모든 진실을 배반하고 있었다. 걸레는 물고기를 먹지 않았고…… 삼촌은, 삼촌은…… 반드시 **푸른등대**로 돌아올 것이다. 그러나 강우는 그 배신을 알은체할수록 거짓의 연대가 더욱 견고해진다는 사실을 눈치채고 있었다.

강우는 그제야 소년들을 잠시 오해했던 스스로가 부끄러웠다. 소년
들을 너무 만만하게 여겼다. 삼촌은 초식동물처럼 나뭇가지를 씹으며
사라져버렸고, 강우 혼자서는 다섯 소년을 한꺼번에 상대할 수 없었
다. 강우의 혀는 무궁화 꽃잎처럼 다섯 개가 아니라, 나팔꽃 암술처
럼 고작 하나였다. 혼자서는, 하나로는, 여럿인 소년들을 이길 수 없
었다.

강우는 그토록 하찮던 소년들의 눈치를 봐야 하는 게 유리병을 실
수로 밟은 것처럼 쓰리고 억울했다. 강우는 제 허룩해진 용기를 들킬
세라, 소년들이 가장 만만하게 취급해 싸움에 끼워주지 않은 박카스
병을 주워 맥소롱을 이긴 콜라 병 위에 패대기치듯 떨어뜨렸다. 콜라
병에 부딪힌 박카스 병 밑동이 왕관 모양으로 짜개졌다. 강우는 병
조각을 유리 조각 무더기로 걷어찼다. 슬리퍼에 담긴 맨발가락이 따
끔했다. 소년들은 어이없는 눈으로 강우를 노려봤다. 강우는 소년들
을 거들떠보지 않고 수조로 걸어갔다. 소년들은 말굽자석에 달라붙는
쇳가루처럼 강우의 뒤를 졸졸 따라붙었다. 강우는 바닥에 나뒹구는
뜰채를 주워 들고 뻥 뚫린 수조의 테두리를 훑쳐 내렸다.

"개는 에이즈에 걸리지 않아."

강우의 싸늘한 목소리에 소년들이 일순 잠잠해졌다. 새의 기척을
포착한 포수처럼, 소년들의 곤두선 침묵이 수조 주위를 팽팽하게 죘
다. 수조의 실리콘 테두리에 붙어 있던 유리 조각이 들뜬 이가 빠지
듯 후두두 떨어졌다. 소년들은 굼실굼실 강우를 포위했다. 삼촌이 앉
았던 평상 끄트머리에 홰에 앉은 가금처럼 쪼그려 앉거나, 새시 문에
영장류처럼 기대 실내를 기웃거렸다. 수조를 둘러싼 풍경은 폐허 직

전의 닻섬 동물원을 고스란히 닮아 있었다.

"뭐?"

강우는 이제 아무것도 가둘 수 없는 수조를 바라봤다.

"에이즈는 그렇게 쉽게 걸리는 게 아냐."

강우는 가뭄에 죽은 잎을 보고 한숨짓듯 나약하게 입술을 달싹였다.

소년들은 강우가 뜬금없이 뭔 헛소리를 지껄이나 갸우뚱했다가, 이내 잊고 있던 수음이나 흡연을 기억해낸 것처럼 달뜬 얼굴이 되었다.

"네가 어떻게 알아?"

"에이즈가 아니라…… 전염병이야. 학교에서 배웠어. 발굽이 두 개인 짐승만 전염병에 걸린댔어. 개는 앞 발가락이 다섯 개, 뒤 발가락이 두 개라서 전염병에 걸릴 일이 없어. 사람이나 마찬가지라고. 개는 그냥 걸레처럼 더러워진 거야. 수조 속의 물고기처럼 물에 헹구면 다시 깨끗해져. 삼촌이 그랬던 것처럼……"

강우는 거짓말을 하거나, 심해어처럼 바닥에 엎드린 진실을 암호로 에둘러 고백한 게 아니었다. 그저 엄연한 사실을 기침처럼 짧게 내뱉었을 뿐이다. 에이즈와 에이즈. 에이즈 대 에이즈. 에이즈의 에이즈. 에이즈가 아닌 전염병. 하지만 강우는 에이즈를 묻는 소년들에게 에이즈, 아니 전염병을 가르치고, 개를 두둔하면서도, 어쩌면 소년들과 마찬가지로 오가리 든 식물처럼 더러워진 걸레가 아니라, 가장 작은 소년을 바닥에 눕혀놓고 허벅지를 붙여 그 틈새에 고추를 집어넣고 할딱거리는 소년들의 얼굴을, 그것을 쳐다보며 케첩처럼 찐득찐득한 분비물을 흘리는 케이캅의 얼굴을 포개고 있었다.

한순간, 강우는 제 구차한 말들이 오랫동안 탐식했던 향기로운 음식을 고작 된똥으로 뚝뚝 끊어 누기라도 한 것처럼 더없이 초라하게

여겨졌다. 소년들의 혀짤배기소리와 다름없이, 그렇게 변명하고 있는
입이, 그토록 싫어했던 학교를 핑계 대고 있는 스스로가, 어떤 소년
보다 시간을 되짚어 조무래기로 퇴행한 것 같아 배설물처럼 끔찍했
다, 변비처럼 지긋지긋했다. 강우는 목구멍에 손가락을 집어넣고 헛
구역질하는 모습을 전시하고 싶었다.

"만약 걸레가 에이즈에 걸린 거면 어떡할 건데?"

칼이 배시시 웃음을 깨물고, 산타의 존재를 확신하는 아이에게 응
수하듯 되물었다.

"에이즈가 아니라 전염병이라니까. 에이즈는 사람만 걸려. 그리고
전염병도 마찬가지야. 그리고…… 난 전염병 따윈 하나도 겁나지 않
아. 걸레랑 함께 밥을 먹고, 잠을 잘 수도 있어."

강우는 주눅 든 기색을 안 들키려고 주먹을 쥐듯 말했다.

"진짜 걸레랑 살 수 있다고?"

"그래 나도 삼촌만큼 걸레를 좋아해. 게다가 삼촌도 여기서……
살 거야. ……삼촌이 있으면 전염병 따윈……"

강우는 결국 소년들을 향해 삼촌이라는 방패를 내밀었다. **삼촌은 푸
른등대에서 나와 미래를 함께할 거야.** 강우는 소년들하고는 삼촌을 발음
으로라도 나누고 싶지 않았지만, 막상 혀에 삼촌을 얹고 나자 하염없
이 가슴이 달싹였다. 저와 소년들 사이에 유리 벽을 둘러막은 것처럼
맑게 갑갑하고, 딱딱하게 아늑해졌다.

강우는 그만 소년들을 투명한 벽 너머에 가두고 (어쩐지 수조처럼 좁
디좁은 제자리가 훨씬 넓은 세상으로 확장됐다) 하염없이 삼촌을……
삼촌만…… 그의 호칭만 반복하고 싶었다. 강우는 꿈이 코피처럼 흘
러내릴까 봐 고개를 잦히고 **푸른등대**를 올려다봤다. 앞니가 빠진 입처

럼 검은 창에 부딪힌 햇빛의 조각들이 삼촌의 날카로운 귀와 콧마루를 닮아 있었다.

"삼촌이 여기서 산다고?"

강우는 소년들의 얼굴이 낮에 밝힌 전구처럼 시샘으로 번뜩거린다고 생각했다.

"에이즈가 아니고?"

쥐가 앞니를 갈듯 이죽거렸다.

강우는 항문에 빨려 들어가듯 머릿속이 까무러졌다. 강우는 바닥에 털썩 주저앉거나 휘청거리는 포즈로 그만 사라지고 싶었다. 하지만 그럴 때만 몸은 너무 건강한 것 같았다. 마침맞게 칼이 강우의 삼킨 비명을 훔쳐보기라도 한 듯 눈빛을 누그러뜨리고, 쥐가 아니라 똥의 뒤통수를 올려붙이며 휘슬을 불듯 선언했다.

"야, 이 멍청아. 에이즈, 아니 전염병은 미라하고 동거한다잖아. 에이즈가 아니라 전염병이라잖아."

*

그렇게 전염병이 다시 태어났다.

소년들은 의자 다리와 작대기에 앞치마와 비닐봉지, 벽지를 매달고 푸른횟집 근처를 뛰어다니며 서로서로에게 **전염병 옮아라, 전염병 죽어라**, 고함을 질렀다. 전염병이 옮은 소년은 세 손가락과 두 손가락을 물갈퀴처럼 붙이고 쓰러지는 시늉을 했다. 소년들은 버려지고, 더렵혀지고, 하나인 것들은 죄 전염병으로 몰아붙였다. 전염병은 에이즈처럼 은밀하지 않고, 바다에서 갓 건진 물고기처럼 명랑했다.

소년들이 강우에게서 훔친 전염병과 달리, 지난겨울 찾아온 전염병은 외투처럼 무거웠다. 달음질치는 몸짓은커녕 얼굴도 없었고, 소문으로만 스며도 사람들은 구덩이에 파묻듯 입을 틀어막아버렸다. 그런데도 전염병의 파고는 넓고 깊었다. 전염병보다 훨씬 먼저 대관람차가 회전을 멈췄는데도, 그 커다란 바퀴가 닻섬의 발전기였던 것처럼 밤새 전구를 밝히던 산비탈의 격납고가 깜깜해졌고, 정육점골목과 횟집 거리의 가로등도 시부저기 썰렁해졌다. 전염병이 닻섬의 입을 지우고, 눈을 다물리고, 귀를 감겨버린 것만 같았다. 그때는 뭐든 침묵이 대세였다.

하지만 다시 해가 길어지고, 수은주가 올라가듯 닻섬은 전염병에서 벗어나 게으르게 기지개를 켰다. 발파 해체 공사로 쓰러진 굴뚝 부스러기에서 민들레가 하품처럼 피어났고, 백야처럼 창백한 사람들의 살갗에도 피가 돌았다. 그때까지 전염병을 버텨온 사람들은 깨어보니 장례식이 끝나 있는 것처럼 저도 모르게 배어나는 안도와 후련함을 들킬세라, 버릇된 침묵을 지키며 슬그머니 닻섬을 떠나버렸다. 북극처럼 깊은 겨울이라 그저 폐허라 여겼던 그곳이 아주 오래전부터 무덤이었다는 사실을 깨달은 것처럼. 사실 그 두꺼운 겨울 동안 누구도 코가 짓무르고, 고름처럼 맑은 콧물을 흘리고, 등걸처럼 거친 발굽 샅에 꽃망울 같은 물집이 잡힌 동물을 목격하지 못했다. 여전히 닻섬에서 미루적거리는 사람들도 대부분 가축을 기르기는커녕 동물원조차 가본 적이 없는 사람들이었다. 그래서인지 덥고 메마른 계절에 느닷없이 귀환한 전염병은 차고 잿빛이던 전염병이 아니라, 전염병 이후 닻섬에 남은 사람들을 유일하게 한자리에 모았던 오뉴월의 붉은 축제를 닮아 있었다. 그러니까 전염병축제.

하지만 다섯 소년만으로는 전염병을 되살리기에는 역부족이었다. 유령처럼 떠돌던 소문이 되살아나기엔 쇳가루처럼 따가운 눈가루도, 노란 먼지바람도 지구 반대쪽 계절처럼 잊힌 지 오래였고, 세상 어느 곳보다 다양한 동물을 품었던 닻섬은 물고기가 사라진 수조보다 더 휑뎅그렁해졌다. 소년들이 아무리 갈색 종잇조각을 가죽이라 우긴다고 해도, 소년들은 또다시 소문에 뒤처지기만 할 뿐이었다. 놀이공원이 텅 빈 뒤에야 놀이기구와 동물원을 마음껏 누빌 수 있었고, 수조가 빈 뒤에야 주머니가 넉넉한 손님처럼 횟집들을 기웃거릴 수 있게 됐듯, 소년들은 그저 누가 버리고 간 구멍에서 추억만 핥아 먹을 수밖에 없는 운명이었다. 아무리 갈아입지 않은 붉은 셔츠가 **전염병축제**에 더할 나위 없이 어울려 보여도, 축제는 주인공과 관객이 필요한 거였다. 강우는 그런 소년들이 안쓰럽기까지 했다.

강우는 제가 무심히 흘린 전염병을 구호로 삼은 소년들이 축제를 벌일 때마다, **푸른등대** 창가에 서서 소년들을 할금거렸다. 소년들은 훔친 동전을 탕진하듯, 빤한 결말을 초조하게 버티고 있었다. 소년들이 하도 궁굴리고 다니는 바람에, 부스럼과 송곳니를 달고 있을 것처럼 날렵하던 전염병은 어느새 눈덩이처럼 보드랍고 둥그스름해져 있었다. 강우는 소년들이 결국 무엇을 겨냥하고 있는지 꿰뚫고 있었다. 소년들은 축제의 주인공을 초대하고 싶어 안달이 난 거였다. 강우는 조만간 전염병이 잦아들면, 소년들이 저를 찾아와 사탕을 머금은 꼬마들이 침을 흘리듯 새로운 소문을 주워섬기리라는 사실을 예감하고 있었다. 그때서야 전염병은 눈이 녹듯 잦아들 거라는 걸 알고 있었다. 그리고 아무도 **전염병축제**를 기억하지 않을 것이라는 사실도.

소년들이 외는 전염병 소리가 점점 소란스러워질수록, 강우는 이제 나저제나 퍼레이드의 맨 마지막 순서를 기다리는 주인공처럼 엉덩이가 들썩이고 온몸이 가려웠다. 강우는 축제에 초대받길 바라는 것인지, 자신만은 축제의 사각지대에 남아 여왕처럼 내려다보고 싶은 건지 손바닥과 손등처럼 연신 변덕을 부리는 제 마음을 분간할 수 없었다. 하지만 소년들은 성을 포위한 병정들처럼 **푸른등대**의 창문만 힐끗거릴 뿐, 강우를 향해 이름을 부르거나 오른팔을 들어 귀에 붙이는 인사로 알은체를 하지도 않았다. 강우는 눈살을 찌푸리고 의심에 찬 눈초리로 소년들의 늑장에 침을 뱉어버리고 싶었다. 하지만 주로 개천다리에 묶인 시선을 누가 망원경으로 감시했다면, 그 눈빛과 몸짓은 영락없이 무언가를 초조하게 기다리는 모습이었다. 강우도 어떤 기다림이 지루해질수록, 자신이 쳐다보고 있는 것이 **전염병축제**인지, 소년들인지, 투명인간 같은 삼촌의 흔적인지, 걸레인지 종잡을 수 없었다.

*

소년들의 **전염병축제**를 물리친 건 삼촌도, **아빠백작**(아무렴, 그럴 리가!)도 아닌, 흙이었다. 남자어른들 어깨 너머에서도 광배처럼 도드라진 소년.

전염병 옮아라, **전염병** 죽어라. **전염병** 삼켜라, **전염병** 빨아라. **전염병** 싸라, **전염병** 핥아라. 혀를 꿀밤으로, 꿀밤을 따귀로, 따귀를 주먹으로 되받듯 소년들의 5억 3,950만번째인 것 같은 지긋지긋한 축제가, 점점 걷잡을 수 없이 사나워질 무렵, 흙이 개선장군처럼 개천다리를 건너왔다. 흙의 걸음걸이는 삼촌처럼 느렸지만, 햇빛에 주눅 들지 않고 당찼다. 흙은 두 주머니에 동전이 가득한지 자못 득의만만한 표정으로 개천 아래를 내려다봤다. 강우는 흙이 늑장 부릴수록 조바심이 났다. 하지만 행여 기다리는 얼굴을 들킬세라, 강우는 손가락으로 집을 수 있을 것 같은 흙을 비껴 개천 이쪽저쪽으로 딴청을 부렸다.

날이 오래 가물어 붉게 마른 개흙에는 어떤 사연으로 버려졌는지 도무지 짐작할 수 없는 자동차 바퀴와 냉동실 문짝만 달린 냉장고, 요란한 색깔의 과자 봉지 들이 숨은 그림처럼 파묻혀 있었다. 아무리 멀리까지 시선을 던져도 흙의 모습은 다래끼처럼 거슬렸다. 흙은 어느덧 개천다리를 건너 푸른등대 가까이 다가오고 있었다. 소년들도 흙의 기척을 느끼고는 정전처럼 조용해졌다. 순간 수조에 갇힌 갈매기가 푸득거리는 소리가 다섯 소년들 사이에 스파크처럼 반짝였다.

흙은 수조 앞에 쭈그려 앉은 소년들과 눈을 맞추느라 두 손을 무릎에 짚고 등허리를 숙였다. 흙의 얼굴이 소년들을 향해 한참 숙여진 탓에, 강우는 흙이 어떤 입 모양을 하고 있는지 알아챌 수 없었다. 흙이 지루한 응시를 끝내고 몸을 곧추세운 뒤 두 손바닥을 탁탁 털었다. 소년들은 그것을 신호 삼아 수조에 잠수할 듯 윗몸을 집어넣었다. 소년들의 발바닥이 허공에서 꼬리지느러미처럼 버둥거렸다. 소년들은 바닷새를 겨우 가슴에 품고 영광횟집 폐허에 방생하듯 집어던졌다. 갈매기는 알록달록한 사금파리와 잿빛 시멘트 부스러기를 되똥되똥 걸어갔다. 소년들은 흙이 걸어온 길을 되짚어 정육점골목으로 내달렸다.

강우는 부리나케 달아나는 소년들과 주춤거리는 갈매기를 도리머리로 쳐다본 뒤 수조를 슬그머니 내려다봤다. 흙이 정확하게 강우가 서 있는 창을 향해 오른손을 흔들어 (소년들의 인사는 아니다) 알은체를 했다. 망가진 뜰채를 왼손에 쥐고 뭔가 어색하게 찌푸린 흙의 눈과 마주치자, 강우는 어쩐지 소년들의 인사로도, 무심한 손짓으로도, 아무 대꾸를 할 수 없었다. 강우는 황급히 시선을 딴 곳으로 돌렸다. 소년들의 친절이라면, 더욱이 익숙하지 않은 얼굴이라면 약장수보다 더 수상하다고 다짐해야 했다. 흙도 엄연히 소년들 중 하나였다, 소년이었다. 남자어른들이 누구보다 자주 소년이라고 불렀던, 소년.

케이캅이 당구장을 어슬렁거리는 아이들을 손가락질하며 "야, 거기 소년 말이야…… (바람이 조르르 케이캅에게 달려갔다) 땅콩만 한 너 말고, 어이 거기 제일 키 큰 너 소년놈 말이야" 하고 말한 뒤, 아이들을 가리키는 호칭은 무조건 소년이 되었다. (소년들은 새 이름에 대한 보은으로 케이캅에게 에이즈란 별칭을 선물했다.) 삼촌도 케이캅처럼 소년들을 소년이라고 불렀다. (삼촌은 여전히 삼촌이었다.) 그때부터 코딱지나 눈곱, 엉덩이를 긁어 분비물을 쇠똥구리처럼 돌돌 마는 버릇이 있는 똥, 정류장에서 집으로 돌아가는 꼬마에게 연필 칼로 협박해 돈을 빼앗는 칼, 늘 어딘가로 내달리는 바람, 눈이 손톱보다 가늘고 앞니가 뾰족한 쥐, 부러진 코뼈를 제때 맞추지 않아 콧잔등이 울긋불긋한 코(비뚤어진 코에 도마뱀처럼 튀어나온 안구가 백미러처럼 얹힌 얼굴이 발꿈치처럼 생겨 그렇게도 불렸다)는 서로서로를 소년이라고 불렀다. 주로 남자어른들 곁에서 머물며 아주 가끔 다섯 소년과 어울리는 흙도 소년이었고…… 문손잡이의 오른쪽이 주먹 모양으로 깨진 빈집이나 쇠사슬이 채워진 닻섬랜드 선착장 어귀에서 소년들과 몇 번 어울린 게 고작인 강우도 그렇게 소년이 되었다.

소년들은 소년 일곱을 뭉뚱그려 북두칠성이라고 불렀다. 똥, 칼, 바람, 쥐, 코…… 당연히 흙이 우두머리고…… 특별히 널 북두칠성에 넣어줄게. 강우도 똥, 칼, 바람, 쥐, 코라고 발음하는 것보다 소년, 하고 발음하면 엄마기계와 아빠백작, 아니 누구보다 스스로에게 떳떳하지 못했던 기분이 가시고, 풍선과 어깨동무를 한 것처럼 제법 산뜻해졌다. 하지만 삼촌이 닻섬을 비운 뒤부터 '소년'은 전염병처럼 전혀 다른 얼굴로 수상한 냄새를 풍겼고, 강우에게 소년은 애칭이 아니라 께름칙한 물건을 가린 자루로 둔갑했다. 강우는 이제 소년이라면 (아무리 흙이어도) 그 등장을 의심할 수밖에 없다고 다짐했다.

흙은 수조에 떨어진 깃털 하나를 손바닥에 놓고 입바람을 불었다. 흙은 홑씨처럼 허공을 떠도는 깃털이 땅에 떨어지지 않게 고개를 젖히고 종종걸음을 놨다. 강우는 흙의 입김을 따라 고개를 들었다. 깃털 너머, 길모퉁이 벽과 지붕에 잠겨 끝을 짐작할 수 없는 정육점골목은 버려진 사격장처럼 고요하고 불길했다. 언제라도 그곳에서 따끔따끔 불꽃이 튈 것 같았다. 강우는 그것이 제 조바심과 중력을 거스르는 것 같은 외면에서 도화한 불꽃이라는 사실을 알고 있었다. 흙을 의심하고 외면할수록, 강우의 눈앞에는 오른손을 들 때 드러난 거뭇한 겨드랑이가, 등허리를 숙일 때 배죽 보인 엉덩이 골이, 군인처럼 짧은 뒤통수에 이어진 그을린 목덜미가 보였다.

강우는 어떤 존재를 감각하고 기억하는 방법이 보는 것이라고 생각했다. 보이니까 보게 되고, 보니까 그리웠다. 보고 싶지 않은데도 자꾸 보이면, 사실 그리웠던 게 아닐까, 안 보여 미웠고, 미우니까 싫다고, 지레 뱀 같다고 혀를 내두른 게 아닐까, 싶어졌다. 그것은 대개 남자어른의 잘생긴 콧마루나, 눈썹, 턱의 거뭇거뭇한 수염과 배꼽…… 털이었다. 손과 혀, 땀과 허튼 몸짓이었다. 그러니까 강우가 만졌던 것, 갖고 싶었던 것, 살갗이 있는 것들이었다. 얼굴이 있고, 표정이 있고, 잇바디를 가진. 강우는 그것을 보면서 마음을, 어제를,

어쩌면 내일⋯⋯을 어렴풋하게나마 짐작하고 응수할 수 있었다. 그러니까 우두커니 기다릴 때, 느리게 밥알을 씹을 때, 억지로 눈을 감을 때, 수음할 때⋯⋯ 그러니까 기억될 때, 그 야릇한 짐작들이 파리의 겹눈처럼 눈앞에 알알이 보여야만 진짜라고 믿었고, 그것만이 사라지는 시간 속에서 의미 있는 것이라고 집착했다. 하지만 강우의 눈앞에⋯⋯ 흙이⋯⋯ 보인 적은 한 번도 없었다. 흙은 강우의 기억에서 전면에 등장하지 않았고, 늘 눈곱처럼 떼어내고 싶은 소년들에 가려 있었다. 그런데 지금 강우의 눈앞에는 그 어떤 기억보다 또렷이 건강한 소년 하나가 보였다.

*

하지만⋯⋯ 흙은 너무 늦게 찾아왔다. 어둠침침한 폐허에서만 열매처럼 빛나던 눈빛과 콧마루, 윗니에 익숙한 탓인지 한낮에 발긴 얼굴이 낯설고⋯⋯ 수상하고, 원망스러웠다. 이제야 전염병의 꼬리를 물고 나타났기 때문일까, 축제처럼 떠들썩한 전염병이 지긋지긋해서일까, 그늘을 꿰입지 않아서일까⋯⋯ 다섯 소년과 섞여 있던 흙은 혼자 몰래 찾아왔던 소년들과 하나도 다르지 않았다. 흙보다 훨씬 먼저 햇볕에 들통 난 소년들도 삼촌이 닻섬을 비운 뒤로는 흙만큼 당당했고, 흙과 같은 것을 공유하고 있었다.

강우는 흙이 왜 이제야 푸른등대를 올려다본 건지, 친절하게 구는 건지, 그 속마음을 짐작할 수 없어 성이 났다. 강우는 흙을 외면할수록 조바심이 나 오줌이 다 마려웠다. 강우는 흙이 소년들과의 약속을, 짐작과 짐작만으로 응수하는 질서를 꿰고 있다고 확신했다. 아마 흙이 소년들 중 맨 처음 찾아왔다면 그 질서는 완전히 달라졌을 것이다. 강우는 제 몸과 푸른등대 한가득 두엄 냄새가 들어차는 것 같아 얼른 화장실로 들어가 발가벗고 온몸을 씻고 싶었다. 흙의 친절도 소년처럼 어떤 대가를 바라는 것일까. 하지만 강우는 흙이 그것을 바란다고는 믿고 싶지 않았다. 다만…… 흙은 너무 늦게 찾아온 것이다. 흙은 더위에 지친 개처럼 게으름을 부린 것이다. 흙은 기다림의 죽음을 조문할 자격도 없는 지각생이다.

강우는 억울했다. 강우는 제자리에 가만히 묵새기고 있었을 뿐이다. 침묵이 죄라면. 하지만 마음으로 수백 번의 거짓말을 해도 감옥에 가지는 않는다. 눈으로 수천 번의 거짓말을 해도 입은 썩지 않는다. 하늘을 보라, 비와 눈, 구름은 수만 번 변덕을 부려도 아이들은 파랑만 칠한다. 바다를 보라, 고래와 플랑크톤은 도서관처럼 괄호 속으로 잊히고 파랑뿐이다. 강우는…… 죄가 없었다. 소년들이 죄였다. 아무리 소년들의 장난에 덧칠됐어도, 강우는 삼촌만 있다면 깨끗하게 다시 태어날 수 있었다. 그래…… 남자어른만 돌아온다면.

강우는 문득, 흙이라는 소년 저만치에 삼촌을 포개자 볕에 마른침이 고이듯, 덫이라는 생각이 들었다. 전염병이라는 덫. 삼촌은 강우가 무심히 흘린 전염병 이야기를 듣고, 소년들을 가로막기 위해 덫을 놓았다. 강우를 뺀, 소년들의 숫자에서 딱 한 개 모자라게 놓은 다섯 개의 덫. 소문처럼 얼굴이 없는 전염병이라는 덫. 그 예감은 구원처럼 또렷했다. 그것은 고난과 학대가 구원으로 가는 의례라는, 다짐과도 같은 예감이었다. 동물원에서는 동물에게 목줄을 채우거나 재갈을 물리지 않는다. 소년들은 그 사실을 모르고, 삼촌의 덫에 깜빡 속은 것이다. 삼촌은 사육사처럼 게으른 시늉을 하며 소년들을 전염병으로 이끌었고, 강우는 운명적으로 남자어른의 암호를 알아채고, 그 덫의 법칙에 따라 전염병이 소년들의 발목을 죄 물어뜯을 때까지 제자리에서 기다리고 있었던 건지도 모른다. 강우는 그런 엉뚱한 확신에 점점 기분이 좋아졌고, 그렇게 삼촌과 자신은 말을 나누지 않아도 한 쌍의 완벽한 운명일 수밖에 없다는 결론에, 눈물이라도 흘리고 싶은 지경이었다. 그러니까 흙은 삼촌이 강우의 자격을 시험해본 뒤 마지막으로 보낸 전령일지 모른다. 그렇게 마침표를 찍자, 강우는 더 이상 흙을 외면할 핑계가 없었다.

*

소년들이 미끼에 홀린 짐승처럼 푸른횟집을 찾아왔던 그 시간부터…… 그러니까, 삼촌의 시험은 벌써 시작됐는지 모른다. 새우깡을 오물거리며, 아무 의욕도 없는 맹한 눈빛으로 햇빛을 바라고 있었지만, 삼촌은 사실 모든 걸 꿰뚫고 강태공처럼 조무래기 훼방꾼들에게 낚싯대를 드리우고 있었던 것이다. 소년들은 삼촌이 정말 탕자처럼 내쫓기기라도 한 것처럼, 겁도 없이 푸른횟집 어귀도 모자라 **푸른등대**까지 놀이터로 삼으려고 했다.

처음 찾아온 소년은 하필 똥이었지. 강우가 미라한테 가서 콩국수를 먹고 돌아오는 길이었는데, 개천다리부터였나, 똥 혼자 부스러기를 주워 먹듯 졸졸 따라왔다. 내내 딴청만 부리던 똥은 강우가 푸른횟집이 아니라 영광횟집 샛골목으로 방향을 잡자 허겁지겁 따라붙어 말을 쏟아냈다.

"에이즈, 아니 전염병이 백차 타고 한 바퀴 둘러보고 떠나는 걸 봤

어. 다 뻥이었어. 에이즈는 미라를 거들떠보지도 않았어. 그런데 정
말 너는 삼촌이랑 동거하는 거야?"

강우는 퍼뜩 똥이 무엇을 겨누고 있는지 의심부터 들었다. 하지만
동거라는 말을 듣자, 입속에 맴돌기만 하던 낱말의 뼈를 뽑아낸 것처
럼 후련한 기분도 들었다. 강우는 개천다리와 건너 정육점골목을 재차
확인한 뒤, 똥의 질문에 대꾸 없이, 즉석 복권을 긁은 사람처럼, 고
개를 끄덕였다.

강우는 걸음을 되짚어 수조가 딸린 푸른횟집으로 걸어갔다.

똥은 삼촌이 순간 이동을 하고 나타나 꼭뒤를 잡아채기라도 할 것
처럼, 연신 뒤를 힐끔거렸다. 코를 후비며 쭈뼛거리던 똥은 때마침
걸레가 평상 아래로 기어들자 찾아온 핑곗거리를 잡은 듯 노란 윗니
를 헤벌렸다. 똥은 평상 아래 쭈그리고 앉아 걸레를 들여다보고는 개
를 불렀다.

"어이, 걸레, 오요요. 전염병. 오요요."

똥의 지분거림에 걸레는 외려 뱃구레를 쓸며 뒷걸음질했다.

강우는 똥이 걸레를 빌미로, 자꾸만 들른 목적을 능장 부리며 다시
꼬마 시늉을 하는 게 못마땅했다.

삼촌이 닻섬을 떠난 뒤, 아빠백작인지 미라인지 냉면 그릇에 구정물
을 담아 수조 앞에 내다 놓았다. 밥내를 맡은 걸레도 어느 순간 푸른
횟집으로 돌아와 강우와 처음 만났을 때 바짓가랑이를 물고 늘어지듯
주위를 어슬렁거렸다. 전염병축제의 주인공은 정말 걸레였는지, 이 며
칠 소년들도 자취를 감췄다.

"개를 좋아하잖아.(강우는 호칭 대신 푸른횟집 안을 엄지로 가리켰
다.) 삼촌이 돌아오면 수선화로 돌려보낼 거야."

강우는 **정육점골목**에서 여자들의 가랑이 사이를 파고들던 걸레를 떠올리며 변명하듯 얼버무렸다.

걸레는 걸레들이 살았던 **정육점골목**에 가장 잘 어울렸지만, 실제로 걸레를 돌보는 사람은 아무도 없었다. 그리고 어떻든 삼촌이란 말은 닻섬에서 가장 튼튼한 방패였다.

"넌 정말 전염병이 무섭지 않구나."

뚱은 그렇게 호르르 말을 내뱉고는, 물거품처럼 사라진 말의 자취를 살피듯 문득 잠잠해졌다.

뚱은 땅바닥에 엎디듯 팔을 뻗어 끼깅거리는 걸레의 정수리를 긁으며 돌멩이를 던지듯 불쑥 말했다.

"사실은…… 나도 전염병이 하나도 안 무서워."

강우는 움찔 놀랐지만, 지금 닻섬의 소년들에겐 전염병이 대세라는 걸 알았기 때문에, 짐짓 태연한 척 신코로 땅바닥을 탁탁 두드렸다.

저를 어르는 소리 때문인지, 강우의 가벼운 발길질 때문인지, 평상 아래 그늘로 점점 깊어지던 걸레가 앞으로 기어 나와 뚱의 입술을 날름 핥았다. 뚱은 팔짝 놀라 그만 평상 모서리에 뒤통수를 찧었고, 어쩐지 잔뜩 겁먹은 얼굴로 연신 손등으로 입술을 훔친 뒤 나무 다리에 문대기를 반복했다. 강우는 뚱이 정말 걸레가 전염병에 걸린, 발굽이 두 개 달린 짐승이기라도 하듯 질겁하는 모습을 보며 웃음을 깨물었다.

사실 전염병을 옮길 것 같은, 전염병, 하고 짓궂은 놀림을 받아야할 대상은 걸레가 아니라 뚱이었다. 뚱의 붉은 티셔츠는 걸레의 노란 털보다 훨씬 더러웠다. 나무껍질처럼 보풀이 인 소맷자락에는 격납고가 있는 산비탈을 헤맸는지 도꼬마리 몇 바늘이 달라붙어 있었고, 땀으로 얼룩진 등줄기와 가슴패기에서는 쉰내가 식초만큼 시큼하게 풍겼다. 똥은 전염병 축제의 들러리가 아니라, 그곳을 기웃거리는 각설이처럼 보였다. 하지만 햇볕에 그을린 똥의 손등에 툭 불거진 힘줄을 보는 순간, 강우는 저도 모르게 누군가 싸지른 똥을 들여다보는 것처럼, 매혹과 금기가 구역질과 군침처럼 동시에 치밀어 올랐다. 강우는 똥이 성기의 포피를 깠다, 잡맨 풍선처럼 오므리며 오줌을 누던 장면이 떠올랐다. 그늘이 깊은 건물의 맨 위층에서였는데, 하얗게 바랜 허공으로 뿌려지는 오줌은 무지갯빛이었다. 그리고 보면 똥도 엄연한 사내아이였다.

"너, 삼촌이 요즘 어디서 지냈는지 궁금하다고 그랬지?"

강우는 똥의 윗도리에 붙은 도꼬마리를 떼어주며 살포시 몸을 뒤틀었다. 똥이 흠칫했다가, 이내 휘둥그레진 눈빛을 가다듬고 침을 꼴깍 삼켰다. 강우는 똥이 삼킨 마음이 무엇인지 빤히 꿰뚫어보고 있었다. 삼촌이 강우에게 처음 손을 내밀었을 때, 햇볕이 아닌 눈밭에 선 꼬마의 얼굴도 그런 표정이었을 것이다.

*

똥이 **푸른등대**를 다녀간 뒤 뒤꼍으로 난 층계참에서 노크 소리가 들렸다.

푸른등대 출입문은 두 개였다. 입과 항문처럼, 하나는 싱크대 옆으로 해서 푸른횟집으로 내려가는 나무 계단이고, 하나는 뒤꼍 경사진 골목으로 통하는 시멘트 계단이었다. 그곳에 문이 있다는 사실을 아는 사람은 거의 없었다. 사람들은 주로 문틀과 문짝 없이 곧장 나무

60

계단으로 이어지는 구멍을 이용했는데, 강우 혼자 아빠백작과 맞닥뜨리는 게 무참해 낡아 떨꺽거리는 뒷문으로 드나들었다. 횟집이었을 때도 손님들은 사다리를 타듯 나무 계단으로 오르내렸다. 양반다리를 하고 앉으면 허공이 풍경의 전부인데도, 손님들은 회덮밥과 된장찌개를 시켜놓고 목을 빼고 창을 올려다보며 서로의 허벅지를 한참 동안 지분거렸다. 강우는 지루함을 참지 못하고 방에서 나와 뒷문으로 빠져나갔다. 휘파람을 불며 층계참에 다다르면, 문이 열리고 바깥을 두리번거리는 손님들의 의아한 눈빛과 마주치고는 했다. 똥구멍처럼 엄연한데 고아처럼 취급되는 비밀의 문을 기억하는 사람은 이제 강우 혼자이지 싶었다. 그런데도 강우는 그곳에서 울린 기척에 놀라지 않았다. 소년들은…… 놀이터를 찾는 것만큼은 귀신이었으니까.

소년들은 혼자였다. 다섯일 때는 늘 소문에 뒤처지기만 하던 소년들은 혼자가 되자 더없이 조급했다. 강우는 이제야 바지런을 떠는 소년들의, 더 일렀을 수도 있는 게으른 결말에 앙갚음하듯 입을 다물고 늑장을 부렸다. 강우가 바지를 벗듯 뒷문을 열어주자, 소년들의 $\frac{1}{5}$은 그림자를 끊어낼 듯 잽싸게 푸른등대로 숨어들었다. 소년들의 $\frac{1}{5}$은 숨을 잎처럼 나눠 뱉었다. 소문은 동전과 같아 여럿이 나눠가지지 않고 혼자 품을 때 훨씬 떳떳하고 잽싸게 만들어주는 모양인지, 소년들의 $\frac{1}{5}$은 자기만은 억지로 축제에 끌려 다닌 것처럼 무척 지루한 시간을 보냈다는 표정이었고, 사과하듯 쭈뼛거렸고, 자신은 소년들의 $\frac{4}{5}$와는 다르다는 은밀한 표정을 지었다. 조무래기로 퇴행했다가 어느 순간 어엿한 소년의 모습으로 둔갑해 변덕을 부리던 소년들의 $\frac{1}{5}$은 혼자가 되자 또다시 진지한 닻섬의 소년으로 되돌아 와 있었다. 소년들의 $\frac{1}{5}$은 도리어 전염병을 치르면서 남자어른으로 서둘러 자란 것처럼 짐짓 점잔을 부리기까지 했다. 하지만 뒷짐을 지고 어떤 기대에 서둔 모습은 조악하고 서툴기만 했다. 소년들의 $\frac{1}{5}$은 삼촌의 피겨figure처럼 보였다. 푸른등대에 막상 발을 들여놓았지만 얼핏 황감한 표정에는 기억의 빈곤함이 여실히 드러났다. 소년들의 $\frac{1}{5}$은 뒷짐을 지고, 업은 아이를 재우듯, 왼발 오른발을 건들건들 떼며 푸른등대를 거닐었다. 소년들의 $\frac{1}{5}$은 주로 조황과 물을 따지는 횟집 손님처럼, 싱크대 맞은편에 있는 빈 수조를 들여다봤다. 아빠백작이 2층까지 손님이 넘칠 줄 알고 마련한 관상용 수조였다. 하지만 그곳에는 한 번도 물이 채워지지 않았다. 소년들의 $\frac{1}{5}$은 승전보를 새기듯 껌 종이 스티커를 손톱으로 새기기도 했고, 손가락으로 제 이름을 비뚤배뚤 쓰기도 했다. 이상한 소문을 야죽거리는 것보다는 차라리 침묵하는 게 나았다. 강우는 혼자가 되자, 결국 시간이 지날수록 조무래기보다 더 얼뜬 얼굴로 쪼그라든 소년들의 $\frac{1}{5}$이 각성하게끔 기지개를 아드득 켜고 냉장고 아래위 문짝을 여닫았다. 침대에 걸터앉아 몸을 뒤틀고 발을 구르며 재촉해야 소년들의 $\frac{1}{5}$은 자신이 들른 목적을 기억해냈다. 강우와 소년은 빈 수조처럼 고요하게 기쁨을 나누었다.

　강우는…… 정확히 동정은 아니었다. 강우는 소년들도 그렇다고 믿었다. 귀신의 집에서, 짓다 만 건물의 지하실에서, 물이 메마른 하수구 그늘에서, 소년들은 소주에 취해 정육점골목 걸레들을 보트처럼 올라타봤다면서 비틀거렸다. 소년 하나가 자신은 장화도 안 신고 웅덩이를 잠방거리듯 지린내를 풍기는 걸레의 늪을 마음껏 누볐다고 빼기면, 한 소년은 거짓말하지 말라고, 네가 보지를 살 돈이 어디 있느냐고 따져 물었다. 소년들은 단 입과 게게 풀린 눈과 매가리 없는 주먹으로 지루하게 뒵들었다. 강우는 어떤 소문과 거짓말이든 아무 근거 없이 말짱하게 생겨나는 건 아니라고, 오해나 착각이었다고 뒷걸음칠 뒷배가 있으니까 그렇게 떳떳할 수 있는 거라고 생각했다.

강우는 소년들과 나누는 기쁨이, 기쁨을 처음 **발명**했을 때처럼 두렵거나 부끄럽지 않았다. 강우는 어느새 기쁨은 누구나 **발명**할 수 있는 거고, 어차피 소년들과 교환하는 기쁨은 가짜라는 걸 짐작할 만큼 자라 있었다. 소년들과 주고받는 기쁨은 소년들이 뒷짐을 지듯 남자 어른을 시늉하는 또 하나의 놀이에 지나지 않았다. 고작 그런 걸로 죄책감 따위 가질 필요가 없었다. 그렇게 기쁨은 학습되지 않고 급조한 게임처럼 서툴고 느닷없이 교환됐다. 하지만 소년들은 기쁨을 나누는 데 영 소질이 없거나, 재능이 평범했다. 소년들은 애당초 게임의 룰을 제대로 이해하지 못했고, 제 밑천이 들통 날까 봐 입속의 혀를 끄집어내 보일 듯 다정한 목소리로, 수상한 친절을 보이며 알랑거렸다. 뭔가 덜거덕거리고 물컹거리고 찜찜했다.

강우는 기쁨이 시들했다. 제가 그 놀이에 엮여든 게 부끄러웠다. 소년들은 강우의 얼굴을 맞보지 못했다. 강우는 혼자 기쁨을 **발명**하기 전부터 그것을 나누는 방법을 예감하고 있었고, 삼촌이 저를 만졌을 때 소년들처럼 서툴게 굴지 않았다. 강우의 유전자 속에는 이미 볼을 자유자재로 다루거나 바람의 계이름까지 짐작할 수 있는 신동처럼 기쁨의 천부가 있는 것 같았다. 강우는 하루하루 소년들과의 놀이가 지루하고, 아팠다. 강우는 소년들이 올 때마다 뱀이 든 줄도 모르는 선물 상자와 갇혀 있는 기분이었다. 어둠침침한 **푸른등대** 그늘에 숨어 백동전처럼 눈을 희번덕이며 입속의 혀를 끄집어내 보일 듯 다정한 목소리를 핥을 때마다, 점점 가까워지는 친절이 수상해질수록, 강우는 그 속에 무엇이 들어 있는지 모르고, 긴장도, 호기심도, 두려

움도 아닌 지루한 감정을 늘어뜨리고 있었다. 강우는 소년들을 떨어
내지 못하는 까닭도 뭔가 수상한 자루를 건네받은 기분과 같다고 생
각했다. 그 속에 무엇이 들어 있는지는 아무도 모른다. 강우는 결국
그것이 두려움이라고, 소년들의 서툰 모습은 시늉이며 언제 또 주먹
처럼 돌변할지 모른다고 스스로에게 평계했다. 강우는 소년들을 이길
수 없기 때문에 그것을 좀더 전시할 수밖에 없다고 체념했다. 소년들
도 강우처럼 기쁨은 동물원처럼 전시해서는 안 된다는 사실 하나만은
뜻이 맞았다. 사람들은 누구나 뱀을 알지만, 뱀을 이해하거나, 뱀을
발음하지 않는다는 사실을. 강우에게 기쁨은, 침묵마저 깜깜한 객석
을 앞에 두고 혼자 무대에 선 것 같은 공포로 둔갑했다. 강우는 울고
싶었다. 그러자 두려움은 슬픔처럼 떳떳해졌고, 강우는 결국 모든 연
극은 마침표를 찍는다는 사실을 초조하게 기다렸다.

*

  강우는 실패한 연극을 처음부터 다시 시연하듯 뒤꼍으로 난 문이
아니라, 나무 계단으로 내려갔다. 등 뒤에서 개가 할딱거렸다, 유리
벽을 긁었다. 마지막으로 찾아온 소년들의 $\frac{1}{3}$은 걸레를 품에 안고 있
었다. 강우는 얼굴을 일그러뜨리거나 실망에 몸서리치지 않았다. 어
쩐지 노크 소리처럼 강우가 예감했던 결말이었고, 강우는 어떤 구실
로든 소년들에게 실망하고 있었다. 강우의 얼굴은 어떤 표정도 없었
지만, 잔털도 땀구멍도 없는 귀두를 벌겨 붉은 틈새를 들여다볼 때처
럼, 저도 모르게 검붉고 딱딱해져 있었다. 강우는 마치 걸레를 기다
리기 위해 소년들을 기다려왔던 것처럼, 버둥거리는 걸레를 붙안아

빈 수조에 집어넣었다. 푸른등대에는 여전히 숨을 할딱거리는 소리가 들렸지만, 지난번과 달리 어디에서도 살과 살이 맞부딪히는 장면이 보이지는 않았다. 변덕과 배신을 코딱지 파듯 아무렇지 않게 일삼는 공갈쟁이들.

강우는 이불을 덮어쓰고 소년들이 사라질 때까지 주먹을 쥐고 엎드려 있었다. 몸살을 앓는 사람처럼 이를 앙다물고 있었지만, 그것은 웃음을 깨무는 표정과 무척이나 닮아 있었다. 소년들의 $\frac{1}{5}$이 가래를 돋아 싱크대에 뱉고 수도꼭지를 열고 잠그는 소리가 들렸다. "씨발, 똥구멍보다 뻑뻑하네. 너한테 전염병냄새가 지독해." 소년들의 $\frac{1}{5}$은 쫄쫄거리는 녹물이 말간 물로 가실 때까지 기다리지 못하고 새시 문을 쾅, 닫았다. 발소리는 층계참이나 한 계단에 머물지 않고 거칠게 사라졌다. 휘파람 소리도 들리지 않았다. 그 시간은 여느 때처럼 주전자 물이 끓는 시간보다 짧았다.

강우는 진저리를 치고 두 귀를 틀어막았다. 기억에서 소년들이 틀어놓은 물소리가 넘치듯 귓속이 울렁거렸다. 강우는 하수구처럼 거대한 귀를 잠그듯, 제가 살갗인 듯 여름 내내 휘감고 있던 이불을 휙 낚아채 수조에 덮어버렸다. 걸레가 유리 벽을 긁고 버둥거리는 소리가 더 요란해졌다. 강우는 얼핏 걸레를 숨겨야 하는 게 아닐까, 고민했다. 하지만 이내 흙에게는 어떤 비밀이든 숨길 까닭이 없다는 오기를 다졌다. 흙이라면 오히려 강우의 슬픔에 대한 증인이 돼줄 것 같았다. 그래, 삼촌은 선견지명이 있었던 거야, 덫은 미끼가 필요했던 거야. 미끼가 없는 덫은 반칙인 거지.

소년들은 삼촌의 계획도 모르고, 호기심을 수음처럼 참지 못하고 걸레 같은 미끼에 홀려버리고 말았다. 강우는 그것도 모르고 하마터면 거기에 함몰될 뻔했다. 강우도 얼마간의 대가를 치렀다. **전염병축제** 때까지만 해도 풀기가 남은 속옷을 꿰입듯 소년들과 스치는 맨살이 아직은 서먹하던 시간이었다. 그리고 그 미끼를 혼자 차지할 욕심에 슬그머니 대열에서 이탈했던 바보들. 어떻든 강우도 피를 흘렸다. 어떤 미끼든 상처를 입을 수밖에 없다. 강우는 떳떳했다. 그건 사랑이 아니었으니까. 고작 기침처럼 짧은 기쁨들. 텔레비전을 보면서 깔깔대는 것. 고작 그것도 이해하지 않고, 허락하지 않았다면, 강우는 애당초 남자어른이 아니라, 소년들만을 상대했을 것이다.

강우는 화장실로 들어가 수돗물을 틀어 눈곱을 적셨다. 얼룩덜룩한 거울을 손바닥으로 문대 얼굴을 살폈다. 강우는 제 얼굴이 맑게 아파 보였으면 싶었다. 소년들의 $\frac{1}{3}$이 전리품처럼 걸레를 흘리고 간 뒤, 강우는 정말 전염병이 옮은 것처럼 몸이 무거웠다. 소년들이 올 때마다 지루하고 아팠지만, 여름은 병을 허락하지 않았다. 날씨는 되레 제가 더 고열에 시달려 힘들다고, 술에 취해 더워진 **아빠백작**의 얼굴처럼 벌겋게 달아올랐다. 강우는 까무러지지 않고 건강한 스스로가 불만스러웠다. 강우는 실제로 열에 들떠 있었다. 젖은 손으로 기름지고 구겨진 머리칼을 매만지는 손길이 떨렸고, 이불을 덮은 수조를 걷어차는 발이 저렸다.

강우는 소년들이 드나들던 뒷문의 잠금장치를 한 번 더 확인하고 바닥에 흩어진 쓰레기를 주섬주섬 주우며 나무 계단으로 내려갔다. 강우는 푸른횟집을 지나면서도 마치 오랜만에 손님을 맞듯 부서진 의자를 치우고 길을 마련했다. 어서 오세요. 새시 문을 밀려고 하는 순간, 강우는 숨이 가빠 볼이 발갛게 상기돼 있었다.

흙은 혼자였다. 강우는 혼자 기다리는 소년을 본 적이 없었다. 혼자 노는 소년을 본 적도 없었다. 소년들은 혼자 놀지 않았다. 소년들은 늘 깍짓손처럼 뭉쳐 있거나, 남자어른 주위에 꼬리처럼 얽혀 있었다. 혼자 찾아오는 소년도 있었다. 강우는 그나마 혼자 찾아오는 소년을 상대하는 방법은 알고 있었다. 기쁨을 발명하고, 서로의 기쁨을 교환하는 것이었다. 남자어른의 몸짓을 시늉하고 받아들이는 것이었다. 하지만 소년들을 쫓고 깃털과 한가하게 상대하던 흙은 찾아온 건지, 머문 건지, 어떤 건지 몰랐다.

"삼촌한테 소식 없지?"

흙은 한참 뜸을 들이다 그렇게 물었다. 흙은 소년들과 엇비슷하게 삼촌을 맨 먼저 내세웠지만, 그것은 강우를 떠보는 것이 아니라, 같이 기다리는 사람의 그것처럼 다정하게 들렸다. 무엇보다 강우를 보면서 삼촌을 연상한다는 사실이 흐뭇했다. 그래서일까, 군인처럼 짧은 머리도 흙의 적은 말수처럼 담백하게 보여 제법 마음에 들었다.

흙은 전혀 조급하지 않았다. 강우의 볼멘소리처럼 나약한 대답에 그저 고개를 끄덕이고는, 뜰채를 쥐고 시멘트 바닥에 무슨 글씨인가를 썼다. 그 한가한 모습은 초록빛 나사(羅紗)가 깔린 당구대에 걸터앉아 큐 탭을 초크로 만지작거리면서 적구를 이리저리 살피다 마세를 치거나, 쿠션을 연습하는 모습처럼 신중하면서 무심했다. 전혀 서둘지 않는 흙 때문에 오히려 강우가 소년들의 $\frac{1}{3}$처럼 조급해졌다. 하지만 강우는 침착해야 한다는 걸 알고 있었다. 미끼에 홀린 코홀리개처럼 조급해 보여선 안 된다. 토마토처럼 탱탱한 엉덩이, 딸기처럼 연한 혀, 사과처럼 딱딱한 무릎……흙은 어떤 덫도 미끼도 아니었다. 그냥 어떤 설렘을 여름처럼 길게 끌어가고 싶은, 건강한 사내아이 하나였다.

*

하지만 흙은 너무 빨리 찾아온 것인지도 몰랐다. 차라리 삼촌이 푸른등대로 돌아온 뒤에, 그 걸음으로, 몸짓으로 찾아왔다면. 강우는 맨 마지막으로 흙을 맞이한 뒤에야 비로소, 왜 삼촌이 자신을 뺀 소년들의 숫자에서 하나를 빼고 덫을 놓았는지 이해하게 됐을 것이다. 그러니까 흙도 엄연한 소년들 중 하나였다.

흙은 강우가 먼저 일어나 설거지대로 걸어가 수도꼭지를 돌렸는데도, 전혀 일어설 낌새가 없었다. 침대 끝에 걸터앉아 스프링이 삐걱거리는 소리가 가빠질 때까지 엉덩이를 달싹였고, 그네에서 도움닫기를 하듯 두 발을 내디디고는 (처음으로 푸른등대에 올라온 삼촌처럼) 화장실과 내실의 나무 문을 배죽 열어보고…… 기지개를 아드득 켜며 실내를 서성거렸다. 강우 역시 물줄기가 메밀국수 가락처럼 굵어졌는데도, 선뜻 손가락을 갖다 댈 엄두가 안 났다. 강우는 흙도 소년들과의 약속을, 짐작과 짐작만으로 응수하는 질서를 꿰고 있다고 확신했다. 강우는 그 질서가 조금씩 허물어지는 걸 느꼈다. 강우는 얼른 화장실로 들어가 발가벗고 온몸을 씻고 싶었다. 푸른등대 가득 두엄 냄새가 들어찬 것 같았다.

강우는 흙이 능장을 부릴수록 조바심이 났다. 누군가 계단을 성큼성큼 올라올 것만 같아, 흙이 담요처럼 거추장스러웠다. 사실은 무엇보다 혼자가 돼 기쁨을 발명하고 싶었다. 강우는 소년들이 다녀간 뒤비로소 혼자가 돼 기쁨을 발명하는 시간을 좋아했다. 그 시간은 소년들의 기쁨을 도울 때처럼 초조하지 않았다. 느긋하고 짜릿했다. 강우는 사정에 가까울수록 혼잣말을 했고, 일부러 미소를 지었다.

제 집처럼 **푸른등대**를 서성이던 흙이 어느새 뱀처럼 스르르 다가와 강우의 어깻죽지에 턱을 괬다. 강우는 석순처럼 딱딱하게 서서 물방울처럼 꼴깍, 군침을 삼켰다. **웃음이었나.** 목덜미에 콧숨이 깊게 부딪히더니, 흙은 집게손가락으로 귓불을 퉁긴 뒤 아래윗니로 살짝 깨물었다. 한 뼘은 큰 흙이 키를 맞추느라 구부린 종지뼈가 강우의 오금을 툭툭 건드렸다. 강우는 그제야 몸을 바르작댔다. 찰나, 흙의 몸이 멈칫 딱딱해졌다. 강우는 사소한 멈칫, 속에서 닻섬을 떠난 삼촌과 뒤이어 날씨처럼 **푸른등대**를 찾아든 소년들이 지도처럼 그려졌다. 등 댓불처럼 우묵하게 드러난 숨은 그림까지. 강우는 그 멈칫,의 기회를 틈타 등허리를 구부려 흙의 윗몸을 떨어냈다. 강우는 설거지대에 몸을 구부리고, 손바닥에 물을 받아 머금지 않고, 녹물이 쫄쫄거리는 수도관을 입술로 빨았다. 비린 수돗물은 입속에서 빠듯해졌다, 윗입술을 발리고 턱과 울대뼈를 적셨다. 입술이 부르틀 것만 같았다.

흙이 헛기침을 하며 몇 발짝 물러서는 기척이 났다. 강우는 더는 견디지 못하고 수도꼭지를 잠갔다, 흙을 향해 돌아섰다. 흙은 수조를 들여다보고 있었다. 모서리를 거머쥔 채 집게손가락을 까닥거리는 그을린 팔과 버짐이 핀 듯 희끗한 발꿈치, 운동선수처럼 짧고 상처가 듬성듬성한 뒤통수를 보자 입속이 웅덩이처럼 썼다. 강우의 기척을 느꼈는지, 흙은 제자리에 서서 까치발을 들고 메마른 수조 속으로 윗몸을 숙였다.

"아휴, 전염병냄새."

흙은 소년들과 똑같은 말을 내뱉었다. 어쩌면 흙은 삼촌을 시늉하고 있는 건지도 몰랐다. 삼촌도 그물코가 군데군데 타진 뜰채를 들고, 볼기 틈새가 빤히 드러나 보이게 등허리를 숙이고 부연 수조를 들여다보며 뭔가 웅얼거렸다. 흙의 눈살과 핀잔은 흐무러진 볼락과 오요요, 개를 어르는 소리처럼 심드렁했지만, 목소리까지 남자어른의 것을 빌려올 수는 없었다. 강우는 자루에 손을 집어넣어 수은처럼 차가운 뱀에 닿기라도 한 듯 피부가 싸늘해지고 진저리가 쳐졌다.

강우는 흙의 목소리가 옮은 제 뒤를 얇게 각을 떠내듯 화장실로 들어갔다. 강우는 단추 바지를 끄르고 거울 앞에 섰다. 소년들의 사정을 돕고, 걔들이 사라지고 나면 강우는 화장실에 들어가 비로소 자신만의 기쁨에 도취했다. 하지만 흙은 돌아가지 않았다. 강우는 흙에게 들키기를 바라기라도 하듯 수돗물도 틀지 않고 아랫배를 쓰다듬고 고환을 간질였다. 강우는 눈을 감았다. 눈을 감고 손등을 만지면 강우는 손등이 된다. 눈을 감고 눈썹을 만지면 눈썹이 된다. 눈을 감고 기쁨을 만지면…… 강우는 기쁨이 된다. 기쁨의 얼굴들. 하지만 강우의 눈앞에는 아홉 개의 구멍을 비집고 들어온 것처럼 정수리부터 엄지발가락까지 흙으로 가득 차버렸다.

강우는 흙의 성기를 입속에 물고 감당할 수 없는 버거운 시늉으로 가만히 있다. 혀가 저절로 귀두를 살금살금 핥으려고 했지만, 강우는 혀의 뼈를 뒤지듯 아래턱이 뻐근하도록 힘을 줬다. 숨을 멈추고 캑캑거렸다. 흙은 강우를 일으켜 세워 입을 맞추고 강우를 돌려 세운다. 강우는 소년처럼 어리둥절하다. 강우는 흙이 제가 개처럼 엎드리길 바란다는 것을 알고 있다. 강우는 서툴게 군다. 그것은 연극이 아니었다. 얼마간의 두려움에 포박된 의심이다. 그 동작은 자기가 사랑하는 사람과만 공유해야 할, 남자어른에게만 들킬 수 있는 은밀한 비밀이다. 흙에게 허락하는 순간, 그것은 소년들과 나누는 하찮은 기쁨과 다를 바 없고, 강우의 비밀은 파괴돼버리고 만다.

하지만 강우는 흙의 억센 손아귀에서 삼촌과 같은 남자어른을 느꼈다. 흙이 침을 발라 강우의 항문을 적시고 뒤를 파고들었을 때, 강우는 너무 아파 똥을 지릴 것만 같았다. 강우는 물고기처럼 버둥거린다. 강우는 제 비명을 틀어막은 흙의 손가락을 낚싯바늘처럼 깨물었다. 흙은 천천히 몸을 빼내고는 살금살금 파고들며 강우의 뒤통수를 개처럼 쓰다듬는다. 괜찮아, 괜찮아. 강우는 제 엉덩이와 흙의 아랫배가 밀착된 척척한 틈새에 손바닥을 넣어 훑는다. 강우는 코밑에 손가락을 댄다. 물컹한 똥 냄새가 맡아졌다. 강우는 그토록 역했던 삼촌의 로션 냄새가 그리웠다. 강우는 쓰라린 엉덩이를 몇 차례나 앞으로 빼려고 했지만, 허리를 붙들고 있는 흙의 손이 강우를 놓아주지 않았다. 에이즈에 걸리는 게 아닐까. 녹슨 덫에 물린 것처럼 강우는 숨죽인 비명을 질렀다. 강우는 전혀 익살을 부릴 줄 모르는 소년처럼 진지하다. 입과 허벅지 틈새로 기쁨을 교환했던 소년들도 퍽 불안해진 얼굴로 물었다. 에이즈, 아니 전염병에 걸리는 건 아니겠지? 그나마 세 번쯤 반복해서야 겨우 끄집어낸 말이었다. 강우는 그 세 번은 소년들이 세상에서 처음으로 발휘한 인내심이라는 걸 알고 있었다.

강우는 벌레 소리를 들은 것처럼 평범한 얼굴로 설거지대 앞에 서서 수돗물을 틀고 소년들의 의심을 씻어 내렸다. 소년들은 처음 포크와 나이프를 쥐어본 시골뜨기처럼 다만 얼떨떨한 얼굴로 황급히 사라지는 게 고작이었다. 할딱할딱, 강우는 그만 짐승이 되어버리겠다고 체념했다. 자신이 걸레였다. 강우는 그것이 죗값이라고 생각하며, 갑자기 진저리를 치며 팔을 돌려 딱딱하게 곧추선 흙의 엉덩이를 쥐었다가 핏줄을 끊을 듯 할퀴었다. 강우는 처음 기쁨을 발명했을 때처럼 두렵고 부끄러웠다. 삶을 알은체하고 싶어 들뜨는 게 아니라, 이건 진짜였고, 덫을 밟고 말았다는 낭패감에 어떤 결말을 각오했다. 강우는 흙에게 복수하듯 욕을 내뱉었다. 흙의 얼굴을 외면할수록 강우의 몸은 더 뜨겁고 딱딱해졌다.

*

"연락 온 지는 얼마나 됐어?"

젖은 몸으로 밖으로 나왔을 때도 흙은 돌아가지 않고 수조 앞에 서 있었다. 말라붙은 점액질처럼 얇은 햇빛을 받은 수조가 하얗게 번뜩였다. 강우는 그 물음이 당연히 삼촌의 안부를 재차 확인하는 거라고 생각했다.

"며칠째 수선화에 그림자도 안 비추더라."

강우는 그제야 흙이 아빠백작의 근황을 묻는 거라는 걸 알아챘다. 강우는 미라한테 갔다가 아빠백작이 누군가의 전화를 받고 허겁지겁 읍으로 가는 버스를 탔다는 이야기를 들었다. 미라는 거짓말이 아니라, 모든 말을 내뱉지 못해 신물을 삼킨 것처럼 이맛살을 찌푸리고 있었다. 강우는 비로소 흙이 어떤 이야기를 하고 싶어 하는 건지 빤히 꿰뚫어졌다.

"그럼…… 완전히 너 혼자뿐인 거네?"

강우는 흙이 무심히 내뱉은 말이, 결국 그동안의 모든 말과 몸짓이 이 마지막 한마디를 참아왔던 것처럼 무겁게 느껴졌다. 하지만 강우는 그 말의 저울 반대쪽에 앉은 것처럼 비로소 구름보다 가벼워졌다.

"연락 왔어. …… 9월이 오기 전에는…… 여름이 끝나기 전에는 모두 돌아올 거야."

강우는 오랫동안 그 말을 참아오기라도 했던 것처럼 아무 거리낌 없이, 앞머리에 묻은 물방울을 털며 심드렁하게 대꾸했다. 그것은 절반의 진실이었다. 강우가 가장 바라지 않는 희망이었으니까. 강우에게 희망은 아직 닿지 않았기 때문에 거짓말이 아니라, 반드시 이뤄지기 때문에 과거보다 더한 진실이었다. 하지만 강우는 진실이 거짓을 이길 수 없다는 걸 알고 있었다, 전염병처럼. 하지만 진실은 그 고독 때문에 아름답다는 사실도 알고 있었다.

"정말 그렇게 생각해? 아빤…… 미라랑 아예 사는 것 같던데. 삼촌한테 여길 팔아서, 미라네 주방 일을 아예 맡은 것 같던데."

흙은 결국 소년이었다. 강우는 미래를 향하고 있는데, 소년들은 지난 시간만 밧줄로 묶어 버팅기고 있었다. 소년들에게 시간은 그릇처럼 고여 있었다. 지루한 여름은 내일도 없이 자꾸 과거에 발목을 담그고 있었다.

강우는 바닥에 뒹구는 이불을 들고, 흙에게 뒷문의 존재를 가르쳐주듯 새시 문을 열었다. 강우는 슬리퍼를 꿰신지 않고, 층계참까지 내려가 이불을 탈탈 털었다. 이불자락을 쥔 손이 하염없이 떨려, 아마 태풍이었다면, 강우는 큰바람을 핑계로 이불자락을 쥔 손을 그만 놓아버렸을지도 몰랐다. 먼지가 하염없이 쏟아지는 이불에는 개의 털과 각질 들이 우수수 떨어졌다. 아휴, **전염병냄새**. 걸레의 손에 어린 냄새인지, 강우에게 밴 냄새인지 알 수 없었지만, 강우의 눈앞에는 흙의 얼굴보다 그 말이 **보였다**.

강우가 오랫동안 이불을 털고 돌아봤을 때, 흙은 어느새 사라지고 없었다. 걸레만이 수조 안에서 숨을 할딱이고 있었고, 이불이 걸힌 침대는 누렇게 얼룩이 져 있었다. 강우는 궁금했다고, 보고 싶어 했다고 죄 반가운 건 아니라고, 설핏 죄책감을 시늉하며…… 다시는 푸른등대의 문을 열지 않겠다고 다짐했다. 그만 가뭄처럼 사라져버리겠다고 다짐했다. 삼촌이 덫에 걸려 피를 흘리고 있는 자신을 발견할 때까지, 세상에서 가장 어둡고 깊은 바닥에 혀처럼 엎드려 있겠다고.

*

흙은 차라리 찾아오지 않은 게 나았을지 모른다. 네가 처음이었다면, 어쩌면 너를 기다렸을지도 몰라. 거짓말 따위 하지 않았을지도 몰라. 네가 찾아오고 며칠이 지났는지 모르지만, 너를 보던 하룻밤 새 태풍에 씻긴 듯 말개져버렸어. 흙에게 한 고백은 진실의 부메랑이 되어 돌아왔다. 꼭 그럴 때만 거짓말은 뻔뻔하지 못하고 빈틈을 보이는 허약한 것들을 공략해 진실로 앙갚음했다. 덫은 그것이 터지는 순간을 기다리는 것이 아니라, 영원히 터지지 않기를, 희망을 하염없이 지연하기 위해 묻어놓은 것 같았다.

그것은 기다림을 닮기도 했다. 영원히 만나지 않음으로써, 영원히 보게 되는 것. 영원히 사랑하는 것. 강우는 흙을 이길 수 있을 것 같았다. 왜 너한테 허락하고 말았을까. 아무도 열어보지 못한 뒷문을. 읽고 보고 싶은 것들의 마지막은 늘 너무 더디거나 빠르듯, 강우는 중간까지 읽다 덮어놓은, 줄거리도 잘 생각나지 않는 책의 마지막을 누군가 펼쳐 보인 것처럼, 허탈하고 낯선 기분에 괜스레 짜증이 치밀었다. 강우는 화들짝 못되지는 마음이 눈치 보였지만, 너무 늦든 빠르든 흙이 타이밍을 제대로 맞추지 못했다는 사실만은 엄연했다.

사슴태풍

*

생식기가 달린 것들만 암수와 나이를 가늠할 수 있는 것은 아니다. 태풍이라는 거대한 수컷이 핥고 간 자리에, 새치름한 여자 비가 내리고, (그래) 소년처럼 야린 바람이 뒤처진 걸음으로 닻섬 여기저기를 달싹인다. 하지만 여자와 소년이 아무리 바지런을 떨어도 거대한 수컷이 허물어뜨린 흔적과 기운을 씻어낼 수 없다. 여자와 소년은 남자 어른을 이길 수 없다. 남자어른들은 군대나 남탕처럼 자신들이 지배해야 할 닻섬을 여름 내내 내팽개쳐버렸고, 여름 끝자락에 또다시 태풍이 도착했는데도 여태 돌아오지 않는다. 그들이 뭉그적거리는 사이에, 이제 갓 소년을 벗어난 소년이 그 자리를 대신해 남자어른을 시늉하고 있다.

흙은 푸른횟집 앞에 흩어진 나뭇가지와 흙탕물이 묻은 비닐, 스티
로폼 따위 걸림돌을 개천으로 던지며 깨끗한 길을 냈다. 애당초 쓰레
기의 자리는 바다이기로 한 듯. 강우는 흙의 숙인 등허리와 엉덩이를
외면했다. 개천가에 쓰러진 버드나무 잎가지가 붉덩물을 찰싹찰싹 때
렸다. 똥이 올라섰던 나무 밑동은 강우의 흰자위를 벨 듯 뾰족뾰족했
다. 지대가 낮은 골목에는 남실남실 넘친 물마를 따라 붉은 대야, 페
트병이 꼬르륵꼭꼭 자맥질을 하며 담벼락에 부딪혔다. 닻섬은 텅 비었
는데, 이 많은 쓰레기가 어디에서 흘러나온 것일까. 강우는 물이 빠지면
짓다 만 고층 건물에 쓰레기를 죄 집어넣고 거대한 백화점이라도 지
을 수 있겠다, 하잘것없는 상상을 늘어뜨렸다. 엄지와 검지를 뗐다
붙였다 하며, 손가락에 묻은 쿠퍼선 분비물의 점성으로 장난을 치는
시간처럼.

강우는 흙의 그림자를 덮지 않을 만큼 거리를 지켰다. 울부짖는 수
재민 하나 찾아볼 수 없는 닻섬에는, 우산을 받지 않고 걸어도 50미
터 정도는 운동화가 젖지 않을 만큼 빗줄기가 잦아들었다. 들쑥날쑥
변덕스러운 날씨가 꼭 제 마음 같아 강우는 흙이 놓친 요구르트 병을
개천으로 걷어찼다. 돌돌 구르다 동동 떠가는 플라스틱 병을 보면서,
강우는 딱 그만한 크기로, 손가락으로 집거나 주머니에 담을 수 있을
만큼 작아지고 싶었다.

신처럼 내려다보지 않고, 복사뼈 높이에서 닻섬을 올려다본다면 풍
경은 머금은 것처럼 제법 아늑하겠지. 타일과 실리콘 틈새에 낀 곰팡

이는 울긋불긋한 단풍 숲, 붉은 물이 차오른 푸른횟집은 뗏목을 타고 거슬러 오르는 미시시피. 강우는 날름 새 상상을 물고 명랑해졌다. 바닷게에겐 미역이 숲처럼 검고 어둡고, 풀뱀에겐 풋사과가 거대한 나무로 보이듯, 강우는 은화식물처럼 작아져 모험을 찾아 슬그머니 사라져버리고 싶었다. 바닷게와 뱀의 눈높이로 보는 세상을 찾아, 그러니까 결국은 닻섬, 푸른등대라는 소우주 속으로.

흙은 개천다리 계단에 올라서서 강우를 내려다봤다. 강우는 코를 후비다 개운한 얼굴을 들킨 것처럼 얼굴이 발그레해졌다. 흙의 눈은 여전히 친절하고 느긋했다. 그럴밖에, 흙은 단순한 물음과 엄연한 사실을 발설했을 뿐이다. 똥이나 칼, 바람이나 쥐, 코처럼 뒤처진 소문을 주워섬기거나 내일을 서둘러 지금으로 끌어와 거짓말로 못 박아버린 적도 없었다. 그런데도 강우는 흙이 아팠고, 고독한 길의 기척처럼 수상했다.

흙이 주머니에서 마술처럼 풋사과 한 알을 꺼냈다. 사과는 개천다리 이쪽저쪽을 통과할 수 있는 암호인지, 소년들의 손에는 죄 풋사과가 쥐여 있었다. (미라가 이 비바람을 뚫고 장을 봐 왔나, 태풍에 사과나무 한 그루가 뿌리째 날아왔나) 흙은 검게 젖은 윗도리 자락을 비틀어 물기를 짜내고 사과를 쓱쓱 닦았다. 강우는 퍼뜩 똥이 던진 사과가 떠올라 시멘트 길을 되돌아봤다. 시멘트 길은 잔잎 하나, 나뭇가지 하나 없이 깨끗했다. 강우가 멀뚱한 표정으로 고개를 돌리는 순간, 흙이 사과를 한 입 베어 물고는 시큼함에 진저리를 치고 눈살을 찌푸렸다. 강우도 목덜미가 서늘하게 군침이 고였다.

흙은 호로록 군침을 삼키고 강우에게 사과를 내밀었다. 흙의 입이 움푹 남은 사과를 보자 마치 제 뺨이 바닥에 부딪혀 살점이 떨어져나간 풋사과가 된 것처럼 온몸의 감각이 곤두섰다. 강우는 흙이 내민 사과가 참수된 머리라도 되는 것처럼 질겁해 몸을 떨었다. 부쩍 소년의 으깨진 얼굴이 포개졌다. 흙은 멈칫해 사과를 쥔 손을 우그렸다. 똥의 손과 달리 흙의 손은 둥근 풋사과를 얼추 가렸다. 사과는 파괴되지 않았고, 흙은 개천을 향해 사과를 집어던졌다. 흙은 강우의 속마음을 전혀 짐작할 수 없었다. 강우의 마음은, 그 마음의 까닭과 평계는 사과가 한 알씩 든 열아홉 개의 서랍과 같아, 강우가 어디서 꺼내건 너에게 내미는 순간 죄 똑같은 사과로 둔갑해버렸다.

흙은 개천다리를 성큼성큼 걸어갔다. 다시는 뒤돌아보지 않을 것처럼 딱딱해진 흙은 개천다리 한가운데 다다르자 문득 멈춰 섰다. 정확히 소년이 섰던 난간 앞이었다. 잠시 망설이던 흙은 다리 끝으로 걸어가 개천 아래를 내려다봤다. 소년과 똑같은 자세였다. 소년의 발자국이 화석처럼 남아 있기라도 한 듯 붉덩물을 내려다보던 흙은 갑자기 개천을 향해 퉤, 침을 뱉었다. 그러고는 도망치듯 몸을 틀어 빗물 웅덩이를 걸어찼다. 얼룩말 무늬 슬리퍼 한 짝이 오른발에서 벗겨지자, 흙은 왼발로 깨금발을 뛰었다.

*

흙의 무언극을 보는 내내, 강우의 눈앞에는 소년의 끝과 시작을 지켜보고 있는 한 소년의 버린 눈빛이 과일의 껍질을 벗기듯 발겨지기 시작했다. 처음에는 막연했는데 되레 뒤돌아선 흙이 점점 멀어질수록, 흙이 소년을 업고 있기라도 한 듯, 두 개의 얼굴이 짝을 이뤘고, 빗물처럼 이지러진 얼굴은 구름에 가린 해가 드러나듯 이목구비가 또렷해졌다.

강우는 제 확신에 쐐기를 박듯 푸른횟집을 돌아봤다. 수문처럼 닫혀버린 푸른횟집의 처마 아래에서 소년 하나가 똥을 향해 오른손을 흔든다. 그 소년의 양어깨에 소년 하나를 목말 태운 높이에도, 창가에 선 소년 하나가 모가지가 긴 새의 모양으로 오른손을 치켜들고 있다. 낡은 횟집의 아래위층에서 똑같이 오른손을 치켜든 두 얼굴 사이로 사과 한 알이 포물선을 그린다. 허공에 걸린 사과는 두 소년이 서 있는 개천 시멘트 길이 아니라, 낚싯대를 거두듯 정육점골목 방향으로 감기고, 개천다리 난간에 위태롭게 매달린 소년을 중심으로 정육점골목의 쇼윈도에서, 빈집의 깨진 창문 틈새에서, 한 입 베어 먹은 사과처럼 붉은 옷을 입은 하얀 눈알들이 조랑조랑 매달려 있다. 어딘가를 응시하는 눈빛, 기다림을 참지 못하고 키득거리는 입…… 소년들은 똑같은 눈빛으로 소년을 지켜보고 있다.

강우는 소년을 둘러싼 모든 장면을 거꾸로 돌렸다. 소년이 걸음을 되짚어 정육점골목을 뛰어가 완행버스에 올라타고, 격납고를 지나 시(市)로 소급되길 바랐지만, 아무리 시간의 태엽을 감아도 소년은 개천다리 난간에서만 위태로이 서성이고 있었다. 강우는 소년을 바람처럼 과거로 떠다밀었다. 하지만 소년은 파도를 헤엄쳐 가지도 않고, 태풍에 뱅글뱅글 감겨 날아오르지도 않았다. 소년은 수조처럼 맑은 감옥에 갇힌 듯 한없이 고요했다. 소년은…… 소년은 그저 개천다리 그 자리에서 미속도 촬영한 식물처럼 씨앗을 틔우고 새순이 돋아나고 가지를 뻗고 잎을 달아 푸른 야자수 한 그루가 심긴 자줏빛 섬이 되었다, 중력을 이기지 못하고 붉덩물 속으로 그만 가라앉아버렸다.

나뭇가지가 주저앉는 소리가 들렸다. 흙이 쓰러진 버드나무 둥치를 밟고 서서 강우를 올려다봤다. 강우는 저도 모르게 개천다리 끄트머리에 도착해 있었다. 흙은 버드나무 잔가지를 뚝뚝 부러뜨려 개천에 던졌다. 붉은 물결에 휩쓸린 얄따란 잎들이, 낚싯줄에 엉킨 손가락과 머리카락처럼 섬뜩했다. 강우는 어느덧 확신하고 있었다. 소년들과 눈을 맞추느라 두 손을 무릎에 짚고 물고기처럼 입을 빠끔거리는 대장 소년. 그것을 신호 삼아 개천 이쪽저쪽에서 팬터마임을 하듯 침묵으로 죄어드는 덫들. 소년이 물에 빠졌어. 소년이 물에 빠졌다고.…… **전염병**이 물에 빠졌다고. 그리고 닻섬 여기저기를 내달리는 소년들. 소년들은 강우가 걸레 때문에 등을 돌린 순간부터…… 두루마리 휴지가 화살표처럼 가리킨 기쁨에 홀려 있는 동안, 소년을 팥죽처럼 들끓는 물결 속으로 떠밀어버린 게 분명했다. 닻섬은 덫이 분명했다. 소년들의 숫자에서 하나가 모자라게 놓인 덫. 소년들은 여전히 덫에 걸려 버둥거리고, 어떤 소년 하나는 미끼가 될 수밖에 없는 운명이었다. 그리고 여전히 흙과 강우 둘이서 붉게 젖은 폐허에 남아 있었다.

"조심해."

흙은 버드나무 저쪽으로 내려가 강우가 나무둥치를 넘어설 때까지 지켜봤다. 강우는 흙의 손길을 무시하고 훌쩍 나뭇가지를 넘었다. 발바닥이 아렸다. 빗물을 따라 붉은 물이 흘러갔다. 강우는 제자리에 서서 맨발 등을 우두커니 내려다봤다. 상처의 고통보다, 흙 앞에서 피를 흘렸다는 사실에 무거웠던 마음이 홀가분해졌다.

피는 사랑이 아니었으니까. 강우는 그제야 흙과 나누었던 기쁨을 속죄한 기분마저 들었다. 강우는 상처를 과시하고, 떳떳해지고 싶었다. 그러니까 진실은 늘 벌거벗은 맨몸이라서 차마 마주 보는 게 거북하지만, 사실 그것만큼 적나라하고, 자연스럽고, 정직하며 홀가분한 건 없었다. 그래도 온몸이 통증으로 이뤄진 것 같은 두려움이 완전히 사라지는 것은 아니었다. 피가 묻으면 전염병에 옮을 수 있어. 나는 이것보다 더 아픈 피를 흘렸어. 강우는 그런 두 가지 두려움과 고통이 피를 흘린 똥구멍처럼 까끌까끌했다.

*

소년은 개천이 끝나는 곳까지 찾을 수 없었다.

강우와 흙은 앞서거니 뒤서거니 걸었다, 낭패처럼. 태어날 때부터 뒷다리가 없거나 짧은 낭과 앞다리가 없거나 짧은 패란, 이리를 닮은 두 마리의 짐승. 혼자서는 걸어 다닐 수 없어 목을 축이러 가까운 샘을 찾을 때도, 토끼를 몰 때도, 비역하듯 등허리에 걸머메져야 걸음을 뗄 수밖에 없는. 새가 벌어지면 더는 한 발짝도 움직이지 못하고, 곤두박질치고 말 것처럼 둘이면서 하나, 하나이면서 둘인 그런 그림.

강우는 닻섬에서 누군가와 함께 이렇게 긴 시간을 걸어본 적이 없었다. 아니, 다시는 반복되지 않을 것 같은 늦겨울에 엄마기계와 이 길을 지금과 엇비슷한 속도로 주줄이 걸은 적이 있었다. 자박자박, 눈이 녹은 진창길을 걷는 강우의 바짓가랑이는 젖어 발꿈치가 눅눅했다. 잘박잘박, 강우는 물집이 터지듯 누가 뒤를 밟는 것 같은 기척에 자꾸만 주위를 두리번거렸다. 다짐을 떠보듯 갈근거리는 유혹들. 강우는 흙의 팔꿈치를 붙들고 나란히 걷고 싶어졌다. 강우의 어수선한 마음과 달리 흙은 태연해 보였다. 나는 태연하지 않고 너는 태연했다. 나는 태연하지 않은데 너는 태연한지 모르겠다.

강우는 새삼 똥이었나, 코였나, 쥐였나 소년들이 주워섬긴 소문들이 떠올랐다. 강우가 넌지시 흙의 부재를 궁금해 하면서, 흙이 자신을 알고 있는지 물었을 때, 소년들은 흙이 남자어른들의 심부름을 갔다고, 흙은 닻섬의 안테나라고, 흙이 모르면 소년들도 모르고, 흙이 알고 있는 사실 중 소년들이 모르는 사실은 더 많다고 대답했다. 그럴 때 소년들은 삼촌보다 흙을 더 두려워하는 듯했다.

강우도 당구장 설주에 기대 짝다리를 짚고 서 있거나, 정육점골목에서 술에 취해 구부러진 손님의 따귀를 올려붙이는 소년의 모습을 떠올리고는, 공포인지 호기심인지 모르게 아랫배가 사르르 빠듯해지는 기분을 느꼈더랬다. 사실 삼촌보다 훨씬 적게 보았고, 소년들 사이에서 늘 부재했던 흙을 그토록 풍성하게 알고 있다고, 저 홀로 그 아이와 친숙하다고 착각했던 것도, 그 소문을 삼키고 배가 불렀던 기분 탓이었는지 모른다. 강우는 기억밖에 먹을 게 없었다. 그래서 오늘은 늘 배가 불렀고, 내일은 채워지지 않고 텅 비거나 앙상했다. 강우는 불쑥 사랑해버릴까, 이길 수 없을 바엔…… 그런 다짐을 해보았지만, 강우의 수 갈래 마음 중 게으르지 않은 건 무척 예민한 포기 하나였다. 강우는 흙을 사랑하기에는 너무 많은 것을 알고 있었다.

개천의 막바지, 바다로 이어지는 수문에는 벽에 가로막힌 붉덩물이 마지막 몸부림을 치고 있었다. 태풍이 낳은 분비물은 서로 물목을 차지하려고 몸을 뒤채고 포개고 주먹을 휘둘렀다. 터널처럼 깜깜한 수문의 이마까지 물이 들어찬 풍경은 처음이었다. 하구는 늘 석탄처럼 까만 개흙이 메말라 있었고, 오랜 가물로 콧물처럼 가느다란 물갈래마저 말라붙어 야윈 갈매기가 라면 가닥을 쪼거나, 옹벽에 뚫린 하수구를 따라 쥐가 드나들었다. 소년들이 개천이 끝나는 수문과 바다가 시작되는 수구 이쪽저쪽에 거꾸로 매달려 고함을 지르거나 노래를 부르면 까만 벽은 굵은 목소리로 화음을 넣었다. 하지만 여름내 소년들도 구역질이 난다며 그곳을 외면할 지경이었다. 어떻든 큰바람이 오고 비바람이 몰아치고 물이 넘치면서 하구는 비로소 부두를 관통하는 하수관을 지나 바다와 합치게 되었다.

강우는 수문 저쪽 바다를 향해 걸음을 서둘렀다. 소년도 물이 차오른 굴속을 지나 바다로 흘러들었을 게 분명했다. 제법 낙차가 심했던 수문과 바다에는 어느새 물이 가득 잠겨 있었다. 수문은 물결을 거르는 깔때기였는지, 바다는 수평선을 따라 널어놓은 이불처럼 부드러웠다. 수문에 엉긴 민물과 짠물도 좁다란 개천 옹벽에 부딪혀 펄떡이던 물살과 달리 바특하게 존 찌개처럼 약간 응고된 질감이 느껴졌다. 그 물에 발을 담그면 바닥이 닿고 살색이 달라질 것 같았다. 강우는 소년이 수면을 밟고 걸어 나오기라도 한 것처럼 제법 느긋해진 눈으로 부두를 둘러봤다. 서쪽바다가 대부분 그렇듯 편편한 대륙붕인 닻섬 연안은 수심이 낮아 커다란 여객선이나 화물선은 정박하지 못했고, 그나마 뱃삯과 입장료로 5천 원을 받고 닻섬 주위를 바다을 끌듯 느리게 한 바퀴 돌던 유람선도 구름다리가 놓이면서 고삐를 쥔 짐승처럼 레스토랑으로 변했다.

강우는 태풍을 집어삼킨 냉장고처럼 얌전한 풍경에 솔깃해 깜짝깜짝 소년을 놓아버렸다. 너무 긴장했던 탓일까, 눈앞의 흙과 소문들과 소년까지 싸안아 보기에는 강우는 너무 지쳐 있었다. 더욱이 여름을 통과하는 동안 몸은 너무 허약해져버렸다. 푸른등대에서 은근히 멀어질수록, 강우는 물너울에 휩쓸려 보드라운 물결의 해안에 다다른 것처럼, 맥이 빠져 그만 모든 걸 포기하고 싶었다. 강우는 까무러지는 순간을 기억하거나, 누군가의 시선을 의식할 겨를도 없이, 잠결에 주룩 코피를 쏟듯 기절해버리고 싶었다.

강우는 제자리에 우두커니 서서 제 발밑을 내려다봤다. 부두에는 새똥이 따개비처럼 지층을 이루고 있었다. 오래 햇볕을 쫴 딱딱하게 말랐던 무더기는 빗물에 물감처럼 으스러져 바닷물까지 이어지고 있었는데, 바다색이 흐린 까닭도 붓을 헹군 듯 새똥이 섞였기 때문인 것 같았다. 강우는 오른발로 바닥을 문댔다. 발바닥이 따개비에 베인 듯 따끔거렸고, 꽃잎처럼 점점 핏물이 찍힌 하얀 발자국이 호를 그리며, 강우의 사라진 그림자 대신 젖은 부두에 길게 드러누웠다.

*

소년은 폐쇄된 유람선 선착장에 누워 있었다.

다섯 소년은 섬을 정복하려는 해적처럼 소년을 둘러싸고 있었다. 소년들은 소년을 사냥하기라도 한 듯 들떠 있었다, 걸레를 빙자해 푸른횟집을 처음 찾아왔던 날처럼. 소년은 당연하게도 강우가 전혀 모르는 얼굴이었다. 강우는 흙과 제 얼굴을 흘끗거리는 소년들에게 행여 소년에 대한 호기심을 들킬세라 짐짓 딴청을 부렸다. 매표소 매점을 둘렀던 함석 널빈지 하나가 부표 선착장과 부두 사이에 위태롭게 매달려 있었다. 부두 안벽과 선착장을 이은 닻줄은 세상의 모든 갈색을 고면 그 무게가 나갈 것처럼, 쳐다보는 것만으로 턱이 아래로 당겨졌다. 바닥과 벽을 따라 흘러내린 기다란 녹이 소년이 흘린 피인 것처럼 검붉었다. 강우는 피를 흘려본 사람답게 피가 놀랍지도 않았고, 고통이 대수롭지도 않을 것이라 단정했다.

강우는 구름다리를 지날 때까지만 해도 미처 소년들을 알아채지 못했다. 구름다리는 시간이 멈춰 뒤미처 오던 시간들이 앞선 시간의 벽에 부딪친 것처럼 8과 낚싯바늘 모양으로 뒤틀려 있었다. 소년들은 더는 구름다리를 건너 놀이공원을 찾아갈 수 없었다. 어떡하든 과거로 뒷걸음질했던 소년들의 소원을 하늘이 이뤄준 셈인지, 소년들은 예전처럼 부두에서 놀이공원을 바라볼 수밖에 없는 신세가 되었다. 출입구 기둥을 가로막은 철조망에 해진 붉은 윗도리가 하나 깃발처럼 걸려 있었다. 놀이터를 잃어버린 소년들의 때 묻은 백기처럼 축제의 잔해는 낡고 버려진 대관람차와 뾰족뾰족한 지붕을 수줍게 가리고 있었다. 소년들마저 놀이공원을 버리게 됐다고 생각하니, 바다 깊숙이 붙박인 섬이라고 여겼던 놀이공원은 흐린 구름 지붕을 얹고 남실거리는 붉덩물에 떠도는 빈집처럼 보였다. 기울어져 흔들리는 구름다리 때문인지 닻섬은 조금씩 기우뚱해지고 출렁거렸다. 강우는 태풍이 한 번 더 반복되면 모든 사람의 발꿈치에도 지느러미가 돋아나, 닻섬 주위를 둥둥 떠다닐 것만 같았다.

강우는 그 짧은 순간에도 상상 속에 빠져드는 머릿속을 도리질하며, 포장마차와 난전, 기념품 가게, 횟집 거리를 지났다. 태풍이 남긴 웅덩이에 새가 앉아 목을 축이고 갔다. 그곳은 진작 문을 닫아걸었지만, 강우는 그곳의 몰락과 고요가, 태풍이 그 모든 걸 쓸어간 탓이 아닐까, 새삼스러워졌다. 닻섬은 푸른등대에서 내려다보던 풍경이 전혀 아니었다. 어쩐지 이불처럼 보드랍고 몰캉몰캉한 물결을 몇 삽 떠내면 그 아래 은창했던 닻섬의 시간들이, 풍선과 솜사탕을 쥔 조무래기들이, 선캡을 쓰고 수족관을 들여다보며 콧방울에 손가락 집게를 물린 여자들이, 멍게처럼 붉은 얼굴로 비틀거리는 남자들이, 용달차 바퀴 아래 놓인 춤을 추는 인형을 따라 깨춤을 추는 노인들이, 그들의 뒤꽁무니를 졸졸 따라다니는 소년들이 생선 알처럼 바글거리고 있을 것만 같았다. 앞서가던 흙의 발걸음이 재빨라졌다. 강우는 그제야 구부러진 방파제 어귀에서 어른거리던 붉은 얼룩이 흙을 향해 손짓하는 소년들의 인사라는 걸 알아챘다.

"죽었어?"

흙이 소년을 내려다보면서 그렇게 물었다.

강우는 불길한 예감에 소년들의 시선 따위 아랑곳하지 않고 소년을 골똘히 쳐다봤다.

소년은 인중과 입에 거품이 묻어 있지도 않았고, 배가 부풀지도 않아 죽은 것 같아 보이지는 않았다. 바다가 가까운 닻섬에서 소년들은 한 번쯤 물에 빠져죽은 시체를 본 적이 있었다. 찬 바다를 떠돌다 떠오른 시체는 얼굴만 조금 문드러지고, 온몸이 비닐봉지처럼 매끄러웠다. 하지만 소년은 맨살에 닭살이 오소소 돋아 있었고, 호흡이 느껴졌다. 물고기에게 물어뜯긴 상처도 없었고…… 한없이 고요했다. 소년이 물에 빠졌다가 건져졌다는 사실조차 믿을 수가 없었다. 소년은 그저 깊이 잠든 모습으로 보였다. 소년의 잠든 모습은 시늉으로 들떴던 강우의 불면과 가벼운 잠과는 견줄 수 없이 진짜처럼 보였다. 물에 젖은 푸른 셔츠와 자줏빛 반바지가 우중충한 하늘 아래 섬처럼 도드라졌다. 소년들의 바지는 낡거나, 자란 다리를 감당하지 못해 너무 덜름하거나, 길었지만, 소년의 반바지는 슬그머니 걷고 싶을 만큼 무릎에서 맞춤하게 길이도 적당했다. ……강우는 소년의 입에 따뜻한 숨을 불어넣고 싶었다. 소년의 손가락과 팔다리를 미미 인형의 팔다리를 360도 회전하듯 지분거리고 싶었다. 머리카락을 꺼당기고 싶었다. ……소년의 깊은 잠을 훼방 놓고 싶었다.

"아닐 거야."

"그래, 죽은 것 같진 않아. 숨은 쉬는 것 같아."

뚱이 강우를 돌아보고 열뜬 얼굴로 말했다.

"우리가 오니까, 여기 이렇게 누워 있었어."

"삼촌한테 얘기해야 하지 않을까."

"삼촌이 어디 있어."

칼이 코의 옆통수를 주먹으로 때리고는, 흙의 눈치를 슬금슬금 살폈다.

"흙, 미라한테 얘기하는 건 어때?"

소년들은 강우에게 그랬던 것처럼, 흙에게 어떻게든 잘 보이고 싶어 혀처럼 끈적끈적하게 굴었다. 흙이 아무 대꾸를 않자 소년들은 괜스레 몸을 꼬았다.

"그런데 누구지?"

"에이즈가 데려온 게 아닐까? 에이즈가 얼마 전에도 왔다 갔잖아."

"맞아, 결국 빨아먹고 등을 떠민 걸 수도 있고."

바람은 제 농담에 만족해 낄낄거렸다. 흙이 바람에게 쉿, 쉿소리를 내자, 소년들의 목소리가 일순 바람에 씻긴 듯 잠잠해졌다.

"피 나는데……"

뚱의 걱정 어린 목소리에 소년들이 풀에 벤 것처럼 놀라 소년을 내려다봤다. 뚱은 고개를 저으며 강우의 정강이를 가리켰다. 강우의 오른 발바닥 아래로 핏물이 번지고 있었다. 소년들의 낯빛에는 피라는 붉은 사실과 맨발이라는 노란 사실이 반반 섞여들었다. 강우는 발바닥이 선착장에 꿰매진 것처럼 그 자리에서 옴짝달싹하지 않았다.

흙은 짐짓 이맛살을 찌푸리고는 대수롭지 않게 소년 앞에 쭈그려

앉아 소년의 신발을 벗겼다. 나이키였다. 재봉선이며 그믐달처럼 날렵한 검정색 무늬가 진짜처럼 보였다. 흙은 애당초 그 신발의 주인이 강우이기라도 한 듯 빗물에 젖어 꼬막 껍데기처럼 주름진 강우의 다섯 발가락 앞에 소년의 운동화를 가지런히 놓았다. 강우는 더 이상 흙의 친절을 거부할 수 없었다. 게다가 여러 소년에 둘러싸여 있는 탓인지, 흙의 명령을 곧이곧대로 따르는 시늉을 해야 할 것만 같은 부담에 다섯 발가락을 꼼지락거리다 슬며시 그 신발에 발을 집어넣었다. 신발은 작았다. 강우는 젖고 잘박이는 신발에 억지로 발을 집어넣지 못하고 슬리퍼처럼 뒤축을 꼽쳐 신었다.

씩

강우는 분명 소년의 웃음을 보았다. 강우가 소년의 귀를 밟기라도 한 것처럼, 소년은 찰나 그렇게 움찔했다. 그것은 소년의 얼굴에서 처음 보는 어떤 표정이었다. 하지만 워낙 한순간이라 강우는 그것이 빗방울이었는지, 잠시 소년의 얼굴에 어룽진 비구름이었는지 확신할 수 없었다. 어쩌면 꿈이었는지 모르고, 죽음 같은 기절 속에서도 소년들의 지분거림에 간지럼을 참지 못한 조건반사였는지도 모른다. 두려움을 숨기기 위해 웃음을 발명했다고 하는데, 그때 강우는 소년의 얼굴에서 어떤 웃음을 본 것 같아, 저도 모르게 꼽쳐 신은 신발에서 두 발을 뗐다.

"야, 김강우."

한 소년이 제 이름을 부르는 소리에 강우는 그제야 입맛을 다시듯 정신이 들었다.

강우는 소년이 제 이름을 정확히 알고 있다는 사실에 오싹했다. 소년은 히치하이킹을 하는 것처럼 당구장 쪽을 가리켰다. 아빠백작과······ 여자가 선착장 쪽으로 걸어오고 있었다. 강우는 죄 사내아이들만 보다가 여자의 실루엣을 보는 순간 가슴이 덜컥 내려앉았다.

다행히······ 미라였다.

굴착기 밑에 가랑이를 벌릴 씹조개

장화를 안 신고도 담글 수 있는 대야

말하고 흘레붙는 암탉

사구 다마를 삼키는 문어

······

같은 년

정육점 갈고리에 걸린 고기처럼 늘 쇼윈도에 붙어 있던 미라도 걸을 수 있네.

"닻섬 도련님들이 다 모였네. 어머, 강우도 나왔네."

미라는 함석 널빈지를 선뜻 건너오지 못하고 부두 끝에 서서 웃음을 그렸다. 금세 자신의 실패한 농담을 알아챘는지, 미라는 아빠백작의 어깻죽지를 두드리며 소년을 손가락으로 가리켰다. 아빠백작은 강우를 흘끗 쳐다봤다. 그러고는 성큼성큼 선착장으로 건너와 소년 앞에 쭈그리고 앉았다.

강우는 아빠백작이 저를 향해 육박해오는 줄 알고 겁을 집어먹었다가 맥이 탁, 풀려 솟은 어깨를 풀고 긴 한숨을 내쉬었다. 자주 쉬어본 듯 깊고 긴 한숨이었다. 검은 옷을 입은 아빠백작은 갓 발인을 끝낸 상주처럼 피로해 보였다. 까칠한 뺨 아래 돋은 수염이 나는 선인장도 죽여, 하고 식물을 키우지 않는 이유를 자랑스레 핑계하는 게으른 사람의 베란다에 놓인 선인장 가시처럼 세고 힘이 없어 보였다.

"내가 데려갈 거야."

흙이 아빠백작의 뒤통수에 대고 침을 뱉듯 불쑥 뇌까렸다.

"네가 데려갈 데가 어디 있어?"

강우는 엉겁결에 흙의 말을 가로막았다.

다섯 소년이 겁먹고 어리둥절한 얼굴로 강우와 흙을 번갈아 힐끗거렸다. 흙은 멍한 얼굴이다가 이내 비열한 웃음을 씩, 지었다. 아빠백작은 쭈그리고 앉은 채 아무 말이 없었다.

"그럼 넌 데려갈 데가 있고? 물은 넘치고, 방에다 더러운 개까지 들여놓은 거길 데려가겠다고?"

미라가 널빈지를 엉금엉금 건너와 흙의 어깨를 찬찬히 두드렸다.

"얘가, 친구 같은 소년이 걱정되니까 그런 거잖아. 어디든 데려다 놓고 깨어나서 결정해도 되잖아. 밥 비벼줄까. 오이 채 썰고, 달걀 하나 부쳐 고추장이랑 참기름에 쓱쓱 비벼 먹는 것도 맛있어."

흙은 불에 덴 것처럼 질색한 표정으로 미라의 따귀를 올려붙였다. 흙의 서슬에 미라가 아랫입술을 깨물고 울상만 짓고 있자, 멀뚱하던 아빠백작이 불뚝 일어나 흙의 뺨을 후려쳤다. 아빠백작의 멱살을 쥐려던 흙은 멈칫 강우의 눈치를 살피더니, 강우가 슬그머니 벗어놓은 소년의 운동화를 걷어찼다.

아빠백작은 잠깐의 소란이 얄궂던 바람인 듯 무심해져선, 소년의 볼을 톡톡 두드리고, 코와 입에 귓바퀴를 갖다 댔다. 강우는 아빠백작이 제 몸을 어르기라도 한 것처럼 오소소 소름이 돋았다. 아빠백작은 소년의 푸른 셔츠를 벗기고 제가 입고 있던 겉옷으로 윗몸을 감쌌다. 강우는 한순간 소년의 헐벗은 몸을 씩, 스민 웃음처럼 또렷이 볼 수 있었다. 소년은 사과 살처럼 파랬다. 소년의 맨살에는 나뭇가지에 쓸렸는지 울긋불긋한 얼루기가 돋아 있었다. 그것은 벌레가 달라붙은 모양의 수술 자국이었다. 아빠백작이 국기로 싸맨 소년병의 시신을 수습하듯 얌전한 소년을 들쳐 업었다. 미라가 검은 옷이 흘러내리지 않게 소년의 엉덩이를 두 손으로 받쳤다.

낙타처럼 저만치 걸어가는 그들은 다정한 부자(父子)처럼 보였다. 미라는 낙타의 꽁무니를 놓칠세라 종종걸음을 뗐다. 흙은 얼마 전 강우가 저를 따라오던 시간과 빼닮은 거리를 유지하며 그 뒤를 따라갔다. 선착장에서 머뭇거리던 소년들도 쭈뼛쭈뼛 그 행렬에 포개졌다. 남자어른과 여자, 그리고 소년 하나. 그러니까 그건 분명히 푸른등대로 되돌아가는, 돌아오는 모습이었다. 강우는 그들이 정육점골목이 아니라, 푸른등대로 방향을 잡는 것을 보고 저 혼자 오롯이 뒤처져 남아 있다는 사실을 깨달았다. 그건 기다리는 사람이 아니라, 홀로 버려진 사람의 그림이었다.

네가…… 하나인 게 다행이야.

엄마기계는 그렇게 말했다.

네가…… 혼자인 게 정말 다행이야.

강우는 엄마기계의 마지막 말을 그렇게 들었다.

창문을 덜커덩거리는 바람과 빗발 너머…… 그쪽도 태풍이 몰아치는지 엄마기계 목소리는 동심원처럼 웡웡거렸다. 낮은 건지, 먼 건지, 깊은 건지, 수줍어하는 건지, 겁먹은 건지, 들뜬 건지, 미안해하는 건지, 화내는 건지, 변명하는 건지…… 종잡을 수 없는 말들을 강우는 사실 제대로 듣지 않고 있었다. 강우도 그 목소리가 반가운 건지, 무서운 건지, 우스운 건지…… 퍼뜩 분간할 수 없었다.

강우는 큰 결심 끝에 그쪽을 향해 말을 건네려고 했다. 빗소리 너머, 목소리의 끝, 엄마기계가 선 자리는 늦겨울이거나 이른 봄이고 흰눈이 구름처럼 덮여 있었다. 숫눈 사이로 책갈피처럼 난 발짝들, 눈가루 사이로 고개를 내민 버들개지의 시간으로 되돌아간다 해도, 강우는 이제 아무것도 달라질 건 없다고 믿었다. 강우는 어금니에 괸 침을 호로록 다시며 그쪽을 향해 입술을 달싹였다. 하지만 어떤 낱말로 호출해야 할지 선뜻 입술이 떨어지지 않았다. 분명한 호칭은 있었지만, 차마 그렇게 부르고 싶지는 않았다. 그 말을 잇새로 내뱉은 순간, 눈외투를 입고 점점 사라졌던 엄마기계가 비바람을 뚫고, 녹은 눈물(雪水)에 흠뻑 젖어, 녹슨 무릎을 삐걱거리며 어둠 속에 털썩 주저앉을 것 같았다. 살을 편 우산처럼 둥그스레해진 엄마기계의 자리를 마련하자, 자신을 둘러싼 아늑한 도형 한쪽이 찌그러졌다. **푸른등대** 한쪽에 빗물이 새듯 뚝뚝 떨어지는 **엄마기계**의 존재는, 점 하나의 곰팡이로 시작해 점점 강우 주위를 뒤덮기 시작했고, 결국 까만 곰팡이들로 뒤덮여, **푸른등대**를 형체도 없는 진액으로 흘러내리게 만들었다. 그것은 녹슨 기계에서 흘러나온 폐유처럼 검질겼다.

　엄마기계 목소리는 더는 이어지지 않았다. 그렇다고 전화가 끊어진 것도 아니었다. 송수화기를 움켜쥔 손에 땀이 뱄다. 강우는 딴 손으로 송수화기를 옮겨 잡고 오른 손바닥을 허벅지에 문댔다. 침묵. 빗소리. 바람 소리. 강우의 마음을 눈치챈 듯 우르르 쾅쾅 천둥이 몰아치고, 번개가 쳤다. 껌뻑. 방안이 한낮처럼 밝아졌다. 강우는 빛 속에서 어떤 그림자를 본 것 같아 부르르 진저리를 쳤다.

　돌아……오려고 하는 걸까.

　느닷없이 그 생각이 떠오르자 강우는 몹시 초조해졌다. 그 예감은 떨어낼수록 누수처럼 점점 강우를 잠식해 들었다. **엄마기계**는 벌써 닻섬 어귀에 다다랐고, **정육점골목**을 지나, 당장 **푸른등대** 새시 문짝을 똑똑 두드렸다. 강우는 아무도 없는 빈집처럼 군침을 참고 어둠 속에 웅크리고 있다. 똑……똑, 똑똑,…… 똑똑똑. 한참 망설이던 손이 다짐을 끝낸 듯 드르륵 문이 열리고, 강우의 정수리에 한 줄기 나트륨등 불빛이 아람이 벌어지듯 서서히 어룽진다. 어둔 실내를 두리번거리던 그림자(보름달처럼 둥그렇게 부풀어 있다)는 이내, 강우보다 더 스스럼없이 발걸음을 옮긴다. 캄캄한 횟집 싱크대에 조그만 전등이 켜져 있다. **엄마기계**는 무릎까지 내려오는 도톰한 노스페이스 점퍼가 답답한지 옷을 벗는다. 겨울나무처럼 흑백인 로봇의 피가 돌고, **엄마기계**는 그곳에 서서 도둑질하듯 굴과 멍게 속살, 메추리알을 삼킨다. 강우의 눈길을 눈치챈 엄마기계는 황급히 입술에 머금은 굴을 삼키고 젖은 입가를 닦는다. 두 손으로 아랫배를 감싼다. 강우는 오렌지색 불빛 아래 눈물처럼 반짝이는 엄마기계의 맨살을 보자 그럴싸한 빌미를 잡은 것처럼 못된 쾌락에 사로잡힌다. 강우는 주먹을 쥐고 나약한 비명을 내질렀다.

그렇게 사는 게 좋아? ……도둑처럼. 거지처럼. (그래 지금이라면) 걸레처럼.

강우는 엄마기계를 졸졸 따라다니며 왜 아직까지 로봇과 흡혈귀가 함께 살려고 노력하는지 이해할 수 없다고, 그렇게 사는 게 행복하냐고 따져 묻는다. 엄마기계는 아무 소리도 들리지 않는다는 듯 계산대 스툴에 앉아 붉은 공책을 펼치고 뭔가를 끼적거린다. 강우는 팔짱을 끼고 그 앞에 서서 한심한 표정을 지어내며 쯧쯧 혀를 찬다.

정육점 여자들이 흡혈귀 같은 그 인간을 뭐라고 부르는 줄 알아? ……보지가 달렸대. 내가 봐도 흡혈귀 같은 그 인간한텐 달콤하고 먹음직스러운 굴 따윈 달리지 않았을 거야. 아마 제가 창호지처럼 떠낸 희멀건 물고기 살점만 덩그러니 달렸을걸.

강우는 마지막까지 참았던 그 말을 태풍처럼 쏟아낸다. 그 고백이 더는 늦지 않았기를, 엄마기계를 다시 제자리로 돌려보낼 수 있는 주문이기를 초조하게 기다린다. 하지만 엄마기계는 흐리멍덩한 눈빛으로 모나미볼펜의 심을 혀끝에 적신 뒤 계산기의 숫자판을 점자처럼 천천히 더듬고는 한숨만 내쉰다. 강우는 더 이상 참지 못하고 그릇에 담긴 굴을 주먹에 쥐고 으깬다. 엄마기계가 삼킨 굴을 질투한다. 강우가 어둠 속에서 빛나는 굴을 떠올리며 슬그머니 발기하고 잦아드는 찰나, 그제야 엄마기계는 흡혈귀에게 자신이 피가 돌고 있다는 사실을 들킨 로봇처럼 놀란 토끼 눈으로 소년의 뺨을 후려친다.

*

그렇게 사는 게 좋아.

강우는 피식, 웃음을 머금고 다시 그렇게 속삭인다. 강우는 어느 순간 오랫동안 주린 흡혈귀처럼 로봇의 꽁무니를 쫄쫄 따라붙은 아빠백작과 똑같은 눈빛과 목소리가 되어 있다. 강우는 남자어른으로 가는 길목에서 털이 나고 키가 자라고 목소리가 굵어진다. 피가 없는 엄마기계는 동전이 없는 조무래기처럼 순수한 두려움으로 떨고 있다.

나는 행복해지고 싶지 않아.

엄마기계는 고개를 숙이고 아빠백작의 방으로 들어간다. 눈이 게게 풀린 흡혈귀는 로봇의 기척을 알아채자마자 목덜미를 물어뜯는다. 로봇보다 감정이 발달한 흡혈귀는 기계가 아픔을 참으면 참을수록, 제 발등을 밟아 비명을 내지르며 마치 제가 상처를 입은 것처럼 울부짖고, 타인의 고통보다 제 고통이 크다는 걸 과시한다. ……비겁한 싸움을 지속하는 둘의 모습은 어쩐지 미래의 폐허 도시가 된 것 같은 닻섬과 더없이 어울린다. 엄마기계와 아빠백작의 자리를 다시 떠올리자, 가정일 뿐인데도, 그 상상은 걷잡을 수 없이 강우에게 또렷한 환각을 불러일으켰다. 강우는 불을 끄고 있었던 게 천만다행이라고 생각했다. 강우는 하마터면 입술 새로 미끄러질 뻔한 한숨을 참았다. 왼손으로 송화구 구멍을 틀어막고, 잠든 사람의 상태를 지분거릴 때처럼, 짜뜰름짜뜰름 콧숨을 내쉬었다. 이마에 땀이 송골송골 맺혔다. 어금니를 꽉 깨물었다.

……굴의 시간은 끝났어, 생선은 쉽게 상하고, 닻섬의 바다에서 더는 물고기가 잡히지 않아…… 게다가 단단한 몸에 보드라운 굴을 숨긴 사내도 사라져버렸어…… 니미럴…… 씹할…… 좆같아…… 염병할…… 굴착기 아래에다 가랑이를 벌릴 년. 임질 매독이나 걸려버려라. 그때, 희미한 비바람 너머 아이들이 까르르 자지러지는 소리를 들은 것도 같았다. 소년들이 놀러온 걸까…… 하필 아빠백작은 아니겠지…… 어쩌면 삼촌…… 강우는 힐끗 주위를 두리번거렸지만, 어둠침침한 방안은 젖은 이불 속처럼 고요하기만 했다. 강우는 불을 켜고 싶었다. 하지만 옴짝달싹하는 순간, 제가 어렵게 숨겨왔고 지켜왔던 비밀과 약속 들이 전화선 뽑히듯 허무하게 사라져버릴 것 같았다. 강우는 침묵이 버거웠다. 비로소 완성해가고 있었는데. 어떻게 여기까지 왔는데…… 강우는 초조하다 못해 화가 났다. 화가 뻗치자 다시 싸움에 대한 의지가 솟구쳤다. 삼촌의 자리를 그들에게 다시 빼앗기고 싶지 않았다. 빼앗길 수 없다. 강우는 두 주먹을 불끈 쥐고 그쪽을 향해 다시 귀를 열었다…… 전화는 어느 순간 시부저기 끊어졌다.

*

엄마기계 전화는 한 차례 큰바람처럼 흘러갔지만, 강우는 그 말을 떠올릴 때마다 정말 수조에 물이 차오르듯 숨이 가빠졌다. 멈췄던 시침과 분침이 빽빽한 눈알을 굴리듯 천천히 움직이기 시작한다. 자꾸 늦춰지는 선전포고처럼 더 초조하고, 푸른곰팡이는 스러진 푸른등대를 벗어나, 개천을, 골목을, 닻섬 전체를 집어삼킨다. 밀반죽처럼 서서히 부풀어 오르는 누군가의 아랫배. 자궁이 열리고, 피가 칠갑된

갓난아기가 붉은 울음을 터뜨린다. 붉은 갓난쟁이를 둘러싸고 쥐 떼처럼 들끓는 사람들. 서로의 어깻죽지를 물어뜯고, 발가락을 핥고, 손톱을 부러뜨리며 바다까지 떠밀리고 떠밀리는 사람들. 닻섬과 뭍 사이의 바다는 금세 용암처럼 검붉게 출렁인다. 바다로 뛰어드는 동물들. 구더기처럼 꼬물거리는 동물들…… 닻섬은 그렇게 다시 들끓는다.

강우는 그런 극적인 상상을 달가워하지 않지만, 어쩐지 **엄마기계** 생각만 하면, 자연스레 그런 장면들이 떠올랐고, 초조해졌고, 부르르 진저리가 쳐졌다. 하지만 상상이 증식하는 만큼 그것에 저항하는 강우의 전의도 한결 다부져졌다. 네·가·혼·자·인·게·다·행·이·야·네·가·혼·자·인·게·다·행·이·야·**내**·가·혼·자·인·게·다·행·이·야. 강우는 이제 그 말을 입속에 머금을 때마다, 살점 끝에 달린 연골을 씹듯 바스러뜨린 뒤 꿀꺽 삼켰다. 강우는 이가 아플 정도로 배가 불러 깜빡깜빡 잠이 들었다.

강우는 빗소리에 놀라 잠이 깼다. 태어나 처음 맞닥뜨린 계절인 것처럼…… 여름이…… 밤이…… 비가…… 바람이 덜컥 겁이 났다. 이대로 영원히 혼자이지 않을까. 귓바퀴에 무수한 구멍이 뚫려 다시 잠이 포개지지 않았다. 세상에서 처음 맞아보는 계절처럼, 태어나 처음 듣는 소리인 것처럼, 온 감각이 곤두섰다. 빗속에서 강우는 온몸이 귀로 이뤄진 생쥐처럼 이를 갈았다. 잠의 지붕에도 물이 샌 듯 선득한 기분에 이불을 감으면 젖은 사람이 누웠다 나간 것처럼 꿉꿉했다. 땀에 젖은 살갗 같던 이불을 끌어안고 가랑이에 끼었다. 귀를 틀어막았다. 문득 목소리가 보였다. 기억이, 목소리가 빗물처럼 쏟아졌다. 바람과 비가 섹스하는 소리, 자연의 맨살이 발기하는 소리. 어쩐지 뒤채인 이불의 흔적도 사람 모양으로 빚어져 있었다.

태풍이 오기 전까지만 해도 강우는 한낮을 잠으로 덮고, 한밤중에 깨어 내일이 오기를, 새롭게 태어나기를 재촉했다. 그리고 불면을 괴로워했다, 부끄러워했다. 시간이 넉넉할수록 더 초조해졌다. 그 숱한 시간을 기다림으로 다 채우지 못할까 봐 두려웠고, 그래서 기다림이 직업이 되었다. 일에 쫓기듯, 이렇게 게을러도 되는 건지, 온종일 기다림을 다짐했다. 잠에서 깨도, 자신이 잠든 동안 어디 멀리 마을 나갔던 영혼이 돌아올 때까지 기다려야 한다는 핑계로 선뜻 일어나지 않았고, 가려운 등짝을 이불에 슬금슬금 부비며 그러다 또 까무룩 잠이 들었다. 미라가 국수를 삶아 와도 문밖에 그릇을 두고 나갈 때까지 없는 시늉을 했다. 강우는…… 그곳에 없는 사람이었다. 곱등이는 폴짝폴짝, 그리마는 스멀스멀, 공벌레는 데굴데굴. **푸른등대**에서…… 혼자인 소년은 죽어버렸다.

강우는 엄마기계의 전화가 꿈인지 현실이었는지 퍼뜩 분간이 되지 않았다. 강우는 그럴수록 정신을 똑바로 차려야 한다고 다짐했다. 강우는 그럴수록 비바람이 몰아치는 창문을 응시해야 한다고 다짐했다. 그렇게 눈으로라도 **푸른등대**를 지켜야 한다고 다짐했다. 가로등이 어룽진 벽에 유리창의 빗물이 그을린 살갗처럼 흘러내렸다. 강우는 붉은 빗물에 젖은 창문이 된 것 같았다. 강우는 물이 가득 찬 수조가 된 것 같았다. 걸레는 오히려 물을 만난 물고기처럼 비바람의 기척에 가끔 으르렁거릴 뿐 더없이 얌전했다. 번개가 창문을 하얗게 바르고, 어디선가 쓰러지는 소리가 들렸다. 새시 문이 덜컹거리고, **푸른등대** 아래층의 식탁과 의자, 그릇이 깨부숴지는 소리가 들렸다. 어느 순간 그 소리는 잦아들었지만, 의심스러운 빗소리는 다박다박 발짝처럼 이

어지고 있었다. 소년들이, 흙이, 엄마기계가 겨우 완성해가는 삼촌의 자리를 비바람처럼 쓸어가려고 안간힘을 다하는 것 같았다, 축제처럼.

돌아온…… 걸까. 왜 그 생각이 불현듯 들었는지 모르겠다. 귓바퀴도 모자라 온몸에 바늘귀만한 구멍이 뚫린 듯 발소리가, 생각이, 끊임없이 강우의 어둔 눈앞에 빗물처럼 쫄쫄쫄 흘러내렸다. 강우는 외려 홀가분한 마음이 들었다. 하지만 밤새도록 비바람은 강우의 살을 적시지 않았다. 아무도 돌아오지 않았다. 혼자인 게 다행이야. 강우는 주문처럼 그 말을 되뇄다. 엄마기계도 혼자가 돼야 모든 게 완벽해진다는 진실을 그런 방식으로 전언했는지도 모른다. 강우는 어제처럼 어둠 속에 웅크린 채 비와 바람 소리를 들으며, 이제 어떤 방식으로든 마침표를 찍어야 할 때가 왔다고 생각했다. 하지만 그 계획을 아무에게도 털어놓을 수 없었다. 삼촌은 돌아오지 않고, 흙은…… 부족했다. 모든 것이 의심스러웠다. 의심하는 사람은 마치 큰바람에 밀려 출렁이는 밤바다와 같았다. 끊임없이 흔들리는 것처럼 보이지만, 제 속에 늪처럼 고인 어둠은 그대로였다.

*

강우에게 돌아오는 모습이란 무엇이었을까. 직업처럼 그토록 기다림을 성실하게 다했는데도 갑자기 머릿속이 깜깜했다. 돌아오는 모습이란 그런 것이었을까, 불 꺼진 등대의 창을 보고 뱀처럼 숨어드는 게 아니라, 불 켜진 내 창을 보고 담배 한 대를 태우고, 팔짱을 낀 선득한 위팔을 쓰다듬으며, 슬리퍼의 발가락들이 시려 그것을 오므렸다, 더는 참지 못하고 슬그머니 뒷걸음치는. 나는 알아챌 수 없고, 그저 우연히 어둠에서 그가 다녀간 것 같은 희미한 어둠의 발자국을 응시하는 것. 그러니까 말하지 않는 고백, 만지지 않는 사랑 같은 것. 서로 마주 보며 귀환하는 것이 아니라, 돌아와 등을 보이며 다시 시작하는 것. 그렇게 새로 시작하는 것. 그렇게 다시 완성해나가는 것.

푸른등대로 돌아가는 남자어른과 여자 하나, 소년의 모습도 죄 등을 돌리고 있었다. 하지만 강우에게 돌아오는 모습은 그런 게 아니었다. 그것은 강우가 전혀 예감하는 그림이 아니었다. 강우는 소년을 질투하지 않았다. 그 그림을 질투하지 않았다. 그런데도 강우는 그 그림을 오릴 듯 집요하게 쳐다보고 있었다.

강우는 세 개의 구릉이었다. 두 개의 그림자였다. 한 개의 커다란 집처럼 뭉쳐지는 그림자에 제 몸을 보태며 동물을 만들었다. 소년들은 텅 빈 동물원 우리를 들여다보며 구름다리를 건너 격납고까지 이어지는 동물들의 행렬을 보았다고 주장했다. 그것이 빤한 거짓말이라는 걸 알았지만, 강우는 어쩐지 섬과 바다, 산비탈 사이에 다문다문 이어진 낙타와 나귀, 리마와 뱀, 개와 갈매기, 햄스터와 암탉, 문어와 굴의 행렬을 꿈처럼 보고 있는 기분이었다. 그 풍경에는 무너진 골목과 오물로 뒤덮인 하수구, 음식을 끓이지 않은 부엌, 텅 빈 시멘트 우리와 수조…… 혼자 남은 아빠백작의 해진 점퍼, 소년들의 젖은 겨드랑이와 땟국이 낀 팔뚝과 발등, 삼촌의 러닝셔츠와 팬티……에 표정과 피부처럼 서린, 막연히 전염병이라고 부르기에는 구체적이고, 몸서리치기에는 살갗처럼 희미한 냄새가 아니라, 전염병이 유행하기 전부터 익숙한, 정확히 닻섬의 냄새가 어려 있었다. 그것은 떠돌이 개와 닮은 냄새, 더욱이 전염병이란 유행어를 달고 보인 냄새가 아니라, 돌과 나무, 물과 공기처럼 마땅히 이름을 붙일만한 건더기가 없는 그저 닻섬의 냄새였다. 강우는 흙이 **전염병냄새**라고 발음한 순간 팔을 뻗어 잡을 수 있을 것처럼 보았던 냄새보다, 더 깊이 그 냄새를 볼 수 있었다.

강우는 그 냄새가 점점 멀어지는데도, 여전히 어떤 기다림에 대한 희망을 중지할 수 없었다. 강우는 여전히 혼자였고, 삼촌은 여전히 돌아오지 않았다. 삼촌은 강우가 혼자 남았다는 사실을 알고 처음 제 존재를 확인해준 사람이었다. 하지만 강우는 그 기다림마저 태풍에 씻겨버린 것처럼 멀뚱해져버렸고, 전혀 설레지 않았다. 어쩌면 흙처럼, 삼촌도 막상 맞닥뜨리고 나면, 그저 어떤 목소리가 방해할 것 같았다. 강우는 소년이 남자어른의 등에 업혀 사라지는 순간, 모든 것이 완성되어버렸고, 어쩐지, 제가 어렵게 완성했던 어떤 것을 졸지에 소매치기 당한 기분에 사로잡혔다. 그러나 강우는 그것이 전혀 아깝지 않았다.

강우는 **아빠백작**이 벗겨놓은 소년의 윗도리를 주위들었다. 소년의 윗도리와 운동화를 전리품처럼 챙겼다. 소년의 허물은 차가웠지만, 강우는 그 명징한 촉감처럼 소년의 눈과 얼굴과 웃음을 또렷이 기억했다. 강우는 소년이 누웠던 자리에 남은 홍건한 얼룩을 내려다봤다. 자줏빛 소라껍데기에 자란 야자수 한 그루. 강우는 닻섬에서 한 뼘 떨어져 있던 섬 하나가 사라진 것처럼 얼떨떨했다. 강우는 주검을 처음 본 것처럼 조심스레 소년을 쳐다봤다. 왜 낯선 소년이 그토록 친숙하게 여겨졌을까. 눈을 감고 누운 소년은 한눈에도 닻섬의 소년들과 다르다는 걸 알 수 있었다. 입성뿐만 아니라, 젖은 머리카락, 귀밑머리를 남기며 자른 도도록한 머리칼과 하얀 살갗은 전혀 닻섬의 가난과 폭력에 찌들어 있지 않았다. 깨끗했다. 강우는 그것이 아름답다고 생각했다. 누군가 자신의 아름다움을 알아본 적이 있었지만, 강우는 자신의 아름다움은 곰팡이의 무늬, 구더기의 질서처럼 여겨졌다. 눈처럼 깨끗한 것, 아무것도 없는 것…… 강우는 소년을…… 훔치고 싶었다. 소년의 몸에 제 몸을 포개고 서서히 합체하고 싶었다. 강우는 소년의 가슴에 난 수술 자국에 혀를 밀어 넣어 그 속으로 들어가고 싶었다.

강우는 어쩐지 서둘러 소년의 옷을 갈아입히고 싶었다. 강우가 입은 옷은 헐거울 테니, 엄마기계의 홀보들한 치마를 뜯어 옷을 지어주고 싶었다. 하지만 강우는 바느질을 할 줄 모른다. 집에는 재봉틀도 없다. 강우는 어쩐지 조급하게 들뜬 제 마음이 머쓱해 황급히 널빈지를 지나 부두로 뛰어갔다. 바람에 부딪힌 것처럼 몸이 휘청거렸다.

*

"바다다."

강우는 수문에 도착하자마자 닻섬을 건너다보며 입을 벌렸다.

강우는 한 번도 닻섬을 바다라고 생각하지 않았다. 바다답다고 느껴본 적도 없었다. 하얀 모래밭, 발가락 새를 훑는 모래, 혀에 닿기 전에는 얼음처럼 차고 달콤한 맛이 감길 것 같은 파란 바닷물, 흠씬 두들겨 맞고 난 파란, 그 멍을 보자 강우는 퍼뜩 정신이 맑아졌다. 강우는 한없이 맑게 부푸는 마음이 덜컥 겁이 났다. 문득…… 강우는 아팠다. 온몸이 통증으로 이뤄진 것 같았다. 마음이 움직이기 때문에 기다리는 고개도 갸웃해지고, 심장이 혀처럼 비어져 나올세라, 그것을 가리기 위해 몸을 배배 꼬았다. 아프고…… 싶었다. 하지만 강우는 자신이 아플 수 없다는 사실을 알고 있었다. 여름은 병을 용납하지 않았다. 되레 병을 허락하지 않는 계절이 자기가 더 아프다고 생색내듯 고열을 지속했다.

강우는 어둡고 낮은 하늘을 올려다보았다. 하늘과 바다가 뒤집혀, 강우는 물속을 유영하며 몸속에 무수한 비늘이 파닥거리고 가벼워지는 걸 느꼈다. 강우는 세상을 둥글게 감싼 바다의 영원을, 골목처럼 이내 움켜쥘 수 있을 것만 같았다. 태풍은…… 멎었다. 세상에서 가장 짧은 계절은 사라졌다. 검푸른 하늘 위에 검은 구름이 길게 떠 있었다. 강우는 푸른 우주 속에 서 있는 것 같았다. 우주에 남겨진 건 자기 혼자뿐이었다. 강우는 우주의 모든 공기가 제 몫인 것처럼 가슴이 부풀었다. 세상에 처음 생겨났을 빛도 이렇게 숨이 차오르는 것처럼 투명했을 것이다. 목덜미에 아가미가 생긴 것처럼 이 충만한 수분 속에 서 있어도 숨이 가쁘지 않았다. 이마 저만치 길게 떠 있는 고래 몇 마리. 강우는 지금 푸른 우주 속에 서 있었다. 이런 하늘 아래 서 있으면 강우는 저절로 우주를 믿게 됐다.

강우의 머릿속에는 더 이상 아빠백작의 나약한 몸짓도, 엄마기계의 목소리로, 흙의 핀잔도, 소년들의 노란 웃음도, 전염병냄새도…… 초조한 기다림도 남아 있지 않았다. 그것들은 강우가 혼자인 뒤로 모든 예감처럼 또렷하게 보이던 것들이었다. 덫과 기쁨과 무수한 예감 들은 강우 속에서 태어난 것이기에 사실보다 풍요로웠다. 하지만 그것은 모두 어느 부분이거나 끝과 시작이 없는 조각, 절름발이 들이었다. 강우는 제 속에 떨어진 홀씨와 그것의 성장을 또렷이 지켜보았다. 그 예감들은 하나도 죽지 않았지만, 어쩐지 지금 강우의 마음속에는 그어떤 예감도 보이지 않았다, 보지 않았다. 그저 찰칵, 소년을 향해 쏟아지는 한 소년의 씩, 웃음만이 배꼽처럼 패여 있었다.

강우는 우주 속에서 길을 잃어버린 기분이었다. 하지만 강우는 제가 가야 할 곳이 어디라는 걸 날씨처럼 또렷이 알고 있었다. 강우는 이 태풍을 절대 잊지 못할 것 같았다, 잊지 않을 것이었다. 강우는 소년이 태풍을 따라왔던 개다리를 향해 천천히 발짝을 뗐다. 그 다리를 건너 소년은 다시 사라져버렸고, 소년이 사라진 거기에는 바다가 아니라, 강우 혼자 새롭게 완성했고, 거센 태풍 속에서도 지켜낸 집이 있었다. 그곳은 처음부터 푸른빛이었다.

*

태풍의 이름은 루사라고 했다. 물가나 습지에 사는 사슴이라는 뜻이다.

2부

"좀비는 어떠한 판단도 내리지 않을 거다. 좀비는 '주인님께 신의 가호가 있기를'이라고 말할 거다. 좀비는 '주인님, 당신은 착합니다. 당신은 친절하고 자비롭습니다'라고 말할 거다. 좀비는 '항문으로 사랑을 해주세요, 주인님. 피가 나고 파란 창자가 흘러나올 때까지요'라고 말할 거다. 좀비는 음식을 달라고 애원할 거고 숨 쉴 산소를 달라고 애원할 거다. 자기 옷을 더럽히지 말고 제발 변기를 사용해달라고 애원할 거다. 언제나 공손할 거다. 어떠한 경우에라도 웃거나 능글맞게 굴거나 코에 주름을 잡고 혐오감을 표현하는 일이 없을 거다. 명령을 받으면 장난감 곰처럼 바싹 붙어서 잘 것이다. 아기처럼 내 어깨 위에 머리를 기댈 것이다. 아니면 내가 아기처럼 그의 어깨 위에 머리를 기댈 것이다. 우리는 피자 조각을 집어 들고 서로에게 먹여줄 것이다. 우리는 관리인의 방에 있는 침대에 누워 3월의 바람 소리와 음악대학 탑에서 울려 나오는 종소리에 귀를 기울일 것이다. 그리고 우리는 종소리를 세면서 정확히 같은 순간에 잠이 드는 것을 느낄 것이다."

— 조이스 캐롤 오츠, 『좀비』

해바라기

사람들은 더러 길을 잃기도 하는 모양이지만, 강우는 한 번도 길을 잃은 적이 없다. 낯선 길로 가본 적이 없기 때문이다. 멀리 달려보고 싶은 날이 있기는 하다. 태풍이 끝난 날은 더욱 그랬다. 창턱에 서서 두 발로 훌쩍 뛰어오르면 짓다 만 고층건물 옥상이나 바다 건너 대관 람차 꼭대기에 걸린 뭉게구름에라도 사뿐히 내려앉을 수 있을 것 같았다. 그리고 다음 장면. 강우는 솜처럼 푹신푹신한 구름 이불에서 미끄러져 그만 낭떠러지로 고꾸라진다. 때마침 누군가 나타나 강우의 손목을 거머쥐고 맨홀 뚜껑이나 개천다리 난간 위에 아슬아슬하게 착지한다. 눈이 휘둥그레진 사람들. 두 손을 탁탁 털고 씩, 웃는 두 소년을 향해 쏟아지는 우레 같은 박수. 하지만 강우의 상상은 거기에서 멈칫거렸다.

우주가 오고 있다.

우주는 쇳빛으로 반짝거리는 웅덩이를 폴짝 건너뛰었다. 시멘트가 벗겨져 풀죽처럼 무른 흙길에 먼저 닿은 오른발 신코가 움푹 꺼졌다.

우주는 멀리뛰기 선수처럼 왼발을 도약해 겅중겅중 솟아올랐다. 푸른 등대로 오르는 두번째 계단에 두 발을 디딘 우주는 그림자를 놓친 것처럼 힐끗 뒤돌아본 뒤 신 바닥에 묻은 질흙을 계단 턱에 쓱쓱 문댔다. 흘러가는 구름과 우주의 그림자가 물웅덩이에 어룽졌다. 한낮이 심심한 소년처럼 우주는 갑자기 제자리에서 세 번 깡충거렸다.

강우는 오른발과 왼발을 번갈아 들어 신 바닥을 확인하고 연신 질흙을 떨어내는 우주를 보고, 팥죽이 묻은 숟가락을 쪽쪽 빨아 삼키는 장면을 떠올렸다. 꿀떡, 침을 삼키는 찰나 우주가 고개를 젖히고 푸른등대를 올려다봤다. 갓 구름이 비껴난 햇빛에 눈이 시린지 손차양을 하고 언뜻 고개를 갸웃거렸다.

강우는 우주와 눈이 마주칠세라 버릇처럼 뒷걸음치거나 그 자리에 몸을 수그리고 주저앉으려다…… 그냥 가만히 있었다. 되레 먹종이에 돋보기를 대고 햇빛 구멍을 내는 것처럼 그림자로 지워진 우주의 얼굴을 가만히 응시했다. 심장이 두근거렸다. 강우는 주먹을 꾹 쥐었다. 손바닥에 땀이 뱄다. 무릎이 달싹였다. ……발기했다.

씩

강우는 우주의 웃음을 본 것 같았다. 개천 쪽으로 더펄더펄 날리는 머리카락, 담뱃갑처럼 반듯한 이마, 자귀나무 꽃처럼 보드랍고 촘촘한 속눈썹, 막 여문 완두콩 꼬투리처럼 앙증하고 단단한 입술(푸른등대 창턱에 놓인 파란 담뱃갑과 우주가 즐겨 보는 자연 다큐멘터리에서 본 것들)……은 그대로지만, 가끔 복숭아처럼 도도록한 뒤통수를 긁적이며 씩, 겸연쩍은 웃음을 짓기도 하지만, 어쩐지 부두에 누워 맨살처럼 들킨 그 웃음은 아니었다. 하지만 정수리에서 내리쬐는 햇빛과 손차양에 가린 우주의 얼굴은 일식처럼 검었다. 강우는 우주가 저를 골리기라도 한 듯 혀를 날름 내밀었다.

우주가 계단을 뛰어올랐다. 핑거스냅보다 짧은 시간이었을 것이다. 엄지와 검지가 엇갈리는 딱, 소리에 최면에서 벗어난 듯, 강우는 부르르 진저리를 치고 우주의 속도로 침대에 달려가 엎드렸다. 우주의 한 발짝에 도로 일어나 침대 끝에 걸터앉았고, 또 우주의 한 발짝에 천장을 바라고 침대에 반듯하게 드러누웠다. 층계참을 오르는 우주의 경쾌한 발소리가 들렸다. 강우는 이불자락을 콧잔등까지 끄집어 올렸다. 부스럭거리는 소리. 짤까닥, 열쇠 구멍이 돌아가는 소리. 새시 문경첩이 삐꺼덕거리는 소리.

십, 구, 팔…… 강우는 두 눈을 질끈 감고 속으로 카운트다운을 해나갔다. 심장 소리가 발소리처럼 쿵쾅거렸다. 우주가 제 심장을 밟고 오는 것 같았다. ……셋, 둘, 하나. 열을 헤아렸지만 우주의 발소리가 더는 가까워오지 않았고…… 어느 순간 사라져버렸다. 냉장고 문이 열리고 반찬 그릇을 달각거리거나 수도꼭지를 틀어 가볍게 컵을 부시는 소리도 들리지 않았다. 강우는 조바심이 났다. 궁금해 눈꺼풀이 파르르 떨렸다. 두 눈썹 위에서 매미나 나방이 파닥거리는 것 같았다. 강우는 어금니를 꽉 깨물었다. 숫자로 가늠할 수 없는, 영원 같고 아예 멈춰버린 것 같은 시간. 길들여지지 않는 시간, 존재하지 않는 시간……

강우는 머릿속에서 들끓는 감정이 못마땅했지만, 이제 어느 정도 그 감정을 감기나 무좀처럼, 때로 여릿해지기도 하면서 속수무책으로 받아들였다. 하지만 건조하거나 비가 내릴 때 사레가 걸린 듯 기침이

받치고, 가려워 발샅이나 발꿈치를 벅벅 긁어 금세 물집이 잡히거나 생채기가 나는 것처럼, 막상 그 괄호(우주라는 질병 혹은 날씨……) 속에만 들면, 집중될수록 되레 장악할 수 없는 반응과 증세에 스스로가 마치 증식하는 박테리아, 바글거리는 구더기의 집합, 핀에 꽂혀 자꾸 떠들리는 수수깡 인형, 산산조각 나기 직전의 금 간 거울…… 혹은 그 모두인 것처럼 낯설고, 불편하고, 혼란스러웠고 무엇보다 내가 아니고 싶었다. 감은 눈앞은 어둠도 아니었다. 무수한 입자가 모래알처럼 차오르는 것 같아, 당장 눈을 뜨고 점점 머릿속을 죄어오는 이불자락 같은 이물들을 걷어내고 싶었다. 강우는 생니를 뽑고 싶은 지경이었다.

혼란스러운 게 죄는 아니잖아.

강우는 갑자기 사나워져 얼굴을 덮고 있는 이불자락을 떨쳐내며 두 눈을 떴다. 찰나 강우는 움찔 놀라 두 눈이 휘둥그레졌다. 우주의 주먹이, 검붉은 굳은살이 박인 손마디가 바투 콧잔등에 닿아 있었다. 강우의 휘둥그레진 얼굴을 보고 우주는 씩, 웃음을 지어 보였다. (그 웃음은 아니다.) 강우는 눈앞에 쏟아질 듯 가까운 우주가 거인처럼 버거워, 마치 털북숭이 골리앗이 뽀뽀를 하자고 덤비기라도 하는 것처럼 세차게 도리질을 하며 두 눈을 질끈 감았다.

잠시 멀뚱하던 우주는 느닷없이 강우의 목에 헤드록을 걸었다. 강우는 제 목을 감은 우주의 완력에 어떻게 호응해야 할지 헷갈렸다. 성난 폭력도 아니고, 장난이라고 하기엔 우주의 몸은 억세고 날렵했다. 거의 푸른등대 안에서만 머무는 강우의 몸은 우주의 몸에 비하면 옥수숫대처럼 야리야리했다. 팔뚝과 목덜미가 얽혔을 뿐인데도, 갑옷과 제웅이 부딪히는 것 같다 할까. 강우의 목을 쥔 우주의 팔뚝이 점점 거칠어졌다. 강우는 울대 언저리가 우그러지는 것 같아 제대로 숨을 쉴 수 없었다. 사레가 터질 것 같았지만, 강우는 목숨을 체념한 사람처럼 숨을 멈춰버렸다. 기절을 시늉해 상대의 방심을 노려 반격하거나, 상대가 제풀에 지쳐 두 팔을 풀게 하려는 작전이 아니었다. 강우는 사내끼리 결투를 벌이듯 서로 완력으로 맞서거나 맞받아줘야 하는 상황이 서먹했다. 재미없어. 강우는 멈춘 숨이 점점 가쁘게 차올라 더는 견딜 수 없었다. 후유, 자맥질하듯 한숨을 몰아쉬려는 찰나 재미없어, 우주의 팔목이 먼저 그렇게 말하는 것처럼 푸시시 풀어졌다. 그 몸짓은 호된 장난 끝에 무안해본 적이 있는, 정색하는 상대의 눈빛을 어떻게 대처해야 할지 몰라 당황해본 적이 있는, 삶의 시시한 비밀 한 자락을 알아챈 것 같은 사내의 허탈한 몸짓이었다.

우주는 1년 새 키뿐만 아니라 속마음까지 짐작할 수 없을 만큼 훌쩍 자라버린 것 같았다. 강우는 여전히 우주의 쥘힘이 남은 목덜미를 우주의 손을 쥐듯 쓰다듬었다. 어쩐지 우주가 다시는 저를 먼저 집적이지 않을 것 같은 예감에 강우는 허리를 조금 달싹이고, 눈으로 우주의 어깻죽지를 돌려세웠다. 하지만 우주의 뒷모습은 어떤 대꾸도 보여주지 않았다. 소년이 태풍을 따라온 뒤 흙과 누군가의 목소리가 눈앞에서 사라져버렸을 때처럼. 강우는 우주가 완전히 사라질 것 같아 다급했지만, 늘 그랬듯 침묵 앞에선 이길 수 없어 겁을 집어먹고 말았다.

*

처음 닻섬에 도착했을 때, 우주는 강우보다 엄지손가락 정도 작았다. 강우의 셔츠와 바지를 꿰입고 잠든 우주와 키를 맞추려면 강우는 무릎을 조금 구부려야 했다. 소용돌이치는 잿빛 바닷물에 흠씬 젖었던 우주를 아빠백작은 정육점골목이 아니라, 푸른등대로 옮겨 왔다. 아빠백작은 소년의 윗몸을 둘둘 말 검은 양복을 펼치고 소년의 반바지와 속옷을 벗겼다. 그러고는 물에 적신 수건으로, 회를 뜨듯 소년의 살갗을 살금살금 닦았다. 강우는 비린내를 맡은 고양이처럼 주위를 서성이다 붉덩물에 얼룩진 옷가지를 세숫대야에 담아 바깥으로 나갔다. 계단을 밟는 걸음이 멈칫거리지도, 서툴지도 않았다. 강우는 빗물이 드는 계단에 서서 세숫대야에 담긴 물을 쫄쫄 따랐다. 자두처럼 시큼한 자줏빛 물이 흐를 것 같았는데, 어둠침침한 하늘에 물들었는지 잿빛 물이 주르륵 흘러내렸다. 강우는 부서진 뜰채로 빈집의 쓰레기 더미를 해작여 아까 꿍쳐놓은 소년의 운동화와 푸른 셔츠의 무덤에 자줏빛 반바지를 함께 묻었다. 강우는 누군가의 날개옷을 숨기기라도 한 것처럼 떨리면서도 야릇한 쾌감이 일었다.

강우는 제 침대에 벤 소년을 피해 마치 밤을 밝혀야 하는 등대지기처럼 푸른등대를 서성거렸다. 가끔 잠든 소년을 피해 침대로 올라가 벌레처럼 벽에 등을 붙이고 턱을 괸 채 소년의 얼굴을 훔쳐봤다. 죽음처럼 눈을 뜨지 않는 소년의 날숨과 들숨을 가만히 헤아리다 보면 저도 모르게 까무룩 잠이 옮기도 했다. 잠에서 깼는데도 여전히 소년이 눈을 감고 있으면, 소년과 어깨높이를 맞추려고 무릎을 조금 구부렸다. 국기처럼 펄럭이던 옷을 벗고 자신의 셔츠와 바지, 어쩌면 속옷을 빌려 입고 잠든 소년이 좁은 거울에 비친 제 전신처럼 빤하고 낯설었다. 강우는 언젠가 남자어른이 제 얼굴을 알아보았던 날, 마치 거울 속으로 들어가 제 몸을 장난감처럼 탐내고 싶었던 그때처럼, 소년의 얼굴을 하나하나 훑어보았다. 귓불과 입술, 콧마루…… 강우는 버릇처럼 윗몸을 일으키고 수조 속을 들여다봤다. 수조는 바다처럼 잠잠했다. 새시 문 바깥도 고요했다. 우주를 업어 온 아빠백작은 사람의 기척을 느끼고 끼깅거리는 걸레를 수조에서 끄집어내 바깥으로 내보냈다. 아빠백작도, 미라언니도 수조에 든 걸레의 사연을 묻지 않았고, 강우도 수조에 든 걸레를 내보내는 까닭이 아무렇지 않았다. 외려 강우는 수조에 든 걸레가 빠져나갈 때, 소년들의 더러운 입으로 뭉친 전염병이라는 구(球)를 몸속의 종양처럼 잘라낸 것 같아 홀가분했고, 점점 지루해지는 축제가 끝난 자리를 거닐듯 헛헛한 고요가 뿌듯하게 차오르는 기분이었다. 강우는 소년의 가슴을 덮고 있는 이불자락을 슬그머니 들춰보았다. 사각사각. 이불자락을 배꼽까지 끌어내렸을 때…… 소년은 선착장에 누웠을 때처럼 씩, 웃음을 짓고 깨어났더랬다.

*

우주가 1년 동안 16센티미터가 자라는 동안 강우의 키, 허리둘레, 몸무게는 그대로였다. 정확히 제 나이만큼. 아니다, 우주는 키가 삼촌만큼 껑충해졌지만, 여전히 닻섬의 아이들 중 가장 피부가 하얬고, 머리카락이 길었으며, 이가 깨끗했다. 강우는 몸이 하나도 자라지 않았지만, 잇새가 벌어지고 치석이 끼었으며, 돌멩이에 찧은 앞니는 삭아 거무죽죽했고, 더 말라깽이가 되었으며, 아직 면도를 시작하지 않았지만, 코밑이 부수수했다. 미라언니는 우주를 볼 때마다 점점 잘생겨진다고, 남자가 되어간다고, 홀린 듯 웃음을 깨물었다. 하지만 강우가 가발을 쓰고 한들한들 춤을 춰도 미라언니는 예쁘다고, 이 옷이 훨씬 잘 어울릴 거라고 장롱을 열어 드레스를 골라주지 않았다. 그저 게게 풀린 눈으로 유령을 본 듯 눈이 까무러졌다 거품처럼 희미한 웃음만 흘릴 따름이었다.

"소년, 팬티 남는 것 없니?"

우주가 서랍장을 여닫으며 물었다.

강우는 소년, 하는 소리에 우주가 고무 튜브에 저를 싣고 태풍으로 쓱 밀어버리기라도 한 것처럼 중력이 줄고 온몸이 기우듬해지는 기분이었다. 우주는 강우의 침묵에 아랑곳없이 서랍 아래위 쪽을 드르륵 득득 여닫았다. 그러고는 트렁크팬티 한 장을 꺼내 탈탈 털었다. 제법 품이 낙낙한 팬티가 삼촌의 것일지도 모른다고 걱정하면서도 강우는 어떤 충고도 하지 않았다. 깨끔한 성격의 우주가 삼촌의 소유물을 분간하지 못할 리 없었다. 둥근 잔무늬가 주렴처럼 프린트된 팬티는 아빠백작이 입던 속옷인지도 몰랐다.

강우는 우주의 팬티가 어떤 무늬이고, 얼마나 해졌는지 빤히 꿰고 있었다. 우주는 정육점골목 쪽방에 아빠백작과 함께 지내지만, 미라언니의 냄비와 그릇이 푸른횟집 부엌세간과 짝짝이로 섞이듯, 이런저런 짐이 푸른등대에 섞여 있었다. 강우는 미라언니를 찾아갈 때마다 우주의 속옷을 개켜 갖다 줄 빌미를 궁리하지만, 언제든 우주가 돌아올지도 모른다는 예감에 볼똑한 팬티의 앞섶을 노크하듯 톡톡 건드렸다.

강우는 우주의 룩색과 아빠백작의 옷가지가 뒤섞인 쪽방을 떠올렸다. 소년의 후드 점퍼와 남자어른의 오리털 파카가 추위에 껴안듯 걸려 있는 비키니 옷장, 푸른색 선풍기와 검정색 텔레비전, 두툼한 베개와 도날드덕이 엄지를 치켜들고 있는, 껴안을 수 있는 꼬마 크기의 쿠션…… 푸른등대의 주방이나 잊힌 삼촌 방과 유다를 것 없는 풍경이었지만, 서랍 속에 뒤섞인 수저처럼 어떻게든 짝을 맞출 수 있을 것 같은 당연하고 무심하게 어울린 물건들. 소년의 풋내와 남자어른의 탑탑한 고린내가 뒤섞이고 서로의 손바닥, 발바닥이나 머리카락, 살을 공유하는 비듬과 각질, 꿈과 걸음의 기억까지 공유하는 이불과 속옷과 양말……을 떠올리자, 강우는 우주가 제 앞에서만 깔끔한 척 바지런을 시늉하기라도 한 것처럼 얇은 배신감과 옅은 질투가 눈썹을 찌르듯 거슬렸다.

*

우주가 무람없이 푸른등대를 드나드는 동안, 아빠백작은 한 번도 푸른횟집으로 돌아오지 않았다.

아빠백작은 엄마기계가 사라지고 난 뒤 미라언니(1년 새 소년이 우주라는 이름을 가지듯, 미라도 언니가 되었다)네 쪽방에 아예 주저앉았다. 푸른횟집 간판이 걸렸을 때도 가끔 수선화의 부엌일을 돕고 용돈벌이를 했지만, 그래도 잠은 푸른횟집에서 잤다. 그러나 지금은 아예 미라언니네 쪽방에 주저앉아 우럭 살점을 뜨고, 매운탕을 끓이고, 전어에 빗금을 넣고, 도미찜을 하거나 사과, 복숭아, 파인애플을 깎았다. 똥 말로는 삼촌이 정육점골목을 접수하고 푸른등대를 포함해 횟집 골목까지 삼켰기 때문에, 아빠백작은 개천다리를 건너지 못하는 것이라고 했다. 하지만 비둘기 집처럼 생긴 우체통에 꽂힌 전기, 수돗물, 건강보험 고지서나 선거인명부에는 아빠백작 이름이 여전히 씌어 있었다.

K군 M읍 묘도리 ○○○번지 김윤희

강우는 그 주소와 이름을 되뇌며 어쩐지 푸른등대가 삼촌의 집이
되었다는 소문을 들었을 때 품었던 막막한 두려움을 잠시 거둘 수 있
었고, 잘못 배달된 편지를 돌려주듯 아빠백작 이름이 적힌 독촉장을
들고 미라언니네를 찾아갔다.

발정 난 암캐처럼 붉은 조명을 뚝뚝 흘리는 정육점골목 후미진 곳
에 지난해 태풍의 끝자락에 휩쓸려온 듯 남자어른과 여자어른과 한
소년이 뗏목처럼 좁은 방들을 끼고 살았다. 아빠백작과 미라언니와
우주는 오래전부터 연습해온 것처럼 낮과 밤, 밥과 잠, 침묵과 행동
을, 손을 맞잡은 삼각형처럼 지탱해나가고 있었다. 미라언니와 아빠
백작이 취하면 우주는 그들의 잠을 돌봐주었고, 아빠백작과 우주가
새벽까지 손님을 치르고 땀을 흘리면 미라언니는 수제비를 뚝뚝 떠서
배부른 잠을 덮게 했다. 미라언니와 우주가 잠이 말똥말똥하면 아빠
백작은 냉동고에 얼린 갈치를 꺼내 호박과 무를 숭덩숭덩 썰어 넣고
갈치찌개를 칼칼하게 끓여 취한 잠을 성급히 불렀다. 눈이 게게 풀린
아빠백작은 우주를 강우라고 착각하는지 어렵게 본 아들처럼 살갑게
대했다. 우주도 아빠백작이 싫지 않은 눈치였다. 우주는 아빠백작의
소주잔이 빌 때마다 맑은 술을 꼴꼴 채웠고, 아빠백작이 점점 고개를
가누지 못하면 겨드랑이를 붙들고 쪽방으로 옮겨갔다. 미라언니는 스
툴에서 미끄러져 엉덩방아를 찧고도 까르르 웃음이 자지러졌다. 우주
는 미라언니의 허벅지까지 딸려 올라간 치맛자락을 무릎까지 여며준

뒤 빨간 자국이 남은 숟가락으로 생선 가시를 냄비에 쓸어 담고 그릇을 차곡차곡 챙겨 부엌으로 들어가 오랫동안 설거지를 했다. 강우는 얼떨결에 맞닥뜨리는 삼각형의 제스처가 낯간지러워 쇼윈도 기둥에 숨거나 뒷걸음치기 일쑤였다. 그것은 송곳니가 뽑힌 사자가 닭고기에 홀려 공을 굴리는 서글픈 시늉처럼 짜증나고, 안쓰러웠다.

우주는 처음에는 푸른등대에 들릴 때마다 어제 먹은 국과 나물을, 미라언니의 우스갯소리를…… 아빠백작의 근황을 주워섬겼다. 하지만 강우에게 얻을 수 있는 대답이 양미간의 주름이나 꾹 다문 입술, 경멸로 꿰매진 침묵밖에 없다는 것을 깨닫곤, 결국 강우와 아빠백작은 완전히 타인인 듯 모른 체했다. 그래도 강우는 우주의 사소한 조잘거림이나 제 침묵을 맞받는 우주의 침묵의 두께에 따라 아빠백작의 근황을 그러구러 짐작할 수 있었다. 강우는 그렇게 침묵을 버티면서도, 신체 하나를 악마에게 저당 잡혀야 한다면 스스럼없이 혀라고 대답하는 사람일수록 한없이 수다스럽고 자신의 말에 대한 강박과 점검으로 더 잦은 말실수를 하는 것처럼, 온몸에 바글거리는 말을 쏟아내고 싶어, 삼각형의 허구를 가르쳐주고 싶어, 삶을 알은체하고 싶어 생니를 다 뽑아버리고 싶을 지경이었다.

강우는 어떻든 남자어른의 것으로 짐작되는 팬티를 들고 화장실 앞에 서서 우주가 스스럼없이 혁대를 푸는 모습을 보고, 어느새 홀쭉해진 튜브에 매달리듯 가랑이에 이불을 감고 벽 쪽으로 돌아누웠다. 사락사락 옷이 흘러내리는 소리, 타박타박 발소리, 달칵 화장실 문이 열리는 소리, 쏴쏴 수돗물 소리, 치덕치덕 비누칠을 하고 조물조물 팬티를 빨고 다시 탈탈 물방울 터는 소리를 들으면서 강우는 둥근 잔무늬의 주름을 기웃거리는…… 고환과…… 털을 떠올리고는 달싹

발기했다. 그것은 소년의 얄따란 종아리와 새하얀 허벅지 우듬지에
둥지와 이파리처럼 우거졌지만…… 우주의 것이 아니었다.

강우가 또렷이 응시했던 우주의 몸은 인형처럼 털이 우거지지 않았
다. 강우는 소년의 깨끗한 몸을 훔쳐보면서 어른이 시작된 제 몸을
부끄러워했고, 어쩐지 야린 소년에게 성욕을 느낀 노인처럼 얼굴이
홧홧하게 달아올랐다, 성냥불처럼 꺼져버렸다. 강우는 정작 소년이라
는 구체적인 존재에 집중하면 발기하지 않는다, 허구에 탐닉할 때만
비로소 발기할 수 있었다. 강우는 자신도 우주처럼 팬티를 갈아입고
싶었다. 하지만 서랍에 든 제 속옷은 새가 뜬 이나 거뭇거뭇한 살처
럼 하나도 산뜻하지 않았다. 강우는 문득 사나워졌다. 가랑이에 뱀처
럼 감긴 이불을 걷어내고 삼촌이나 아빠백작의 낡은 속옷을 꿰입고,
푸른등대 한가운데 서서 경계심에 독이 오른 벌레가 진액을 뿜어내듯
더럽고 성급하게 수음을 해보이고 싶었다.

*

"어이, 강우 소년, 대체 언제 설거질 해본 거야?"

우주는 빈 수조에 팬티를 넣어놓은 뒤 바닥에 흩어진 그릇들을 버
릇처럼 정리하며 그렇게 핀잔했다. 그래도 소년, 강우 소년 잊힌 유행
어로 계속 부르는 걸 보면 기분이 좋은 모양이었다. 그러고 보니……
얼굴이 마주칠 때마다 이름 대신 소년, 하고 부른 시간이 있었다. 수
달, 노루, 제비, 너구리, 고니, 메기, 나비, 기러기, 도라지, 갈매기,
매미…… 코끼리, 고래, 도마뱀, 독수리…… 열대의 바다 한가운데
에서 태어난 140개의 열대저기압 이름이 그저 태풍으로 불리듯 날쌘

바람, 더러운 똥, 콩알만 한 쥐, 징그럽게 고집불통인 칼…… 그리고 흙도 "어이, 소년!" " 응, 소년!" "왜, 소년!" ……으로 불렀다. 강우도 우주를 소년, 그렇게 불렀다. 하지만 여름과 여름, 태풍의 끝과 태풍의 시작 사이 소년은 어떤 계절처럼 시부저기 사라지고 말았다.

한 달에 한 번 소년들의 시합이 있을 때마다 정육점골목에 들르는 케이캅만 예나 지금이나 "야, 소년!" "어이, 빨강 옷 소년!" "너, 좆만 한 소년!" "오, 예쁜 소년!" 하고 눈앞에 아른거리는 소년들을 빨판처럼 불러 모아 골목에 흩어진 쓰레기를 줍게 하고, 담배 심부름을 시키고, 삼촌을 불러오라 하고, 어깨를 주무르게 하고, 먼지가 톱밥처럼 쌓인 자동차를 세차하게 만들었다. 소년들도 시의 소년계 담당 형사라고도 하고, 교통관리과나 마약계 담당 형사라고도 하는 케이캅을, 무궁화 견장이나 독수리 배지를 단 제복을 입은 모습을 한 번도 보지 못했기 때문인지, 경찰 아저씨나 경사님 대신 에이즈(매독, 임질, 저승사자, 아나콘다로 불리기도 했다)라고 숙덕댔다.

강우는 케이캅에게 왜 소년들을 낱낱의 이름이 아니라 죄 소년이라고 부르는지 물은 적이 있다. 소년이란 말을 처음 퍼뜨린 건 삼촌이었지만, 강우는 삼촌이 소년을 케이캅에게서 훔쳤다는 사실을 오래전부터 알고 있었다. 강우 딴에는 어렵사리 꺼낸 질문이었지만, 케이캅은 맨살에 엉기는 날벌레를 쫓듯 살짝 눈살을 찌푸리곤 심드렁하게 대꾸했다.

"내가 10원어치도 안 되는 녀석들 이름을 왜 외워?"

케이캅은 그러면서 동전처럼 작고 메마른 강우의 항문이 잘 벌어지지 않자, 미라언니의 화장대에 놓인 로션을 손바닥에 발라 계곡과 사타구니에 치덕치덕 발랐다. 강우는 화장품의 차가운 감촉, 물컹한 비린내, 케이캅이 숨을 몰아쉬며 내뿜는 입구린내에 헛구역질을 삼키면서 앞니로 위팔을 사리물었다. 애드벌룬처럼 부드럽고 미역처럼 미끄덩거리는 몸이 아니라…… 피를 보고 싶었다.

누가 처음으로 성급하게 침만 묻혀 제 뒤를 파고들었을 때, 강우는 그의 귀두에 묻은 똥과 피의 흔적을 느끼고는 은근슬쩍 손바닥으로 훑어 이불자락에 문댔다. 강우는 갓 자궁에서 미끄러진 짐승의 살갗처럼 이불과 손바닥에 어린 똥과 피의 흔적을 부끄러워하지 않았다. 강우는 얼굴을 마주하지 않고 등으로만 부딪히는 애드벌룬이 만족스럽지 않았다. 강우는 계곡에서 자꾸 미끄러지는 살덩어리를 참지 못하고, 뒤를 담쏙 빼내 애드벌룬의 뱃구레에 올라탔다. 강우는 멈춘 목마를 몰듯 엉덩이를 앞뒤 아래위로 밀고 당겼다. 케이캅은 금세 사정했다. 숨이 턱까지 닿은 케이캅은 약에 취한 듯 미라언니의 침대에 퍼더버리고 누워 천장을 올려다봤다.

"소년…… 넌 웬만한 보지보다 쫄깃쫄깃해. 대체 그 기술은 누구한테 배운 거야?"

강우는 화장지로 뒤를 닦아내다 피식, 웃음을 흘렸다. 아무도 가르쳐주지 않았다. 누구에게 배운 것도 아니었다. 강우뿐만 아니라 닻섬의 소년들이라면 누구나 몸으로 기쁨을 발명할 수 있었고, 그것을 교환할 줄 알았다. 소년들은 기쁨이 필요할 때 서로서로의 살을 빌려줬다. 다섯 손가락으로 쥐고 흔들었으며, 입으로 빨고 삼켜줬다. 구멍이 다급할 때는 서로의 포피를 벌려 그 포피 속으로 서로의 귀두를 집어넣고 허리를 왔다 갔다 했다. 푸른 핏줄이 돋고 딱딱해진 성기가 속살을 쓸어 눈물이 맺힐 만큼 아리면, 소년은 소년의 허벅지를 붙이고 그 틈새로 성기를 밀어 넣었다. 기쁨은 어떻게든 중단하지 않았다. 소년의 허벅지에 피톨이 쏠릴 때 소년은 그곳에 하얀 점액질을 슬었다. 강우는 나뭇가지처럼 딱딱하고 서툴게 시능한 몸을 떠올리고 는, 케이캅의 촛농에 담긴 것보다 더 끈적끈적한 소년 타령이 그만 역겨워졌다. 강우는 케이캅의 검은 덤불에 누에처럼 고물거리는 성기에 침을 뱉듯 톡 쏘아붙였다.

"왜 자꾸 소년, 하고 부르는 거예요? 내 이름은 강우예요."

강우는 케이캅이 제 뺨을 후려칠지도 몰라 얼핏 겁을 먹었지만, 그는 세상을 다 가진 듯 만족스러운 눈으로 윗니를 싱긋 드러내고 벌쭉이기만 했다. 지금 얼굴로는 정육점 언니들을 개를 걷어차듯 함부로 다루는 케이캅이 다시는 사나워지지 않을 것 같았다. 케이캅은 여느 때와 달리 일어나 계산을 치를 생각도 않고, 강우의 엉덩이를 가만히 쓰다듬었다.

"어이, 소년. 이제 넌 몇 살이지?"

강우는 어서 빨리 푸른등대로 돌아가 다른 얼굴을 떠올리며 아랫배에 묵직한 체증을 쏟아내고 싶어 짧게 뇌까렸다.

"열다섯."

강우는 제 나이를 또렷이 인식하고 있었다. 이제 열여섯이 된(우주는 1년 동안 자란 키를 재며 어, 내 나이랑 똑같이 자랐네, 실수처럼 말한 적이 있다. 강우는 그 말을 통해 우주의 나이를 가늠했다) 우주가 저보다 한 살 형이라는 사실을 안 뒤로 강우는 웬만해선 제 나이를 말하지 않았다.

"만으로?"

"아니, 그냥 열다섯."

마치 강우의 머릿속을 꿰뚫어본 듯 케이캅이 짐짓 짜증 섞인 목소리로 안타까워했다.

"뭐야, 난 촉법소년인 줄 알았더니, 언제 범죄소년이 된 거야."

케이캅은 그때 이후로 죄를 추궁하듯, 강우의 지금 나이를 되묻고는 했다. 강우는 죄를 저지른 범법소년 중 만 열네 살을 넘기지 않은 촉법소년은 죄를 저질러도 소년보호사건으로 처리되어 처벌을 받지 않는다는 사실을 알게 됐지만, 케이캅이 왜 제 나이에 연연하는지, 그 나이에 그대로 머물기를 바라는 것인지 어서 빨리 자라기를 바라는 것인지 그 심중을 도무지 파악할 수 없었다. 다만 케이캅은 강우의 이름과 나이를 안 뒤로 (어쩌면 강우의 기술을 안 뒤로) 더 이상 칭찬에 인색하지 않았다.

"강우 너 몇 살이랬지? ……허긴 나이가 무슨 상관있겠어. 어차피 너는 죄를 저지를 일이 없잖아. 집 밖으로 나갈 생각도 않고…… 돈 떨어질 일도 없고…… 그러니까 너는 천사가 될 수밖에 없는 완벽한 조건을 갖췄어."

케이캅은 제 말에 만족하는지 킬킬거리며 대속하듯 강우의 엉덩이에 얼굴을 묻었다. 강우는 죄를 사해달라는 기도처럼 간지러운 촉감에 몸을 바르작댔다. 케이캅은 늘 죄가 아니라 벌에 가까웠다. 강우는 소년이라는 말의 집행자에게 벌을 받으면서도, 왜 그가 소년이라고 부르는지 정확한 까닭을 알아내지 못했다. 어쩌면 버릇 같은 것이라, 케이캅은 자신이 소년들을 소년이라고 부르는 줄 깨닫지 못할지도 몰랐다. 소년으로 불리건 불리지 않건 소년들은 닻섬에서 무명용사처럼 잊히기는 마찬가지였다. 오래전 강우가 전염병이라고 단말마 비명을 내지르듯 발음한 순간처럼.

*

"태풍에 떠내려온 쓰레기보다 많겠다."

우주는 새치름하게 핀잔하면서도 콧노래를 흥얼거리듯 끊임없이 부스럭거렸다.

바닥에 널브러진 옷가지를 세탁기에 집어넣고 설거지대에 쌓인 냄비와 컵, 숟가락과 젓가락을 설거지한다. 접시에 말라붙은 고춧가루를 검지손톱으로 긁으며 잔소리를 늘어놓았다. 콜라 페트병을 발로 밟아 찌그러뜨리고, 비질을 하다 수조 근처에 뚝뚝 떨어진 물방울을 확인하고는 건어물처럼 마른 걸레를 가져와 왼손으로 받치곤 오른손으로 팬티의 물기를 쥐어짠다. (강우는 등으로도 우주의 행동 하나하나를 볼 수 있다.) ……엽렵한 우주, 깨끗한 우주, 바지런한 우주, 청명한 우주, 과일처럼 상쾌한 냄새를 풍기는 우주.

……우주는 눈을 뜨자마자 청소를 시작했다. 잠 이외에 푸른등대에서 맨 먼저 한 일이었다. 우주는 구름다리를 건너듯 조금 비척거리며 냉장고로 걸어가 문을 열었다. 강우는 소년이 어지러울 만큼 배가 고플 거라고 짐짓 걱정했다. 푸른등대에는 요깃거리가 하나도 없었다. 미라언니가 쒀다 놓은 쌀죽은 쉬어버렸고, 냉장고에는 하얗게 골마지가 낀 김치와 탄산이 빠지고 그마저 바닥밖에 남지 않은 음료수…… 그런 것뿐이었다. 강우는 붉덩물에 둥둥 떠내려가는 쓰레기가 차곡차곡 백화점처럼 쌓이는 상상이 앙상한 현실로 드러난 것처럼 부끄러운 생각이 들었다. 하지만 우주는 그다지 실망하는 기색 없이 수도꼭지를 틀었다. 수도관이 꿀렁거리며 녹물이 흐르는데도 우주는

전혀 멈칫거리지 않고 물이 맑아지기를 가만히 기다렸다. 물이 쉬이 맑아지는 기색이 없자 우주는 설거지대 주변을 조금조금 정리하기 시작했다. 흩어진 그릇을 선반에 담고, 라면 봉지를 딱지로 접고, (바닥에 흩어지는 라면 부스러기를 손가락으로 묻혀 먹기도 했다) 나무젓가락을 반으로 부러뜨리고, 라면 스프를 손바닥으로 쓸어 설거지대에 밀어 넣었다.

어떤 소년도 그렇게 푸른등대를 돌보지 않았다. 수조 속에 더러운 개가 들어 있어도 전염병냄새, 하고 핀잔했을 뿐 푸른등대가 폐쇄된 놀이공원이나 짓다 만 고층건물의 지하실, 부서진 빈집의 영역 중 하나라고 여긴 듯 소년들은 한껏 더러워진 채 놀이가 싱거워진 꼬마들처럼 달음질치기 급급했다. 강우도 전염병에 감염된 듯 푸른곰팡이로 뒤덮일 때까지 깨어나지 않겠다고 다짐하긴 마찬가지였다. 하지만 닻섬과 아무 상관없는, 태풍을 따라온 소년이 큰바람의 끝자락처럼 푸른등대의 더러움을 쓸어내고 있었다.

그사이 물이 맑아지자 우주는 그릇 하나를 부셔 물을 받아 꿀·떡·꿀·떡·꿀·떡 삼켰다. 붉게 꿈틀거리는 물속에 잠겼던 소년은 겨우내 메말랐던 나무처럼 깊이깊이 물을 들이켰다. 소년의 얄따란 발바닥에서 깊은 뿌리가 뻗고 손가락과 겨드랑이에서 잔잎이 도독도독 돋아날 것 같았다. 강우는 마치 굴을 처음 보았을 때처럼 반짝이는 소년의 모습에 덴 듯 부르르 진저리를 쳤다.

"너 혼자 지내는 거니?"

우주가 찬물을 삼키듯 물었을 때, 강우는…… 삼촌이…… 곧 돌아올 거라는 대답을 하지 않았다. 소년을 업어 온 아빠기계와 잠을 돌봤던 미라언니에 대해서가 아니라, 엄마기계가 떠난 뒤 이제야 완성될 삼촌과의 삶을 자랑하고 싶었지만, 어쩐지 짝을 이룬 두 대답 모두 우연에 기댄 시간이 아니라 지난 시간에 관련된 예감인 듯 하나도 설레지 않았다. 외려 소년과 나, 단둘인 지금이 혼자인 시간에 대한 가장 그럴싸한 대답처럼 여겨졌지만, 강우는 늘 그렇듯 낯선 감정에 대해서는, 그것이 진짜일지도 모르는데 익숙하지 않다는 이유만으로 버거워 아무것도 모른다는 것처럼 침묵하고 말았다.

*

강우는 소년이 깨어났다는 소식을 알리기 위해 정육점골목으로 갔다. 미라언니한테 말해 소년에게 예쁜 음식을 마련해주고 싶었다. 멥쌀을 불려 곱게 갈아 미음을 끓여 숟갈에 담아 후후 불어 떠먹여주고 싶었고, 생선을 곤 국물에 부드러운 국수를 풀어 호물거리게 하고 싶었다. 정육점골목 거리는 여전히 태풍의 흔적이 남아 있었다. 아무도 쓰러진 나뭇가지나 거리에 흩어진 쓰레기, 죽은 짐승의 뼈와 깃털 같은 이파리를 청소하지 않았다. 삼촌이 있었다면 발에 차이는 나뭇가지를 걸어차며 조무래기들을 불러 골목을 쓸라고 명령했을 게 분명했다. 하지만 주인이 없는 닻섬은 짐승을 묻은 격납고보다 더 더러웠다.
강우가 돌아오자 우주는 벽에 달라붙어 있었다. 건강을 들킨 게 무안한지 우주는 동작을 멈추고는, 강우 얼굴을 무심코 내려다봤다. 오른손에 쥔 수세미에서 물이 똑똑 떨어지자, 우주는 발바닥으로 물방울을 닦아냈다. 바닥에 희미한 부채꼴 주름이 퍼졌다.
"눈을 뜨니까 곰팡이가 보였어. 처음엔 별이나 그런 거라고 생각하다가…… 일어나면 저걸 꼭 닦아야지, 그 생각을 했어."

우주는 그러면서 푸른등대를 쓱쓱 닦았다. 수조의 곰팡이를 벗겨내고 타일 벽의 얼룩을 문질렀다. 오랫동안 부모를 대신해 설거지를 하고, 걸레를 훔쳐본 적 있는 능숙한 동작이었다. 강우는 괜스레 부끄러운 생각이 들어 우주의 몸짓에 함부로 조응할 수 없었다. 강우는 미라언니가 준 음식도 선뜻 그릇에 담을 수 없었다. 깨끗하고 예쁘게 담을 자신이 없었다.

강우는 우주가 이불을 감은 제 몸을 거미줄처럼 걷어내기라도 한 듯 벌떡 일어나 창을 향해 걸어갔다. 어지럽고 황급한 마음과 달리 달의 속도처럼 느릿느릿한 걸음이었다. 강우는 창턱에 놓인 푸른 담뱃갑에서 담배 한 개비를 꺼내 물었다. 뭉게구름은 어느새 잿빛으로 물크러져 있었다. 태풍이니까. 강우는 비에 이력이 난 사람처럼 하늘을 힐끗 쳐다본 뒤 마른 입술 새에 물고 있던 필터를 이로 물었다 뗐다. 강우는 구름이 가린 노란색 태양을 올려다보면서 문득 사과, 배, 수박, 참외, 키위, 딸기, 수박, 토마토……를 죄 오렌지라고 부르는 마을의 이야기를 상상했다.

한 소년이 군침을 다시며 말한다. 오렌지가 먹고 싶어. 다른 소년이 단내가 풍기는 노란 오렌지를 길쯤하게 깎아 한 소년에게 건넨다. 한 소년이 하얀 오렌지 속을 긁어내려고 하자 다른 소년이 손등을 탁 때린다. 씨를 삼키면 똥에 그대로 섞여 나오잖아. 한 소년이 볼멘소리를 한다. 오렌지는 그렇지 않아, 까만 오렌지 씨를 오독오독 씹어 먹는 사람도 많아. 다른 소년은 보란 듯 오렌지를 사박사박 베어 문다. 네 코는 오렌지 코야. 한 소년이 입을 비쭉거리자 다른 소년은 씩, 웃으며 묻는다. 오렌지는 땅속에서 자리니, 나무에서 열리니? 글쎄…… 오렌지가 과일인지 채소인지 헷갈리네. ……노란 오렌지, 검붉은 오렌지, 초록 오렌지, 고주망태 오렌지, 털북숭이 오렌지……

"네 키는 딱 거기에서 멈춰버릴 거야."

우주는 뭔가를 탈탈 털며 시큰둥하게 말했다. 오늘, 정말 기분이 괜찮은 모양이었다. 우주는 강우가 담배를 피울 때 가장 잔소리가 심한데, 기분에 따라 레퍼토리가 달라졌다. "너는 더 이상 키가 자라지 않을 거야." "후두암에 걸려 울대뼈에 난 구멍으로 담배를 뻐끔뻐끔 피우는 사람을 본 적 있어, 사람이 아니라 그냥 굴뚝 같았어." "혀가 까맣게 썩어서 마치 검은 물고기 한 마리를 물고 있는 것 같아." …… "넌 그렇게 삼촌을 닮고 싶니?" 혹은 침묵. 우주의 레퍼토리는 대개 굴뚝과 물고기에 한정됐지만, 한쪽 눈이 실핏줄이 터지고 눈두덩이 시퍼렇게 부어올라 잠시 눈을 붙이고 가겠다며 들를 때는 라이터 켜는 소리에도 신경을 곤두세웠고, 딱 한 모금 연기만 피워 올려도 기침을 콜록거렸다. 그러고는 "넌 그렇게 삼촌을 따라하고 싶니?" 싸늘하게 뇌까린 뒤 오랫동안 침묵 속에 웅크리고 있었다. 그런 날, 강우는 두 귀를 곤두세우고 담뱃재가 손가락에 타들어갈 때까지 오른손을 가만히 멈춰 들고 있었다. 강우는 우주가 바위처럼 말이 없고, 얼음처럼 표정이 차갑고, 누군가의 뼈를 눈 하나 깜짝하지 않고 부러뜨릴 수 있다는 소년들의 소문이 진짜일지 모른다고 생각했다. 강우는 그때마다 담뱃재처럼 바스러질 것 같은 우주의 잠을 돌려세워, 삼촌을 점점 닮아가는 건 너라고, 흙도 그렇게 말했다고 따져 묻고 싶었다.

*

흙이 닻섬에서 사라진 뒤 우주는 소문 속에서 날마다 정권을 단련

하려고 느티나무 둥치를 200번씩 가격하고, 아침저녁으로 모래를 넣은 각반을 차고 닻섬을 열 바퀴씩 달리고 있었다. 우주가 시합에 나서는 소년들만 인식표처럼 새긴다는 동물 문신도 모자라 삼촌과 똑같은 해바라기를 만들었다는 소문을 전한 건 뚱이었다.

"삼촌과 똑같이 했대. 미라언니네서 한잔씩 하고 자다가 삼촌한테 들켰나 봐. 다들 바셀린 넣을 생각까진 못했는데…… 당연히 칼부림이라도 날 줄 알았지…… 완전히 삼촌한테 도전한 거나 마찬가지잖아. 그런데 삼촌이 그냥 씩, 웃고 말았대."

강우는 어쩐지 그 소문의 끝자락에 흙이 서 있을 것만 같았다. 그 소문이 희미해질 쯤, 바다를 내달리듯 사라졌던 흙이 똑같은 문신을 새기고 해바라기를 달고 돌아올 것 같았다. 하지만 강우는 그 말의 허무맹랑함을 느낄수록 마치 그것이 진실이기를 바라는 듯 그 이야기에 집중하고 있었다. 강우는 우주의 몸에 난 수술 자국 말고는 아무것도 보지 못했다. 뚱은 우주가 아주 은밀한 곳에, 삼촌의 등허리에 새겨진 사슴과 똑같은 그림이 새겨져 있다고, 우주가 공공연히 제가 삼촌이기라도 한 것처럼 행세한다고 비아냥거렸지만, 강우가 보기에 삼촌을 (어쩌면 우주를) 시늉하고 싶어 안달인 것은 소년들이었다. 우주는 한 번도 삼촌처럼 군 적이 없었다. 되레 시간이 흐를수록 삼촌이 우주를 닮아가는 것 같았다. 삼촌은 태풍에 씻긴 듯 깨끗해졌고, 사람들 앞에서 과묵해졌다. 삼촌의 손바닥을 펴면 우주와 똑같은 손금이 빨갛게 새겨져 있을 것 같았다. 소년들은 우주(삼촌)와 똑같은 손금을 가지려고 날마다 손살을 칼로 긋고 있을지도 몰랐다.

시합에서 승리하고 얻은 돈을 모아 샀다는 너클도 마찬가지였다. 소년들은 우주의 너클은 순금으로 만들어졌다며, 너도나도 너클을 구해 왼손에 끼고 마치 주머니에 숨긴 칼을 과시하듯 허벅다리에 불룩 솟은 바지 혹을 흔들어 보이는 것이 유행했다. 우주의 너클은 엄지를 뺀 네 손가락에 끼고 손잡이를 장심에 쥐는 여느 너클과 달리 검지와 가운뎃손가락, 약손가락 세 군데만 반지처럼 끼게 돼 있어, 실전에 사용하기보다는 장식품에 불과해 보였다. 그 너클은 우주가 독수리를 쓰러뜨렸을 때, 케이캅이 선물한 것이었다. 케이캅은 아빠백작을 도와 수선화에서 허드렛일을 하던 우주를 보고는, 보름 만에 새싹에서 전봇대 높이로 자란 외계 식물을 보기라도 한 것처럼 군침을 흘렸다. 삼촌은 때마침 흙이 빠진 자리에 어떻게든 새로운 미끼가 필요했기 때문에, 우주를 소년들의 무리에 끼라고 명령했다. 우주는 그렇게 다시 소년이 되었다. 우주는 흙보다 심드렁한 표정으로 시합에 나섰지만, 강우는 우주가 너클을 끼고 다니거나, 금니처럼 자랑하는 모습을 한 번도 본 적이 없었다.

강우는 처음이자 마지막으로 소년들의 시합을 본 적이 있었다. 흙이 사라지고 난 뒤 처음 열린 시합이었다. 손님들은 처음에 흙이 참가하지 않자 소란을 부렸다. 하지만 우주가 독수리의 볼에 잽을 먹이자 금세 호기심으로 되돌아섰다. 독수리는 공이 울려도 상대의 멱살을 풀지 않고 콧잔등을 버팅[1]하거나 귓바퀴를 바이팅[2]해서라도 반드시 피를 보고야 말았다. 소년들은 흙이 빠진 자리에 독수리가 흙이 될 거라고 장담했다. 독수리는 갈같은 얼굴로 우주의 볼과 목덜미, 등짝, 옆구리에 날렵한 킥과 펀치를 날렸다. 우주는 그때마다 그로기에 빠졌다. 하지만 우주는 싸움을 포기하지 않았다. 사람들은 주린

---

1) 종합 격투기에서 '박치기'를 가리키는 반칙 용어.
2) 종합 격투기에서 '깨물기'를 가리키는 반칙 용어.

짐승처럼 끝까지 물고 늘어지는 우주의 투지에 점점 환호했다. 판돈도 홍수처럼 불어났다. 그때부터 시합은 걷잡을 수 없이 피와 피를 불렀다. 동물들은 모두 피에 굶주린 듯 서로서로 때리고, 들이박고, 물어뜯으며 누구 하나 피를 봐 끝장날 때까지 떨어지지 않았다.

강우는 어쩌면 우주의 몸에 난 문신이 너클의 흉터가 아닐까, 생각했다. 우주라면 상처를 부끄러워할 것 같았다, 패배를 자랑하지 않을 것 같았다. 소년들은 제 상처와 흉터를 과시하고 싶어 했다. 한번은 바람이 정육점골목에서 국수를 먹고 돌아가는 강우에게 다가와 은밀한 목소리로 보여줄 게 있다고 말했다. 바람은 좁은 공중화장실에서 바지와 팬티를 끄집어 내렸다. 어때 근사하지? 포피를 낚싯줄로 묶어 거무죽죽하게 색이 죽고 커다란 대궁만 남은 시든 해바라기가 눈앞에 있었다. 바람은 그게 끝이 아니라는 듯 고환을 훑어 올렸다. 바람의 사타구니 오른쪽에는 제 너클 음각에 새겨진 것과 똑같은 동물 한 마리가 새겨져 있었다.

소년들은 전염병을 물어올 때처럼 해바라기 꽃을 달면 아무도 몰래 강우에게 보여주었다. 강우는 소년들의 해바라기 앞에서 눈을 감고…… 우주를 떠올렸다. 우주는 소년들과는 다른 소년이라고 확신했지만, 강우는 어쩐지 우주가 소년들처럼 은밀하게 해바라기를 자랑하는 순간을 초조하게 기다리고 있는 것만 같았다. **만져볼래.** 강우는 소년 앞에 쭈그리고 앉아 심드렁한 얼굴로 꽃대와 꽃잎들을 쓰다듬었다. 삼촌의 해바라기를 닮은 것 같지만, 강우가 보았던 소년의 성기는 갓 여문 열매처럼 아무런 털도 나지 않았다. 천천히 고개를 든 해바라기가 강우의 턱과 입술, 콧잔등을 툭툭 건드렸다. 강우는 꽃잎을 핥을까 고민하다 그 자리에서 일어섰다. 어느 순간 소년의 얼굴은 흙의 얼굴로 둔갑해 있었다. 삼촌의 몸으로 변신해 있었다. 그리고 낙과를 미속도 촬영한 것처럼 못생긴 소년들로 짜부라져버렸다.

"우주, 우주, 우주. 넌 우주밖에 할 이야기가 없니. 네가 아는 사람은 우주밖에 없어? 우주가 네 세상의 전부니?"

강우는 소년에게 그렇게 팩 쏘아붙이고 싶었지만, 씨앗을 머금은 껍질처럼 입을 다물었다. 소년들은 흙이 사라지자 그 자리에 우주, 우주, 우주…… 우주의 이름을 두었다. 강우는 소년들이 우주의 소문을 주워올 때마다 또 시작이네, 듣고 싶지 않다는 지겨운 표정을 지었다. 하지만 한 번도 우주의 소문을 중간에 제지하지는 않았다. 외려 심드렁하게 굴수록 우주에 관한 이야기는 더 깊이 강우의 귓바퀴를 스며들어 배꼽까지 차오르는 것 같아, 숨이 제대로 쉬어지지 않을 지경이었다.

*

소년들에게 우주는 흙과 삼촌이나 마찬가지였지만, 푸른등대에서 우주는 대부분 예전의 아빠백작보다 훨씬 수다스럽고 식모처럼 재발랐다.

강우는 잇새에서 둥개던 담배에 불을 붙이고 담뱃재를 창밖을 향해 집게손가락으로 튕기지 않고 창턱에 툭툭 털었다. 담뱃재가 강우의 발등에 흩어졌다. 강우는 헛구역질이 엷게 치밀었지만 마른 침을 모아 삼키고 담배 연기를 깊게 빨아 삼켰다. 우주는 아무 타박도 하지 않았다. 강우는 멈칫 우주의 침묵이 어떤 단계일까, 겁을 먹었다. 변덕스러운 소년처럼 한순간 피를 봐야 멈추는 동물로 돌변해버리는 게

아닐까. 강우는 탑탑한 입속을 라이터로 그슬리고 싶을 만큼 머릿속
이 갈근거렸다. 침묵이 영원처럼 이어질 것 같은 조바심에 강우는 그
만 침묵을 이길 수 없다고 무릎을 꿇었고, 폐허가 된 입에서, 잿더미
를 뚫고 풀이 돋아나듯 깨끗한 입으로 거듭나고 싶다고, 우주처럼 치
열이 고르고 이가 깨끗해지고 싶다고, 손발톱이 둥그스름하고 하얗게
자라고 싶다고, 속옷의 앞뒤가 누르스름하지 않고 싶다고, 운동화가
더러워지면 빨랫비누에 칫솔을 문대 꼼꼼하게 빨아 햇볕에 널고 싶다
고, 빨래를 둘둘 말아 장롱에 집어넣는 게 아니라 소매를 두 번 접어
가슴에 포개 네모반듯하게 개켜 계절이나 신체 부위에 따라 나눠 넣
고 싶다고…… 우주를 훔치고 싶다고…… 우주가 되어 우주를 맞이
하고 싶다고…… 자신은 그만 사라져버리고 싶다고 …… 모든 기도
의 내용은 포기인 듯 다급해졌다.

"네 일주일 담뱃값으로 속옷 몇 벌은 살 수 있을 거야."

강우는 그제야 배시시 웃음을 깨물었다. 안도가 넘쳐 흐뭇한 나머
지 강우는 담배꽁초를 창밖으로 튀기고 두 발을 창턱에 딛고 올라섰
다. 넌 속옷 말고는 아무 관심도 없니? 금세 비가 쏟아질 것 같았다.
우주가 모든 날씨를 끌고 온 것처럼 푹신푹신한 구름 이불은 어느새
잿빛으로 물크러져, 쌀랑거리는 바람을 따라 연기처럼 흩어졌다. 우
주의 발짝을 헤아리듯 빗방울이 떨어지는 시간을 가늠할 수 있을 것
같았다. 장마와 태풍. 강우가 가장 좋아하는 계절이었다. 한 해도 거
르지 않고 찾아오는 또 하나의 계절. 소년을 데려와준 계절. 바람 속
에서 태어난 소년의 생일…… 강우는 속으로 콧노래를 불렀다. 장미
꽃잎에 맺힌 빗방울, 고양이 수염, 반짝거리는 구리 주전자, 따뜻한 벙어
리장갑, 밤색 종이, 그걸 묶은 노끈…… 뽀루지가 난 야윈 턱, 배꼽 아래

고슬고슬한 터럭, 아물지 않은 딱지를 뜯어낸 복숭앗빛 속살에 맺힌 핏방
울, 뼈마디를 뚝뚝 부스러뜨리는 소리, 입속에 함빡 머금은 고환······ 오금
을 훑는 간질간질한 털의 감촉······ 내가 좋아하는 것들.

"담배꽁초보다 알따래."

우주는 톱질을 하듯 빗자루로 강우의 오금을 문대며 장난을 걸었
다. 강우는 몸을 바르작대다 그만 창턱에서 발을 헛디디고 말았다.
우주가 강우의 허벅지와 허리를 붙안았다. ······강우는 몸을 곧추세
우고 담뱃갑에 손을 덮었다. 우주가 강우의 허리를 감으며 담뱃갑을
덮은 강우의 손을 만류했다. 그러고는 어깻죽지에 더운 숨을 후, 불
었다. 생각보다 기분이 더 좋은 모양이었다. 우주도 기분이 나쁘지
않았다. 다시 비의 조짐. 꼬리에 꼬리를 무는 태풍. 강우는 슬며시
몸을 뒤틀었지만, 태풍 직전의 미세한 바람 같은, 우주의 팔을 떨어
내지 않았다.

"······날마다 깨끗한 팬티를 입고 싶어. ······왜 팬티는 늘 모자라
는 걸까?"

우주는 강우의 귓불을 잘근잘근 씹었다. 넌 속옷 말고 물을 게 없니.
강우가 우주의 턱이 얹힌 왼쪽 어깨를 슬며시 비틀자 우주의 아래턱
뼈가 강우를 가만히 제지했다. 강우는 그 자리에 붙들려 우주처럼 깨
끗한 바람을 궁리해봤다. 양치질을 하고 싶어. 엄마기계는 강우에게
올바른 양치질을 가르쳐주지 않았다. 강우는 우주를 보면서 양치질을
배웠다. 칫솔모의 옆면으로 이의 안쪽을 살살 닦아내고, 입천장과 혀
도 칫솔로 긁어야 한다는 사실을 강우는 우주한테 배웠다. 강우는 손
가락이나 발가락이 아니라 입속에 숨은 이빨도 그렇게 관심을 두어야
하는지 몰랐다.

강우는 혀로 앞니를 핥았다. 자갈처럼 두툴두툴한 이. 강우는 손톱으로 이똥을 긁어내 창턱에 문질렀다. 그래도 우주는 더러운 강우의 몸에서 떨어지지 않았다. 하지만 딱 거기까지. 우주는 더는 귓불을 깨물지 않았다. 엉덩이에 우주의 묵직한 귀두가 느껴졌지만, 우주는 지퍼를 내리거나 강우의 엉덩이 속으로 손을 밀어 넣지 않았다. 아주 가끔 맷돌을 돌리듯 아랫도리를 비비적거리기나 엉덩이 사이를 툭툭 건드리기는 하지만 이내 시답잖은 장난인 것처럼 강우의 몸에서 떨어져 나갔다. 어두운 마음을 외면하고, 햇빛보다 찬란한 기쁨을 향해서만 고개를 치켜드는 해바라기. 짐작만으로 가득한 이야기. 느닷없는 결말.

우주는 전염병축제가 벌어졌을 때의 소년들과 똑같은 전개를 보였지만, 늘 거기서 멈췄다. 강우도 마치 아무것도 모르는 것처럼 살과 살이 부딪히는 소년들의 장난에 수줍고, 낯설어하며, 우주가 정수리나 귀처럼 엄연하지만 한 번도 확인해보지 못한 제 몸의 일부이기라도 하듯, 아무 반응도 하지 않고 가만히 있었다. 둘은 풍경만으로는 무심히 나뭇가지를 타 넘는 벌레처럼 천천히 얽혔다 시부저기 풀어졌다. 한 번도 사랑의 동작을 나누지 않았다. 강우에게 우주의 몸과 동작은 모든 소년들의 예외였고, 강우도 한순간 우주 앞에서 기쁨을 발명하는 방법도, 그 기쁨을 교환하는 방법도 모르는 열다섯 숙맥으로 둔갑했다.

그것은 얼마간의 진심이었다. 강우는 우주의 살을 만지고 싶지만⋯⋯ 발기하지만⋯⋯ 우주가 흙처럼 해바라기를 감추고 있고, 삼촌처럼 딴딴한 굴을 매달고 있다는 상상을 할 수 없었다. 그저 전염병처럼 닻섬의 소년들에게 묻은 먼지에 가려졌을 뿐, 강우에게 우주는 태풍을 따라온 사슴처럼 야리고 깨끗한 소년이었고, 닻섬의 어느 누구와도 같지 않았다.

*

우주는 어느새 잠들었다. 두 손을 포개 가슴 위에 얹고 반듯하게 누워 천장을 바라고 있었다. 물결처럼 고른 숨소리. 빗장뼈까지 덮은 이불자락 위에 가지런하게 얹은 두 손은 가끔 서로의 손등을 긁적였다. 검붉은 굳은살이 박인 손마디 아래, 부풀다 꺼지는 호흡의 물결이 편안했다. 우주는…… 진짜 잠이 들었다. 발기하지도 않았다. 곤두선 쌀알이 밥이 되듯 우주의 잠도 익어가고 있었다. 강우는 우주를 더는 쳐다보지 못하고 아직 '보온'으로 옮겨 가지 않은 밥솥을 열어봤다. 잦아든 물이 끓고 있는 훈김에 정말 배가 고팠다.

"밥은 먹었어?"

우주는 강우와 교대하듯 침대에 엎드리며 물었다.

"미라한테 먹으러 가면 돼."

우주는 헤엄을 치듯 두 발을 간댕거리더니 몸을 일으켰다.

"그래도…… 집에 밥알 한 톨 없는 건 좀 그렇잖아. ……괜히 면이나 삶아 먹지 말고."

우주는 그러면서 씩, 웃었다. 강우는 그것이 핀잔인지 걱정인지 헷갈렸다. 우주는 망원경이라도 갖고 있는 것인지, 아니면 그저 예감이 발달한 것인지 강우의 모든 것을 꿰뚫어보는 것 같았다. 강우는 삼촌이 싫증을 낸 뒤로 집에서 면을 잘 먹지 않았고, 더 자주 먹었다. 강우는 가느다란 밥의 냄새만으로 푸른등대의 벽 속에 숨었던 혈관에서 피가 돌고 표정이 좋아진다는 걸 느꼈다. 우주가 강우는 있는 줄도 몰랐던 서랍 속의 쌀을 꺼내 바가지에 붓자 벌레가 뒤섞인 잿빛 쌀이 탑탑한 먼지를 피워 올리며 쏟아졌다.

한 소년이 있다. 소년은 국수만 먹는다. 어느 날 소년이 국수를 토해내자 바구미가 쏟아져 내린다. 소년의 입은 오디처럼 늘 바구미가 들끓는다. 한 소년이 소년의 입을 맞추자 소년은 깨알처럼 무너져 내린다.

강우는 밥을 짓는 우주를 보면서 그런 장면들을 상상했다. 낱장의 종이들로 가득 찬 도서관. 하지만 우주는 제게 어떤 이야기도 들려주지 않았다. 우주의 잠은 밥내처럼 강우에게 스미지 않았다. 우주는 강우가 옆에 있어도 깊은 잠을 잘 수 있다. 강우는 우주가 어디에 있다는 짐작만 해도 잠을 이룰 수 없다. 보니까 더 궁금하고, 보이지 않으면 그냥 의심과 불안을 닮게 궁금했다. 잠의 깊이보다 우주에 대한 집중이 훨씬 깊었다.

강우도 깊이 잠들고 싶었다. 우주가 강우보다 키가 작았을 때, 강우는 잠든 우주 옆에서 알짱거리다 저도 모르게 새근새근 잠이 들고는 했다. 해가 뉘엿거릴 때 깨보면, 우주가 속눈썹을 끔벅거리며 강우 얼굴을 내려다보고는 했다. 그때 강우는 우주가 영원토록 옆에서 함께 잠이 들고 깰 거라고 생각했다. 하지만 삼촌은 우주가 집에 머무는 것을 허락하지 않았다. 강우는 삼촌 곁에서도 잠을 이루지 못했다. 삼촌이 집을 나선 뒤에야 쓰러지듯 잠을 잤다.

그래 너는 정말 삼촌을 닮아가는구나. 조만간 삼촌이 될 것 같아. 강우는 담배 연기를 뱉듯 한숨을 내쉬고 눈을 감은 우주를 멀뚱히 내려다본 뒤 담뱃갑을 챙겨 바깥으로 나섰다. 우주가 걸어온 길을 되짚어, 우주가 신 바닥에 묻은 흙을 문댄 계단 턱에 쭈그리고 앉았다. 잿빛 하늘은 점점 낮아졌지만 여전히 비를 참고 있었다. 우주가 걸어온 길 끝에 개천이 흐르고 있었다. 우주는 처음에 그곳에서 왔다. 강우는 우주가 길을 잃었다고 생각했다. 어떤 이야기의 끝에서.

물의 교육

*

섬이다.

강우는 닻섬을 보며 짧은 비명을 삼켰다. 섬의 허리께까지 차오른
바닷물은 줄었지만, 섬의 아랫도리를 혁대처럼 감은 하얀 콘크리트
산책로는 여전히 바다에 잠겨 있었다. 황토색 물결 너머 솔숲 여기저
기에 흩어진 대관람차와 궁전의 첨탑, 둥글고 네모나고 세모난 낡은
지붕 들은 태풍으로 난파된 해적선의 돛대와 망루, 프로펠러와 닻처
럼 괴이쩍게 궁금했다.

강우가 처음 닻섬으로 이사했을 때는 이미 혀처럼 내밀어진 곶의
이쪽저쪽을 매립하면서 부두와 닻섬 사이의 바다는 늪처럼 배의 발목
을 붙잡았고, 유람선이 사라진 섬과 방파제 선착장 사이에는 붉은 쇠
기둥을 세우고 쇠사슬로 엮은 구름다리가 이어졌다. 굵은 체인을 감
고 자물쇠를 채우기 전까지 그 구름다리로 폭죽처럼 웃음을 터뜨리는

아이들, 낮술에 벌게진 얼굴로 어깨를 들썩이는 남자들, 색종이처럼 알록달록한 등산복을 입은 여자들이 살찐 몸을 궁싯거리는 갈매기나 화살처럼 달려드는 철새에게 새우깡을 던져주며 춤을 추듯 곳에 닻처럼 걸린 섬을 오갔다. 그래서인지 강우는 한 번도 닻섬이 세상에서 아뜩히 밀려나 있고, 숨을 수 있는 섬이라고는 생각해보지 않았다. 하지만 태풍이 사라진 자리에서 닻섬은 정말 무인도처럼 보였다. 태풍으로 구름다리가 유실되는 바람에 그곳을 넘나드는 소년 하나 없고, 이제야 비로소 닻섬에는 바다와 꿈, 모험이 숨 쉬고 있을 것 같았다.

강우가 소년에게 저기가 닻섬이야, 하고 가르쳐주려고 돌아봤을 때, 소년은 방파제 끝에 주저앉아 바다에 손을 잠그고 있었다. 소년의 등허리가 잿빛 바닷물을 향해 점점 구부러지자, 강우는 저도 모르게 소년의 고리뼈를 거머쥐었다. 강우의 조바심에도 소년은 전혀 놀라지 않고 강우를 천천히 돌아봤다. 왜, 무슨 일이야? 아무 놀람 없이, 외려 걱정에 가까운 그 눈을 본 순간, 강우는 오히려 자기가 소년이 태풍을 따라온 날 어느 순간처럼 소년을 등 떠밀려 했기라도 한 듯 무안해졌다.

"조심해, 물러서란 말이야."

강우는 소년의 얼굴을 비끼며 잿빛 바닷물에 침을 퉤, 뱉었다.

천천히 일어선 소년의 팔목에는 바람이 빠져 헐렁해진 고무 튜브가 걸려 있었다.

태풍은 바람이 아니라 어느 마을을 싣고 온 기차인지, 태풍이 지나간 바다에는 물고기나 배처럼 떠도는 물건이 아니라 한자리에 묵새기고 있던 지상의 물건들이 방랑하고 있었다. 강우가 이 며칠 본 것만 떠올려도 푸른 가빠로 지붕을 덮고, 냉장고로 기둥을 세우고, 그 냉장고 속에 라면과 돼지, 배추와 페트병을 채운 다음 문을 닫아걸고, 젖고 일렁이는 흙바닥에 스티로폼을 깔고, 이불을 널고, 베개를 놓고, 하나의 집을 지어 바다에 둥둥 떠다닐 수 있을 것 같았다.

고무 튜브는 어디서 흘러왔을까.

문을 닫은 선착장 가게 선반에 놓였던 것일 수도 있고, 어쩌면 지난여름 짠물에 발을 담갔던 저 남쪽 나라의 계집아이 것인지도 몰랐다. 하지만 이제 누구도 바다에서 멱을 감지 않았다. 소년들은 오래전부터 더러운 바다에는 발가락도 담그지 않았고, 격납고가 있는 산을 거슬러 올라가 계곡에서 물장구를 쳤다.

"너 수영할 줄 아니?"

강우는 헤엄칠 줄 몰랐다. 가끔 물에 잠겨 제멋대로 팔다리를 휘저어보지만 채 5미터도 나아가지 못했다. 무엇보다 발바닥이 땅에서 떨어지는 순간 영원히 숨이 멎을 것 같아 멱을 감으러 가더라도, 물을 바라보는 시간이 훨씬 많았다.

강우가 아무 대꾸도 않자 소년은 고무 튜브를 다시 물속에 잠가 흙을 씻어낸 다음 배내 강아지가 어미 개의 젖꼭지를 물듯 공기 주입구에 입술을 댔다. 후. 소년의 볼이 부풀면서, 헐렁했던 고무 튜브도 조금씩 팽팽해졌다.

고무 튜브에 바람을 다 채운 소년은 숨이 가쁜지 두 손바닥을 바다에 짚고 긴 숨을 토해냈다. 소년의 입에서 멸치와 김치 냄새가 났다. 강우와 소년은 정육점골목에서 미라언니가 삶아준 국수를 먹고 푸른 등대로 돌아가는 길이었다. 강우는 정육점골목을 되짚어 개천을 건너려던 순간, 뒤늦게 약속이 떠오른 사람처럼 개천가를 따라 선착장이 있는 곳으로 천천히 걸어갔다. 소년이 물속에 들어가기 전과 나왔을 때의 마지막 장소였다.

*

소년이 깨어났을 때, 강우가 가장 궁금했던 건 그때 일부러 뛰어내린 건지, 뭔가에 떠밀린 건지, 정말 태풍에 휩쓸린 건지…… 소년이 추락한 순간의 진실이었다. 잠시 깨고 자기만 반복하는 소년을 기다리면서 강우가 혼자 묻고 대답했던 질문과는 전혀 다른 것이었다.

네 이름은 뭐니?

……

넌 어디에서 왔니?

……

넌 몇 살이니?

강우는 비와 바람과 가끔씩 비치는 해와 구름만 상대하며 소년에게 물었다. 어떤 질문도 떠오르지 않을 때는 바람의 동작을 가만히 보았다. 어쩐 일인지 강우의 눈앞에는 어떤 목소리도 보이지 않았다. 바람 소리조차 누군가의 목소리로 교환되지 않았다. 강우는 맑은 머릿속으로 가만히 읊조렸다. 어떤 말을 건네도 태풍처럼 어지럽던 머릿속은 어항처럼 맑았다. 강우는 보이지 않는 것을 보지 않고, 보이는 것만 보고 있었다. 가끔 소년의 머리 위로 그리마나 거미, 바퀴벌레가 지나갔다. 벌레는 건강하고 재빨랐다. 강우는 소년의 맨살을 기웃거리는 벌레를 손바닥으로 탁, 내리쳤다. 벌레는 잽싸게 장판 사이로 사라졌다. 강우는 문득 왜 벌레는 굼뜨고 병에 걸려 있다고 짐작했던 것인지 설핏 사과하는 마음을 먹기도 했다.

강우는 걸레가 사라진 수조 속을 한참 동안 들여다보기도 했다. 소년을 업어 온 아빠백작은 아무 말도 하지 않고 걸레를 수조에서 끄집어내 바깥으로 내보냈다. 걸레는 비바람이 몰아치는 문밖에서 한참을 웅얼거리다 어딘가로 사라졌다. 어떤 극적인 결말도 없었다. 구멍처럼 깨끗한 마침표였다. 소년을 둘러싼 모든 것들은 그토록 날래게 사라져버렸다. 강우는 문득 소년들 중에서 가장 빠르고 날랜 흙의 얼굴을 떠올렸다. 흙은 벌레처럼 재빠르다고 생각하면서, 강우는 어떤 의무처럼 어느새 세상에서 가장 먼 풍경이 돼버린 삼촌의 얼굴을 흙의 얼굴 위에 겹쳤다. 두 사람의 얼굴은 여름과 겨울의 풍경을 포갠 것처럼 낯설기만 했다.

강우는 자신이 벌레가 돼 보이지 않는 건지, 아무 반응 없이 다시 잠 속에 빠진 소년에게 토라진 듯 창턱으로 걸어갔다. 창턱에 매달려 평상 아래를 들여다보려고 윗몸을 내밀었다. 휘청거리지 않았다. 그렇게 비상하는 찰나 허공의 갈고리에 걸린 듯 뻣뻣한 동작으로, 강우는 제 눈이 멀어버린 게 아닐까, 놀란 두 눈을 등댓불처럼 반짝였다. 해는 졌는데, 깨질 것처럼 새파란 허공중에 둥근 달이 박혀 있었다. 바람이 나쁜 공기를 훌훌 실어가 풍경들은 금세 쏟아질 듯 가깝고 맑았다. 강우는 순간 우주 속에 서 있는 것 같았다. 강우는 시계를 돌아봤다. 저녁 7시 57분이었다. 강우는 산소가 얼마 남지 않은 우주인처럼 점점 벅차오르는 심장을 두드리며 우주에 뛰어들듯 창밖으로 몸을 훌쩍 더 내밀었다.

우주와 바다가 뒤섞인 파랑 저만치 한 소년이 조난당한 배처럼 우두커니 멈춰 서 있었다. 푸르게 잠긴 수평선에는 구름이 산맥처럼 켜를 이루고 있었다. 강우는 지금 저 구름의 산맥 속으로 오르고 싶은 사람이 참 많을 거라고 짐작했다. 강우는 제가 태어나 본 가장 푸른 우주를 소년에게 보여주고 싶었다. 하지만 우주보다 깊은 소년의 잠을 깨뜨릴세라 까치발을 딛고 벌레보다 재빠르게 푸른등대 계단을 내려갔다.

*

"깨어났니?"

"한 번 깨어나긴 했는데 계속 자네."

……

"소년이 여기에 살지도 몰라. ……아빠."

"알아. ……또 방패가 생겼구나. ……걱정 마, 그 이야기를 하려고 온 게 아냐."

강우는 정말 계획한 것처럼 처음으로 "함께 지낼래?"라고 발음했던 흙에게 엄마기계와 아빠백작, 삼촌을 지나 이름도 나이도 모르는 소년을 방패처럼, 어쩌면 덫처럼 가로막고 있었다. 강우는 맑은 죄책감을 느꼈다. 하지만 소년이라고 발음한 순간, 그것은 진실에 가까웠고, 강우는 삼촌이 돌아오지도 않았는데, 덜컥 완성돼버린 야릇한 성취감에 휩싸였다. 강우는 흙에게 내민 방패가 알고 보니 꽃으로 엮은 방석이기라도 한 것처럼 우스꽝스러워졌다. 명백한 꿈이었지만 아직 실현되지 않았기에 거짓말일 수밖에 없는 그 꽃그늘에는 이제 엄마와 아빠, 삼촌과 두 소년이 숟가락과 젓가락처럼 어울려 살게 되는 것이었다. 그것은 강우가 그토록 벗어던지고 싶던 그림이었다. 강우는 설핏 조소를 흘렸다.

"재밌어 보인다."

흙은 강우의 조소를 그렇게 읽었나 보았다.

"하늘 좀 봐."

"봤어."

흙은 그렇게 말하면서도 뒤돌아서 강우와 같은 방향을 응시했다. 감자 싹처럼 돋은 여드름을 만지작거리는 흙의 턱이 딱딱하게 굳어 있는 걸 강우는 보았다. 흙에게선 어떤 결기가 느껴졌다.

"네 엄만 돌아오지 않을 거야."

떠난 뒤 한 번도 발음해본 적이 없는 낱말이어서인지, '기계'라는 플러그를 꽂지 않아서인지 흙의 말은 어떤 울림도 주지 않았다.

"······알아."

엄마기계는 강우보다 흙과 더 친했다. 삼촌의 심부름인지 일주일에 한 번은 들리던 흙에게 엄마기계가 뭔가 은밀하게 속삭이며 돈을 쥐어주던 모습을 본 적도 있었다. 흙은 끝내 모른 체했지만, 소년이 왔던 전날 밤, 엄마기계는 강우뿐만 아니라 흙에게도 전화를 걸었을 게 분명했다. 어쩌면 강우에게는 떠난 뒤 한차례 태풍처럼 전화를 걸었을 뿐이지만, 흙과는 더 소상히 전화를 주고받았을지 몰랐다. 그렇다해도 흙의 말은 강우에게 어떤 울림도 주지 않았다.

"네 아빠 더 바빠질 거고. 미라도 바빠질 거야."

굴처럼 빛나던 몸을 본 적이 없어서인지, 흙의 그 말 또한 강우의 마음을 물수건만큼도 적시지 못했다.

"상관없어."

강우는 생선 가시를 골라 뱉듯 뇌까렸다.

"삼촌은 조만간 돌아올 거야."

강우는 그 말에는 아무 대꾸도 할 수 없었다.

"에이즈가 나를 찾아. 아마 삼촌이랑 같이 돌아올 거야."

"그래."

흙은 그러면서 강우의 어깻죽지를 가만히 쥐었다 놓았다.

"내가 같이 지내자고 했던 건⋯⋯."

"알아. ⋯⋯미안해."

"넌 아무것도 몰라."

⋯⋯

"네가 ⋯⋯다 박살내버린 거야."

흙은 갑자기 강우를 바다에 떠밀듯 그 말을 내뱉고는 점점 어두워지는 파랑 속으로 돌아섰다.

강우는 푸른 우주로 점점 사라지는 검은 그림자에서 얼핏 지친 남자어른의 실루엣을 보았다.

강우는 흙에게 달려가 그를 돌려세워⋯⋯ 입술을 핥고⋯⋯ 허리띠를 풀고⋯⋯ 바지와 팬티를 끄집어 내린 뒤⋯⋯ 성기와 고환을 꼼꼼하게 핥아주고 싶었다. 그것은 강우가⋯⋯ 사내에게 해줄 수 있는 유일한 작별 선물이었다. 그러나 강우는 그럴 수 없다는 안타까움과 다짐으로 주린 개처럼 신음을 삼켰다. 기쁨을 끝냈을 때처럼 몸이 뒤틀렸다.

뒤돌아설 듯 멈칫 제자리에 선 흙이 주먹을 불끈 쥐고 바다보다 파란, 어쩌면 우주 속으로 힘차게 내달리기 시작했다. 해가 저무는 속도보다 빨리 멀어지는 흙의 모습은 전염병을 물고 천천히 푸른등대로 찾아왔을 때와 달리, 처음으로 진짜처럼 보였다.

"저기가 닻섬이니?"

소년은 어느새 팽팽해진 고무 튜브를 왼쪽 아래팔에 걸치고, 오른손으로 대관람차 어디를 가리켰다. 저보다 큰 강우의 옷을 입은 탓에 품이 넓은 옷자락이 바닷바람에 잔잔히 펄럭였다. 강우는 여전히 허공을 찌른 소년의 집게손가락이 머문 곳을 눈길로 좇으며 고개를 주억였다.

"지도엔······ 없었어."

소년이 얼핏 메아리처럼 말했다.

지도, 지도를······ 보는 소년. 지도를 보는 소년이라니. 강우는 소년이 제 눈앞을 지도로 가리기라도 한 듯, 지도, 그 낯선 말의 살갗 하나하나가 현미경을 들이대듯 너무 가까워 아득하고 낯설었다. 강우는 놀이공원에 소풍 간다는 소식에 들떠 지도를 펼쳐놓고 두 발을 건들거리는 풍경을 떠올려봤다. 자신은 한 번도 경험하거나 상상조차 해보지 않은 풍경이었다. 강우는 이때까지 지리부도나 지구의에 솔깃해본 적이 없었지만, (소년이 보았던) 닻섬이 생략된 지도엔 어떤 지명들이 살아남았는지, 그곳의 육지와 바다는 어떤 그림일지, 궁금하고 답답해 학교가 다 그리울 지경이었다.

"가보자."

소년은 불쑥 강우를 돌아보며 그렇게 말했다.

강우가 움찔 놀란 얼굴을 하자, 소년은 왼쪽 아래팔에 끼고 있던 고무 튜브를 강우의 정수리에 반지처럼 끼워줬다. 세상에서 가장 큰 반지는 강우의 어깻죽지를 내려가 얄따란 종아리 밑으로 주르르 흘러내렸다.

"닻섬까지 가보자고."

오래전 골목에서 마주친 소년들도 강우에게 닻섬까지 가보자고 부추겼다. 소년들은 출입문에 굵은 쇠사슬과 자물쇠가 달린 구름다리를 생쥐처럼 잘도 빠져나갔다. 소년들은 유령의 집 출입문에 아가리를 벌리고 있는 마귀할멈 머릿속으로 들어가 비명을 질렀고, 운동화 모양의 범퍼카에 올라타 입술로 붕붕 시동을 걸었다. 사격장 그물 앞에 서서 손가락 엽총을 쏜 뒤 반동으로 몸이 팅겨나간 시늉을 하며 뒷사람 등허리에 올라탔고, 허공에 뜬 롤러코스터의 녹슨 철길을 다람쥐처럼 오르내렸다. 강우는 소년들이 고장 난 놀이기구에 싫증나 관목에 숨어 숨바꼭질을 하는 동안, 녹이 묻어나는 쇠창살을 움켜쥐고 동물이 사라진 텅 빈 우리를 한참동안 들여다보았다. 손바닥이 못으로 긁은 것처럼 가려워질 때쯤이면, 강우는 자신이 구경꾼이 아니라 혼자 남아 아무도 찾지 않는 동물이 된 기분에 젖어들고는 했다.

강우는 먼 시간을 돌아 바다 한가운데 뜬 섬으로 가보자고 제안하는 소년의 심중을 도무지 파악할 수 없었다. 소년들이 강우더러 버려지고, 더럽혀지고, 혼자 남고, 동굴처럼 깜깜하거나 말 그대로 섬처럼 떨어진 놀이공원에 가자고 하는 목적은 뻔했다. 너무 심심했거나, 아무도 몰래 기쁨을 교환하기 위해서였다. 강우는 푸른등대가 온전히 제 몫이 된 뒤로는 소년들과 함께 닻섬랜드로 가본 적이 없었다. 강우에겐 닻섬보다 훨씬 안전하고 익숙한 놀이터가 생겼기 때문이다. 놀이에 지쳐 한낮이 발겨져버린 기분으로 돌아올 수고를 하지 않아도 되는, 푸른등대. 그리고 소년들도 하나씩 번갈아 강우가 발명한 놀이터를 침범했더랬다.

　강우는 소년의 제안에 소년과 저 사이에 놓인 어떤 기대와 예감이 구름다리처럼 태풍에 휩쓸려버린 것만 같아 얼떨떨했다. 그래서일까, 강우는 고무 튜브를 반지처럼 끼워주고 바닥에 흘러내린 튜브의 바람이 새지 않는지 다시 한 번 꼼꼼하게 확인하는 소년 앞에서, 동물원에 전시된 동물처럼 우두커니 서 있기만 했다.

*

　소년은 씩, 웃으며 물속으로 첨벙 뛰어들었다. 소년은 금세 희누런 물거품 속으로 잦아들었고, 바닷물이 방파제를 넘어 고무 튜브와 강우의 발가락까지 넘실거렸다.

　"나도 옷을 입고선 저기까지 못 가."

　수면으로 솟구쳐 오른 소년은 강우에게 바다로 들어오라는 손짓을 했다.

　강우는 그제야 고무 튜브를 바닷물에 던지고, 시냇가 언덕에 앉아 따분하기만 한 계집아이가 토끼 굴로 뛰어들듯, 누군가를 껴안은 크기의 구멍 속으로 오른발을 천천히 집어넣었다. 소년은 개구리헤엄을 치며 고무 튜브로 다가와 강우의 어깻죽지를 잡고 바다를 향해 슥 밀어버렸다. 강우는 겨드랑이와 위팔로 튜브 양쪽을 꽉 움켜쥐고 두 다리를 휘저었다.

　소년은 가끔 강우를 혼자 두고 저만치 헤엄쳐 갔다 고무 튜브로 돌아와 슥 밀기를 반복했다. 소년의 수영은 정교했다. 소년들처럼 머리를 내놓은 채 첨벙거리는 개헤엄이 아니라, 수영이라는 이름에 걸맞은 포즈였다. 강우는 둥그런 고무 튜브에 모종처럼 심겨, 야릇한 흥분과 두려움 속에서 잿빛 바다 깊숙이 잠겼다 떠오르는 소년에게, 사슴이라는 이름의 태풍을 따라왔을 때 일부러 개천을 향해 뛰어내린 건지, 누군가에게 떠밀린 건지, 정말 비바람에 휩쓸렸던 건지 영원히 물을 수 없으리라는 사실을 직감했다.

소년은 강우가 담긴 고무 튜브를 우거진 아카시아 나무에 슥 부딪치게 하고는 나뭇가지 하나를 붙잡고 그 자리에 섰다. 소년이 선 자리가 산책로의 한 자락인지 바닷물이 소년의 허벅지 아래까지 잠겼다. 강우도 조심스레 발을 뻗어 시멘트 바닥을 확인하고는 제자리에 섰다. 소년은 나뭇가지를 뚝뚝 부러뜨리며 길을 만들어 닻섬으로 올라갔다. 지도에서도 생략된 섬을 탐험하는 걸음이, 어쩐지 오래전에 이곳을 누벼봤던 것처럼 스스럼없었다. 강우는 헐거운 반지처럼 자꾸 흘러내리는 고무 튜브를 허리춤에 붙들고 소년을 따라갔다.

소년은 방파제와 부둣가의 횟집 지붕들이 내려다보이는 언덕바지에 오르자 한숨을 내쉬고는 벤치에 퍼더버리고 누웠다. 동물원과 회전목마로 가는 갈림길의 단풍나무 그늘이었다. 흙이 섞인 짠물에 젖은 소년은 갓 허물을 벗기 시작한 양서류 같았다. 소년의 위팔과 어깻죽지, 정강이에 아카시아 꽃이, 잔 나뭇가지가, 실뿌리가, 스티로폼 알갱이가 비늘처럼 말라붙어 있었다. 그것은 죽은 짐승에 엉겨 붙은 쉬파리처럼 보이기도 했다.

소년은 한참 동안 숨을 몰아쉰 뒤 윗도리와 아랫도리를 벗어 물을 꾹꾹 짜기 시작했다. 강우는 시선을 비껴 바닥에 뚝뚝 떨어지는 물방울을 보며 또 젖을 텐데, 하는 말을 삼켰다. 소년은 옷을 탈탈 털어 나뭇가지에 걸어놓고 또다시 벤치에 드러누웠다. 소년은 무척 힘든지 강우에게 앉으라는 말도 하지 않았다. 소년은 두 눈을 감았다. 잠꾸러기. 네 직업은 매일매일 잠꾸러기. 소년의 발가락 밑으로 발이 여럿 달린 벌레 한 마리가 고물고물 기어갔다. 벌레는 소년의 세워진 무릎 밑을 지나, 소년의 허벅지 새로…… 소년이 탁, 제 허벅지를 때렸다. 찰나 트렁크팬티 사이로 소년의 고환이 출렁이는 것이 보였다. 그것은 거무스름했지만 아직 털이 나지 않은 것 같았다. 강우는 남자어른의 성기를 처음 본 뒤 다시는 회복할 수 없었던 시간 저쪽에서 아이하나가 걸어오기라도 한 것처럼, 그 짧은 순간 아득한 시간을 느꼈다. 강우는 침을 삼켰다. 얼굴이 성냥불처럼 확 달아올랐다 사라졌다. 그을린 성냥개비를 삼킨 듯 목구멍에서 그을음이 느껴졌다. 자기 혼자 수분이 사라진 노인이 된 기분이었다.

"넌 아직 털이 안 났구나."

강우는 불쑥 그렇게 말하고 있는 자신을 보았다.

강우는 굴과 어둠을 떠올리며 수음을 한 시간 뒤로 털이 부스스 나기 시작했다. 깨끗한 소년의 몸 앞에서, 강우는 서둘러 어른을 시늉해버린 제 몸의 성장이 부끄러웠다. 강우는 엉겁결에 엎지른 말의 뿌리를 숨기듯, 소년 앞에서는 절대 옷을 벗지 않아야겠다는 다짐을 석탄처럼 삼켰다. 몸속이 탄광처럼 두껍고 깜깜해지는 것 같았다. 소년도 강우의 검은 말에 파묻혀버린 걸까, 소년은 선착장에 전리품처럼 누워 있을 때처럼 한순간 정지해버린 것 같았다.

강우는 소년을 차마 쳐다볼 수 없었다. 강우는 여전히 고무 튜브를 허리에 낀 채 동물원을 향해 발을 내디뎠다. 하지만 채 몇 발짝 지나지 않아, 이대로 소년과 거리가 벌어지면 둘은 밤과 낮처럼 영원히 마주하지 못할 거라는 두려움에 걸음을 멈췄다. 강우는 부러 시멘트 바닥을 탁탁, 소리 나게 밟으며 단풍나무 그늘로 들어가 소년을 내려다봤다. 소년은 여전히 벤치 위에 누워 있기만 했다. 다만 오른팔을 구부려 손등으로 두 눈을 덮었고, 세워진 무릎은 단정하게 펴져 오금이 벤치의 앉을자리에 가만히 붙어 있었다. 강우는 침묵하고 있는 소년의 숨을 확인해보듯 머뭇머뭇 말을 이어나갔다.

"…… 난…… 네가…… 태풍에 휩쓸려 온 줄 알았어."

소년의 손가락이 희미하게 꿈틀거렸다.

"여기 와보니까 …… 정말 그럴지도 모른다는 생각이 들어."

소년이 깨어났을 때부터 가장 궁금했던, 다시는 물을 수 없었을 거라는 비밀과 진실의 언저리만 기웃거리며, 강우는 그렇게 혼자 묻고 대답했다. 어쩐지 소년은 어제처럼 영원히 잠이 들어 있고, 저 혼자서만 자연을 감상하며 이제는 더 이상 보이지 않는 누군가의 얼굴을, 목소리를, 살갗을 지어내고 있는 것만 같았다. 빛과 어둠, 물과 흙, 잎과 꽃을 바라볼 때 사뭇 멍청해지는 기분 한 자락에, 그래도 아직 제 속에 맑게 비어 있는 부분이 있구나, 발견해내듯…… 강우는 사뭇 맑아지는 기분이었고, 그만큼 가벼워지는 기분에 성큼 자란 식물처럼 야릇한 만족감이 밀려들기도 했다. 강우는 젖은 뒤 저절로 말라가는 옷을 갈아입고, 이를 닦고 싶다고 생각했다. 그것은 낯선 기분이었다. 어떤 목적 없이, 자발적으로 깨끗해지고 싶다고 바랐던 게 언제였던가. 더욱이 실컷 물이 젖은 뒤에 밀려오는 깨끗함에 대한 욕구는 젖은 물고기에 비누칠을 하는 것처럼 몹시 태연하면서도, 불구를 시늉할 때처럼 온몸이 뒤틀리는 기분이었다.

*

"……아주 높은 데서 떨어졌어."

얼마나 지났을까, 소년은 불쑥 그렇게 말했다.

강우는 지척에서 들리는 그 목소리를 가만히 보고 있었다.

강우는 소년의 가슴에 난 그 상처는 그래서 생긴 거냐고 되묻고 싶었지만, 그 자국들이 바늘로 꿰맨 듯 아팠지만, 어쩐지 눈을 가리고 물고기처럼 입술만 뻐끔거리는 소년이 아주 깊은 데서 떨어졌어, 라고 말하기라도 한 것처럼, 파란 바다 밑바닥으로 잠기는 투명한 심해어의 온몸에 기워진 비늘들을 보듯, 마음은 한결 편안해졌다.

"얼마나 높았어?"

소년이 키득, 웃음을 깨물었다.

강우도 웃음을 찬물처럼 삼키며 얼마나 깊었어, 혼잣말을 속눈썹 위에 떠올렸다.

"글쎄……"

"개천 난간보다…… 높았어?"

소년이 달싹이는 오른 손등을 왼손으로 거머쥐고 까르르, 웃음을 터뜨렸다. 그 웃음은 개천 난간에 고개를 수그린 소년의 머리카락에 맺히는 빗방울처럼, 시멘트 바닥을 뒹구는 붉은 사과처럼 맑고 슬펐다. 강우는 소년을 따라 까르르, 웃음을 터뜨렸다. 웃음은…… 하나도 부끄럽지 않았고, 외려 바다로 돌아온 수조 속의 물고기처럼 자유롭고 흡족한 기분마저 들었다. 허리에 매고 있던 고무 튜브가 그 무게만큼, 어쩌면 소년이 맨 먼저 발걸음을 뗐을 저 남쪽 나라의 거리

152

만큼 끌힘이 작용하는지, 아래를 향해 자꾸 흘러내렸다.

"대관람차보다 높았어?"

강우는 제게 어울리지 않은 얌전한 질문에 눈이 부신 듯 소년을 외면했다. 강우의 눈앞에 하늘이 평평한 줄 알고 수직으로 솟구쳤다가 둥글게 실패한 사다리가 보였다. 한 소년이 대관람차의 철골을 징검다리처럼 타오르는 모습이 보인다. 강우는 점점 하늘을 향해 올라가는 소년을 보면서 둥근 대관람차 한 량의 쇠고리를 벗기고 그 안으로 들어간다. 강우의 무게에 가벼운 대관람차가 살랑살랑 흔들린다. 대관람차의 쇠문과 천장에는 낙서가 빼곡하다. 대한민국 파이팅. 씨발. 사랑해. 강우는 날짜와 요일과 맹세와 고백과 욕을 읽으면서…… 녹이 일어나고 비뚤배뚤한 글씨로 얼룩진 하얀 철판 위에 제가 삼키고 있던 말들을 숨기고 싶었다. 강우가 엄지에 침을 묻혀 사인펜 글씨를 문지르고 있을 때, 소년 하나가 강우가 탄 대관람차를 앞뒤로 흔들었다. 벌써 대관람차의 10시 시곗바늘 위치까지 올라간 소년이 비명을 질렀다. 강우는 칼이었나, 바람이었나, 똥이었나, 소년 하나가 들려준 대관람차 전설이 떠올라 의자에서 벌떡 일어난다. 낡은 대관람차는 한쪽 줄이 끊어진 그네처럼 덜컹덜컹 흔들린다.

오래전 한 소년이 대관람차에서 떨어진 사건이 있었다. 대관람차가 꼭대기에 다다랐을 때 소년은 쉬가 마려웠는지 온몸을 바르작대다 그만 헐겁게 잠긴 문짝을 발로 걷어차고 말았다. 소년은 허공을 향해 낙과처럼 떨어졌다. 소년의 엄마는 두 팔을 휘저으며 비명을 내질렀다. 소년은 기적적으로 살아났다. 소년이 추락한 자리는 공교롭게 사자 우리였는데, 갈고리발톱으로 콧잔등을 긁고 있던 암사자는 제 등짝을 내리치는 무게에 화들짝 놀라 적을 향해 본능적으로 달려들었

다. 하지만 하늘에서 떨어진 천둥 벼락 같은 침입자가 한주먹거리도
안 되는, 더욱이 제게 일용할 양식을 제공하는 인간의 축소판이라는
사실을 깨닫곤 짐짓 심드렁한 표정으로 질긴 하품을 했다. 조련사는
암사자의 지루한 포효가 소년을 집어삼키기 전의 준비운동이라 착각
하고 부랴부랴 마취 총을 당겼다. 암사자는 그 서슬에 놀라 입을 다
물고 말았는데, 그만 소년의 야린 발가락을 베어 먹고 말았다. (정확
히 소년의 신코와 유달리 긴 검지발가락이 베어진 것이다.)

자못 우스꽝스러운 이야기는 닻섬이 폐쇄될 수밖에 없었던 여러 소
문 중의 하나였다. 강우는 모든 소문이 그렇듯 그 전설도 거짓말이라
는 사실을 알고 있었다. 소년이 대관람차에서 추락했다면, 소년은 둥
근 대관람차를 지탱하고 있는 무수한 철골에 살갗이 찢기고 온몸이
바스러졌을 것이다. 설령 운 좋게 살아남았다고 해도, 소년의 온몸에
는 철길처럼 끝이 보이지 않는 상처가 새겨졌을 것이다. 강우는 허공
을 둥글게 감은 닻섬의 야윈 주먹에서 정말 소년의 아찔한 추락을 목
격한 것처럼 아뜩한 거리감에 물음표를 생략한 혼잣말을 되뇌었다.

바다보다…… 높았어?

그 말을 제 속에 새긴 순간, 강우는 소년의 몸에 새겨진 상처의 근
원이, 제가 상상할 수 있는 거리와 시간보다 훨씬 깊고 오래된 것이
리란 예감에 눈자위가 다 시었다.

*

"여기서 보니까 우주선 같아."

소년이 강우의 뒤통수에서 두 눈을 망원경으로 나눠 쓰기라도 한 것처럼 그리 말했다.

강우는 찬찬히 돌아서 소년이 끼워준 고무 반지의 테두리를 넘어갔다. 단풍잎처럼 열려 있던 소년의 다섯 손가락이 다시 한 마리 붕어가 돼 두 눈을 가리고 있었다. 강우는 소년 혼자 내내 술래를 먹은 놀이에 지쳐버린 듯, 소년의 발바닥 옆에 가만히 앉았다. 딱딱한 돌바닥에 젖은 바지에 스민 바닷물이 배어났다. 궁둥이 살이 욕창이 터진 것처럼 가렵고 쓰라렸다. 강우는 소년처럼 서슴없이 젖은 옷을 벗고 싶었다. 그건 석탄처럼 검은 다짐이 아니라, 햇볕에 빳빳하게 마른 수건처럼 가볍고 깨끗한 욕망이었다. 하지만 강우는 들키지 않는 마음이어도, 소년 앞에서 더는 변덕쟁이가 되고 싶지 않았다. 강우는 바짓가랑이 끝을 상투처럼 꼬고 바닷물을 꾹꾹 쥐어짰다. 닭살이 돋은 거무튀튀한 허벅다리가 소년의 깨끗한 맨살에 대비돼 더 부끄러웠다.

"네 이야길 들으니까…… 정말 우주선 같네. ……근데 우주가 너무 밝아."

강우는 소년에게 아첨하듯 자못 지난 꿈을 시늉하는 목소리로 말했다. 푸른 우주로 내달린 또 한 소년은 어쩌면 지금쯤 이토록 밝은 아침에 다다랐을지 몰랐다.

"네가 생각하는 우준 어떤 덴데?"

소년이 잠꼬대처럼 희미하게 물었다. 꿈에서는 놀이가 여전한지,

설핏 골리는 어조에 웃음이 깨물어져 있었다.

우주…… 우주…… 깜깜. 반짝. 토성. 목성. 외계인. 안드로메다.

강우는 최선을 다해 빛과 어둠, 별과 은하를 떠올렸지만, 우주의 지도는 한 송이 포도 알을 하나하나 떼어내듯 낱말이 확장될수록 더욱 앙상해져버렸다. 강우는 여전히 손등으로 눈을 가린 소년에게 지금 네 앞에 보이는 것 같지 않을까, 그러고는 슬그머니 소년의 눈을 가린 우주의 커튼을 걷어내고, 소년을 암흑의 세상에서 구출해내고 싶었다.

"몰라. 안 가봤잖아. 우주에 갔다 오면 그때 얘기해줄게."

강우는 짐짓 심통 난 것처럼 굴었지만, 목소리는 달의 분화구를 걷는 우주인처럼 한없이 나풀거렸다.

"그럼…… 나한테 물어봐."

"……?"

"내 이름이…… 우주야."

"공갈치네. 아니…… 거짓말."

강우는 황급히 못생긴 말을 반죽하고는 소년의 얼굴을 흘끗거렸다. 소년의 입술은 열매처럼 아무 표정이 없어 그 속내를 도무지 짐작할 수 없었다.

"정말…… 우주가…… 네 이름이니?"

"응."

"근사하다."

……

"네 이름은 뭐니?"

"내 이름?"

"응."

"내 이름은 강우야."

"강우? 정말?"

소년은 그렇게 묻고는 피식, 웃었다.

"강우."

"응? 왜?"

"정말 강우 맞나보네. 강우."

……

"강우. 강우. 강우."

……

"강우. 강우. 강우."

"우주. 우주. 우주."

"강우. 강우. 강우."

"우주. 우주. 우주."

"강우. 강우. 강우. 우주. 우주. 우주. 강우. 우주. 강우. 우주. 강우. 우주…… 무슨 돌림노래 같아."

돌림노래.

강우는 우주의 말에 머릿속이 기우듬해졌다. 맑고 단단한 어항이 아니라, 녹물을 채워 출렁거리는 검은 비닐봉지가 된 기분이었다. 소년과 소년, 분비물과 학용품, 뻐드렁니와 검은 발, 상처와 냄새로 꿰매진 별자리 꼬리가 아니라 돌림노래. 우주의 말은 별을 삼킨 하늘처럼 근사했지만, 강우는 우주에 곁방살이하고 있는 제 이름이 몹시 초라해, 우주에게 미안했다. 강우는 못생긴 제 이름이 잊히도록, 우주를 이을 수 있는 딴 이름이 뭐가 있을까, 곰곰 따져봤다. 강우가 알고 있는 이름 가운데 근사한 이름은 하나도 없었다. 아니, 강우가 알고 있는 자체가 몇 개 안 됐다.

흙·똥·칼·바람·쥐·코. 강우는 소년들의 이름을 떠올려봤다. 깍짓손처럼 뭉쳐진 손가락을 하나하나 꼽아봤지만, 소년들의 이름은 그저 소년, 하고 벙어리장갑에 든 것처럼 뭉뚱그려졌을 뿐, 낱낱으로는 하나도 또렷하게 기억나지 않았다. 어쩌면 소년들의 이름은 강우와 우주처럼 주영과 영수, 영수와 수형, 수형과 형문, 형문과 문혁, 문혁과 혁필 그렇게 돌림노래일지 몰랐다. 하지만 강우는 그러지 않기를 간절히 바랐다. 강우는 아빠백작과 엄마기계, 삼촌의 이름도 알았지만, 알고 싶지 않았다. 강우는 멈칫, 제 비뚤어진 바람에 켕겨 돌림노래의 가사를 틀리기라도 한 것처럼 우주란 이름을 의심해봤다. 하지만 어느새 두 손을 풀고 우주를 응시하고 있는 소년의 깊은 눈자위를 보는 순간, 태어나서 가장 큰 동그라미를 본 것처럼 초점이 멀고, 그것이 반지처럼 제게 다짐을 걸어오기라도 한 듯, 우주, 그 이름만이 진실이라고 확신했다. 강우는 바다 깊이 추락하는 우주선처럼 소년의 검은자위 깊숙이 바늘땀보다 작은 빛으로 소멸하는 희미한 빛줄기 하나를 본 것도 같았다.

우주.

강우. 우주. 강우. 우주. 강우. 우주. 우주. 우주. 우주…… 그래…… 내 속에…… 우주, 네가 있어서 태풍이, 숨이 가빴던 거구나.

강우는 제 이름이 근사하지 않아도, 그렇게 우주 곁에 머물 수 있는 이름이란 게 어떤 운명처럼 뿌듯하고 가슴이 놓였다. 강우는 강우,가 아니라…… 겨우나 매우, 배우, 여우…… 새우라는 이름이어도 감사할 것 같았다.

*

우주로 떠난 죽음들은 언젠가는 죽음의 고향과 만나 그 별에서 다시 태어난대. 갓난아기가 아니라 그 모습 그대로. 천당이나 지옥을 말하는 게 아냐. 그래…… 네가 지금 그 모습 그대로, 한순간 물속에서 살아가는 모습을 떠올려봐. 지느러미나 아가미, 비늘 없이 지금 네가 입고 있는 윗도리와 바지, 손가락과 발가락, 이빨과 입술 그대로 수초를 덮고 잠을 자고, 해마의 아기 주머니에 편지를 받는다고 상상해봐. 죽음의 고향도 마찬가지야. 아침에 눈을 뜨면 띠를 두른 행성까지 날아가 하얀 어둠을 한 모금 마시고, 빛의 부스러기를 한 조각 삼켜. 그게 죽음의 생활이라면 정말 근사하잖아. 그냥 아주 긴 이사를 가는 거라고 생각해봐. 아마 너랑 나랑 꼬부랑 할아버지가 됐을 시간이겠지. 그곳으로 가는 우주선에 몸을 뉘는 게 모든 노인의 꿈이야. …… 그런데 일 년에 한 번씩 죽음의 고향으로 가는 우주선이 더는 운행하지 않게 됐어. 그곳으로 떠난 죽음 중 누구 하나 지구에 살아 있는 사람들에게 안부를 전해오거나, 증거를 남기지 않았으니까. 사람들은 어느 순간부터 우주선은 세상에서 가장 호화로운 관이고, 우주 여행은 가장 사치스러운 장례식이라고 흥미를 잃기 시작했어. 자식들은 고집스러운 노인에게 손가락질하면서 돈을 아까워했어. 세상에서 가장 거대한 무덤의 가격은 점점 싸졌지. 버스나 기차 가격보다는 비쌌지만, 남극이나 북극에 가는 경비보다는 저렴해진 거야. 가난한 사람들이 돈을 여뤄 한 사람씩 돌아가며 죽음의 고향으로 가는 우주선에 탑승하게 하는 계가 유행했어. 처음으로 가난한 효자

의 늙은 아버지가 우주선에 실려 죽음의 고향으로 보내지게 되어 있
었는데……

"그런데?"

"그다음은 몰라."

"몰라?"

"몰라. 거기까지밖에 못 봤어."

"……재밌다."

"내 동생이 만든 거야."

"동생?"

"응. 내 동생은 이야기를 잘 만들었어. 공책을 사면 며칠 만에 뚝
딱 이야기와 그림으로 채웠어. 이야기를 손 바가지에 담긴 물고기처
럼 놓칠까 봐, 유한소수를 찾으려고 분수를 기약분수로 고치고 분모
를 소인수분해하고 있는 내 연습장을 훔쳐가기까지 했어. ……내 동
생 머릿속에는 도서관이 하나 들어 있는 것 같았어. 걔는 바다 가장
깊은 밑바닥에 눈처럼 투명하고 다리가 달린 심해어가 있다는 것도
알았고, 어떤 별에는 이 섬만큼 커다란 생물이 해파리처럼 둥둥 떠다
닌다는 것도 알고 있었어. 걔가 그린 그림을 봤어야 하는데. 장님처
럼 깜깜한 밤이 돼도 상관없었어. 걘 말만으로도 현미경처럼 세세하
게 이야기를 그릴 수 있었으니까. 천둥이 쾅쾅 몰아치는 자정에는 장
롱에서 몸이 수박처럼 정확히 반으로 잘라진 유령을 꺼냈고, 아파트
아래에서 앰뷸런스 소리가 울리면 악당이 촛농을 끼얹어 눈이 먼 탐
정을 불러내 방화를 일삼는 범인을 잡아냈어. ……아마 이곳에 함께
왔다면 마치 토성을 가본 적 있는 우주인처럼, 해저처럼 깜깜한 닻섬
을 배경으로 미래소설을 그렸을 거야."

"미래소설?"

"응. 미래소설."

"외계인하고 우주선이 나오는 공상과학소설 말이야?"

"동생은 공상과학소설은 꿈이 아니라 언젠가 가 닿을 수 있는 가능성이 충분한 이야기이기 때문에…… 공상이 아니라 미래의 얘기라고 불러야 한다고 했어. ……아빠 동생이 천재라고 했어."

그런 이야기를 꿈꿀 수 있는 동생을 갖고 있는 것. 그렇게 칭찬해주는 아빠를 갖는다는 것.

"게다가……"

게다가?

우주는 슬며시 미소를 지었다. 우주를 물을 때와 달리, 우주의 암울한 내일을 예감한 듯 엷은 웃음이었다.

"내 동생 이름이…… 미래였어."

미래란 이름의 동생을 갖는다는 것. 그런 가족이 있다는 것.

강우는 미래란 이름을 전혀 의심하지 않았다. 그리고 우주의 동생이 주래나 주몽, 주책 같이 '주'와 이어지는 돌림노래가 아니라는 사실이 퍽 다행스러웠다. 강우는 장롱이 있는 아파트에 살았던 우주의 가족이 궁금했지만, 차마 묻고 싶지는 않았다. 손등처럼 가려진 비밀을 걷어내는 순간, 저와 우주 사이가 과거와 미래처럼 성큼 벌어져버릴 것 같아 섬뜩했다. 강우는 그 순간에만 우주라는 이름의 소년을, 가족과 집이 하나도 궁금하지 않은, 제 스스로 발명하기라도 한 것처럼, 닻섬에 기생하는 소년들과 똑같이 취급했다.

*

"미래가 널 봤다면 참 좋아했을 거야. 아마 미래랑 강우 넌, 쌍둥이처럼 친한 친구가 됐을 거야. ……너도 이야기를 잘 만들잖아, 미래처럼."

너·도·이·야·기·를·잘·만·들·잖·아·미·래·처·럼

그 말이…… 강우를 얼음으로 만들었다.

그 말은 기쁨을 처음 **발명**했을 때 자신은 한 발짝도 움직이지 않았는데 대륙 이동 순간의 금을 밟아버린 것처럼, 다시는 되돌아갈 수 없는 시간의 문턱을 넘어선 기분과 닮았지만, 어쩐지 삶의 모든 비밀을 한순간 깨닫고 삶을 알은체하고 싶어 안달이 났을 때의 야릇한 희열과는 정반대의 얼굴이었다. 강우는 자신에 대한 우주의 짐작이 두려웠다. 그런데도 우주의 말은 강우가 기쁨을 처음 **발명**했던 순간과 똑같이 강우의 풀죽은 온 감각을 깨웠다. 희미한 냄새에 갇힌 눈이 뚫리고, 돌아오지 않는 것들에 파묻힌 귀가 뜨이고, 녹슨 살갗이 꽃잎처럼 부풀었다.

그러니까…… 우주의 이야기는 마술이었다. 우주는 마술 지팡이를 두드리듯 죽었던 닻섬에 새 계절을 불러왔고, 기다림에 짓눌려 폐허가 되어버린 강우에게 완전히 새로운 숨을 불어넣었다. 강우는 솜사탕을 쥔 아이처럼 우주의 이야기에 홀렸고, 어떻게든 우주의 짐작에 자신을 맞추고 싶었다. 강우는 우주에게 거짓이나 시늉이 아니라 미래와 **똑같아질** 수 있는 그 미래의 꿈을, 그 꿈에서 깨지 않는 방법을, 그 꿈을 가지런히 배열하는 방법을, 그리고 무심코 그 꿈을 발음할 수 있는 방법을 배우고 싶었다. 얼굴도 모르는 미래에게서 그 꿈의 의상을 훔치고 싶었다. 하지만 강우의 머릿속에 오직 또렷한 한 가지는, 몹시 갖고 싶은 꿈이었지만 내 것이 아니라는 체념뿐이었다.

"너는 날 몰라. 난…… 이야기를 만들 줄 몰라. 난…… 아는 이야기가 없어. (난 절대 천재가 될 수 없어.)"

선언은 유혹당하지 않겠다는 비명이어서, 발음하는 순간 존재하지 않았던 보물을 소매치기당한 것처럼 아차, 싶고 아까웠다. 강우는 홀연 싸늘하게 대답하는 제 목소리에서 흙의 목소리를 보았다. 넌 몰라. …… 네가…… 다 박살내버린 거야. 그리고 침묵. 강우에게 어떤 꿈의 결론은 늘 그런 것이었다. 꿈을 외면하면서 현실을 미워하는 것. 강우는 그렇게 체념하고 나자 고무 튜브에 실려 바다를 떠돌 때처럼 편안해졌다.

우주도 아무 말이 없었다. 더는 이어지지 않는 이야기, 닻섬과 부두를 잇는 구름다리처럼 끊어져버린 돌림노래. 그러면 됐다. 강우는 어쩐지 어슴푸레하던 꿈이 비로소 완결된 것처럼 아쉽고 후련했다. 아무도 가르쳐주지 않았던, 혼자 헤매던 꿈의 대답들. 하지만 체념을 닮은 마침표에서 바다와 하늘이, 땅과 하늘이 낮과 밤이 기우듬하게 뒤집어졌고, 강우는 세상이 뒤집어질세라 소년의 몸 위에 제 몸을 반듯하게 겹치고 싶었다.

구름

우주는 얼마간의 침묵 끝에 나무 명찰을 읽듯 구름, 이라고 발음했다.

산맥구름

……

운동화

깃발

섬

……

기계

……

백작

……

소년

사슴

우주는 꽃잎을 따듯 짧은 낱말을 뚝뚝 끊어 뱉었다.

강우는 그것이 엄마기계의 가계부에 적힌 낱말이라는 걸 단박 눈치
챘다.

강우는 소년이 깨어나기를 기다리면서 붉은 공책에 이런저런 말을
썼다. 소년을 처음 만난 날, 태풍에 잠긴 푸른횟집에서 유일하게 얻
은 전리품이었다. 1년의 끝과 끝에서 기분이 좋은 날엔 나쁜 말, 기
분이 울적한 날엔 좋은 말을 기록했던 붉은 공책. 소년의 말이 볼펜
심처럼 강우의 귓바퀴를 쿡쿡 찔렀고, 강우의 입속에 쌉싸래한 잉크
맛이 감돌았다. 하지만 글은 말보다 늘 느렸다. 소년들의 전염병이
강우의 머릿속에 보고 새긴 전염병냄새보다 더 오래 남은 까닭도 어

찌 보면 지극히 단순한 이유였다. 글은 말보다 굼뜨고 게을렀기 때문이었다.

삼촌. 걸레. 소년. 정육점. 격납고. 에이즈…… 전염병

강우는 우주의 입을 틀어막을세라 공책의 앞뒤 어디에 넣어야 할지 종잡을 수 없는 낱말이 아니라, 그 낱말을 둘러싼 이야기를 털어놓기 시작했다.

"……로봇과 흡혈귀가 한집에 살았어."

한 사람의 몸에 단추처럼 매달린 낱말들에서 피가 돌고, 눈썹을 깜빡이고, 입술을 열고, 콧방울이 벌름거리고, 손가락이 움찔거렸다.

피를 갈구하는 흡혈귀 백작과 피가 돌지 않는 기계 로봇이 사랑을 한 거야. 그들의 보금자리로는 폐허가 된, 그래 불시착한 우주선 같은 닻섬이 더없이 어울렸어. 하지만 사랑은 금세 식어버리잖아. 게다가 둘은 기쁨을 어떻게 교환하는지도 모르는 것 같았어. 사랑의 제스처를 시늉하지만, 흡혈귀가 목덜미를 물어뜯고 악다구니를 써도 로봇은 아무 감정을 느끼지 못했어. …… 그런데 로봇은 어느 날 굴이 달린 인간을 알게 되고, 자신에게도 감정이 있다는 사실을 느끼기 시작했어. 깜깜한 밤, 건전지처럼 차가운 굴을 삼킨 밤이었지. 로봇과 흡혈귀에게는 자신들의 정체가 탄로 나지 않게 어딘가에서 주워 와 키우는 소년 하나가 있었어. 소년은 야뇨증을 앓았는데, 어쩐지 다시는 이불에 오줌을 지리지 않을 것 같은 예감에 깨어난 날 밤 로봇이 감정을 느끼기 시작했다는 걸 알아채고 말아. 소년은 어쩐지 그 사실이 하나도 기쁘지 않았어. 되레 누군가 그 사실을 알까 봐, 특히

흡혈귀가 그걸 알고 로봇의 얼음처럼 싸늘한 살갗을 또 물어뜯을까 봐 너무 무서워졌어. 소년은 제자리에 서서 홀보들한 잠옷에 오줌을 지린 게 너무 억울했어. 소년은 어쩌면 겨울이었기 때문에 로봇이 얼어붙었던 게 아닐까 생각됐어. 소년은 로봇이 남몰래 굴을 먹는 모습을 훔쳐봐. 그때마다 지도를 그린 이불에 맨살이 닿은 것처럼 선득해 부르르 진저리가 쳐지는 거야. 소년은 로봇이 제 몸의 온기까지 죄 훔쳐간 것 같아 짜증이 나. 제가 감정을 느끼고 있다는 걸 들킬까 봐 숨도 제대로 내뱉지 못하는 로봇이 안쓰럽지만, 소년은 자신의 평화가 더 중요해. 겨울은 하염없이 길어. 봄이 찾아와 딴딴한 굴이 흐무러지면 로봇도 그렇게 흐무러지겠지. 소년은 봄을 기다리는 게 너무너무 지겨워. 소년은 로봇을 걱정하는 척 그 시간이 오기 전에 굴을 찾아 떠나라고 경고해. 하지만 로봇은 그 말을 알아듣지 못해. 로봇은 되레 소년의 걱정을 아랑곳하지 않고, 마치 제자리를 소년에게 빼앗기기라도 하는 것처럼 잔뜩 경계심이 어린 눈으로……

*

강우는 낯선 소년의 몸속에 제 몸을 비집어 넣어 자신으로 완전히 채울 것처럼, 소년의 텅 빈 입과 귀에 제가 알고 있는 유일한 이야기를 깊이깊이 불어넣었다. 소년은 넘친 인공호흡에 숨이 가쁜 듯 알 수 없는 한숨을 내쉬었다. 그러고는 벤치에서 일어나 아카시아 나무 사이로 걸어갔다. 강우는 실수를 엎지르기라도 한 것처럼 후회가 몰려왔다. 아무래도 자신의 이야기를 만드는 솜씨는 젬병이었다. 강우는 고무 튜브를 다시 허리에 끼고 우주의 걸음을 쫓았다. 강우는 우주에게 어떤 말도 건넬 수 없었다. 그저 가시나무처럼 따끔거리는 벽

앞에서 거짓말의 대가를 반성하는 수밖에. 사라진 이야기의 자취를 헤매면서 투명 인간 시늉을 하는 수밖에. 우주가 둥근 아카시아 잎을 따서 입술에 대고 삐삐, 불었다. 그 가냘픈 입바람 소리가 호루라기 소리처럼 우주를 따라가는 강우의 걸음을 멈춰 세웠다.

후둑, 후드득, 솨. 강우가 발바닥이 닿는 산책로에서 바다를 향해 두 발을 뗐을 때, 잿빛 바닷물이 깜깜해지면서 빗방울이 동심원을 그렸다. 빗방울 몇 개가 굵은 소낙비로 바뀌는 시간은 소년이 자맥질을 하는 시간보다 짧았다. 저만치 둑과 지붕들이 희붐해지고, 움츠러들었다. 강우는 빗물에 젖어 제대로 뜰 수 없는 눈까풀을 연신 손등으로 훔치며 닻섬을 돌아봤다. 묵묵히 빗발들을 받아내는 나뭇잎은 처음의 생기를 잃고, 이제 비에 지친 듯 만취한 사람처럼 고개를 까딱거렸다. 구름이 우우, 의성어로 흘러갔다. 강우는 비에 휩쓸려 난파될 것만 같은 두려움에 두 다리를 열심히 허우적거렸다. 저만치 헤엄쳐가던 우주가 젖은 눈을 연신 깜빡거리며 고무 튜브로 돌아왔다. 우주는 고무 튜브에 두 팔을 걸치자마자 거친 숨을 몰아쉬었다. 강우는 해초에 감긴 스크루처럼 요동치던 물장구를 멈추고, 우주의 콧마루에 제 콧마루를 맞대고 싶은 충동을 겨우 참았다. 강우는 다시 닻섬을 돌아보는 시늉을 하며, 어떤 이야기를 만들어내더라도 우주는 이길 수 없다고, 이길 수 없을 것이라고 확신했다.

사랑해버리자.

소년의 젖은 머리칼과 거무스름한 성기 사이로, 이불을 뒤집어 쓴 것처럼 삼촌의 얼굴이 보였다.

강우가 사랑하는 것은 제 힘으로는 이길 수 없는 것들이었다. 강우
는 이길 수 없는 상대를 알게 되면 이길 수 없기 때문에 그만 사랑해
버리고 말자,라고 결심했다. 강우는 만만하고 이길 수 있을 것 같은
상대는 시시하고 미웠다. 그것들은 대개 자신을 닮아 있었다. 강우는
그 사실을 들킬까 봐, 나약한 상대가 숨을 쉴 수 없을 만큼 몰아세우
고 미워했다, 엄마기계처럼. 하지만…… 강우는 엄마기계를 괴롭힐
수록 점점 기쁨으로 충만해졌기 때문에, 그것은 미움이 아니었다. 강
우는 아무도 미워할 수 없었다. 미워할 수 없다면, 사랑하는 수밖에
없었다.

둘 다 사랑해버리자.

삼촌의 벗은 가랑이 사이로 엄마기계의 몸을 황급히 빠져나가던 탐
스러운 굴을 단 남자어른의 하얀 궁둥이가 보였다.

그래, 셋 다 사랑해버리자.

하얀 엉덩이를 긁적이던 흙의 얼굴이 보였다.

넷 다 사랑해버리지 뭐.

그렇게 침을 삼키자, 기쁨을 주고받던 모든 입과 눈이 비구름을 머
금은 하늘처럼 쏟아져 내렸다.

그래 하루에 한 번, 아니 밥을 먹을 때마다…… 1년 365일 시곗바늘
처럼…… 모두 사랑해버리지 뭐. ……그리고 스무 살에 죽어버리는 거야.
손목을 끊어버리는 거야. 바다에 뛰어드는 거야.

강우의 머릿속에 사막의 모래알처럼 바글거리던 생각과 얼굴 들이,
지독한 가뭄 뒤 소낙비를 만난 석류처럼 알알이 들어차 상큼한 과일
로 열렸다. 태풍의 끝이었고, 과일이 익을 시간이었다. 강우는 두 소
년이 실린 고무 튜브를 푸른등대를 향해 힘차게 밀고 나갔다. 강우가
소년 하나가 심긴 반지에 탄광보다 무거운 닻섬을 끌어오기라도 한
것처럼, 섬과 부두 사이의 바닷가를 헤매는 강우의 심장에는 세상에
서 가장 작은 섬 하나가 들어찼다.
강우는 그 섬의 이름이 무엇인지 알고 있었다.

꿈의 문제

*

"미라한테 좀 다녀와."

삼촌은 엉덩이를 긁적이며 냉장고를 들여다봤다. 고개를 숙여 옷자락이 딸려 올라가는 바람에 등뼈와 벌어진 바지 틈새로 속옷의 테두리가 드러났다. 우주가 입은 팬티와 같은 상표는 아니었다.

"가게랑 뒷방까지 구석구석 청소 좀 하라고 하고, 네 아버지 술 잠숫지 말라 그러고. 끝나면…… 괜히 미라랑 노닥거리지 말고 곧장 집에 와 있어."

삼촌은 강우가 일주일에 한 번은 정육점골목에 들른다는 걸 알면서도, 처음 심부름을 보내는 것처럼 이것저것 다짐을 뒀다.

"먹을 것 없어? 순 빈 통밖에 없잖아. 냉장고가 무슨 장롱도 아니고…… 미라가 안 챙겨줬어?"

삼촌은 오른손으로 냉장고 문짝을 붙들고, 열뜬 얼굴이 식지 않는

170

지 아예 찬김에 얼굴을 집어넣고 그릇 뚜껑을 달싹거렸다. 우주가 냉장고는 미처 돌보지 않았나 보았다. 삼촌은 갈색 페트병을 흔들어 거품이 차오르자 뚜껑을 열었다. 너무 오래돼 접톱처럼 다물린 뚜껑을 이로 돌리는 걸로 봐 어지간히 속이 타는 눈치였다. 오늘 같으면 반찬과 주전부리가 한가득해도, 강우더러 쥐처럼 돈을 잘도 갉아먹는다고, 하는 일 없이 먹을 궁리만 밝힌다고 타박할 게 빤했다.

흙이 사라진 뒤, 시합이 벌어지는 날이면 삼촌은 몹시 분주해졌다. 가물에 땅바닥을 향해 기운 나뭇잎처럼 게으르게 누워 지내기만 하던 삼촌은 태풍에 떠밀리듯 몹시 성말라졌고, 지상에서 3센티미터는 떠 있는 것처럼 불안해 보였다. 흙의 빈자리를 메우느라 마음만 서둘러, 정육점골목의 여자와 조무래기 들을 다그치다가도 꼬인 실타래 끝을 쥔 사람처럼 제풀에 지쳐 담배를 꼬나물고 있기 일쑤였다.

흙은 군인처럼 소년들을 능숙하게 다뤘다. 시합이 있기 하루 이틀 전부터 소년들을 골목 끝에 열을 맞춰 쓰레기를 줍게 했고, 시합이 벌어지는 고층건물 지하 계단에 줄을 세워 양동이를 주고받게 했다. 선착장에서 출발해 격납고까지 달리기를 시켜 3등 안에 들지 못하면 다시 달음질하게 만들었고, 내기에서 이긴 소년들은 나머지가 도착할 때까지 시멘트 바닥에 원산폭격을 하도록 지시하고 뒷짐 진 손을 풀면 옆구리를 걷어찼다. 흙은 어떤 승자도 나오지 않는 훈련이 끝나면 모든 소년을 엎드려뻗쳐 시켜 각목으로 엉덩이를 세 차례씩 내리쳤다. 강우는 시합이 끝난 뒤 소년들의 눈두덩과 살에 남은 멍과 흉터가 시합의 결과인지 흙의 린치인지 제대로 가늠할 수 없었다.

하지만 시합이 끝나고 주머니가 넉넉해진 소년들은 누구 하나 흙을 원망하지 않았고, 돈 **냄새**를 풍기며 즐거워했다. 돈 냄새는 전염병냄새와 달리 명쾌하고 당당했다. 흐트러진 닻섶을 단추들처럼 채운 소년들은 몇 년을 돈으로 당겨쓰기라도 한 것처럼 부쩍 남자어른을 시늉했다. 남자어른처럼 거들먹거리고, 욕을 뇌까리고, 담배를 꼬나물고, 만만한 소년을 부려먹었다. 시합에 끼지 못하고 여전히 주머니가 허룩한 소년들은 겁먹은 눈으로 동전을 줍듯 작은 어깨를 곱송그렸다. 그러나 소년들도 달이 차고 기울듯 주머니의 부피가 할가워지기 시작하면, 남자어른을 시늉하며 돋았던 발꿈치를 바닥에 딛고 다시 주눅 든 조무래기로 귀환했다. 그것은 월경처럼 반복되는 삼촌의 변덕스러운 기분과 정확히 닮아 있었다.

"그럼 밥은?"

삼촌은…… 우주처럼 물었다. 점심을 걸렀는지 목소리 끝이 붓털처럼 갈라져 있었다.

누구나 강우에게 그렇게 물었다. 밥 먹었니. 삼촌과 우주뿐만 아니라 미라언니도, 케이캅도…… 아빠백작도 강우의 삶이 겨우 한 그릇 밥에 좌우되는 것처럼, 어쩌면 그게 강우의 유일한 근황인 양 환기하고, 확인하고, 걱정했다. 밥은 세수하는 것보다는 잦고, 똥을 누는 것보다는 규칙적인 일과이기 때문에, 가장 실패할 확률이 적은 기억의 질문일지 몰랐다. 하지만 밥이 밥물의 양에 따라 식감이 달라지듯, 밥의 근황은 숟가락처럼 딱딱할 때도 있고, 틀니의 입천장처럼 무감각할 때도, 생잎을 오물거리듯 쓰기만 할 때도 있고, 다 달랐다. ……삼촌의 밥은 쌀알이 곤두서고, 밥맛이 나빴다.

삼촌은 얕은 트림을 한 뒤 탄산이 빠진 음료수가 밍밍한지 양칫물처럼 입속에서 오물거렸다. 볼을 부풀리고 눈살을 찌푸린 삼촌은 김 빠진 콜라를 설거지대에 뱉으려다 말고 꿀떡 삼켰다. 삼촌은 콘센트에 꽂힌 전선을 따라 주위를 갸웃 둘러보고는 전기밥솥 뚜껑을 열었다. 훈김과 함께 달금한 밥내가 푸른등대에 퍼졌다. 강우는 입속 가득 침이 고였다.

"어디 나갔다 왔어?"

삼촌은 김이 사그라진 밥솥을 들여다보며 물었다. 주림을 겨우 참는 짐승처럼 턱에서 정말 하고 싶은 말을 꽉 다문 어금니가 불거졌다. 하지만 삼촌의 인내심은 그리 길지 못했다.

"우주…… 왔니?"

삼촌은 소년을 처음 봤을 때처럼 정확히 그 이름을 댔다. 밥솥에는 하얀 쌀밥이 아니라, 새까만 바구미가 한가득 삶겨 있기라도 한 것처럼 언짢은 얼굴이었다.

"그랬나 봐."

강우는 밥알을 삭히듯 우물쭈물했다. 강우는 우주라면 탁구공을 받아치듯 네, 하고 산뜻하게 대답했을 거라고 생각했다. 네가 우주니? 소년을 처음 봤을 때부터 삼촌은 다른 소년과 달리 우주를 전혀 헷갈려하지 않았다. 네. 우주도 푸른등대 한가운데 서서 씩씩하게 고개를 숙였다. 강우는 삼촌이 우주의 따귀를 올려붙이지 않을까, 조마조마해 우주의 등장을 핑계할 사연을 상상하느라 머리가 다 어지러웠다.

강우의 애매한 수긍 덕분인지, 삼촌은 제법 홀가분한 눈빛으로 누그러졌다. 강우는 덜미를 잡혔다 놓여난 것처럼 온몸의 쥐가 풀리고 뼈가 헐렁해지는 기분이었다. 삼촌은 다시 냉장고를 열어 여러 페트병을 꺼내 설거지대에 꼴꼴 따르고는 둥그런 배를 발바닥으로 지그시 밟았다. 페트병은 건어물처럼 짜그라지면서 부지지, 여름이 갈라지는 소리를 냈다. ……푸른등대에서 삼촌의 역할은 여전히 남아 있었다.

*

삼촌은 덜컥, 돌아왔다. 강우와 우주는 푸른횟집 내실에 앉아 텔레비전을 보고 있었다. 유선이 끊겨, 희미한 공중파 방송이라도 보려면 채널을 옮길 때마다 안테나 자리에 꽂은 쇠젓가락을 달각거리고 텔레비전의 방향을 조금씩 틀어야 했다. 동물 탈을 쓴 네 명의 코미디언이 끝말잇기 놀이를 했다. 쿵쿵따, 쿵쿵따, 인절미, 쿵쿵따, 미아리, 쿵쿵따…… 랍바다, 쿵쿵따, 다시다, 쿵쿵따, 다시다, 쿵쿵따, 다시다, 쿵쿵따…… 두 발을 뻗고 두 팔을 지겟작대기처럼 버티고 앉은 강우와 우주도 작은북처럼 배를 내민 채 쿵쿵따, 웃었다. 강우는 웃으면서도 우주의 웃음을 견줬고, 둘 사이의 웃음의 균형이 너무 넘치거나 모자라지 않게 눈치를 봤다. 그런 계산 덕에 강우는 삼촌이 새시문을 열고 불쑥, 들어왔을 때 아주 깔끔하게 웃음을 관둘 수 있었다.

삼촌은 전혀 새삼스러울 것 없다는 담백한 표정으로 내실 문턱에 엉덩이를 걸터앉았다. 우주가 붉덩물에 젖은 집기들을 빈집 쓰레기 더미에 버려 푸른횟집은 강당처럼 썰렁했다. 삼촌은 기구의 이름을 묻듯 심드렁하게 우주의 이름을 물었고, 강우의 머리를 멈칫 쓰다듬고는 푸른등대로 올라갔다. 그게 재회의 전부였다. 우주는 조금 겁먹은 눈이었지만, 오랜 예감으로 연습된 단단한 긴장감 정도로 보였다. 우주는 되레 홀가분한 표정으로 텔레비전을 끄고, 삼촌이 들어왔던 문으로 걸어갔다.

"어디 가?"

우주는 되레 그렇게 묻는 강우를 멀뚱히 보고는 씩, 웃었다.

174

"수선화에."

강우는 무릎걸음으로 문턱까지 걸어가 슬리퍼를 꿰신었다.

강우가 오른발만 준비했을 뿐인데, 우주는 기다리지 않았다.

강우와 소년은 늘 함께 움직였다. 강우는 우주와 함께 푸른횟집을 청소했고, 닻섬 여기저기를 사냥꾼처럼 탐험했고, 끼니때가 되면 미라언니한테 가서 국수나 비빔밥을 얻어먹었다. 그럴 때, 강우는 기다리지 않았다. 기다리는 일은 깍짓손처럼 둘이서 하는 게 아니라 혼자 하는 거였다. (가끔 화장실 거울 앞에서 혼자가 됐을 때, 강우는 삼촌의 귀환을 초조하게 기다리기도 했다. 하지만 그것은 삼촌이 돌아오고 있는 과정이 아니라, 돌아오지 않는 까닭이었다. 격납고가 있는 산비탈이 허물어져 도로가 흙더미에 파묻혔을 거야. 삼촌과 흙은 케이캅의 수족이 되었을 거야. 그것은 제 속에 무언가 빠듯하게 채워 완성되는 것이 아니라, 비워냄으로써 마침표가 찍히는 것이었다.) 강우는 햇빛에 아부하듯 깨끗해졌고, 그릇처럼 딱딱하게 고인 시간도 어느 결에 유빙처럼 녹아 저만치 흘러갔다. 아빠백작도, 걸레도, 전염병도 푸른등대에서 사라졌다. 구름다리가 끊긴 닻섬랜드는 말 그대로 섬이 되었고, 굴뚝이 쓰러진 매립지는 개망초와 코스모스가 함께 자라 초원이 되었다. 포클레인이 격납고가 있는 산비탈에서 태풍에 허물어진 흙더미를 퍼올리다 숱한 동물의 뼈를 발견하고는, 소년들의 치열이 나쁜 입처럼 뼈가 뒤섞인 구덩이를 판판하게 다물려버렸다. 야트막한 민둥산에는 어느새 강아지풀, 환삼덩굴, 까마중, 가시박, 달개비 들이 뿌리를 내려 초록인 양 시치미를 뗐고, 하루 그늘이 이른 산자락에는 고들빼기, 구절초, 산국이 꽃을 피웠다. 여름과 가을이 소년과 소녀처럼 닻섬을 바라고 나란히 앉아 볕을 쬐고 있었다. 수분 한 점 없이 종잇장처럼 깔끔한 날들이었고, 강우는 잎과 꽃 들처럼 혼자가 아니었다.

그렇게 소년은 가고, 남자어른이 돌아왔다. 아니, 그가 왔고 소년은 갔다. 소년이 사라져도 강우는 여전히 혼자가 아니었다. 삼촌이 돌아온 자리도 계절이 흐르듯 자연스러웠다. 시간은 전혀 극적이지 않았고, 눈과 전염병과 태풍과 코스모스처럼 영원한 주인공은 하나도 없었다. 푸른등대로 돌아온 삼촌은 소년들의 소문과 달리 정육점골목을 수사자처럼 다시 점령했다. 에이즈라는 전염병에 닻섬 전체를 내줬던 소년들은 너도나도 삼촌의 손발을 물어뜯을 듯 그의 수족이 되지 못해 안달했고, 여자들은 조금씩 웃음과 술을 팔아 모은 돈을 수사자에게 당연한 듯 갖다 바쳤다. 삼촌은 다시 무기력한 몸짓으로 한껏 거들먹거리며 게을러졌다.

강우는 그런 삼촌이 가면처럼 낯설고 우스꽝스러웠다. 하지만 그런 조소 끝에 문득문득 소년이란 유행어의 출처가 케이캅이라는 사실을 알았을 때처럼, 저 혼자만 삼촌의 가면 너머 살갗이 없는 얼굴을 봐버린 것처럼 겁이 났다. 진실은 불편한 게 아니라 두려운 것이었다. 강우는 삼촌의 태풍 이전의 모습이 진짜일까, 그 이후가 진짜 모습일까 헷갈렸다. 소년들도 귀환의 민얼굴을 눈치챈 것처럼 더는 지난여름의 유행어들을 입에 담지 않았다. 어쩌면 소년들은 유행어를 부르는 순간, 사라진 걸레가, 전염병이, 에이즈가, 또 소년이 피리 소리를 들은 쥐처럼 되돌아올 거라는 걸 꿰뚫고 있었던 건지도 모른다. 닻섬의 주인공은 그걸로 충분했다.

강우는 가끔 정육점골목으로 갔다. 배가 고파 갈 때도 있고, 돈이 떨어져 갈 때도 있고, 심심할 때 그냥 어슬렁거리게도 되고, 똥이 (그래 소년들은 여전히 닻섬의 엄연한 배역으로 남아 있었다) 미라언니가 찾는다며 강우를 부르러 올 때도 있었다. 이유가 어떻건 개천다리 건너에는 한 소년이 살고 있었다.

　가끔 삼촌과 낯선 여자들과 함께 돌아온 흙과 맞닥뜨릴 때도 있었다. 둘이 마주 서면 옆에 있던 소년들은 금세 흩어지고, 전염병축제의 끄트머리처럼 둘만 남겨졌다. 둘은 결국 아무 말도 나누지 않았다. 흙의 모습은 거짓으로 여겨지지 않았지만, 깨진 유리 조각처럼 어떻게도 꿰맞출 수 없었다. 강우는 박살난 유리 조각에 벨까 봐 조심하듯 몸을 움츠렸다. 헤어질 때 흙이 손을 내밀면, 강우는 소년들을 다루듯 때릴까 봐 흠칫 진저리를 치고는 했다. 흙은 빈손으로 뒤통수를 쓸어내리며 정육점골목 사이로 개미처럼 옴지락거리는 소년들에게 고함을 질렀다. 강우는 담배를 피우고 눈살을 찌푸리는 낯선 여자들을 보면서 닻섬이 예전 어떤 풍경으로 복원되는 것 같아 슬며시 두려워졌다. 강우는 소년들에게 다시 직업이 생겼다는 걸 눈치챘다. 술에 취한 손님을 정육점골목으로 이끌고, 지갑을 훔치고……
하지만 닻섬의 손님은 가끔 놀이공원을 찾아온 가족이나 회를 먹으러 온 늙은 연인이 전부였다. 그들은 추레한 풍경에 실망해 용달차에서 파는 컵라면을 사 선착장에 쭈그려 앉아 깨작거렸다. 정육점골목은 쳐다보지도 않았다. 소년들의 주머니를 채우기에, 닻섬의 손님은 그걸로 한참이 모자랐다.

*

　"냉장고 청소 좀 해. 엉뚱한 데 돈 갉아먹지 말고, 미라한테 말해 제대로 된 음식 좀 채워놔. ……그러니까 몸이 그 모양이지."

강우는 움찔, 삼촌의 말에서 우주를 봤다.

맵싸하고 달착지근한 냄새. 강우는 입을 다물려다 옹색하게 대꾸했다.

"돈이 다 떨어졌어."

강우는 금세 제 대꾸를 후회했다.

삼촌은 뒷주머니에 불룩한 지갑을 꺼내 만 원짜리 다섯 장을 설거지대 위에 놓았다.

"아껴 써."

강우는 그 돈을 보자 아무 노동도 하지 않고 적선을 받은 것처럼 부끄러움과 화가 솟구쳤다.

삼촌은 나름 감정을 내색하지 않으려고, 얼굴을 숨기듯 밥솥 뚜껑을 가만히 닫았다. 그러고는 더 쏟아지려는 말을 참을세라, 그을음을 삼킨 것처럼 깊게 가래침을 돋았다. 삼촌은 버릇처럼 설거지대를 두 손으로 붙들고 수챗구멍을 쳐다보다 멈칫하고는 아예 화장실로 들어갔다. 목구멍에서 억지로 내는 끅끅 소리가 끝나고, 침을 뱉고, 수돗물 쏟아지는 소리가 멈췄는데도 삼촌은 바깥으로 나오지 않았다.

강우는 잠시 동안 삼촌이 수음하는 게 아닐까, 의심했다. 강우는 까치발로 화장실 문까지 다가갔다. 문 저쪽에서 사각사각 야릇한 마찰음이 들렸다. 강우는 어이없고 불안한 마음이 엎어져 둥근 문손잡이를 누군가의 손처럼 꾹 쥐었다 불쑥 밀어냈다. 삼촌은 하얀 거품이 괸 이에 칫솔을 붙이고 거울 속에서 강우를 멀뚱히 쳐다봤다.

"왜? ……하 말 이서?"

삼촌은 세면대에 치약 거품을 뱉고 매운 걸 삼켜 혀가 따가운 사람처럼 웅얼거렸다.

강우는 제 붉은 상상이 무안해 괜스레 아랫배를 틀어쥐는 시늉을
했다.

"배 아파서……"

"정 그러며 아래츠에 가드지."

강우는 정말 뒤가 마려운 강아지처럼 문을 닫고 현관 앞에 우두커니
섰다.

하얗게 빛이 바랜 하늘색 타일 위에 강우의 슬리퍼와 뒤축이 구겨
진 삼촌의 운동화가 나란히 놓여 있었다. 삼촌도 이제 뒷문으로 푸른
등대를 드나들었다. 푸른등대는 정말 나사처럼 구부러진 계단으로 오
르내리는 허공의 등대가 되어버린 것 같았다. 삼촌의 신코와 옆구리
에도 진흙이 엉겨 있었다. 물웅덩이에 빠졌나 보았다. 경중경중 솟구
치는 소년과 달리 중간에 빠져 씩, 웃음이 아니라 씨발, 욕을 내뱉고
눈살을 찌푸리는 얼굴.

강우는 신등이 젖고 바닥이 더러워진 삼촌의 운동화를 보자, 오래
전 남자어른이 벗어놓은 구두에 몰래 발을 집어넣고 고릿한 발 냄새
와 따뜻한 기운에 온몸이 곤두서던 감각을 고스란히 기억해냈다. 밤
을 헤매다 푸른등대로 돌아오면 아직 돌아가지 않은 손님들의 신발이
아무렇게나 흩어져 있었다. 강우는 바닥에 쪼그리고 앉아 어지러운
발걸음처럼 나뒹구는 신발을 하나하나 줄을 맞췄다. 강우는 신코가
안쪽을 봐야 하는지, 바깥을 향해야 하는지 고민하다 대개 뒤축이 구
겨진 구두의 큼지막한 신목을 오랫동안 들여다봤다. 야호, 메아리를
부르거나 절규하는 것처럼 벌린 구멍들을 보고 있으면 그 구두에 발
을 넣고 푸른등대를 벗어나 어디 먼 길로 나서야 할 것처럼 막막하게
다급해져 눈이 다 시었다.

강우는 모든 게 번거로워 어금니를 사리물고 뒤꼍으로 돌아가기 위해 등을 돌렸다. 하지만 자꾸 남자어른의 구두에 눈길이 가닿았다. 늘 물이 고여 잘박거리는 엄마기계의 신코가 막힌 슬리퍼와 아빠백작의 장화, 솔이 무뎌진 구둣솔과 딱딱하게 굳은 구두약, 광이 문드러지고 하얀 먼지 더께가 켜켜이 쌓인 아빠백작의 구두를 떠올리자, 강우는 초콜릿처럼 딱딱한 구두약을 혀로 핥아 누군가의 구두 뒤축을 세우고 얼굴이 비칠 만큼 광을 내주고 싶다고 생각하면서도, 그가 구두를 신기 전 발가락을 핥아줄 수도 있다고 생각하면서도…… 팩, 토라져 여러 켤레의 구두를 자근자근 밟아버렸다.

하지만 소년의 싸구려 슬리퍼와 짝을 이룬 운동화는 진흙이 묻었지만 먼 길을 떠나기에는 달리기의 기억이 전혀 없이 새뜻한 모조처럼 여겨졌다. 강우는 남자어른이 제 신발을 찾아 신은 모습을 보면, 그가 살면서 몇 발짝을 걸었는지 가늠할 수 있었다. 그들이 발 냄새와 모양을 감출수록 그들의 맨발을 확인한 것처럼, 그들의 계급이 정해졌다.

강우는 삼촌의 운동화에 맨발을 넣어보았다. 당연히 삼촌의 신발은 강우의 발보다 훨씬 깊고 넓었다. 이동한 발짝만큼 시간의 크기가 정해지는 게 아닐까. 강우는 문득 그런 생각을 했다. 소년들이 자라는 만큼 강우가 그대로인 건 소년들이 저만치 앞서가는 동안 강우는 푸른 등대에 웅크리고 있었기 때문은 아닐까. 강우는 이때까지 제가 걸어온 걸음을 헤아려봤다. 남자어른의 몸에 새겨진 발걸음에 비하면, 강우는 거의 갓난아이나 다름없었다. 강우는 삼촌의 신발이 덫인 양 황급히 발을 끄집어냈다.

제가 포기한 걸음들이 각질처럼 우수수 떨어졌다. 삼촌의 운동화에 집어넣은 발이 충충한 늪에 빠진 것보다 무거웠다. 강우는 늪에 우글 거리는 각다귀처럼 신발에 도사린 병균이 떠올라 발가락 새가 가려워 다섯 발가락을 옴쭉거렸다. 어른이 되면 모두 발에 병을 가지기라도 하는지 삼촌도 예외는 아니었다. 삼촌은 여름이 되면 신문지를 깔아 놓고 피가 날 때까지 발가락 새와 발바닥, 발뒤꿈치를 긁었다. 각질 이 거제수나무 수피(강우가 텔레비전 자연 다큐멘터리에서 본 것이다) 처럼 바닥에 떨어졌다. 삼촌은 종잇장을 찢듯 각질을 벗겨내고 발샅 과 발꿈치에 하얀 연고를 치덕치덕 발랐다. 삼촌은 발의 상처를 전혀 부끄러워하지 않았다. 강우도 삼촌의 상처 앞에서, 식은 잿더미에 앉 아 옹기 조각으로 종기를 긁는 욥처럼 심드렁한 표정을 지어냈다. 그 래놓고는 삼촌이 돌아가면, 강우는 그가 알뜰하게 짜 바르고 휴지통 에 버린 연고를 빼내 제 발에 몰래 바르고는 했다.

　강우는 소년들이 자라는 동안 자신이 하나도 자라지 않은 건, 살과 피로 가야 할 단백질이 각질(강우는 누군가의 얼굴을 떠올리며 수음을 자주 참았다)로 다 벗겨졌기 때문이 아닐까, 원망스러워졌다. 강우는 우주의 맨발을 떠올렸다. 하지만 몇 번이나 보았을 텐데도, 닻섬까지 헤엄쳐 갔을 때 보았던 허벅지 위까지밖에 떠오르지 않았다. 소년이 맨발이었는지, (강우는 우주가 건네준 소년의 신발을 영원히 되돌려주 지 않은 것만 같았다) 맨발이었다면, 아카시아 가시에 찔렸거나 사금 파리처럼 날카로운 따개비에 베어 피를 흘렸을지도 모르는데, 소년은 한 번도 피를 흘려본 적이 없는 것처럼, 어쩌면 몸속에 피가 흐르지 않는 구름처럼 깨끗했다. 삼촌은 반들거리는 발가락을 오므리고 절름 발이처럼 푸른등대를 오갔다. 강우는 발바닥에 감자 싹처럼 돋은 물 집을 보면서 어른의 예감을 보았다. 엄마기계도, 아빠백작도, 삼촌도

다 무좀을 앓았다. 강우도 무좀을 앓았다. 그것은 어른의 질병이 아니라, 과거의 뿌리였다. 강우는 시간을 뒷걸음칠수록 무좀을 앓는 발처럼 쪼글쪼글 늙어가고 있었다.

강우는 누군가의 신발을 빌려 신지 않고 맨발로, 소년이 왔던 시간으로, 아니 아무것도 몰랐던 어떤 시간으로 되돌아가고 싶었다. 아무도 자신을 알아보지 않는 시간으로. 그리하여 그 시간으로부터 최대한 늑장부리고 싶었다. 실수처럼 내리는 3월의 눈을 밟은 맨발이 곱아 더는 발걸음을 내딛지 못할 때까지. 삼촌과 단둘이 마주섰던 순간으로. 숫눈처럼 깨끗한 발을 가진 그 시간으로부터 강우는 혼자 천천히 걸어오고 싶었다. 강우는 거기서부터 다시 태어나고 싶었다. 그것은 하룻밤 내내 꿈으로만 잠을 채우듯, 물건이 아닌 기억으로라면 아주 간단한 일처럼 여겨졌다.

*

새벽부터 내린 눈이 오후까지 푸슬푸슬 내리다 긋기를 되풀이했다. 강우는 찬밥처럼 하얘진 닻섬을 내려다보면서 제법 착해져 있었다. 그래서 엄마기계가 나무 계단으로 올라와 어딜 좀 가자고, 했을 때 강우는 눈처럼 담백한 얼굴로 고개를 끄덕였다. 강우는 눈의 역광에 눈이 시린지 흐리멍덩한 눈으로 걸어가는 엄마기계에게 아무것도 묻지 않았다. (짐작을 삼켜버렸던 게 죄였을까.) 강우는 엄마기계가 골똘한 결심을 내려놓을세라 발소리도 조심했다. 하지만 닻섬의 풍경을 지워버린 눈은 지금부터 새로운 세상을 창조할 듯 강우의 발자국을 고스란히 기억했다. 강우는 제가 디딘 걸음이 화석처럼 남을까 봐 발목이 다 뻐근했다.

강우는 난간에 쌓인 눈을 주먹으로 쥐고 사박사박 베어 먹었다. 따뜻한 혀에 닿아 녹은 눈의 부피는 한 모금도 되지 않았다. 강우는 젖은 손을 오리털 파카에 문질렀다. 외투의 소매 주름은 까맣게 때가 탔고, 두툼한 위팔에 코를 묻고 큼큼거리자 폐유에 전 비린내가 배어 있었다. 봄이 와 겨우내 꿰입은 파카를 빨래하면, 산불이 잦아든 것처럼 재들이 우수수 떨어질 것 같았다.

엄마기계는 개천다리를 건너 정육점골목이 아니라 하구 수문 쪽으로 걸었다. 눈길의 끝은 바다가 우물처럼 검었고, 그 위에 닻섬이 떠 있었다. 센 머리카락을 빗듯 나뭇가지 새로 눈이 내려앉은 닻섬은 비루먹은 동물처럼 가만히 엎드려 있었다. 춥고 야위어 보였다. 엄마기계는 구름다리를 지나 선착장 어귀에서 솜사탕을 팔고 있는 노인 앞에 다다라서야 걸음을 멈췄다. 솜사탕 장수는 마지막 노점상이었다. 노인은 가을에는 석류와 무화과를 팔았고, 여름에는 콜라슬러시와 냉차를 팔았다. 나름 계절을 쫓는 철새처럼 바지런했지만 늘 이문이 남아 보이지 않는 매품들이었다.

엄마기계가 문득 적선처럼 주머니를 뒤지는 모습을 보고 강우는 차분한 목소리로 엄마기계를 만류했다. 진심이었다. 하지만 엄마기계는 발작하듯 벌컥 성을 내고, 천 원짜리 한 장을 솜사탕 장수에게 건넸다. 폐유처럼 검은 손과 추위에 파릇한 얼굴의 노인은 연신 엄마기계의 배를 힐끗거리며 누런 나무젓가락에 거미줄처럼 성기게 설탕을 자아 강우에게 내밀었다. 강우는 께름칙한 얼굴로 분홍색 솜사탕 한 움큼을 뜯어 혀로 핥았다. 혓바닥에 닿은 설탕 알갱이는 모래알처럼 까끌까끌했지만, 이내 죄처럼 지독히도 달게 녹아 사라졌다. 강우는 단침을 꿀꺽 삼켰다. 노인이 강우의 정수리를 쓰다듬으며 날씨와 근황을 넌지시 물었다. 엄마기계는 아무 대꾸도 않고 느닷없이 강우의 어깻죽지를 철썩 내리쳤다. 강우는 노인을 향해 마뜩찮게 고개를 숙였다. 안녕히 계세요, 어떤 인사말을 해야 할 것 같았지만, 강우는 내일도, 모레도, 어쩌면 영원토록 노인과 마주쳐야 할 것 같은 예감에 솜사탕을 한 움큼 더 뜯어 말과 함께 삼켰다.

강우는 화장실에 다녀오마는 엄마기계를 기다리지 않았다. 생니가 빠진 자리처럼 허전한 마음이 들었지만, 어쩐지 마음속에 휘몰아치는 축제를 들키고 싶지 않았다. 드디어…… 완성됐다. 하지만 엄마기계가 주차장에 섰던 바퀴에 쇠사슬을 감은 사륜구동 차에 올라탄 순간, 어쩐지 제 자리를 빼앗긴 것처럼 환호성이 삼켜지고 막막한 심정이 되었던 것도 사실이다. 강우는 엄마기계를 질투했다. 강우는 들고 있던 솜사탕을 눈 위에 집어던졌다. 엄마기계의 아랫배처럼 부풀었던 솜사탕은 어느새 까부라져 있었다. 하얀 눈 위에 떨어진 설탕 가루의 결들이 바늘처럼 따가웠다. 강우의 시선도 눈에 베인 것처럼 따끔따끔했다. 강우는 새삼 한기가 들고 오줌이 마려웠다.

강우는 선착장 골목 귀퉁이에 서서 오줌을 눴다. 등허리가 깎인 듯 서늘했다. 강우는 녹슨 철사로 장갑을 떠 낀 것처럼 곱은 손가락으로 고추를 꺼내 오줌을 쏟아냈다. 콧잔등으로 하얀 김이 펄펄 솟아올랐다. 목욕탕의 훈김을 쐰 것처럼, 잠시 따뜻했다. 하지만 강우는 아내 진저리를 치고 고추를 집어넣었다. 강우는 눈밭에 난 노란 오줌 웅덩이를 눈으로 덮었다. 강우는 푸른횟집으로 돌아가면서 눈이 떨어지는 소리가 누가 뒤를 밟는 것처럼 섬뜩해 자꾸만 뒤를 돌아봤다.

강우는 버드나무 둥치에다 신 바닥에 묻은 눈을 탁탁 털었다. 삼촌도 두 손을 주머니에 꽂고 개천다리 계단에 신 바닥의 눈을 털어내고 있었다. 강우는 남자어른에게 길이 막히자 갈피를 잡지 못했다. 강우가 눈길에 눈사람처럼 멈춰 서자, 삼촌이 강우를 힐끗 쳐다보며 오른손을 들고 알은체를 했다. 낮술을 마셨는지, 눈에 그을렸는지 삼촌의 얼굴은 나뭇가지에 남은 까치밥처럼 거무죽죽했다. 강우는 한순간 제가 그토록 바랐던 작별의 간단한 애도조차 잊어버리고, 마치 이 순간을 위해 먼 길을 돌아왔던 것처럼 다리가 후들거렸다. 아랫배가 사르르 당겼다. 그도 이 순간만을 기다리고 있는 것만 같았다. 실수처럼 세상이 하얘진 까닭도 이 재회를 축복하기 위해, 완전히 새로운 삶의 길을 내라는 계시로 여겨졌다. 강우는 세상이 자신을 중심으로 돌아가는 것만 같았다. 그동안의 고통은 (그래, 강우는 자신의 고통이 세상 어떤 이야기보다 특별했고, 슬펐다. 제가 장악할 수 있는 삶이 아니었기 때문에) 극적인 만남을 위한 딱 그만큼의 모험이었다. 엄마기계와 아빠백작은 그 고통의 신기루였다. 그들은 강우의 어떤 기억에서 한 역할을 하기 위해 존재할 따름이었다. 운명이 저 앞에서 서성이고 있었다.

강우는 아마도 잠시 두려웠을 것이다. 강우가 바라는 것은 미미 인형처럼 무언가를 훔쳐서 구입해야 하는 것이거나, 그쪽이 제게 다가오지 않으면 이뤄지지 않는 것이었다. 강우는 처음으로 주먹을 쥐고 제가 먼저 그쪽을 향해 발을 내밀었다. 남자어른은 그 자리에 가만히 서서 강우를 알은체하며 기다리고 있었다. 강우는 눈이 아니라, 민들레의 홀씨를 밟은 것처럼 온몸이 부풀었다. 한 걸음 한 걸음에 강우는 일 년, 네 계절을 통과한 것보다 훌쩍 자라버린 기분이었다.

*

  삼촌이 정육점골목에서 자신을 알아보기 전까지 강우는 소년들처럼 코흘리개에 지나지 않았다.

  강우는 아침마다 버스 정류장과 푸른등대 사이를 냄비 모양으로 이은 정육점골목을 지나 학교에 갔다. 강우는 그곳의 민얼굴을 제대로 본 적이 없었다. 아침 햇발이 유리 벽을 하얗게 달궈도, 커튼과 셔터 문은 우글쭈글한 주름살을 찌푸릴 뿐 그 안쪽은 실눈조차 뜨지 않았다. 그저 수선화, 장미, 고독…… 끄트머리에 충치처럼 박힌 담배가게 노인이 호스로 시멘트 바닥에 흩어진 담배꽁초와 명함, 휴지 조각을 하수구로 흘려보냈다. 정류장에는 책가방과 신발주머니를 든 조무래기들이 엄마 손을 붙잡고 칭얼대고 있었다. 강우는 몇 발짝 떨어져 놀이공원에서 큰 도시로 돌아가야 하는 손님처럼 버스 시간표의 숫자들을 빼고 보냈다. 꿈과 바다가 숨 쉬는 꿈동산에 입장료를 끊고 드나드는 사람처럼, 강우는 날마다 닻섬의 낯선 손님 시늉을 했다. 강우의 꿈이 뭔지 묻기만 하고 헐벗은 채 사라진 남자어른처럼. 강우는 비겁하게 사라진 남자어른이 떠오르자 쳇, 비웃음이 났다.

  "넌 커서 뭐가 되고 싶니?"

  남자어른은 강우의 볼을 꼬집으며 그렇게 물었다. 눈썹이 짙고 콧날이 오뚝한 남자어른은 눈빛이 흐리마리했다. 강우는 가면처럼 울상을 지어내고, 몸을 비틀었다. 아빠는 그의 시시한 희롱에 맞장구치지 않았다. 엄마는 부엌에 틀어박혀 등을 보인 채 애먼 행주질만 했다. 남자어른은 머쓱한지 소주를 홀짝 삼키고는 제 곁을 배슬배슬 맴도는 강우에게 "너만 한 땐 큰 꿈을 꿔야 해, 어떤 꿈을 꿔도 반드시 이룰 수 있어. 그러려면 뭣보다 공부를 열심히 해야 해"라고 빤한 훈계를 했다.

강우는 남자어른을 알고 있었다. 그는 가끔 혼자 소주를 마셨고, 엄마는 행주를 훔치듯 사내에게 안주를 넌지시 보태줬다. 그가 강우보다 조그만 아이 둘을 데리고 푸른횟집에 들른 적도 있었다. 그는 두 아이에게 고등어 가시를 발라 두세 숟갈에 한 번씩 얹어줬다. 밥을 떠먹는 속도가 똑같은 아이들은 조금 전에 고등어를 먹은 건 자기가 아니라며, 똑같이 생긴 아이의 숟가락을 숟가락으로 때렸다. 그는 고등어 살을 큼지막하게 잘라 반씩 나눠줬다. 두 아이는 씩, 윗니를 드러내며 숟가락을 물고 빨간 뺨을 사과처럼 부풀렸다. 그는 소주를 홀짝 들이켜고 파래무침 한 가닥을 깨작거렸다. 강우는 자신이 세번째 아이가 되어, 두 아이 사이에 앉아 그가 얹어주는 고등어를 삼키고 싶었다. 아니, 두 아이를 수조에 집어넣고 애초에 저 혼자인 양 시침을 떼고 그의 하나뿐인 아이가 되고 싶었다. 강우는 남자어른을 골리는 아이들(그것도 둘씩이나)이 영 못마땅했다. 아이들이란 게 어른을 방해하려고 태어난 것만 같았다. 그 복수로 어른은 결혼을 해 아이를 낳고, 아이를 끊임없이 훼방하는지도 몰랐다.

강우는 푸른횟집의 유일하게 낯선 손님이었던 남자어른이 꿈을 물어 오는 목소리가 보일 때마다, 뒤늦게 대거리를 하고 싶은 억울함에 돌멩이를 걷어찼다. 그가 아무 꿈도 없었던 강우에게 가리킨 꿈의 출발점은, 꿈과 바다가 숨 쉬기는커녕 동굴처럼 깜깜한 칠판을 쳐다보며 코흘리개 시늉이나 하면서 시간을 버려야 하는 곳이었다. 강우는 검은 벽에 뼈처럼 드러난 글자를 볼 때마다 꿈으로 가는 비밀 지도의 등고선이 아니라, 깜깜한 어둠 속에서 필라멘트처럼 빛나던 남자어른의 몸을 떠올렸다. 헐벗은 남자어른의 궁둥이 사이에 두 아이의 동그란 머리가 입속에 머금은 굴처럼 반들거렸다. 남자어른처럼 비겁해지지 않는 게 내 꿈이야. 강우는 뒤늦은 대답을 얼버무리고는 지레 겸연쩍어 푸르르 입바람을 떨고, 아무 가락을 붙여 내게 섬 같은 평화, 하고 지어낸 노래를 흥얼거렸다.

강우는 온종일 마지막 손님인 남자어른을 생각했다. 그가 다시 돌아올 것 같지는 않았다. 닻섬은 놀이공원이 폐쇄된 뒤 흘수선이 드러난 폐선처럼 앙상해졌다. 강우는 그가 돌아오지 않기를 바랐지만, 그의 얼굴을 영영 볼 수 없다는 사실이 두렵기도 했다. 어쩌면 꿈이라는 게 죄 두려움일지 몰랐다. 강우는 날마다 꿈과 꿈 사이(꿈과 바다가 숨 쉬는 꿈동산과 이제 갓 코밑이 거무스름하고 여드름이 돋아난 못생긴 사내아이들의 동굴)를 오갔지만, 두 개의 꿈은 맞선 자극처럼 강우를 서로에게 떠다밀었다. 강우는 꿈과 관련된 모든 얼굴이, 꿈을 교육하는 모든 목소리가 피로하고 의심스러웠다. 그건 다 제가 어리고, 엄마와 아빠가 자기를 수조에 든 물고기처럼 키우고 있기 때문이었다.

강우는 푸른횟집을 벗어나지 못하는 어린 하루하루가 지긋지긋했다. 사탕이 싫었고, 침이 싫었고, 이가 싫었다. 설탕이 싫었고, 학교가 싫었고, 창문이 싫었다. 의자가 싫었고, 책이 싫었고, 사각형이 싫었다. 고작 두 공간을 낚싯줄에 매달린 물고기처럼 오가는 멀쩡한 두 다리가 싫었다. 강우는 푸른횟집을 벗어나면 꿈과 꿈 사이에 엉킨 실타래를 풀듯 고개를 숙였다. 때로 먼 곳을 바라보지만 그 눈은 물고기처럼 흐리멍덩했다. 길을 잃어버린 게 아니라, 바다가 메말라 길에 버려진 것처럼. 강우는 시간을 앞질러가고 싶었다. 숨을 참고 수평선 끝까지 달려, 어딘가로 막막히 실종되거나, 늙고 지쳐 병에 걸리고 싶었다. 늙은…… 병신이 되고 싶었다. 강우는 꿈의 장소에서 슬그머니 빠져나와 산비탈에 숨어 온종일 두려움에 떨다 돌아오기도 했고, 꿈의 교실에 가도 온종일 책상에 엎드려 병을 시늉했다.

　강우는 학교에서 돌아가는 시간이 늦을 때는 아침과 달리 부두로 빙 둘러 푸른횟집으로 돌아갔다. 그날은 어떻게든 빨리 집으로 돌아가고 싶었다. 강우는 상처를 입었고, 책가방에는 제가 처음으로 자신에게 준 선물이 들어 있었다. 피를 흘리면서까지 지켜낸 선물이었다. 뚱보는 강우를 보지라고 불렀다. 뚱보는 입과 겨드랑이에서 싸늘하게 식은 튀김집 냄새를 풍겼다. 뚱보는 늘 강우를 쫓아다니며 귓바퀴를 핥듯 보지라고 속살거렸다. 화장실을, 강당 뒤꼍을, 석상 동물원을 졸졸 쫓아다니는 뚱보는 멀리서 보면 강우에게 애타게 구애하는 교미기의 짐승처럼 보였다. 뚱보는 유난히 불룩한 강우의 책가방을 보고는, 뒤에 서서 까맣게 빛바랜 니켈 단추를 끌렀다. 뚱보가 혀처럼 뒤집힌 책가방 덮개를 끌어당기는 바람에 강우는 그만 골마루에 무릎을 찧고 말았다. 뒷덜미에서 아이들의 웃음소리가 오줌처럼 쏟아졌다. 뚱보는 미미의 긴 머리카락을 잡초처럼 그러쥐고 아이들을 향해 흔들었다. 강우가 벼르고 벼르다 엄마 지갑에서 만 원짜리 한 장을 훔쳐 산 고무수지 인형이었다. 내 동생에게 선물할 거야. 강우는 골마루에 흩어진 연필과 지우개, 컴퍼스를 필통에 집어넣으며 말했다. 그렇게 발음하자 강우에겐 자기와 똑같이 생긴 계집아이가 푸른횟집 수조에 금붕어처럼 갇혀 있는 것만 같았다. 순간 아이들의 눈빛이 얼떨떨해졌다. 강우는 뚱보의 오른손에 대롱거리는 미미의 늘씬한 다리를 잡아챈 뒤 컴퍼스로 미미의 두 눈을 찔렀다. 물렁한 눈과 뒤통수를 통과한 컴퍼스 다리의 바늘이 강우의 손바닥을 찔렀다. 미미의 노란 머리카락에 핏물이 뱄다. 강우는 미미의 머리카락으로 손바닥을 닦고는 인공호흡을 하듯 쪽쪽 빨았다. 뚱보는 강우에게 덤벼들듯 하다가 침을 뱉었다. 강우는 몇몇 어른을 이길 수 있는 자신이 왜 또래를 이길 수 없는지 이해할 수 없었다.

강우는 정육점골목을 지나면서 푸른횟집이 텅텅 비어 있기를 바랐다. 강우는 미미를 깨끗이 씻기고, 눈의 상처를 어루만져주고 싶었다. 모기 같고 돌멩이 같은, 각다귀 같고 라디오 같은 부모라는 것들이 있어도 상관없었다. 강우는 늘 비어 있던 2층이 떠올랐다. 강우는 오랜만에 자신만의 성을 차지하기 위해 싸움을 벌여야 한다고, 바로 오늘이 그 운명의 날이라고 다짐했다. 강우는 전의를 잃지 않기 위해, 제가 알고 있는 모든 욕을 외며, 불행을 되새기며, 허무맹랑한 꿈이 아니라 자신만의 꿈을 인형처럼 가슴에 품었다. 그리고 미미의 머리칼처럼 노랗게 반짝이는 정육점골목을 향해 걸음을 서둘렀다.

*

강우가 서둘러 불을 켠 쇼윈도를 힐끗거렸을 때, 강아지 한 마리가 바짓가랑이를 물고 늘어졌다. 주전자만 한 코커스패니얼은 한눈에 봐도 버려지고 더러워 보였다. 학교를 다니지 않고 닻섬 주위를 어슬렁거리는 아이들과 빼닮아 보였다. 강우는 코흘리개의 주머니를 뒤지는 아이들의 덫에 걸린 것처럼 어쩔 줄 몰라 제자리를 맴돌았다. 어디선가 깔깔거리는 소리가 들렸다. 강우는 오른발을 힘차게 떨어내며 그쪽을 쳐다봤다. 낯빛이 흐린 여자가 붉은 플라스틱 스툴에 가랑이를 벌리고 앉아 있었고, 사내아이 하나가 쇼윈도 기둥에 등허리를 대고 짝다리를 짚고 빗더서 있었다. 때마침 계단에 쪼그려 앉은 남자가 담뱃재를 튕기며…… 혀를 굴러 강아지를 불렀다.

"걸레 년들이 밥 챙겨주니까, 고추에 털도 안 난 꼬맹이한테까지 꼬리를 친다니까. 어이, 걸레, 오요요."

강우는 얼굴을 숙이고 짐짓 그늘처럼 세 사람을 지나가려고 했다.

"너 강우지?"

강우는 제 귓불을 꺼당기듯 묻는 여자 목소리에 깜짝 놀랐다.

강우가 여자를 힐끗 쳐다보자 남자는 누구, 하는 눈빛으로 이마에 얇은 주름을 새겼다.

"푸른횟집 아들."

강우는 여자의 설명을 듣는 순간 화가 치밀었다. 더욱이 오늘 같은 날, 이름도 모르는 사람이 제가 누구의 아이라는 사실을 알고 있다는 게 침을 뱉은 것보다 더 짜증나고 부끄러웠다. 강우는 당장 고아가 되고 싶었다. 강우의 속마음은 안중에도 없는 듯, 남자는 입가에 파랑 물감이 묻은 듯 혀로 아래윗니를 훑고는 야릇한 웃음을 머금었다.

"어이, 너 일루 와봐."

남자는 걸레라는 이름의 강아지를 어르듯 집게손가락을 까닥였다.

강우가 우물쭈물하자 여자가 허벅지를 털며 일어나 남자의 위팔을 가볍게 때렸다.

강우는 가벼운 실랑이를 하고 있는 둘이 누구인지 알고 있었다. 비가 오는 한낮이나, 늦고 고요한 밤에 술을 마시러 오는 사람들이었다. 여자는 늘 쉽게 취했다. 여자가 구부러진 숟가락처럼 발음이 흐리마리해질 때에서야 남자가 도착했다. 남자도 금세 취했다. 남자는 시들어 점박이가 생긴 사과 빛 얼굴에 게게 풀린 눈으로 강우를 불러 만 원짜리 한 장을 쥐어줬다. "어이, 꼬매이, 노래 일발 자앙전." 엄마가 강우의 등허리를 때리며 방으로 쫓아내지 않았다면, 강우는 두 손을 맞잡고 유행가를 불렀을지 모른다. "그러믄 어언니가 대신 불러 보드가." 남자가 혀에 물고기를 얹은 것처럼 말했다. 강우는 아빠가 팩 토라지길 기대했지만, 그는 상 모서리를 손끝으로 까닥거리며 노래를 불렀다. "큐피드 화살이 가슴을 뚫고……"[3] 강우는 아빠의 혀를 잘라버리고 싶었다. 정육점 여자들은 아빠를 언니라고 불렀다. 술 취한 남자들이 엄마를 이모, 하고 부르며 소주를 시키는 것과 다름없는 호칭이었을 테지만, 강우는 그 소리를 들을 때마다 아빠가 사내답게 화를 내기를 기대했다. 하지만 아빠는 전혀 개의치 않고 되레 회 접시를 들고 가 여자들 옆에 한쪽 무릎을 세우고 앉아 맥주잔에 소주를 받아 홀짝 들이켰다. 그러고는 부엌을 향해 서비스를 내오라며 재촉하다 "무슨 고기 잡으러 태평양을 갔나" 설레발을 하며 주방으로 들어가 엄마에게 한참 타박을 했다. 아빠는 매운탕 그릇을 내오면서도 "맛있어, 맛있어, 어쩜 이렇게 맛있니" 호들갑을 떨었다. 사실 아빠의 손맛은 어느 순간부터 시들해졌다. 손님이 뜸해진 게 먼저였는지, 아빠의 솜씨가 나빠진 게 먼저였는지 모르지만, 엄마는 취한 아빠 대신 칼을 잡고 회를 뜨곤 했다. 하얀 생선살에는 군데군데 피가 묻어 있었다. 회는 날렵하지 않고, 시궁쥐가 쥐어뜯은 것처럼 볼품이 없었다. 엄마는 손님이 반 넘게 남긴 회와 시든 상추, 초고추장을 비

---

3) 심수봉이 작사, 작곡하고 부른 「비나리」의 첫 소절.

벼 저녁을 차렸다. 강우는 회를 껌처럼 질겅질겅 씹다 화장실에 뱉어버렸다. 손님들이 뜸해지면서 주인들의 눈빛처럼 시들어버린 파와 무, 생선 들은 늘 취해 맛을 제대로 가늠할 수 없는 정육점골목 손님들이 아니었다면, 한여름의 굴처럼 문드러져버렸을 것이다.

"너 참 예쁘게 생겼다. 너 계집애니, 머슴애니?"

여자가 몇 발짝 다가와 강우의 정수리를 쓰다듬었다. 여자의 두 눈은 강우가 미미 인형을 쓰다듬을 때처럼 다정하고 섬세했다. 남자는 여자 말에 새삼스레 강우의 얼굴을 한참 응시했다.

"그러네, 진짜 예쁘게 생겼네. 야, 꼬마야. 네 엄마보고 탤런트 시켜달라고 해."

남자는 군침을 호로록 삼킨 뒤, 허벅다리를 긁었다.

"진짜, 그 광고 나오는 애보다 예쁘다 너. 예쁜 옷 입고 머릴 좀 다듬음 나보다 훨씬 예쁘겠다, 애."

강우는 그 말이 낯설었다. 강우는 귀엽다, 잘생겼다, 곱게 생겼다, 그런 소릴 많이 듣기는 했다. 하지만 그 말은 대개 강우가 엄마를 닮았다는 인사 뒤의 군더더기였지, 강우만 외따로 예쁘다고 감탄하는 게 아니었다. 강우가 러닝셔츠를 입고 있으면 활처럼 툭 불거진 빗장뼈를 손가락으로 간질이며 "남자애가 새가슴인가 보네. 어쩜 엄마하고 쇄골까지 똑 닮았어"라고 얘기했고, 강우가 텔레비전을 보며 깔깔거리면 웃는 모습도 똑같다고 했다. 강우는 아빠를 닮았다는 소리보다는 기분이 나쁘지 않았지만, 어쩐지 엄마가 벗어놓은 옷을 걸친 것처럼 그 칭찬이 썩 달갑지만은 않았다.

남자가 어정어정 오리걸음으로 강우에게 다가왔다. 남자는 강우의 손목을 거머쥐고 아랫도리를 간질였다. 강우는 몸을 바르작댔지만 어쩐지 남자에게 침을 뱉거나 귓불을 물어뜯고 싶지 않았다. 외려 자꾸 비어나는 웃음을 겨우 삼키면서, 울음을 참는 얼굴을 시늉하며 고개를 숙였다. 사내는 희롱을 멈추고 강우의 볼을 꼬집었다. 아아. 강우는 저도 모르게 신음을 내질렀다. 주먹을 너무 꾹 쥔 바람에 네 손가락이 장심을 눌러 까맣게 잊었던 상처가 불에 덴 듯 쓰라렸다. 여자는 토끼 눈을 하고 강우의 손바닥을 열어봤다. 여자는 강우의 장심에 말라붙은 피딱지를 보고는 사내아이를 향해 소독약을 챙겨오라고 쉿 소리를 냈다. 강우는 제 손에 머큐로크롬을 바르고 밴드를 붙이는 다정한 여자를 보면서, 엄마가 제 상처를 먼저 발견한다면 전쟁을 일으키지 않겠다고, 더는 괴롭히지 않겠다고, 이제 그만 용서하겠다고 다짐했다. 완전히 고아가 되는 것보다는, 아름다운 주인공에겐 식모 하나쯤 거느리는 있는 장면이 훨씬 그럴듯하니까.

강우는 그들과 헤어진 뒤, 자꾸 뒤를 돌아보고 싶은 마음을 참느라 주먹을 쥐었다. 옹이처럼 박힌 상처의 두께가 뿌듯했다. 강우는 정말 등 뒤에 조명과 카메라가 돌고 있을지도 모른다는 착각에 일부러 딱딱한 얼굴을 하고, 무대에 오르는 배우처럼 걸음과 숨소리까지 의식해나갔다. 강우는 다시 어두울수록 더 밝아지는 정육점골목으로 돌아가고 싶었고, 그들에게 더 많은 칭찬과 감탄을 받고 싶었다. 강우의 눈앞에 남자와 여자 사이에 책갈피처럼 끼어 그들과 동등하게 깔깔거리는, 이마까지 앞머리가 덥수룩한 한 사내아이의 모습이 겹쳤다. 강우는 그 아이의 얼굴에 제 얼굴을 콜라주처럼 붙였다 뗐다 하며, 어느 날보다 느린 걸음으로 개천다리를 건넜다.

누가 나를 발견했다. ……누가 나를 예쁘다고 했다. ……누가 나를 알
아보았다. ……나는 아무것도 아니지 않다. ……나는 예쁘다. ……나를
만지고 싶어 한다. 강우는 2층 화장실에 들어가 여자와 남자의 말을
비추듯, 새삼스레 거울에 비친 제 얼굴을 꼼꼼히 들여다봤다. 남자와
여자가 자신을 발견한 듯 놀란 눈빛을 지어내며, 귓불과 입술과 배꼽
근처를 조심스레 쓰다듬었다. 제 몸이, 기계에서 처음 분리되었던 배
꼽이 뜨거워지고 딱딱해지는 경험은 처음이 아니었다. 꿈을 묻고, 꿈
을 가르쳐줬던 사내가 칠판처럼 깜깜한 어둠 속으로 백묵이 지워지듯
사라졌을 때 강우는 처음 그것을 느꼈다. 처음에는 그것이 기쁨이라
고 생각하지 않았다. 강우는 화가 났고, 온몸에 곤두선 화가 그렇게
꽉 쥔 주먹처럼, 제 몸의 한가운데에서 곤두선 것이라고 생각했다.
하지만 꿈을 물었던 남자어른과 닮은 잘생긴 남자는 꿈을 가르쳐주었
고, 어쩌면 그것이 기쁨일지도 모른다는 생각이 들었다. 강우는 제게
꿈을 묻던 남자어른의 얼굴을 기억하려 했지만, 그 남자의 헐벗은 몸
위에 제 꿈을 가르쳐준 사내의 얼굴이 대입됐다. 가랑이를 벌린 여자
의 빗장뼈 위에 엄마의 얼굴이 달렸고, 그녀는 개처럼 엉금엉금 기어
사내의 사타구니를 파고들었다. 사내는 여자의 옆구리를 걷어차고,
강우를 오요요, 부른다. 사내는 강우의 볼을 꼬집고 입을 맞추듯 콧
잔등을 들이댄다.

너는 커서 뭐가 되고 싶으냐?

저는 탤런트가 될 거예요. 사람들이 언니와 엄마보다 더 예쁘다고 감탄했어요. 침을 질질 흘렸어요.

강우는 자기를 거들떠보지 않았던 숱한 심드렁한 눈빛들이 억울했고, 짜증났다. 침묵 속에서 자신의 확신을 의심해야 했던, 포개진 시간들이 억울했다. 강우는 자신을 가린 모든 관계와 틀을 벗어던지고, 완전히 새롭게 자신이 선택하고 만들어내고 싶었다. 강우는 삶을 알 것 같았고, 조바심이 났고, 자신을 눈 가리고 있는 수조 속의 물고기처럼 말갛게 포기하고 있는 자신의 벽들에 안도했고, 견딜 수 없어졌다. 다만 수조를 자신의 뜻대로 채우고 싶었다. 물고기처럼 발가벗고 즐거워지고 싶었다.

강우의 알따란 팔다리와 희멀건 살갗에 천천히 피가 돌았다. 강우는 마치 다시 태어나는 것처럼 온몸이 떨렸다. 남자와 여자가 한꺼번에 제 속으로 들어온 것처럼 몸이 부풀고…… 늘 물방울처럼 땅을 향해 수줍게 고개를 숙인 성기가 제 얼굴을 향해 저절로 딱딱해지는 걸 느꼈다. 딱 한 번, 강우는 그것이 어떤 현상인지 눈치챈 적 있었다. 강우는 사내가 껍질을 도로 입고 사라지는 순간, 성났던 그것이 저절로 잦아들은 적이 있었다. 강우는 그때 가슴을 쥐어뜯고 울부짖었다. 어떤 말도 발음이 되어 나오지 않았다. 눈물을 지어냈지만, 어떤 눈물도 나오지 않았다.

강우는 이번에는 자꾸 제 얼굴을 향해 말을 거는 그것을 모른 체하지 않았다. 뜨거운 그것을 만지는 순간 온몸에 피가 돌았다. 화장실의 남자를 가리키는 이목구비도, 손가락 발가락도, 젖꼭지도, 성기도

196

생략된 부조처럼 그저 희멀건 살덩이가…… 눈이 뜨이고 귀가 열리고 살이 부풀었다. 강우는 아주 섬세한 부분까지 스스로에게 도취했지만, 그것을 질서정연하게 나열할 줄 몰랐다. 하지만 이제 그것들의 뼈가 보였다. 강우의 몸 한가운데 이빨처럼 가지런한 뼈가 자란 것 같았다.

강우는 자연스레 제 몸속에서 **기쁨을 발명해낼 수 있는 방법**을 터득했다. 처음에는 걸레를 입에 문 것처럼 더럽고 두려운 막막함에, 기쁨을 발명할 수 있다는 사실이 덜컥 겁이 났다. 하지만 제 몸의 변화를 처음 목격한 그 순간, 강우는 다시는 그 시간 저쪽으로 되돌아갈 수 없다는 사실을 직감했다. 어느 순간 시계를 볼 줄 알게 되거나, 글자를 읽을 수 있게 된 것처럼. 돈에 새겨진 동그라미의 개수와 그 크기를 이해하듯. 그리고 강우는 왜 제 몸에 **아홉 개의 문**이 열려 있는지 어렴풋하게나마 깨달았다. 그것은 늘 그랬듯 아무도 가르쳐주지 않은 사실이었다. 강우는 혼자 그것을 알아냈다, **발명했다**. 강우는 삶을 알은체하고 싶어 안달이 났다. 어른들은 그게 무슨 대단한 비밀인 양, 고작 그것을 들킬까 봐 전전긍긍했다. 강우는 보란 듯 하염없이 기쁨을 발명하고 싶었고, 기쁨을 쏟아낸 뒤에 한꺼번에 몰려오는 두려움과 부끄러움이…… 그 여러 가지의 감정에 중독되고 말았다.

*

"거기 있니?"

엄마가 저녁을 먹으라며 화장실 문을 조심스레 노크했다.

하필,이었을까. 늘 같은 시간 이뤄지는 저녁. 어쩌면 강우는 늘 되풀이되는 그것이, 그 질서가 특별하지 않아 화가 난 건지도 몰랐다. 강우의 삶은 이제 아주 특별해졌다.

저녁은 라면이었다. 엄마는 2층까지 상을 들고 올라와 있었다. 아빠가 술에 취해 잠이 든 모양이었다. 엄마는 라면 세 개를 삶았다. 손이 큰 엄마는 라면을 먹는데도 커다란 중발에 총각무를 한가득 담았고, 손님이 남긴 고등과 해삼, 멍게, 개불, 메추리알이 담긴 접시를 만찬인 양 늘어놓았다. 강우는 허기지고 시든 밥상이 마음에 들지 않았다. 주린 개의 털처럼 뒤얽힌 라면 가닥은 하얀 꺼풀처럼 뻣뻣했고, 물기가 마른 바다 생물에서는 고린 비린내가 풍겼다. 강우는 구역질이 치밀었다. 강우는 아빠처럼 팩 토라져 숟가락을 집어던졌다.

"나는 꼬들꼬들한 면이 좋단 말이야. 몇 번을 말해야 돼. 불어터진 라면은 싫어."

엄마는 심드렁한 눈으로 강우를 보고는 라면을 호르르 삼키고, 고등 끝을 쪽쪽 빨았다. 메추리알 껍질을 벗겨 오물거리고, 흐물흐물한 멍게와 해삼을 김치에 감아 씹었다. 강우에게 다시 숟가락을 건네지 않았다. 강우는 엄마의 눈앞에 손바닥을 펼쳐 보이고 싶은 충동을 겨우 눌렀다. 엄마는 원칙에 충실한 로봇처럼 손을 놀리고, 씹고, 삼켰다. 모기처럼 가느다랗고 집요한 아빠가 아무리 귀찮게 굴어도 심드렁하게 그 동작만 반복할 것 같았다. 강우는 약발이 다한 건전지처럼 머릿속이 차가워졌다. 눈앞에 로봇과 흡혈귀가 사랑을 나누는 모습이 떠올랐다. 피가 흐르지 않는 기계와 노동을 하지 않아 소주처럼 투명해진 드라큘라 백작. 로봇을 부려먹는 송곳니처럼 짧고 가느다란 성기.

로봇은 성실하게 식사를 시늉하고 있었지만 입속에 머금은 라면을 고스란히 토해놓는 듯, 냄비에 든 라면은 양이 점점 많아졌다. 냄비는 장다리처럼 기다란 촌충을 앓는 거대한 항문 같았다. 강우는 통통 분 라면을 쳐다보면서 또다시 기쁨을 발명하고 싶었지만, 행복을 쏟아낸 뒤의 두려움과 부끄러움이 한꺼번에 몰려왔다. 강우는 한꺼번에 여러 감정이 존재할 수 있다는 사실을 깨달았다. (어쩌면 삶은 어떤 것이 진짜인지 3차원에서 동시에 다가오는 여러 감정을 헤쳐 나가는 모험일지도 모른다는 생각이 들었다.) 체념과 다짐, 두려움과 설렘, 기쁨과 절망…… 강우는 한꺼번에 두 가지 감정이 존재할 수 있음을, 제 속에는 **아홉 개의 구멍**보다 더한 감정들이 핏속을 떠돌아다닌다는 사실을 깨달았다. 강우는 그것이 어른의 감정이라는 걸 또렷이 깨달았다. 굴을 밝히는 기계와 흡혈귀에게 목덜미를 내맡긴 로봇. 강우는 그렇게 복잡해진 제 속내가 자못 감당할 수 없을 만큼 흡족했다. 강우는 안 그래도 꽃은 짧은데 지난밤 비로 성긴 꽃나무를 흔들어 나머지 꽃을 떨어내듯, 제 몸속의 기쁨을 재촉하고 싶어 안달이 났다.

"그렇게 살고 싶어?"

엄마기계(강우는 눈앞에 있는 엄마가 가짜라고 생각했다)는 처음으로 고개를 들어 강우의 눈을 쳐다봤다.

반짝 벼려졌던 눈은 이내 스르르 체념했고 나직한 한숨을 내쉬었다. 강우는 말을 삼킨 엄마기계의 복종이 지긋지긋했다.

"부끄럽지도 않아? 만날 개처럼 두들겨 맞고. 지긋지긋하지도 않아. 왜 참고만 있어. 난 도무지 이해할 수 없어."

"그만 먹을 거야?"

엄마기계는 녹음된 작별 인사처럼 그렇게 읊조리고는 무릎을 짚고 천천히 일어났다.

엄마기계는 상을 내버려둔 채 계단 쪽으로 걸어가다 말고, 강우를 돌아봤다.

"혹시 지갑에서 돈 가져갔니?"

강우의 삶이 뒤바뀐 클라이맥스에서 엄마기계는 고작 만 원짜리 한 장을 추적하고 있었다.

"그게 어떤 돈인 줄 아니?"

강우는 쇼윈도에 고깃덩어리처럼 내걸린 걸레처럼 가방에 든 미미를 끄집어내 엄마기계 눈앞에 벌거벗은 가랑이를 벌려 보이며 이죽거리고 싶었다. 걸레 년들처럼 가랑이 벌리고 번 돈이야? 강우는 미미기계의 가랑이에 컴퍼스로 구멍을 뚫어 밥상 위에 시든 개불을 꽂아 엄마기계에게 옛다, 던져주고 그게 고작 만 원짜리의 정체라고 가르쳐주고 싶었다.

"왜? 그 인간이 준 돈이야?"

강우는 제가 알고 있는 진실에서 가장 먼 먼 짐작을 불쑥 뇌까렸다.

"넌 어쩜 네 아빠하고 그렇게 똑같니?"

엄마기계가 강우의 뺨을 후려쳤다. 엄마기계는 마치 자신이 아빠백작한테 따귀를 맞은 것처럼 손바닥을 감싸 쥐고 놀란 얼굴을 했다. 강우는…… 손바닥과 뺨 사이에서 환호성이 들렸다. 엄마기계는 거짓 앞에서 처음으로 떳떳했고, 강우는 거짓을 확인했다는 사실에 안도했다. 하지만 긴장의 끈을 놓쳐서는 안 됐다. 내가 닮은 건 모기보다 못한 아빠……백작이 아니라 엄마……기계 당신이야. 난 엄마기계를 닮지 않을 거야. 강우는 연극의 결말이 얼마 남지 않았다는 조바심에 심장이 발길질을 쳤다. 조연의 역할은 사라져도, 주인공은 무대가 깜깜해질 때까지 홀로 남아 슬픔을, 비극을 시늉해야 했다. 강우는 극적인 몸짓이 버겁기도 했지만, 때로 거짓과 허구가 병든 진실을 일어서게 하는 마약이라는 사실을 알고 있었다. 강우는 엄마기계에게 던진 거짓된 고백이, 제가 숨긴 꿈의 진실에 가장 먼저 가까워질 수 있다는 사실을 직감했다. 강우는 거짓을 궁리할수록 점점 떳떳해지고, 가벼워졌다.

"너 때문이야. 너만 아니었다면."

엄마기계는 강우 눈을 차마 마주보지 못하고 목소리를 떨었다.

강우는 왜 모든 사과는 변명인 건지, 그 빤한 수작이 우스꽝스러웠다. 그래도 엄마기계가 바닥에 주저앉아 얼굴을 감싸고 엉엉, 울음을 시늉하지 않은 건 고마웠다. 강우는 제 마음의 환호성을 들킬까 봐 팩, 고함을 질렀다.

"제발 날 핑계대지 마. 난 차라리 혼자인 게 나아. 고아가 되는 게 나아. 나 혼자서 얼마든지 살 수 있어."

고작 겁먹고 비겁한 주제에. 그렇게 살고 싶어? 당신들은 내 걸림돌이야. 고작 꼬마인 나도 못 이기는 주제에. 강우는 엄마기계와 아빠백작의 자리를 제게 물려준다면 훨씬 근사하게 푸른등대를 돌볼 수 있을 것 같았다. 그들을 깡그리 버리는 건 조금 미안하니까, 그래, 어미와 아비가 인간을 시늉하다 실패한 기계와 백작처럼 병신이 된다면 강우는 완전한 비극의 주인공이 될 수 있을 것만 같았다. 강우는 그렇게 발음하면서도, 제 슬픔이 너무 맑아 슬며시 눈치가 보였다. 강우는 엄마기계의 담담한 슬픔이 부럽기도 했다. 흉터처럼 누구나 알아볼 수 있는 비극을 가지지 않았다는 사실이 조금 억울해졌다. **차라리 절름발이였다면, 차라리 개였다면.** 강우는 제 고통을 쇼윈도처럼 떳떳하게 전시하고 싶었다. 피처럼 아름다운 눈물을 흘리고, 피로 보답받고 싶었다. 하지만 제 슬픔은 느닷없고…… 평범했다, 너무 못생겼다. 내 슬픔은 왜 이토록 평범한 것일까. 강우는 모든 걸 박살내고 다시 슬픔을 시작하고 싶었다. 제가 슬픔을 선택하고, 주인공을 둘러싼 역할을 제 눈에 보이는 얼굴에게 맡기고 싶었다.

*

강우는 엄마기계가 돌아간 뒤 시든 밥상에 남은 음식을 아귀아귀 먹었다. 그리고 세 번 기쁨을 발명했다. 그리고 그때마다 차가운 물로 몸을 바득바득 씻었다. 강우는 배꼽의 때까지 벗겨냈다. 배꼽은 열번째의 구멍처럼 보였지만, 그 얕은 구멍을 엄지와 검지로 벌려 보면 조글조글한 빗금의 바닥이 막힌 그릇이었다. 자궁에서 떨어져 나와 그 인연을 틀어막은 뒤, 이 몸은 당신이 참견할 수 없는, 오직 나만이 내 삶을 담을 수 있는 그릇이라는 흔적.

강우는 허탈해진 기분으로 다시 오랫동안 거울을 들여다봤다. 그곳에는 피가 돈 얼굴이 아니라 누군가의 껍질을 뒤집어쓴 익숙한 엄마의 얼굴이 들어 있었다. 처음 기쁨을 발명했을 때처럼 귀는 초록이고, 눈은 노랑이며, 피는 꽃이 되지 않았다. 기쁨은 기쁨이었고, 털은 털이었다. 왜 그 얼굴을 닮은 거지. 왜 그 목소리와 비슷하고, 좋아하는 반찬이 같고, 그리고 똑같은 취급을 당해야 하는지 모르겠어. 나는 아무것도 필요하지 않아. 나는 짐승처럼 새끼를 낳지 않을 거야. 강우는 다시는 기쁨을 발명하지 않겠다고 다짐했다. 다시는 따뜻해지고 싶지 않았다. 따뜻해지면 게을러진다. 게을러지면 무뎌지고, 내 것을 빼앗긴다.

강우는 아빠백작처럼 유리 벽을 주먹으로 깨뜨리고 싶었다, 마저 멀쩡한 손에 꽃잎 같은 상처를 달고 싶었다. 강우는 더 이상 어린아이가 아니었다. 자신은 진정한 어른이 되었다고 다짐했다. 성장은 완결됐다. 장미는 갓 피어난 장미 모양으로 자라고, 손가락만한 뱀도 뱀이기는 마찬가지이다. 어른이라는 시간은 그저 완결된 제 모습을 시늉하며 그저 키가 뼘은 자라고, 이빨이 상하고, 혀가 더러워지며 피부가 가칠해질 뿐이었다. 거울에 발을 집어넣을 것처럼 가까이 거울을 보고 있으면 거울 속에 갇힌 제 모습이 비대해지고, 거울은 좁디좁았다. 강우가 거울만으로 비추기에 제 속에 쟁인 세상은 너무 넓고 우월했다. 강우는 비로소 다시 태어날 수 있었다.

*

강우는 설거지대로 걸어갔다. 강우는 깨끗함에 주눅 잡히지 않고 수도꼭지를 틀어 바가지 손에 물을 받아 입을 축였다. 입속에 머금은 물은 신발처럼 낡은 마음까지 부시지 못했다. 강우는 반짝반짝 윤이 나는 스테인리스 테두리를 손가락으로 그었다. 강우는 뽀득뽀득 소리가 나는 손가락을 입에 넣고 혀 밑과 잇몸, 이빨을 문댔다. 강우는 남자어른의 방문을 염두에 두지 않고, 씻지 않은 몸을 후회했다. 어차피 상관없었다. 삼촌은 점점 강우를 만지지 않았다. 어쩌다 옷을 벗고 사랑을 나눌 때도 강우를 벗겨놓고 엉덩이를 한참 동안 쳐다보기만 했다. 손가락으로 항문을 찔러보거나, 코를 들이밀고 한참 동안 큼큼거리기만 할 뿐 예전처럼 제 성기를 엉덩이 속에 집어넣지 않는다. 강우가 저도 모르게 엉덩이를 꿈틀거리면 삼촌은 강우의 엉덩이를 찰싹 때리고 강우 옆에서 무릎을 꿇고 자위를 하다가 뜨거운 정액만 항문에 발랐다.

삼촌도…… 우주처럼 내가 더러워진 걸까. 강우는 점점 수북해지는 거웃이, 딴딴해지는 성기가, 까매지는 고환이 부끄러웠다. 머리를 자주 감았고, 더 자주 감지 않았다. 손톱을 너무 짧게 깎았고, 손톱 밑이 더 자주 새까매졌다. 콜라나 컵라면, 과자 부스러기를 먹고 날 때마다 양치질을 했고, 소주를 마신 다음 날, 그 다음 날에도 양치질을 하지 않았다. 강우는 꿈걸레, 마음걸레, 사랑걸레…… 그리고 몸걸레가 된 것 같았다. 제 속에 어떤 상쾌한 순간도 존재하지 않았다. 강우는 화장실 저쪽에서 딱딱한 살을 매만지는 소리라 착각했을 때와 달리 거품이 부걱거리는 소리, 물을 머금고 오요요 헹구는 짧고 성급한 소리가 어쩐지 우스꽝스러웠다. 소년들이 삼촌을 시늉하듯, 삼촌이 늘 시간에 뒤처져 우주를 시늉하고 있는 것만 같았다.

삼촌은 윗니에 혀를 붙이고 찍찍, 소리로 상쾌함을 과시하며 푸른 등대를 서성거렸다. 반듯한 푸른등대가 버거운지 삼촌은 약속에 늦은 사람처럼 억지로 트림을 세 번 하고 바지 주머니에서 열쇠를 꺼내 제 방으로 들어갔다. 삼촌은 그 와중에도 딸꾹, 문손잡이의 배꼽을 누르는 걸 잊지 않았다. 5분. 삼촌이 방에 들어가면 머무는 시간이었다. 소년들은 삼촌이 머문 뒤 푸른등대에 한 번도 들어와보지 않았는데도, 그 방의 존재를 귀신같이 알고 있었다. 소년들의 소문 속에서 그곳은 천장까지 지폐 다발이 쌓여 있고, 용암에 빠뜨려도 녹지 않는 금고가 들어 있고, 그냥 벽처럼 보이지만 벽지의 어떤 무늬를 만지면 정육점골목까지 이어지는 땅굴이 뚫려 있었다. 강우는 여전히 삼촌을 두고 뜬구름 같은 소문을 지어내는 조무래기를 볼 때마다 피식, 같잖은 얼굴로 비웃었다.

그 방은 푸른횟집에서 올려온 장롱과 매트리스, 쿠션과 베개, 텔레비전, 흙의 가방만이 놓여 있었다. 어느 모서리에도 비밀은 숨어 있지 않았다. 강우는 삼촌이 열쇠를 챙긴 뒤로 그 방에는 한 번도 얼씬거리지 않았다. 삼촌의 시시한 덫에 걸리고 싶지 않았다. 가끔 문손잡이를 쥐어볼 때도 있지만, 얼씬거리지 말라던 삼촌의 경고뿐만 아니라, 문손잡이를 돌리는 순간 자신도 호기심을 참지 못하는 여느 소년들과 다를 바 없는 불도장이 찍힐 것 같아, 괜스레 앞을 제대로 보지 못해 어딘가에 부딪혔다는 표정으로 걸음을 되짚고는 했다.

강우는 늘 그랬듯 5분이 하염없이 지루해 담배를 피우고 싶었지만, 삼촌이 제 몸에서 담배 냄새가 풍기는 걸 싫어하기 때문에 그저 창가에 서서 바깥만 쳐다봤다. 훌쩍 뛰어오를 수 있을 것처럼 갰던 하늘에 먹장구름이 점점 내려앉고 있었다. 어제 쉬지 않고 내리던 비의 전조와 비슷했다. 강우가 창밖으로 손을 내밀고 빗방울을 가늠하고 있는데, 셔츠와 바지를 갈아입은 삼촌이 나왔다.

삼촌은 까스활명수 냄새를 풍기며 다시 냉장고를 열어본 다음 대접에 수돗물을 받아 수조로 걸어갔다. 삼촌은 우주의 팬티를 마치 못 본 것처럼 지나쳐 수조에 손을 짚고 그 안에 든 화분에 물을 흥건히 줬다. 여름이 시작되자 모기를 쫓는 풀이라며 삼촌이 가져온 화분이었다. 여섯 잎맥이 공룡 발가락처럼 벌어진 녹색 이파리는 조금만 건드려도 맵싸한 파스 냄새를 풍겼다. 조화처럼 억세 보이는 화초의 가지 끝에 자잘한 꽃봉오리가 맺히자, 삼촌은 무척 신기해하며 누레진 이파리를 뜯어내고 축 늘어지는 가지를 가위로 잘랐다.

강우는 삼촌이 식물을 얌전하게 돌볼 때마다, 소년이 태풍을 따라

온 날 비바람 속으로 사라진 걸레가 어디로 사라진 건지 궁금해졌다. 어쩐지 말간 유리 벽에는 눈곱이 끼고 털이 누레진 유기견이 살아야 할 것 같았다. 삼촌이 눈을 맞추는 풍경도 식물이 아니라, 유리 벽에 갇혀 늙고 병들어 숨을 할딱거리는 걸레가 더 어울려 보였다. 강우는 유리 벽에 갇힌 초록을 볼 때마다 삼촌이 다른 사람을 흉내 내고 있는 것 같아 고까운 생각을 다잡으며 비웃었다. 그곳에 전염병의 숙주가 있었다는 사실을 모르는 삼촌과 우주만 내기하듯 푸른등대를 열심히 돌보고 있었다. 우주가 씻어놓은 그릇과 걸레로 훔친 바닥, 삼촌이 메마른 조약돌 위에 놓은 모기풀과 물레방아, 공기통을 볼 때마다 강우는 한 마음에 다른 마음이 겹치는 전염병의 흔적에 그만 황폐해지고 싶었다.

삼촌은 식물처럼 깨끗해지고 싶은지 불쑥 아직 깨끗해 보이는 팬티를 갈아입었다. (우주가 빨래한 속옷을 질투한 걸까?) 팬티를 갈아입을 때 한쪽 발을 든 삼촌의 고환이 출렁거리는 것을 보았다. 강우는 눈길을 돌리지 않았다. 스스럼없고 심드렁하기까지 한 눈빛이었다. 정육점을 산책하며 붉은 살코기를 살피는 것처럼. 처음 그것을 봤던 날도 강우는 그런 눈빛을 지으려고 애썼다. 하지만 강우는 눈빛이 흔들렸다. 같잖다는 얼굴로 피식, 비웃고 싶었지만 독한 소주 때문인지 머릿속이, 눈앞이 어질어질했다. 강우는 전염병이 든 '쥐머리'를 먹은 개처럼 침을 흘리고 맥을 못 췄다. 삼촌에게 달려들어 쥐머리를 덥석 물어뜯는 상상을 하지만, 이제 송곳니처럼 사나운 상상마저 표본처럼 심드렁했다. 삼촌도 모조품처럼 시들해지기는 마찬가지였다.

삼촌은 강우를 돌아보지 않고 현관으로 걸어가 운동화에 발을 집어넣고 신코를 탁탁 두드렸다. 강우는 새뜻한 신발이 뒤축이 구겨지고 때가 탈 때까지 얼마나 걸릴까, 헤아렸다. 푸른등대가 어질러지는 시간보다는 길 테고, 네 계절이 반복되는 시간보다는 짧을 것이다. 삼촌은 늘 꿰신던 슬리퍼에서 운동화를 챙겨 신듯, 딴 사람의 옷을 입고 있었다. 강우는 남자어른도 소년처럼 다른 모습이 될 수 있다는 사실이, 변할 수도 있다는 사실이 반칙처럼 여겨졌다.

"그냥 갈려고?"

강우의 말에 삼촌은 뭔가 바닥을 본 것처럼 쓴 미소를 짓는다.

강우는 그 눈을 마주치지 못하고 고개를 떨어뜨려 제 발등을 쳐다봤다. 언제부터인가 강우는 삼촌과 눈을 제대로 맞추지 못했다. 눈은 마음의 창이라는데, 그 창문 너머로 삼촌의 집을 들여다보기 싫었다. 삶을 알은체하고 싶어 안달 났을 때와 달리 강우는 머릿속에 더 이상 집을 짓고 싶지 않았고, 그것을 돌보느라 지레 피로해지고 싶지 않았다. 하지만 어떤 마음으로 얼룩질수록 어떤 마음도 절실해지지 않듯, 어떤 마음이든 다 비워내려 할수록 그것은 절실해졌다. 강우는 모든 것이 썰물처럼 빠져나갈지도 모른다는 두려움에, 완전히 버려질지 모른다는 두려움에 삼촌의 바짓가랑이를 붙들고, 마치 푸른등대에 닻을 내리듯 삼촌의 해바라기를 삼키고 싶었다.

"케이캅이 올 거야."

마치 강우의 마음을 꿰뚫듯 삼촌은 그리 말했다.

처음부터 미라에게 좀 다녀와, 에둘러 말하지 말고 그냥 정직하게 그리 말했다면 강우는 삼촌을 의심하지 않았을 것이다. 강우는 짐짓 딱딱한 얼굴로 대꾸했다.

"알고 있어."

"미라한테 가서 뭘 좀 먹어."

삼촌은 목숨 같은 밥을 그저 묻거나 남에게 기댈 뿐, 따뜻한 밥을 함께 나눌 생각은 하지 못했다.

강우는 삼촌이 푸른등대를 나가자 화장실로 들어갔다. 찬밥처럼 식고 서걱거리는 몸을 따뜻하게 위로해주고 싶었다. 케이캅을 만나기 전에 치르는 의식이기도 했다. 그것은 더 이상 기쁨이 아니었고, 강우는 천년 동안 반복한 직업처럼 그것이 지겨웠다. 강우는 눈을 감았다. 그리고 하나, 둘, 셋, 넷…… 제 기쁨을 도와줄 누군가의 얼굴들을 차례차례 고르기 시작했다. 그리고 금세 기쁨이 지겹다는 생각은 잊어버렸다.

변신

*

그런 이야기를 상상해봐.

세상의 모든 쓰레기가 떠밀려 온 섬이 있어. 소년들만 살아남아 넝마주이로 하루하루를 버티고 있어. 콧숨을 쉴 때마다 인중에 땀이 차는 여름이라 소년들은 문짝이 떨어진 장롱과 냉장고, 살이 부러진 우산 그늘에 공병처럼 엎드려 있어. 그을고 야윈 소년들은 먹고 싶은 음식을 돌림노래처럼 주고받아. 질기고 노릿한 살코기가 아니라 잎을 먹고 싶어. 꽃을 먹고 싶어. 기쁨을 먹고 싶어. 소년들은 온종일 쓰레기를 뒤지지만 늘 허탕을 치고 말아. 담요처럼 두꺼운 햇빛이 벗겨지고 검은 비가 후드득후드득 듣기 시작해. 식초처럼 시큼한 땀에 담겨 뼈를 짐작할 수 없을 만큼 맥이 빠진 소년들은 누가 몰래 돌멩이라도 자금거리나 싶어 초점 없는 눈을 지릅떠. 때마침 덤프트럭 하나가 적재함을 물구나무 세우고 쓰레기를 우수수 쏟아내. (덤프트럭이 어떻게 섬까지 올 수 있었을까? 그래, 적재함 양쪽에 로켓처럼 날개를 다는 거야.)
소년들은 축제를 만난 것처럼 벌떡 일어나, 하늘까지 놓인 갑판 같은
적재함을 향해 내기하듯 달리기를 해. 빗방울과 하얀 알약, 주사기가
우박처럼 쏟아져. 한 소년이 깨진 텔레비전 틀에 걸려 넘어지면서 새
된 비명을 질러. 소년들은 덫에 걸린 낙오자를 거들떠보지 않고 빗물
에 젖은 알약을 허겁지겁 삼켜. 금세 배가 부른 소년은 주사기에 빗
물을 받아 숨통이 끊어진 돼지의 목덜미에 주삿바늘을 꽂아. 눈빛이
흐리마리해진 소년은 새똥처럼 물크러진 알약을 개의 혓바닥에 밀어
넣어. 입에 거품을 문 소년은 주사기를 빼앗아 제 팔오금 정맥에 찔러.
빗방울이 점점 굵어질수록 소년들의 손가락이 물에 퉁퉁 분 듯 커다
래지고, 더위에 짜부라진 과일처럼 부피가 줄던 짐승의 털이 보드라
워지면서 윤기가 흘러, 눈빛이 맑아져. 소년들의 뺨은 붉어지고, 아
이들은 바다의 수위가 높아지듯 성큼성큼 자라. 동물들도 무럭무럭
자라. 소년들은 당분간 먹이를 걱정하지 않아도 돼. 버드나무보다 훌
쩍 커진 소년과 닻섬처럼 커다래진 동물들…… 그제야 그들의 내리
뜬 눈에 섬 저쪽에 펼쳐진 뭍이 보이고, 그곳에는 홍시처럼 붉은 등
을 켠 골목에서 술에 취한 어른들이 노래를 부르고 깨춤을 춰. 잠깐,
거인이 된 소년과 동물이 바다를 겅중겅중 날아가 복수하는 건 너무
시시하지 않아? 피의 결말이란 게 너무 시시하잖아. 그래, 이제 어른
보다 훌쩍 자란 소년들은 버드나무보다 커다래진 고추를 어른들의 아
홉 개 구멍에 집어넣는 거야. 정육점 걸레들뿐만 아니라 남자어른들
의 항문까지 뚫어버리는 거야. 굴착기처럼, 달달달달. 그 알약을 내
게도 좀 나눠줄 수 없을까.

　강우는 스티로폼 조각을 벽에 문지르면서 그런 이야기를 지어냈다. 벽돌 크기의 올똑볼똑한 둘레가 강판에 무를 갈듯 몽똑해지면서 자잘한 알갱이가 흩날렸다. 땀이 밴 손등과 발등에 알약처럼 하얀 알갱이가 수북이 쌓였다. 강우는 늘 제가 **발명한** 이야기의 결말이 빤하고 시시했다. 늘 그렇듯 어떤 슬픔도 없고 평범해, 꿈으로는 부족했다.

　개천가에는 열여덟 그루의 버드나무 중 열세 그루가 남았다. 지난해 다섯 그루가 쓰러져, 푸른등대에서 건너다보면 개천가는 텁수룩한 앞머리를 잘라낸 것처럼 산뜻했다. 하지만 초록에 홀려 개천다리를 거볍게 건너자, 비를 머금어 싱그러운 잎과 달리 시멘트 바닥은 산벌 작업이라도 한 것처럼 잎과 가지, 쓰레기가 너저분했다. 삼촌은 개천 다리까지 돌볼 여유가 없는 모양이었다. 흙이 있었다면 소년들을 불러 톱밥처럼 누렇게 마른 잎을 발끝으로 가리키며 쓸게 하고, 삭은 시멘트를 뚫고 돋은 쇠비름, 바랭이, 명아주를 뜯게 했을 거였다. 오늘 같으면 비를 머금은 뿌리가 헐렁해 작업은 수음보다 빨리 끝날지도 몰랐다.

　강우는 투명인간과 어깨동무를 하듯 두 팔을 벌리고 허공에 폴짝 뛰어올라 두 발바닥을 부딪치며 휘파람을 불었다. 어느새 주먹만 해진 스티로폼을 개천을 향해 던졌지만, 희고 가벼운 공은 엉뚱하게 수문 쪽 시멘트 길로 굴러갔다. 강우는 그것을 잡을 핑계로 정육점골목이 아니라 부두 쪽으로 달렸다. 강우는 케이캅을 만나러 갈 때마다 늑장이 났다. 하지만 꽉 죄는 팬티를 입힌 것처럼 갑갑한 심장과 달리, 몸짓은 소풍을 나선 듯 나풀나풀했다. 팔뚝에선 비누 냄새가 났고, 머리카락은 올올이 보드랍고, 얼굴은 비를 머금은 공기처럼 맑았다. 강우는 한꺼번에 두 개의 시간을 살았다. 딱딱한 심장과 지느러미처럼 투명한 걸음, 닻섬을 구경하는 눈과 닻섬을 지우는 머리, 기쁨을 재촉하는 손과 금세 후회하는 고개 숙인 성기…… 그것은 끝과 끝에서 시작한 붉은 공책처럼 결국 강우라는 섬 하나에서 살았다.

*

강우는 소년들이 시합을 치르는 횟수만큼 다문다문 붉은 공책을 끄집어냈다.

태풍에 잠겼다 정강이를 물고 늘어진 공책을, 강우는 전리품인 양 버리지 못했다. 그 공책은 엄마기계가 마지막까지 붙들고 있던 유일한 물건이었다. 돈을 부른다는 붉은색 가죽 커버에 보험회사 로고가 박힌 공책은 한쪽에 사흘씩, 1년 365일 날짜가 칸칸이 나뉘어 있었다. 엄마기계는 그 공책을 장부로 삼았지만, 공책에 쓴 숫자는 달력에 찍힌 숫자보다 훨씬 적었다.

강우는 처음에는 젖고 마른 공책을 볼 때마다 상이군인처럼 눈빛을 벼렸다. 겨우 완성을 앞둔 삶이 흐물어질까 봐, 제가 발명하기 이전의 가난하고 못생긴 기억을 자꾸 되새김질했다. 하지만 소년, 소년을 옆에 누인 뒤로, 강우는 깨끗한 소년처럼 삶을 처음부터 다시 발명하고 싶어 더욱 조바심이 났다. 그릇처럼 고인 시간을 헤집고, 무릎을 굽혀 소년의 깊은 잠 속으로 들어가, 소년이 숨긴 시간들을 거울처럼 비춰보고 싶었다. 하지만 소년은 영원처럼 깨어나지 않았다. 강우는 다시 기다림이 직업이 되었다. 안간힘을 쓰고 코흘리개의 시간을 버티는 소년들과 전염병의 덫으로 폐허가 되어버린 닻섬 한가운데에서, 강우는 딱 소년의 키만큼 오려진 등대의 시간에 숨어 다시 패잔병으로 둔갑해 하루하루가 아슬아슬했다.

강우는 무심코 붉은 공책을 펼쳐 엄마기계가 이미 살았던 날짜들에 곱표를 쳤다. 그러고는 울룩불룩한 백면을 찾아 이미 지나간 날짜에 ×를 그리고, 제가 기억하고 싶은 날짜를 적고, 받아쓰기를 하듯 제 머릿속에 떠오르는 낱말들을 조심스레 적었다. 운동화…… 깃발…… 섬…… 삼촌…… 걸레…… 엄마기계…… 아빠백작…… 소년. 어떤 낱말도 발명되지 않을 때, 강우는 한참 발을 간댕거리다 소년의 옆모습을 베꼈다. 사각사각, 흑연이 닳는 소리가 간지러워 소년이 씩, 웃음 짓길 바랐지만, 소년은 공책에 썬 숫자를 다 보탰을 만한 시간이 흐르도록 깨어나지 않았다.

너도 이야기를 잘 만들잖아. 강우는 붉은 공책을 펼칠 때마다 우주가 책과 노래, 꿈에 관한 이야기를 고백했던 섬의 시간으로 자맥질했다. 세상에서 가장 작은 섬이 들어찼던 마술의 시간. 하지만 우주가 훌쩍 자란 시간 동안 강우가 발명한 낱말들은 제 키처럼 하나도 자라지 않았다. 넌 이야기를 끝내주게 발명하잖아, 기쁨처럼 지치지도 않고. 어쩌면 소년은 강우에게 제 어린 시간을 떠넘기고, 강우 혼자 돌멩이처럼 왜소하게 굳어버리도록 마술을 부린 건지도 몰랐다.

강우는 태풍이 소년을 데려온 그때부터 어떤 줄거리를 살아본 적이 없었다. 강우의 이야기는 늘 누가 뒷문을 열고 들어오듯 지난 시작만 되풀이했다. 강우는 여전히 누군가의 이름을 똥, 바람, 에이즈…… 처럼 별명 뒤에 숨기고 어린 낱말들만 지어냈다. 문득문득 닻섬의 모험이, 삶을 시늉한 거짓말들이, 놀이기구처럼 급박한 상상들이 태풍처럼 귀환하기도 했지만, 강우는 그것을 머릿속에 집어넣고 밀반죽을 넣은 자루인 듯 조몰락거리기만 했다. 이야기를 손끝에 부려놓는 순간, 과거를 물고 있는 시작에서 발걸음을 떼는 순간, 강우는 제가 감당할 수 없는 시간의 문턱을 넘어 헤어날 수 없는 늪에 빠져버릴 것만 같았다. 한 번도 가보지 못한 그곳은, 미래의 꿈은, 열매처럼 가지런한 고백은…… 자신과는 전혀 어울리지 않았다. 아무리 상상해도…… 미래로 향하는 이정표를 새기듯, 줄거리를 만들어내는 일은, 강우의 몫이 아니었다.

우주도 닻섬까지 헤엄쳤던 기억이 개천에서 조난당한 태풍의 꿈이었던 것처럼, 아무 기억도 못 하는 깜깜한 눈치로, 다시는 미래와 꿈, 강우를 칭찬하는 말 따위 꺼내지 않았다. 나는…… 나는 네 메아리 같은 독백과 잔바람이 걸린 나뭇잎처럼 까딱거리는 손가락, 잠꼬대처럼 희미한 목소리, 돌림노래처럼 반복되던 이름, 한숨과 쉼표, 말줄임표까지 다 기억해. 강우는 잠든 우주를 볼 때마다 속눈썹을 지분거려 그 시간을 반복하고 싶었다. 우주의 꿈을 기웃거리고 싶어 똥구멍이 다 가려웠다. 강우는 우주가 침묵하는, 미래보다 깊은 낭떠러지를 향해 그만 깊이깊이 추락하고 싶었다. 로봇과 백작에게 빼앗기고 더럽혀진 삶을 걸레처럼 푸른등대 바깥에 내다 버리고, 꿈과 미래의 주문을 등허리에 낚싯줄처럼 매달고 바다보다 깊은 우주까지 제 몸을 떠밀었다 등대에 착지하는 순간을 반복하고 싶었다.

하지만…… 강우는 물의 시간들이 속눈썹처럼 보일 때마다, 겨우 시든 이파리 같은 낱말들만 뚝뚝 끊어 기록했다. 기분이 좋은 날은 나쁜 말을 썼고, 기분이 울적한 날은 좋은 말을 썼다. 강우는 소년의 옆모습과 여덟 개의 낱말이 적힌 종이를 찢어 표지의 비닐에 네 번 접어놓은 뒤 공책의 앞뒤, ~~12월 31일~~ 8월 31일 운동화, ~~1월 1일~~ 8월 9일 걸레로 시작한 꿈의 사전을 채워나갔다. 그렇게 시작한 말들은 채 다섯 쪽도 차지 않았다. 사실, 맑고 푸른 욕과 우울한 꿈을 발명하는 시간보다 공책을 펼쳐놓고 볼펜심을 혀끝에 붙이고 쌉싸래한 맛을 즐기거나, 조감도를 그리고 푸른등대의 가구를 새로 배치하고 누군가의 이름을 무심히 썼다 지웠다 하는 시간이 더 많았다.

처음 생각과 달리 닻섬에서 태어나고 발명된 좋은 말과 나쁜 말은 하양과 검정, 피와 물, 칼과 노래처럼 명쾌하게 떨어지지 않았다. 강우의 기분이 좋은 건지 나쁜 건지 애매한 날이 더 많기도 했다. 봄의 시작과 한겨울, 어떤 계절의 칸에도 기울지 않는 낱말을 한참이나 고민하던 날, 강우는 공책 한가운데를 펼쳤다. 그 날짜는 소년이 오기 전 소년들의 붉은색 윗도리가 가장 빨갛던 날과 요일은 다른 같은 숫자였다. 그때, 소년들은 가장 붉고 건강했다. 삼촌은 소년들에게 붉은 윗도리를 사줬고, 닻섬은 피를 본 동물처럼 건강했다. 강우는 이쪽저쪽에도 기울지 않는 가운데에 제 애매한 마음을 하나둘씩 채워나갔다. 그렇게 낱말들은 사과의 응어리처럼 공책 한가운데서만 무럭무럭 자랐다.

냄새 전염병냄새 에이즈냄새 유행병냄새
동물원냄새 돼지냄새 정육점냄새 양계장냄새
격납고냄새 발굽냄새 진물냄새 깃털냄새
흙냄새 남자냄새 굴냄새 석화냄새 태풍냄새
등대냄새 백작냄새 기계냄새 입냄새 똥냄새

걸레냄새 삼촌냄새 똥냄새 강간 토막살인

강우 우주 강우 우주 강우 우주 강우 미래

학 너구리 고니 도마뱀 염소 말벌 독수리

코끼리   사슴

절도 구타 면도날 똥 피 구토 장기밀매 마약

항문 이똥 눈곱 뱀 칼 두꺼비 토사물 무좀

버짐 손톱 귓밥 때 암 에이즈 임질 매독 낙태

고름 사기 유괴 알코올중독 퍽치기 고문 염산

청산가리 정액 조지 보지 씹 유방 물집 각질

                    ......

일기라고 하기엔 기록하는 날이 드물고, 사전이라고 하기엔 소년들
끼리 통하는 유행어처럼 조악했지만, 강우는 어떻게든 닻섬의 시간들
을 새로 발명해나가고 있었다. 그러나 우주가 훌쩍 자라고, 소년들이
점점 삼촌을 닮아갈수록 강우는 어떤 간단한 말로는 어떤 것도 닮을
수 없다는 사실을 깨달았다. 강우는 성분 분석표처럼 심드렁한 낱말
과 작별하고, 그만 들키지 않을 이야기를 발명하고 싶었다. 한 번도
기록되지 않은 그래서 더 애틋한 이야기들.

강우는 우주에게 그 이야기를 들려주고 싶었지만, 우주는 늘 침묵
하거나, 등대 저쪽에서 강우 몰래 자기만의 이야기를 써나가고 있었
다. 강우는 우주의 이야기가 궁금했고, 어쩐지 제가 지어내는 이야기
는 우주의 꿈을 훔친 것처럼 떳떳하지 않았다. 강우의 뿌리도 없는
상상에 비해 우주가 말해주었던 꿈의 이야기들은, 알맹이가 들어찬,
나이테로 꽉꽉 채워진 나무처럼 튼튼하고 싱싱했다. 모든 과일의 이

216

름이 오렌지가 돼버린 마을이나, 쓰레기로 백화점을 지은 섬의 소년들은 우주와 강우가 처음이자 마지막으로 나눴던, 어쩌면 절반의 진실에 기댄 주인공들에 비하면 하나도 매력적이지 않았다. 게다가 붉은 공책에 새겨진 숫자와 낱말로는, 아무리 이야기들을 줄 세워도 그저 소년들처럼 앙상한 동그라미나 세모밖에 그릴 수 없을 것 같았다. 그것들은 **종이동물원**처럼 끈적끈적한 땀 한 방울, 눈부신 피 한 방울 흘리지 않았다.

그래, 알약을 먹은 소년들은 한 달에 한 번씩 대장을 뽑는 시합을 벌이는 거야. 소년들의 이름은 (똥, 칼, 바람, 쥐, 코가 아니라) 학 너구리 고니 도마뱀 염소 말벌 독수리…… 코끼리…… 사슴이야. 아니지, 온몸의 구멍들이 하수구처럼 커다래진 남자어른들을 시합에 내보내야 하는 거지. ……뻔하고 시시해. 너무 평범해. 강우는 시들어버린 기쁨에 다시 도취하기 위해 거울을 들여다보며 기쁨을 발명할 때처럼, 이야기의 바깥에서 이야기의 맨살 깊숙한 부분까지 훑었다. 눈을 감고 손등을 만지면 손등이 되고, 눈썹을 만지면 눈썹이 되듯, 스티로폼 알갱이처럼 달아나는 등장인물들을 눈처럼 뭉쳤다. 강우의 머릿속은 허구의 기쁨들이 구더기처럼 발악하는 거대한 성기가 되었다. 그건 우주가 꿈을 가르쳐주기 전에 강우가 유일하게 발명한 꿈의 모습과 정확히 닮아 있었다. 강우는 그렇게 거울을 대면하고 난 이야기의 결말이 어떤 것인지 빤히 알고 있었다.

*

강우가 수문 모퉁이에서 구름다리 쪽으로 구부러졌을 때, 달금한 과일 냄새가 납치범의 손바닥처럼 다따가 덮쳐왔다. 야자수처럼 싱그러운 감각과 달리, 태풍에 씻긴 부두는 여름을 빼앗긴 식물처럼 잿빛으로 까라져 있었다. 구름다리 앞에 용달차 하나가 서 있었다. 호객하는 확성기 소리도 없어, 삭아서 팡이실처럼 보풀이 인 가빠 지붕을 얹은 짐칸이 고장 난 놀이기구처럼 기우듬해 보였다.

강우는 흐린 그늘에서 돋보이는 노란 플라스틱 바구니를 보자 바지 주머니를 뒤졌다. 삼촌이 준 만 원짜리 다섯 장은, 탄광에서 손가락으로 더듬어도 식별할 수 있을 것처럼 번드러웠다. 강우는 선착장을 바란 운전석을 기웃거렸지만 아무 인기척이 없었다. 강우는 지폐의 뻣뻣한 진집들을 깔짝깔짝 헤아리면서 느긋하게 담홍색 과일을 구경했다.

복숭아는 죄 낙과만 주위 왔는지 팔꿈치처럼 패고 갈색으로 물러 있었다. 크기와 멍의 정도에 따라 나눠 담지 않은 탓에, 복숭아는 서로서로 뒤섞인 채 으끄러질 것 같았다. 그래도 못생기고 다친 복숭아도 과일이라, 달달한 냄새만 맡고 있어도 피가 조금 깨끗해지는 기분이었다. 강우는 우수수 뒤섞인 복숭아를 뒤져 머드러기만 골랐다. 강우가 고른 예쁘게 쥔 주먹 크기의 복숭아는 잔털을 단 담홍색이 잘생긴 소년의 얼굴 같았다. 강우는…… 잘생긴…… 소년에게 복숭아를 선물하고 싶었다.

"너구나."

강우는 서리를 하다 들킨 것처럼 질겁해선 목소리를 돌아봤다.

낮잠을 잤는지 게으른 얼굴에 소피를 보다 오줌을 흘렸는지 지린내를 풍기는 노인이 강우를 보고 아늑한 표정을 지었다. 강우는 단박 그 얼굴을 알아봤다. 솜사탕 장수였다. 아니, 생선 장수인가, 닻섬이 조금씩 회복하면서 부두에서 용달차의 호객 소리가 다시 들리고는 했다. 우주는 법성포에서 직접 떼 온 참조기가 왔다고 앵무새처럼 반복하는 용달차 근처로 걸어가면서 만 원에 스무 마리, 한 두름인 건 진짜일 수가 없다고, 우주는 그게 부세이거나 중국 조기일 거라고 단정했다. 강우는 용달차 앞문에 기대 담배를 피우는 노인이 솜사탕 장수라는 걸 단박 알아차렸다. 강우는 솜사탕물고기 장수와 서슴없이 이야기를 나누는 우주를 내버려두고, 달아나듯 푸른등대를 향해 달렸다. 그때부터 강우는 이 드라마와 저 드라마에 의사로, 경찰로, 포졸로 나오는 똑같은 얼굴의 엑스트라처럼 무와 대게, 모자와 소쿠리 장수가 되어 닻섬 여기저기에 출몰하는 솜사탕 장수를 알아보았다.

우주도 솜사탕 장수의 목소리와 얼굴을 기억했다. 언젠가 우주는 토마토를 한 봉지 들고 오면서 "왜 아무도 사지 않을 것 같은 물건만 열심히 파는 걸까" 하고 걱정스레 이야기를 한 적이 있었다. 강우는 문득 누군가는 정육점골목에 쭈그려 앉아 담배를 피우는 아빠기계를 두고 '혹시 저 사람 예전에 개천 건너에서 물고기를 팔지 않았어?'고 개를 갸웃거리지 않을까, 누군가를 기억하려 노력하지 않아도 자전거를 타거나 성냥을 다루듯 저절로 새겨지는 운명에 목을 죄인 것처럼 갑갑했다. 그건 생선을 팔 때 말고는 한 번도 목소리를 들은 적이 없지만, 노인이 늘 어딘가에서 무언가를 팔고 있듯이, 누군가의 기억 저편에선 쓰레기처럼 썩어버렸다고 생각한 무언가 분명히 숨을 쉬고 있다는 무서운 사실을 거울로 만든 그림자처럼 보아버린 기분과 합쳐진 것이었다.

"많이 컸구나."

누굴 놀리나. 강우는 노인과 마지막으로 봤을 때부터 하나도 자라지 않았다. 더 못생겨졌다. 강우는 노인의 안부가 약장수보다 더 미덥지 않고 짜증이 났다. 노인은 강우가 고른 복숭아를 봉지에 담았다. 노인의 손은 낙과보다 더러웠다. 무언가를 팔 만한 손이 아니었다. 게으르고 못생긴 손. 좆도 더러울 거야. 강우는 주머니에서 만 원짜리 하나를 골라 내밀었다. 예쁘고 깨끗한 돈이었다. 솜사탕 장수는 낡은 전대를 뒤져 5천 원짜리 하나를 건넸다. 돈은 반으로 접힌 부분이 나달거렸고, 한 꺼풀 벗겨낸 듯한 황토색이 흐렸다. 그는 강우의 얼굴을 고스란히 기억하면서도 덤 하나 얹어주지 않았다. 아무도 만지지 않을 몸. 한 번도 사랑받지 못해 베풀 줄도 모르는 인색한 구두쇠.

강우는 돈보다 더러운 솜사탕 장수가 다음에는 제가 싫어하는 물건을 팔기를 바랐다. 강우는 못생긴 5천 원짜리를 깨끗한 만 원짜리들과 포개고 싶지 않았다. 더러운 돈을 손끝으로 채변 봉투를 쥐듯 흔드는데, 솜사탕 장수에게 오염됐는지, 누르께한 제 살빛도 마음에 들지 않았다. 연탄처럼, 내 안의 그을음을 다 태우고 나면 창백해질까. 강우는 반으로 접혀 흉가가 되어버린 기와집 세 채를 검은 복숭아 봉지에 숨겼다. 뒤통수를 꺼당기는 솜사탕 장수의 눈길만 아니라면, 강우는 안 예쁜 거스름돈을 그만 노란 바다에 냅다 집어던지고 싶었다.

*

"또 비야? 지겨워. 예쁘게 오면 좋을 텐데."

미라언니는 복숭아가 든 비닐봉지가 바스락거리자 빗소리로 여겼는지, 눈곱을 떼며 강우 어깨 너머를 여겨봤다.

강우는 꽃밭 그림이 걸린 벽에 붙은 스툴을 내실 문 앞까지 끌어당겨 엉덩이를 걸치고는 출입문을 쳐다봤다. 셔터가 내려진 쇼윈도 옆, 병목처럼 좁다란 출입구는 주렴이 내려져 늘 흐렸다. 미라언니는 아무래도 바깥이 궁금한지 무릎을 짚고 일어서다, 그만 제자리에 풀썩 주저앉았다. 치맛자락이 허벅다리까지 말리는 바람에 어둠침침한 살이 빤해, 강우는 미라언니의 헐거운 정수리 너머로 딴청을 부렸다. 철꽃처럼 얼룩덜룩한 옷가지가 소나기를 피해 방 안에 넌 빨래처럼 널브러져 있고, 엎드려 자는 언니들의 뒤통수처럼 가발이 여기저기 나뒹굴었다.

미라언니는 바닥에 엉덩방아를 찧은 게 무안한지, 제 오른뺨을 짝짝 갈기며 깔깔거렸다.

"국수 주까? 따악 너 먹을 마큼 남았어."

미라언니는 날이 끄느름하거나 비가 후드득 듣기 시작하면 빗발을 걷기라도 하듯 큰솥에다 국수를 삶았다. 그러고는 골목 앞을 지나는 소년이나 이웃 여자를 수시로 불러 국수를 먹였다. 강우는 낮술에 취한 미라언니를 보자, 국수가 못생긴 돈처럼 미워졌다.

"지겨워."

강우는 진심으로 그렇게 말했다.

"……우주도 국수 먹으러 왔어?"

"아아니. 삼촌도 우줄 봤냐 묻던데. 근데 왜 지겨? 너 국수 좋아하잖아."

강우는 그 말에 쐐기에 물린 것처럼 버럭 성을 냈다.

"씨발, 내가 언제 국수 좋아했다고 그래."

사실, 강우는 비가 내리면 미라언니가 국수를 삶겠다는 생각이 맨 먼저 들었다.

태풍이 북상한다는 소식을 들었을 때도, 강우는 미라언니랑 가발놀이를 할 생각에 빗발을 사리듯 머리카락을 꼬며 개천다리를 건넜다. 어쩐 일로 소문에서 앞선 소년들이 수선화 처마 밑에 쭈그리고 앉아 코를 훌쩍이며 국수를 호로록 삼키고 있었다. 부지런히 젓가락을 감아올리며 먹는 것에만 열중하는 모습이 배식 시간의 동물처럼 순해 보였다. 강우는 우산으로 옆구리를 가리고 수선화로 들어갔다. 수선화 안에는 이웃 여자들과 아빠백작이 국수를 삼키며 소주를 마시고 있었다. 짭조름한 멸치 국물 냄새가 폐쇄된 섬과 오염된 바다의 기억을 일깨웠는지, 좁다란 술집에 생선 알처럼 바글바글한 닻섬의 얼굴들이 강우는 징그러웠다. 미라언니는 그냥 돌아서려는 강우에게 면과 국물을 냄비에 따로 담아줬다.

　강우는 그날 내도록 국수만 먹었다. 멸치 국물이 떨어진 한밤중에는 찬물에 설탕을 풀어 분 국수를 담가먹었다. 강우는 침대에 걸터앉아 세운 무릎에 스테인리스 대접을 얹고 흰 국숫발을 삼키면서 텔레비전을 보고 깔깔거렸다. 강우는 웃음이 멈추면 머쓱한 기분에 눈가에 괸 눈물을 손등으로 훔쳐내며 점점 불고 밀가루 내가 나는 국수 가닥을 오랫동안 씹었다. 자정이 다 돼서야 돌아온 삼촌은 강우를 보자마자 대접을 빼앗아 바닥에 내동댕이쳤다. 강우는 꿈쩍 놀라 삼촌과 노란 장판 위에 흘러 고인 물과 설탕 알갱이를 두리번거렸다. 삼촌은 냉장고 문을 걷어차고는 침대 위에 쪼그리고 앉은 강우를 돌아보았다. 강우는 입에 물고 있던 흰 국수 한 가락을 호로록 삼키고 딸꾹, 딸꾹질을 했다. 삼촌의 딱딱한 입가가 실그러지면서 황급히 돌아앉아 냉장고 속을 달싹거렸다. 흠이 사라진 뒤, 삼촌은 푸른등대에 도착하면 사라진 소년과 숨바꼭질이라도 하는지 냉장고를 들여다봤다. 삼촌은 뭔가 비어져 나오는 것을 참으면서 한결 누그러진 목소리로 말했다.

"국수 먹고 싶으면 미라한테 가서 해달라고 해. 너…… 미라가 해주는 거라면 뭐든 환장하잖아."

환장. 강우는 엄마백작이 밥상을 차려낼 때마다 배알이 틀어져 눈을 까뒤집고 가슴을 주먹으로 내리치던 아빠백작이 떠올랐다. "이걸 사람이 먹으라고 차린 거야?" 그 말에도 아랑곳없이 아귀아귀 그릇을 비우는 엄마기계를 보면서, 강우는 아빠백작과 똑같은 눈을 하고 입맛이 싹 달아난 표정을 지었다. 하지만 아빠백작처럼 가냘픈 고함을 내지를 수 없어서인지, 참은 고함이 부르튼 것처럼, 입안에 군침이 흥건히 괬다. 강우는 뒤늦게 아빠백작의 화를 두둔할 수 있었다. 배가 고프면 화를 제대로 낼 수 없으니까, 더 화가 나는 거다. 화를 내지 않거나 싸우지 않으면 헤어질 수 없다. 강우는 왜 삼촌이 그렇게 화가 났는지 어슴푸레하게 이해할 수 있었다. 삼촌의 기억력은 생각보다 나쁘지 않았다.

*

강우는 얼떨결에 미라언니한테 화를 낸 게 미안해, 그제야 가랑이에 끼고 있던 복숭아 봉지를 미라언니 복사뼈 옆에다 내려놓았다. 미라언니는 또다시 바보가 되어버렸다. 눈뜬장님처럼 하얀 얼굴로 복숭아 봉지에 얼굴을 들이밀고는 본드를 흡입하듯 훅, 깊은 숨을 들이쉬었다. 봉지가 홀쭉해지는 걸 보면서 강우는 미라언니의 맨살을 훑어봤다. 언니는 가끔 소주 냄새가 풍기지 않는데도 시계가 제게 말을 건다고 투덜거렸다. 늘 딱 한 잔만 할게, 그러고는 수시로 변덕을 부렸다. 다행히 팔뚝은 깨끗했다.

"술 좀 작작 먹어. 비 오면 홍수라도 날까 봐 그렇게 마시는 거야. 언니가 무슨 양수기야. 또 누구랑……"

강우는 뒷말을 삼키고는 미라언니를 떠넘기듯 방에 눕혔다.

미라언니는 복숭아 봉지를 가슴에 끌어안고 자꾸만 피식거렸다.

"난 가수가 되고 싶었어."

미라언니는 취하고 졸리면 늘 그렇게 말을 시작했다.

미라언니의 꿈은 한 번도 같은 적이 없었다. 기타 줄 같은 비가 띵까띵까 내려 낮술에 취한 날은 가수였지만, 햇볕이 쨍쨍한 날은 달리기 선수였고, 바람이 스산한 날에는 시인, 화장대 위에 주사기가 흩어져 있는 날에는 알아들을 수 없는 소리를 얼버무리며 하얀 거품을 물고 쓰러졌다. 그렇게 가장 즐거운 꿈의 시간에서 깨어나면, 손님이 끊긴 수선화에 모조 화분처럼 앉아 '빨리 늙고 싶어' 잔기침 같은 소원을 속살거렸다. 아마 그 소원들이 모두 이뤄졌다면 미라언니는 천 살은 훌쩍 넘었을 거였다.

"우리 집은 너어무 가난했어. 딸만 넷이었는데, 아부진 선로반 직원이었어. 난 그게 그렇게 부끄러울 수 없었어. 역전에 살았는데, 가끔 애들하고 사방치기 하거나 소꿉놀일 하고 있음 우리 마을 솔숲에 놀러왔던 사람들이 기차를 기다리면서 노랠 시키곤 했어."

미라언니는 누가 잠든 사이 달아날까 봐, 잠투정을 하며 찜부럭거리는 아이처럼 끊임없이 제 존재를 들먹거렸다.

만날 하나마나한 소리. 언니가 무슨 라디오야. 여길 틀면 여기 나오고, 저길 틀면 저기 나오고. 언니가 무슨 소년들이야, 어디로 가든 그 새끼들처럼 나타나게. 강우는 고린 입속에서 한없이 수다스러워지면서도, 취한 미라언니를 이가 없는 노인처럼 조심스레 돌봤다. 자꾸 미안한 마음이 드는 게 많이 착해지는 기분이었다.

"사람들은 손뼉을 치며 나보고 가수를 하라고 했지. 그때 목에 수건을 두른 시커먼 얼굴의 아버지가 역전에 있는 식당에 소주를 마시러 가면서 나를 우두커니 쳐다보고는 했어. 나는 모른 체했지. 나는 아이들에게 우리 아버지가 역장이라고 거짓말을 했거든."

지난번엔 춤을 잘 췄다면서. 소풍을 가서 춤을 잘 췄는데, 그날 소풍 백일장에서도 1등을 먹었다면서.

미라언니는 바닥에 흩어진 가발을 쓰다듬으면서 히죽거렸다. 어깻죽지까지 내려오는, 머리끝이 낚싯바늘처럼 감긴 금발 머리가 시큰둥한지 미라언니는 그 가발을 홱, 집어던지고 짙은 밤색 파마머리를 썼다. 미라언니는 어지러운 바닥을 걸터듬어 머플러로 정수리를 덮어 수녀가 되었다.

"아마 그때부터 거길 벗어나야겠다고 마음먹었던 것 같아. 어느 날 아버지 월급봉툴 들고 새벽 기차를 탔어. ……나는 가수가 못 됐지만 그때로 되돌아가고 싶지는 않아, 죽을 때까지 혼자인 게 나을지도 몰라."

미라언니가 그렇게 제 이야기를 주절주절 늘어놓지 않았다면, 강우는 미라언니와 친구가 될 수 없었을지도 모른다. 미라언니의 말은 진실이 아니라는 사실을 알았기 때문에 강우는 안도했다. 변덕이 심한 이야기는 가끔씩 첫사랑 레퍼토리처럼 흥미진진할 때도 있었다. 그 남자(들)는 미라언니만큼 변덕스러웠고, 늘 사랑했지만 이 핑계 저 핑계로 헤어질 수밖에 없었다. 강우는 그때마다 제 또래 때의 미라언니와…… 삼촌 얼굴을 떠올렸다. 오래전 소년들한테 미라와 삼촌이 떡 치는 사이라는 소문을 들었다. 걔들 말로는 둘은 아이도 하나 낳았는데, 누구는 그 아이가 돌을 지나기도 전에 고아원에 버려졌다고 했고, 누구는 태어나자마자 화장실 변기에 버려졌다고 했다. 서로의 추측을 내기하던 소년들은 갑자기 똥을 가리키며 네가 개 아냐, 하며 턱뼈를 움켜쥐고 웃었다. 강우는 소년들이 제 콧잔등을 향해 검지를 가리킬까 봐 그 자리를 부랴부랴 도망쳤다.

그러니까…… 미라언니는 엄마가 되지 않는다면 괜찮은 여자였다. 겨드랑이에 수술 자국이 있고, 이가 노랗고, 화장하고 가발을 써도 이제 남자들이 달가워하지 않는 누나를 엄마라고 하는 건 좀 그랬다. 누군가의 언니, 누나나 여동생인 것도…… 아무래도 곤란했다. 미라는 그냥 미라인 그대로여야 괜찮은 여자였다. 결국 그 자체로 닻섬의 역사인. 어쩌면 강우가 아는 여자들은 다 엄마가 아니면 그러구러 괜찮은 여자일지 몰랐다. 기계도…… 엄마가 아니었다면, 흡혈귀보다는 훨씬 괜찮았으니까.

미라언니는 갑자기 강우의 손을 거머쥐고, 정강이를 쓰다듬었다. 강우는 꿈을 물어오던 남자어른을 대할 때와 달리, 제 꿈을 고백하는 미라언니의 손짓을 거부하지 않았다.

"부모라는 게 자식들이 생각하는 것보다 훨씬 불쌍한 사람들이야. 훨씬 좋은 사람들이라고. 어떻든 빚쟁이들은 아니잖아."

강우는 미라언니의 말이 너무 빨해서 낯설었다. 그래서 어쩌라고? 미라언니의 말은 설교처럼 거북하지 않았지만, 민들레와 코스모스가 만나 이야기를 나누는 기분이랄까. 인물과 배경은 똑같은데, 서로 다른 시간을 헤맨 계절 꽃처럼 언니의 말은 강우에게 건너오자마자 금세 시들어버렸고, 강우는 어느새 제 속에 뿌리내린 사정만 골똘히 들여다봤다. 강우는 이러다 미라언니가 제가 수선화에 처음 들렀을 때처럼 눈물을 터뜨릴지도 모른다는 생각에 조금 성가셨다. **불쌍한 게…… 행복한 건 아냐.** 미라언니는 눈을 헤치고 삼촌을 따라온 강우를 보자마자 눈자위가 불그스름해져선 손등을 한참 동안 어루만졌다. 발개진 콧방울이 벌름거렸고, 눈물이 맺힌 눈망울은 구슬처럼 반짝거렸다. 하지만 그때와 달리 미라언니의 눈은 전혀 생기롭지 않았다. 볼과 위팔을 매만지는 동작은 약에 취해 팔다리가 저절로 경련을 일으키듯 심드렁했고, 콧물처럼 흐물흐물한 발음 사이에 드렁, 코 고는 소리가 섞였다.

"우리 아부지는……"

강우는 미라언니가 제 허깨비를 붙들고 이야기를 건네고 있다는 기시감이 들었다. 그러니까…… 미라언니도 지난 시간의 기억을 상대할 때만 머릿속이 또렷해지는 모양이었다. 돌아가고 싶지 않지만, 그림자보다 집요하게 따라붙는 기억.

아무도 언니를 사랑하지 않아.

강우는 어느 결에 스르르 잠든 미라언니의 눈꺼풀을 보면서 싸늘하게…… 위로했다.

미안해, 나도 사랑하진 않아.

그게 정말 미안한 건지 명확한 기분은 아니었다. 버려진 개한테 미안하고, 멍이 든 꼬마한테 미안하고, 괴롭힌 인형한테 미안하고…… 강우는 제가 알고 있는 세상에는, 제가 미안해할 수 있는 대상이, 제가 미워할 수 있는 대상보다 훨씬 작다는 걸 알고 있었다. 미안한 마음은 안도와 닮았는데, 강우는 미안한 마음이 들 때마다 저울 저쪽에 놓인 미움의 무게에 훌쩍 솟구쳐 올라, 사뭇 허전하고 텅 빈 마음으로 가슴을 들뜨는 것 같았다.

강우는 미라언니의 품에 안긴 복숭아 봉지를 화장대에 올려놓았다. 그리고 바닥에 흩인 옷과 가발을 들고 옷장으로 걸어갔다. 스팽글 달린 푸른 원피스가 강우의 발등에 주르르 흘러내렸다. 강우는 꽃잎처럼 흩보들한 옷자락을 거머쥐고 시계를 힐끗거렸다. 케이캅이 곧 물망초에 도착할 시간이었다. 미라언니가 술에 취해 패악을 떤 뒤로 케이캅은 수선화에 완전히 발길을 끊었다. 강우는 오늘따라 자꾸 늑장이 났다. 끝나면…… 괜히 미라랑 노닥거리지 말고 곧장 집에 와 있어. 삼촌은 그리 말했지만, 강우는 집으로 일찍 돌아가야 할 이유가 없었고, 돌아갈 그곳이 집이긴 한 건지, 시작하지도 않은 끝 사이에서 벌써 지쳐버린 기분이었다.

강우는 갑자기 졸리기까지 했다. 강우는 화장대에 흩어진 미라언니의 루주와 화장품을 쳐다보았다. 가끔 미라언니가 심심할 때 자신을 꾸며주는 그 차림으로 케이캅을, 삼촌을, 소년들을 만난다면 어떻게 될까. 강우는 미라의 허물을 입은 제 모습이 뱀보다 끔찍했지만, 고독하고 아름다운 뱀은 정글이나 사막 한가운데서도 단박 드러나듯, 자꾸 가발과 원피스에 시선이 갔다. 언제부터인가 누군가 봐달라고 전시하지 못하고 있는 장신구들이 무심히 훔쳐본 발가벗은 몸보다 더 퇴폐적이었다. 강우는 오랜만에 미라언니와 가발과 화장으로 변신 놀이를 하면서 깔깔거리고 싶었다. 강우는 눈꺼풀을 늘였다 줄였다 꺼당기면서 한들한들 잠든 미라언니 주위를 맴돌았다.

언니가 제일 불쌍한 사람이야. 누굴 위로할 생각 따윈 하지 마. 뭐니뭐니 해도 닻섬에서는 걸레가 제일 불쌍하니까. 걸레가 불쌍의 왕이니까.

강우는 미라언니 대신 고백과 눈물을 지어내야 하지 않을까, 잠시 고민했다. 하지만 제멋대로 상상의 나래를 펴는 미라언니의 착각을 그만 깨뜨리고 싶었다. 미라언니는 점점 알코올에 뇌가 녹은 백작과 엉뚱한 말만 내뱉는 기계와 똑같이 자신을 코흘리개 취급하고 있었다. 그들을 닮아가는 미라언니는 사뭇 괘씸하고, 우스꽝스러웠다. 미안하지만…… 미라언니는 강우가 이길 수 있는 것들 중 하나였고, 사랑하지 않는 것이었다. 사랑하지 않기 때문에 싸울 이유가 없었다. 다행히 아무도 언니를 사랑하지 않았다. 미라언니는 불면과 누수처럼 새는 말에 지쳐 왕이 바뀐 줄도 모르는 셰에라자드처럼 혀를 쉬지 않았다. 강우는 이야기가 지겨워진 왕처럼 미라언니에게 군림하고 있었다. 세상은 단 두 사람이라도, 왕국을 세울 수 있었다. 왕자와 거지, 주인과 하인, 기계와 고아 소년…… 둘만으로도 세상의 이야기를, 승자와 패자를, 도망자와 정복자를 이야기할 수 있었다.

*

케이캅은 채 5분도 되지 않아 사정했다.

강우는 수아언니 화장대에 놓인 케이캅의 시곗바늘이 세 바퀴를 돌 때까지 눈을 떼지 않았다. 오늘따라 케이캅은 시합이 끝나자마자 경조사에 참석해야 하는 운동선수처럼 유난히 조급했다. 누가 구경했다면 야유를 보낼 만큼 조잡한 시합이었다. 강우는 어둑어둑한 침대에 엎드려 왼 주먹과 오른손 손가락으로 링에 올라 다투는 헐벗은 곰과 가냘픈 개 모양을 시늉하며 벽을 바라봤다. 소년들과 달리 흐린 그림자는 피가 없는 환형동물처럼 굼뜨기만 했다. 케이캅이 검지로 강우

의 뒤통수를 툭툭 쳤다. 강우는 곰과 개로 이불을 빗장뼈까지 끄집어
올리며 케이캅을 돌아봤다.

"소년, 수고했어."

케이캅은 바지를 추스르고 손목시계가 놓인 자리에 만 원짜리 두
장을 놓았다. 다행히 돈은 깨끗해 보였다.

"만 원이 모자라요."

강우는 두 팔을 엇갈려 이마에 놓고 딱딱하게 말했다.

"현금이 없어. 다음에 한꺼번에 줄게."

케이캅은 이불자락을 발칵 끌어내린 뒤 강우의 성기에 검지를 튕기
곤 허벅지를 찰싹 때렸다.

"오늘은 한 번밖에 안 했잖아."

강우는 몸을 바르작대며 다시 이불을 끄집어 올렸다. 종아리에서
콘돔 껍데기가 볼칵거렸다. 강우는 발가락으로 콘돔을 밀어내다 젖고
끈끈한 이물감에 침대에서 벌떡 일어앉았다. 강우는 케이캅의 뒷주머
니에 불룩한 지갑을 노려봤다. 케이캅은 점점 계산이 흐리멍덩해지고
있었다.

"어이, 소년. 흙 너네 집에 있냐?"

강우는 케이캅이 외상을 해놓고 그게 저축이라도 한 듯 선심을 쓰
듯 묻는 말에 눈앞이 휘청거렸다.

흙? 흙이 ……돌아온 걸까.

강우는 그 불안함 예감을 덮을세라 이불을 감고 벽을 향해 휙 돌아
누웠다. 갑자기 온 감각이 곤두섰다. 강우는 어금니를 꽉 깨물었다.
땀에 젖은 이불이 누군가의 젖은 살갗처럼 선득했다. 저리 가. 나한테
달라붙지 말란 말이야. 다가오지 마. 강우는 몸을 조금씩 뒤틀었다. 한

순간 기면에 빠져버린 것처럼…… 얕은 코를 골던 삼촌이 신경질을 내며 이불을 홱 낚아챈다. "부스럭거리지 마. 절루 가서 디비자." 삼촌의 말은 헐벗은 겨드랑이처럼 따끔거리고 까맣다. 강우는 침대 끝에 걸터앉아 제 앞에 펼쳐진 바닥이 죄 녹슨 못이 꽂혀 있는 것처럼 어디로 가야 할지 앞이 깜깜하다. 빈 수조에 엎드려야 하는 걸까, 냉장고에 숨어 있어야 하나, 계단에 쭈그리고 앉아 있어야 하나, 개처럼. 강우는 삼촌이 짐을 들여놓은 내실 앞으로 걸어간다. 강우가 방문 손잡이를 거머쥐자, 삼촌이 벽을 주먹으로 쾅 내리친다. "거기 들어가지 말라 그랬지. 내 말이 좆같아?" 삼촌은 정말 닻섬 전부를 접수했는지, 강우의 좁은 침대에서 폭군보다 당당하다. 개천다리까지 나가야 흡족하려나, 수선화 구석방으로 가야 내 그림자가 안 보일까. 하지만 거기에는 이미 소년과 아빠백작의 짐으로도 빠듯해 강우가 낄 자리는 항문보다 좁다. 강우는 기계와 백작을 쫓아내고 겨우 차지한 왕국의 기둥이 허물어질지도 모른다는 두려움에 오금이 다 저리다. "흙이…… 여기서 같이 지내고 싶다고 그랬어…… 나도 그랬으면 좋겠어." 강우는 자기를 바람처럼 떠민 삼촌에게 겨우 방패 하나를 내민다. 전염병축제와 태풍을 지나는 동안 방패는 녹이 슬고 구멍이 숭숭 뚫려 녹물이 뚝뚝 떨어진다. "흙이 시키디?" "아냐, 그냥…… 아빠도 거의 수선화에 있고. 여름도 지났는데 날씨도 춥고." 강우는 우물쭈물 변명을 늘어놓는다. "그 새끼, 흙이나 주워 먹는 땅꼬마 녀석이 이제 머리가 컸다 그거지. 조무래기들도 모자라 너까지 건드린다 그거지." 삼촌은 미끼를 문 덫을 확인한 사냥꾼처럼 윗니를 드러내고 이죽거린다. 강우는 건드린다, 라는 말에 손맛을 느낀 것처럼 진저리 친다.

케이캅도 삼촌처럼 눈을 희번덕이며 헛웃음을 지은 적이 있었다. "걸레 같은 년들 보지나 닦아주고 만날 술이나 처먹는 백수 새끼가 이제 좀 컸다 그거지." 강우는 어쩌다 흙을 고자질해버린 낭패감에, 결국 빈손만 남은 허탈한 결과가 서글펐다. 강우는 흙이 사라진 뒤 가끔 삼촌에게 흙이 어디로 간 것인지 물었지만, 삼촌은 그저 야릇한 웃음을 머금었다. 아무도 흙이 어디로 사라진 것인지 알지 못했다. 강우는 가끔 흙이 사라진 곳을 상상하면서, 삼촌과 흙이 닻섬으로 돌아온 날 함께 따라온 소문을 떠올렸다. 닻섬에서 그리 멀리 떨어지지 않은 야산에서 도토리를 줍던 사내가 오래전 사라진 소년들을 발견했다. 아직 단풍이 남아 있는데, 그것들을 튀김처럼 얼게 만들 만큼 한파가 몰아치던 날이었다. 전염병은 매장되면서, 하마터면 파묻힐 뻔한 비밀을 파헤쳤다. 강우는 전염병처럼 떠도는 그 소문을 떠올릴 때마다, 사격장 근처에서 사라졌던 다섯 소년들의 얼굴에 언제부터인가 자주 볼 수 없었던 소년들의 얼굴을 겹치고는 진저리를 쳤다. 강우는 맑게 해 질 무렵이면 우주 속으로 잠기는 것 같던 흙의 뒷모습이 떠올라 팬스레 파도처럼 일렁이는 마음으로 바다 쪽을 오랫동안 쳐다보았다. 흙은 푸른 하늘에 물들어 지폐처럼 푸르렀다. 강우는 한순간 기억과 기억이 뒤섞이고, 지금을 살지 않고 있었다. 강우는 기다림이 직업이었을 때, 기다리지 않는데 돌아오는 것을 또 그렇게 기다렸을 때처럼, 그만 아무에게도 들키지 않는 비밀의 장소로 사라져버리고 싶었다.

"대체 뭔 짓거릴 한다고 코빼기도 안 보여. 소년, 못 봤어?"

"몰라요."

"그럼 익주는 어딨어?"

"몰라요."

"몰라? ……대체 네가 아는 게 뭐가 있는데? 아, 잘 아는 게 하나 있긴 하지."

케이캅은 제 농담에 만족해 한참을 낄낄거렸다. 인색하지만, 그도 오늘은 기분이 좋은 모양이었다.

오늘은 정말 닻섬의 축제인지 몰랐다. 돈의 축제…… 피의 축제, 소년들의 축제. 오랫동안 돈 냄새에 주렸던 동물 한 마리가 귀환한 걸 보면…… 오늘은 가장 특별한 축제가 벌어질지 몰랐다. 하지만 강우는 축제의 흔적을 눈치채지 못했다. 삼촌은 여전히 흙의 빈자리 때문에 헤맸고, 골목은 더러웠다. 미라언니도, 소년들도, 아빠백작도…… 어느 누구도 삼촌의 명령을 따르지 않았다. 삼촌의 전령이었던 강우도 전언을 까먹고 말았다. 어쩌면 오늘은 손님들의 축제가 아니라, 모두 기분이 좋아 청소를 하고, 술에 취하고, 살을 탐하고…… 닻섬의 주인들이 벌이는 축제인지 몰랐다. 하지만 강우는 어떤 축제에도 끼고 싶지 않았다. 그저 혼자인 공간에 틀어박혀 비극의 제스처를 하고 숨어 있고 싶었다. 하지만 그 모습은 아주 오래전 제가 발명한 축제처럼, 초대받길 바라는 것인지, 자신만은 축제의 사각지대에 남아 왕처럼 내려다보고 있고 싶은 건지 종잡을 수 없었다.

흙이 돌아온다.

(소년이 아니라) 흙이 돌아왔다.

코끼리가 돌아왔어.

그리고 축제가 열릴 거야. 피의 축제가.

사슴은 코끼리를 이길 수 없을 텐데, 하긴 동물 따위는 감히 넘볼 수 없

는 풍욍(불사조)이 있으니까

　강우는 방을 나서는 케이캅의 지갑을 노려봤다. 다른 때보다 훨씬 두둑해 보였다. 강우는 간만에 어깨에 힘이 잔뜩 들어가 흙처럼 닻섬을 거들먹거리는 소년들의 모습이 떠올랐다. 소년-흙은 지금 어디에 숨어 있는 걸까. 강우는 퍼뜩 닻섬을 떠났다 귀환하면 소년으로 뭉뚱그려지지 않고 흙, 그렇게 제 이름을 회복해 돌아오게 되는 것이냐고, 소년에게 돈을 제공하는 어른에게 따져 묻고 싶었다. 나는 어이 소년,이 아니라 강우라고, 강우.
　강우는 발가벗은 몸으로 화장대에 놓인 지폐를 챙겼다. 구겨진 바지에서 만 원짜리 네 장을 꺼내 화대와 합친 뒤 한 장 한 장 셌다. 강우는 만 원짜리 여섯 장을 다시 한 번 더 헤아린 뒤, 딱 한 장 비는 돈은 흙에 대한 소문의 값이라고 퉁을 쳤다. 만 원 정도라면 적선한 셈 칠 수 있었다. 강우는 비는 만 원짜리 한 장의 틈을 꿰뚫어보고 절망에 빠지는 기계가 아니었다. 그 돈이 어떤 돈인 줄 아니? 강우는 문득 엄마기계와 흙이 어떤 이야기를 나누었는지 궁금했다. 푸른등대 옆 골목에서 뭔가 심각한 얼굴로 소곤거리는 두 사람의 얼굴. 그리고 흙에게 돈을 쥐어주던 엄마기계. 흙은 엄마기계에게 어떤 것을 주었고, 엄마기계는 무엇을 가지고 돈의 대가를 치렀을까. 강우는 헐벗은 엄마기계의 몸에 플러그처럼 꽂힌 흙의 아랫도리를 떠올렸다. 솜사탕 장수의 거스름돈보다 더러웠다. 하나도 부럽지 않았다. 강우는 돈이 더러워질세라, 화장대에 놓인 크리넥스에서 새하얀 티슈를 뽑아 네모 반듯하게 감쌌다. 여섯 장의 푸른 지폐에서 비릿한 밤꽃과 달금한 복숭아 냄새가 났다.

*

　강우는 수선화 부엌으로 들어가 냄비를 뒤졌다.

　옆면 가득 들국화가 만발한 법랑 냄비에는 통통 분 멸치와 다시마
가 든 거름망이 가문 개펄에 팽개쳐진 통발처럼 남아 있고, 프라이팬
에는 호박과 양파, 당근 부스러기가 말라붙어 있었다. 강우는 이쑤시
개 굵기로 채를 썰어 볶은 나물 가닥을 오물거리면서 마땅한 요깃거
리를 뒤졌다. 아무래도 미라언니가 말한 제 몫의 끼니는 찾을 수가
없었다. 그 짓도 돈벌이인지 뱃가죽이 당길 만큼 허기져 군입이 다
말랐다. 강우는 갓 지은 밥을 푸성귀와 함께 아귀아귀 먹고 싶었지
만, 지금이라면 지긋지긋한 국수라도 상관없었다.

　강우는 혹시나 전기밥솥 뚜껑을 열었다. 훈김과 밥내가 얼굴을 적
시기는커녕 누런 밥덩이가 비로 쓸어놓은 톱밥처럼 모아져 있었다.
강우는 아쉬운 대로 식은 밥을 한 숟갈 떴다. 꾸덕꾸덕하게 마른 밥
은 조금 쉰내가 났다. 강우는 더껑이를 떼어내고 보드라운 부분을 집
어먹었다. 밥알은 금세 흐무러져 단맛이 났다. 괜히 면이나 먹지 말
라던 우주의 걱정과 괜히 노닥거리지 말고 곧장 집으로 돌아오라던
삼촌의 명령이 괜한 밥투정처럼 귓가에 맴돌았다. 강우는 밥이 심심
해 부엌을 찬찬히 둘러봤다. 설거지대에 빈 술병과 접시가 놓인 양은
쟁반이 그대로 담겨 있었다. 접시에는 말간 소주가 담긴 소주잔 하나
와 소주잔이 내과피처럼 담긴 맥주잔이 마주보고 있었다. 강우는 식
은 밥을 한입 삼키고, 접시에 남은 채소볶음과 김치를 손으로 집어 먹
었다. 강우는 소주잔을 들어 혀끝을 날름거렸다. 달고, 쓰고, 투명했

다. 누군가 어지간히 취해 마지막 잔은 기어이 못 넘긴 모양이었다.

강우는 언제부터인가 속이 부대낀다며 폭탄주만 마시는 언니의 술 상대가 누구였을지 궁금했다. 당연히 아빠백작이라고 짐작하면서도, 흙이 돌아온 것도 모르고 제 성질에 못 이겨 소주로 분을 삭이고 깨끗해진 푸른등대 한가운데 널브러진 헐벗은 몸, 자정 넘어 어슬렁어슬렁 주머니가 넉넉한 손님을 시늉하며 고층건물 지하실을 기웃거리는 납작한 뒤통수……가 기대를 닮은 의심으로 점점 깊어졌다. 강우는 삼촌의 명령을 따르지 않은 게 다행스러웠고, 어차피 삼촌도 약손 따윈 잊어버렸다는 생각에 집으로 돌아가는 길 또한 하염없이 늑장을 부리고 싶었다.

"언제 왔어?"

강우가 밥과 반찬과 한 잔의 술을 모조리 비우고 수돗물에 입을 가시고 있는데, 미라언니가 빗소리를 여겨보듯 부엌을 들여다봤다.

"기억 안 나? 얼마나 마셨기에 하나도 기억 못 해?"

강우는 입맛을 다시듯 혀로 잇새를 쩍쩍거리며 핀잔했다.

"왔었어?"

"뭐야, 춤도 춰놓고선."

강우는 미라언니를 골리면서 설거짓거리를 물에 부셨다.

"아무래도 몸이 맛이 갔나 봐. 딱 한 잔만 하려고 했는데……"

강우는 맥주잔에 포개진 소주잔이 잘 빠지지 않아 손바닥으로 밑굽을 탁탁 두드리면서, 미라언니가 누구랑 술을 넘치게 마셨는지 묻고 싶은 걸 막았다. 강우는 말갛게 포개진 두 개의 술잔을 결국 분리하지 못하고 찬장 깊숙이 숨기듯, 정육점골목과 푸른횟집 구석방에 각각 낮술에 곯아떨어진 남자어른들을 깨우고 싶지 않았다. 삼촌은 점점 아빠백작을 닮아갔고, 아빠백작은 못생긴 소년들을 닮아갔다. 둘은 잠 속에서도 수다스러웠다. 그렇게 서로서로 옮아 거리의 소년들과 유다를 것 없는 남자어른들을 소년들은 언니라고 놀리며 킬킬거렸다. 굴착기와 장화를 벗은 맨발과, 당구알과 말을 삼킬 수 있는 거대한 가랑이에 빠져 허우적거리는 사내들.

"국수 없어? 딱 한 그릇 남았다고 그랬잖아."

강우는 젖은 손을 윗도리에 쓱쓱 문질렀다.

미라언니는 스스럼없이 냄비 뚜껑을 열어보더니 이맛살을 찌푸렸다.

"이상하네. 없어졌어. 파리가 엉길까 봐 체에 담아 냄비에 넣어뒀는데. 다시 삶아줄까?"

"괜찮아."

"금세 삶아. 나도 자고 나니까 출출해."

미라언니는 강우에게 괜스레 미안한 얼굴로 냉장고를 뒤졌다. 삼촌과…… 우주의 잔소리와 달리 오늘 같은 날은 빗발처럼 가느다란 면을 비껴갈 수 없을 것 같았다. 시들고 메마른 음식만 외투처럼 쟁여진 푸른등대와 달리 수선화의 냉장고는 건강하고 싱그러웠다. 마치 눈에 홀려 바깥에 나온 아이가 볼이 빨개져 입김을 호호 부는 것 같았다. 그렇게 차가운 재료를 따뜻하게 덥히는 미라언니의 손짓은 능수능란했다. 미라언니는 아무 생색도 않고 강우에게 따뜻한 음식을 해주는 유일한 사람이었다. 그나마 하나 있던, 손맛이 젬병인 식모기계가 녹슨 몸으로 눈보라를 헤치고 달아났던 그날부터 지금까지 늘 그랬다.

*

　강우는 홀씨처럼 부푼 걸음을 가로막은 남자어른이 기쁨을 처음 발명했던 날처럼 자신을 단박 알아봤다는 걸 꿰뚫어봤다. 그가 제 모습에 홀려 아름다움을 감탄하고, 만지고 싶어 한다는 속셈을. 그의 붉은 웃음과 비릿한 술내, 초조한 호흡은 폐쇄된 놀이공원과 빈집 어둠에 웅크린 소년들의 욕망처럼 빤했다. 하지만 붉은박쥐처럼 인기척을 무서워하며 밤만 재촉하는 소년들과 달리 그는 한낮과 새하얀 눈 세상 앞에서도 전혀 주눅 들지 않았다.

　"어딜 그렇게 싸돌아다녀?"

　강우는 그가 모든 사실을 꿰고 있으면서도, 조금 수줍어 그렇게 저를 희롱하고 있다고 생각했다. 강우는 그가 정육점골목에서 처음 맞닥뜨렸을 때 제 민감한 곳을 간질일 때처럼 몸을 비틀고 짐짓 까탈을 시늉했다.

　"왜요?"

　"이놈 봐라. 왜 너네 엄마가 내다 버렸냐? 너네 아빠가 쫓아냈어?"

　강우는 또다시 자기 하나만 보지 않고, 부모 가면을 제 몸에 덮어 씌우는 게 서운하다 못해 짜증났다.

　"그냥 나 혼자 나온 거거든요. 원래…… 나 혼자밖에 없거든요."

　강우는 왜 불쑥 그 말이 튀어나왔는지 이해할 수 없었다. 너무 조급하게 군 게 아닐까. 하지만 강우는 제 처지를 흘린 대답이 그러구러 만족스러웠다. 그건 고아만큼 명백한 사실이었다. 강우는 혼자 눈을 헤매다 그와 단독으로 마주 섰고, 그와 둘이서만 말을 주고받고 있었다.

238

"쪼끄만 게. 뭐가 그렇게 자신만만해?"

그는 한 계절 만에 선수를 잡은 노름꾼이 판을 멈출까 말까 고민하는 얼굴로 잠시 신코를 해작였다. 그러다 윗주머니에서 담배 한 개비를 꺼내 물고는 강우에게도 하나 내밀었다. 강우는 도리질을 했다.

"따라와."

그는 선문답처럼 그렇게 명령하고는 저만치 엄마기계가 사라진 자리를 응시했다.

강우는 그가 개천다리를 건너 푸른등대로 가기를 바랐다. 하지만 그는 정육점골목으로 걸어갔다. 어차피…… 혼자라면 새로운 무대에서 다시 시작하는 게 한결 근사할지 몰랐다. 정육점골목으로 가는 길은 푸른횟집과 달리 발자국이 어지럽게 얽혀 있었다. 걸음과 걸음이 포개져 애당초 그게 어떤 크기인지 가늠할 수 없는 길 위로, 가끔 버드나무 가지에 쌓인 눈이 무게를 이기지 못하고 후드득 떨어졌다. 강우는 그와 둘만의 발자국을 새로 새겨나가며 한 걸음 한 걸음을 가슴속에 기억하고 싶었지만, 누가 쫓아오는 기척에 한눈파는 사이 제가 포개고 싶은 그의 앞 발자국은 놓치고 말았다. 강우가 자꾸 걸음을 늦추고 주위를 힐끗거리자, 그가 강우를 돌아봤다.

"뭘 그렇게 우물쭈물해. 왜, 고추에 털도 안 난 녀석이 벌써 여자를 알아?"

그는 평기둥에 빗더선 대비로 눈을 쓸고는 계단에 신 바닥을 탁탁 털었다. 그 기척에 깜깜한 새시 문이 열리고 강우더러 탤런트를 하라던 여자가 화들짝 반가운 얼굴을 했다. 그는 낭패를 본 얼굴로 괜스레 딴청을 부렸다. 강우도 여자가 썩 반갑지 않았다. 여자는 닻섬에서 벌어진 모든 역사를 꿰고 있는 사람처럼 강우의 언 손을 붙잡고는 수선화 안으로 데려갔다. 그도 그림자처럼 수선화로 들어갔다. 강우는 오래전부터 이 순간을 각오했던 것처럼 스스럼없는 표정을 지어내며 수선화를 구경했다.

그때까지만 해도 미라언니는 사람을 홀리는 재주가 남아 있었다. 강우는 짐짓 점잔을 떨면서도 경계를 늦추지 않고 거울과 천장, 벽과 커튼의 수준을 평가했는데, 어느 순간 미라언니가 뚝딱뚝딱 만들어낸 음식 앞에서 언 몸이 까무러지듯 슬그머니 숟갈을 쥐고 있었다. 미라언니는 굴을 넣은 떡국을 끓였다. 강우는 아침부터 아무것도 먹지 않았다. 그즈음 강우가 제대로 먹은 음식이 없기는 했다. 엄마기계는 주로 라면을 끓이거나 식은 밥상을 차려냈다. 아빠백작은 밥상을 걸어찼고, 강우는 굶거나 시든 밥을 혼자 먹었다. 강우가 야뇨증을 앓는 아이처럼 새벽에 깨보면, 엄마기계는 아빠백작의 시든 입맛을 되살릴 메뉴를 궁리하는지 전혀 잠을 이루지 못하는 것 같았다.

강우는 멸치로 맛국물을 우렸는지 모래알 같은 비늘과 고추씨 같은 눈이 붙은 하얀 가래떡과 국화잎 같은 지단, 어슷하게 썬 대파와 굴(하필 또 굴이었다)까지 넣어 제대로 마련한 음식을 보면서, 손맛이 젬병인데다 음식 담는 것도 엄벙덤벙한 엄마기계가 닻섬에 머물 수 없는 자격을 하나 더 다졌다. 그런 주제에 엄마기계는 마지막까지 강우를 코흘리개로 착각했다. 솜사탕을 하나 쥐어주면 환장할 줄 알았을까. 강우는 엄마기계가 제 나이를 까먹고 있었을지도 모른다는 예감에 "그렇게 살고 싶었어? 나 같으면 당장이라도 이곳을 떠나겠어. 그렇게 미적거리는 이유가 뭐야?" 이글거리며 작별 인사를 하지 못한 게 억울하기까지 했다. 강우는 그렇게 슬픔을 시늉하느라 입안에서 살살 녹는 떡국을 함부로 삼키지 못했다. 미라언니는 강우의 슬픈 몸짓에 감화한 듯 강우의 머리를 가만히 감싸 안았다.

"배고프면 아무 때나 집처럼 생각하고 편하게 찾아와."

＊

강우는 미라언니가 해주는 음식을 먹으면서 엄마기계나 아빠기계보다 더 친숙한 관계가 되었다. 미라언니가 점점 한가해지고 더 자주 다양한 음식을 맛보면서, 강우는 엄마기계의 손맛을 완전히 잊어버렸다. 엄마기계도 국수를 삶았고, 국수를 호로록 삼킨 장면은 또렷한데, 그 맛이 어땠는지는 도무지 기억나지 않았다. 사실 어떤 맛을 추억하기에, 강우는 많은 맛을 알지도, 반복해 익숙한 맛도 없었다. 처음 남자어른 손님이 건넨 소주를 마셨을 때 숯을 삼킨 것처럼 속이 홧홧하면서 온몸의 매가리가 풀리면서 괜스레 우스꽝스럽고 언짢아지던 느낌, 편의점이 사라지기 전까지 날마다 먹던 컵라면과 삼각김밥, 닻섬 소년들과 축구장이 있는 동네로 갔을 때 먹었던 어묵과 떡볶이, 철거하지 않은 콘크리트 구조물 안에서…… 소년이 쓰레기를 태우며 구워준 오징어와 캔맥주……는 혀가 즐겁거나 살이 찌는 맛이 아니라 기분이었다.

강우는 미라언니의 음식을 통해 책이나 드라마에서 보았던 그런 여자를 흘깃 보았다. 하지만 미라언니는 정육점골목에 가만히 있는데도, 태풍이 한 지역의 지형을 뒤바꾸듯 제자리에서 조금씩 변해갔다. 여남은 명도 남지 않은 언니들이 여전히 서너 개의 쇼윈도에 화분처럼 앉아 있지만, 미라언니는 완전히 내실로 물러앉아 주로 삼촌이 데려가는 손님들에게 술을 따라주고, 사내들이 취하지도 않고 옆집이나 뒷방으로 물러가면 아빠백작과 우주와 술을 마시거나, 전과 회를 챙겨 푸른등대로 건너와 강우와 텔레비전을 보거나 전을 부치면서 술을 마셨다. 미라언니는 가게 마담이 아니라 닻섬의 사내들을 거둬 먹이는 암퇘지처럼 점점 살이 붓고 표정이 사라졌다. 변하지 않은 건 손맛뿐이었고, 그 손 덕분에 닻섬의 수컷들은 주리지 않았다. 미라언니도 그 사실을 눈치채고 칼과 그릇만은 놓지 않고, 수선화 부엌에 큰 솥을 마련하여 마녀처럼 주린 소년들을 불러 모았다.

수선화에는 소년들의 전용 그릇이 있었다. 소년들의 얼굴만 한 스테인리스 냉면 그릇. 그 냉면 그릇에는 대개 밥과 여러 반찬이 바리때처럼 담겼지만, 손님들의 남은 반찬으로 근사해질 때도 있었고, 달력의 그림처럼 네 계절이 예쁘게 놓일 때도 있었다. 여름이면 우뭇가사리 묵을 채 썰어 얼음을 동동 띄운 콩물이 담긴 그릇에는 소년들의 콧등에 서린 땀처럼 물방울이 뱄고, 소년들은 윗입술과 인중에 하얀 콩물을 묻히고 어딘가로 달려갔다. 소년들이 탁자에 아무렇게나 엎어놓은 그릇은 콩국물이 말라붙어 흙탕물로 씻은 것 같았다. 그냥 찬물에 밥을 말아 풋고추랑 아귀아귀 먹을 때도 그 그릇에 담아 먹으면 맛이 남달랐다. 그을린 콧등에 송골송골 맺힌 땀을 훔치며, 소년들은 매운 풋고추에 캑캑거리면서도, 매운맛이 아쉬워 앞니로 풋고추를 베어 먹었다. 서리태를 갈아 푸르스름한 콩국수, 회를 뜨고 남긴 생선뼈 국물에 고추장과 김치를 넣어 끓인 쫄깃쫄깃한 수제비, 물엿과 양파를 많이 넣은 고추장불고기, 한겨울 곱은 속을 바다처럼 뚫어버리는 칼칼한 동탯국, 식으면 설탕을 뿌려 한 숟갈씩 뚝뚝 떠먹는 동지팥죽…… 아마 세상 사람들이 죄 그 그릇을 갖고 있었다면, 미라언니가 차려주는 밥을 먹었다면, 세상에 전쟁 같은 건 일어나지 않았을

지 모른다. 정말 그 그릇을 품에 안고 있을 때, 미라언니는 닻섬의 모든 수컷들의 입맛뿐만 아니라 동작까지 순한 짐승처럼 하나로 통일시켰다. 미라언니도 칼과 그릇을 장악할 때는 대장처럼 의기양양해져, 수컷들이 음식을 남길라치면 "남기지마. 그거 다 지옥 가서 먹어야 돼. 왜 그렇게들 지옥 못 가서 안달들이야" 하고 자신만만하게 야단했다.

강우는 아쉽게 숟가락을 놓았던 통통한 굴과 푸른 파가 어우러진 하얀 떡국이 그리웠다. 식어 통통 분 떡국을 숟가락으로 떡떡 끊어 먹으면서 미라언니와 낮술이라도 마시고 싶었다. 닻섬의 모든 수컷들 입맛을 하나로 통일시킨 미라언니의 손맛이, 가을꽃처럼 노랗고 파란 고명이, 헤엄처럼 시원한 국물 맛이 떠오르자, 촉촉한 군침이 혀와 목구멍으로 굴처럼 미끄러졌다.

*

"또 비 오려나 보다. ……신기하지, 어떻게 한 틈도 안 남겨두고 비가 떨어지는지 몰라."

술에 취했을 땐 비가 지겹다고 해놓고, 미라언니는 아직 시작하지도 않은 비에 말갛게 홀려 있었다.

"언니는 진짜 소원이 뭐였어?"

강우는 금색 가발의 귀밑머리를 귓바퀴로 쓸어 넘기며 거울 속의 미라언니와 눈을 맞췄다.

미라언니는 멀뚱한 눈으로 강우를 쳐다봤다.

"갑자기 그런 걸 왜 물어?"

강우는 피식, 헛웃음이 쳐지는 걸 참고 진지해졌다.

"그냥, 언니도…… 꿈이란 게 있었을 것 아냐."

"소원? 그런 게 어딨어. ……네 소원은 뭔데?"

"나…… 복숭아 장수."

"복숭아 장수? 참, 복숭아 먹을래? 누가 갖다놨지. 우주가 사 갖고 왔나."

미라언니는 문턱에 부려진 검은 봉지를 향해 무릎걸음을 했다.

강우는 생색할 수 없는 게 전혀 서운하지 않았지만, 기억이 깜깜한 미라언니가 어이없어 골리듯 말했다.

"하늘에서 떨어졌나 보지."

"네가 갖고 온 거야?"

강우는 아무 대꾸도 않았다.

"죄 물크러졌네. 그래도 달다. 근데 어디서 났어?"

"샀지."

"어서?"

"솜사탕 장수."

"솜사탕 장수? 아…… 9호 포차 김 씨."

포장마차? 노인은 직업이 몇 가지나 있었던 걸까.

"복숭아 팔디? 포장마차 할 때 그 집 닭발 맛있었는데."

미라언니는 여전히 별걸 다 기억하고 있었다.

하지만 언니의 기억이란 게 복숭아나 닭발처럼 근사한 골동품이 되거나 값이 올라갈 거로 보이지는 않았다. 그건 닻섬의 시간—미라언니의 역사와 정확히 닮아 있었다. 소년들의 키가 훌쩍 자라고 종아리와 위팔이 야구방망이처럼 단단해지는 동안, 삼촌이 우리에 갇힌 수

244

사자처럼 살이 붙고 이가 약해지는 동안, 아빠백작이 칼자루 대신 병목을 쥐는 시간이 훨씬 길어지는 동안, 어쩌면 소년과 남자어른의 시간들이 조류처럼 스미고 뒤섞이며 생식기와 나이를 가늠할 수 없어지는 동안, 미라언니는 닻섬을 고요하게 지키며 수컷들의 주린 배를 채워줬다. 강우는 그 시간을 돌아보면 문득 미라언니의 시간은 의자 같은 고체가 아닐까, 생각될 때가 있었다.

강우는 격납고 산비탈에서 한문으로 쓴 기념비를 본 적이 있다. 소년들은 그것이 왕의 무덤이라고 했고, 장원급제를 한 암행어사를 기린 것이라고 했고, 공산당을 무찌른 승전비라고 우겼다. 강우는 어떡하든 소년들이 몇 백 년 전의 사실을 알고 있다는 게 신기했다. 소년들이 산을 헤매다 구레나룻처럼 푸르스름한 돌이끼가 낀 반석에 엉덩이를 걸터앉기 전까지만 해도, 소년들의 몸에 쟁여진 나이테는 머리카락보다 가늘고 반지보다 심심한 동그라미에 불과했다. 하지만 돌덩이를 보자마자 소년들은 천년을 상상할 수 있었고, 그것은 소년들이 저마다 쳐다보는 어떤 시간들의 틈바구니에서 타임머신처럼 솟아 있었다. 강우도 제가 알고 있는 닻섬의 지도가 몇 뼘은 넓어진 기분에 주위를 샅샅이 둘러봤다.

강우가 알고 있는 닻섬의 역사는 고작 덥고 추운 계절이 전부였고, 제가 꿰고 있는 영역도 개천다리 안쪽의 허름한 등대가 전부였다. 강우는 개천다리를 훌쩍 넘어 정육점골목과 정류장, 부두, 놀이공원에 어떤 시간들이 놓여 있는지 갑갑했다. 그것은 꿈의 거리였고, 꿈의 영토였다. 강우에게 꿈은 금지였다. 강우는 꿈에 가닿는 방법을 몰랐지만, 막연히 그곳에 다다를 수 있는 방법을 배울 수 있을 것 같았다, 거기에 그곳이 있다면. 그리고 강우는 자라면서 늘 금지였던 정육점골목까지 무람없이 드나들 게 되었다. 그건 제 꿈을 가로막은 기계와 백작의 자리를 빼앗고 난 뒤에 비로소 가 닿게 된 장소였다. 그러니까 언젠가는 정육점골목을 가로막은 무엇을 통과하고 나면 강우는 자연스레 또 다른 꿈의 영역으로 가 닿을 것이었다.

그러니까 언니는 그곳으로 가는 이정인지도 몰랐다. 그러니까 미라언니는 대관람차나 살구나무, 스툴, 그릇이라고 해도 상관없겠다. 그건 사랑하지 않는 거니까. 마음으로 보이지 않아도, 문득 거기 보였고, 거기 있었다. 미라언니는 닻섬의 무심한 시간들을 전시했고, 사람들은 늙지 않는 기억을 구경했다. 마음으로 보이지도 않고, 거길 지나가면 보고, 가지 않으면 보이지 않았다. 닻섬에 발을 디딘 사람은 누구나 미라언니를 구경할 수 있었다. 언닌 닻섬의 역사인 게 분명해. 그래, 비석은 너무 늙었으니까, 붉은색 플라스틱 의자는 너무 못생겼으니까, 그래, 한 그루 나무라고 불러줄게. 때로 날씨에 흔들리기도 하지만 그 뿌리는 그대로인. 하지만 나무는 태풍에 쉽게 쓰러져버린다. 하긴…… 그러면 뭐해. 아무도 사랑하지 않는데. 아무도 의자나 비석을 사랑하진 않아. 아무도 닻섬의 기억을 기념하지는 않아. 그래 그냥, 분홍색 유리박물관이라고 불러줄게. 강우는 어떤 것도 기념하고 싶지 않았다. 한 자리에 남아 돌처럼 딱딱하게 굳어버리고 싶지 않았다, 나를 전시하고 싶지 않았다, 그냥 아무도 몰래 너와 나 둘이서만 기억하자, 맹세하고 싶었다. 그렇게 태풍 같은 시간에 휩쓸려 흘러가는……

*

"우리나라 브래지어는 못됐어."

미라언니는 컵 바깥으로 삐져나오는 젖가슴을 안쪽으로 밀어 넣으며 투덜거렸다.

듬성한 정수리와 퍼석한 머리카락을 가발로 가렸지만, 지푸라기로 화병을 장식하는 기분인지 가발을 심드렁하게 벗고 맨살을 긁었다. 강우는 미라언니의 변신이 안쓰러웠다. 언니는 아무리 꾸며도 예쁘지 않았다. 강우는 언니가 실패한 가발을 쓰고 거울 속의 아이를 향해 보조개를 만들었다.

"딴 언니들은 언제 와?"

"걔들이야 지금이 아침이지."

미라언니는 벌겋게 얼루기가 생긴 팔뚝에 침을 묻혔다.

"언닌 여전히 괜찮아."

강우는 귀를 덮은 머리카락을 귓바퀴로 넘기며 새치름하게 위로했다.

휴.

미라언니는 긴 한숨 끝에 마른기침을 삼키고는 담배를 물었다.

강우는 언니가 뚜껑을 닫지 않은 로션을 큼큼거렸다. 냄새가 쌌다. 강우는 어지럽게 놓인 화장품을 크기별로 줄 세운 뒤, 맨 앞에 놓인 루주를 열고 물고기처럼 멀건 입술을 빨갛게 물들였다. '진짜 예쁘다. 광고 나오는 애보다 예쁘다. 나보다 훨씬 예쁘잖아.' 강우는 미라언니가 제 변신에 홀려 군침을 삼키고 기립박수를 하면서 감탄하기를 바랐다. 하지만 미라언니는 제 초라한 외모에 실망해 원피스를 빗장뼈에 대어보곤 바닥에 휙 집어던졌다.

삼촌이 청소 좀 해놓으라 그러던데. 술 먹지 말라 그러던데. 강우는 점점 돼지우리를 만드는 언니에게 경고하고 싶었지만, 아무도 자신을 주목하지 않는 게 짜증나 모든 게 성가셨다. 강우는 노란 가발을 쓰고 언니보다 적극적으로 원피스를 제 몸에 받쳐봤다. 그제야 미라언니는 제 초라한 몸을 제쳐두고 강우에게 어울리는 옷을 맞춰보고 고개를 갸웃했다.

강우는 미라언니와 놀 때면 제 속의 아름다움을 부끄러워하지 않았다. 아니, 수줍어하기는커녕 더 과시하고 싶었고, 초라한 언니가 다시는 돌아갈 수 없는 청춘의 박물관을 일깨워주고 싶었다. 강우는 포박된 몸짓을 숨기지도 않았다. 소년들을 등에 두고 혀를 씻을 때는 자연스레 솟아오른 새끼손가락을 부러뜨리고 싶었지만, 미라언니가 건넨 모자를 받을 때는 꿰맨 듯 따라 올라가는 새끼손가락을 억지로 주먹으로 다물려고 노력하지 않고, 나비를 잡듯 섬세하게 손짓했다. 강우는 미라언니 앞에서 화려하게 변신했지만, 되레 가장 맨몸으로 정직해지는 기분이었다.

강우는 이제 금발에 검은 드레스를 입은 언니가 되었다. 강우는 검은 털이 북슬북슬한 샤프카 모자를 눌러 썼다. 영원히 늙지 않고 시간을 떠돌며 소년 시절에만 만날 수 있는, '청춘의 환영'인 메텔을 닮았다. 강우는 미라언니가 버린 속눈썹을 붙였다. 풀기가 가신 속눈썹은 제대로 붙지 않았고, 제 쌍꺼풀보다 길었다. 강우는 손톱깎이로 끄트머리를 잘라내고, 침을 묻혀 속눈썹을 그럭저럭 완성했다. 한결 눈매가 짙어졌다. 강우는 눈을 내리뜨고 거울을 흘겨보았다.

미라언니는 도무지 따라잡을 수 없는 아름다움의 패배를 인정하고 바닥에 쭈그리고 앉아 복숭아를 베어 먹었다. 복숭아 과즙이 손살을 넘쳐 언니의 턱까지 주르르 흘러내렸다. 강우는 냅킨을 뽑아 미라언니에게 내밀었다.

"어, 돈이다."

248

미라언니가 복숭아 껍질을 봉지에 뱉다가, 과일에 젖어 더 더러워진 5천 원짜리를 꺼내 흔들며 웃었다. 보물찾기 종이를 찾은 아이보다 더 신난 얼굴이었다.

"돈이 그렇게 좋아?"

"그럼 좋지. 세상에 돈 싫단 사람 봤니."

"그럼 언니 가져."

강우는 선심 쓰듯 그렇게 말했다.

"너 거였구나."

"언니 가지라니까, 선물."

"정말?"

언니는 그러면서 화대를 더 받은 것처럼 정말 기뻐했다.

"어머, 고마워. 내가 오래 살다보니까 강우 너한테 용돈을 다 받아 보네."

미미 인형의 무게이자, 화의 무게, 사라진 사람이 돌아오는 소식의 무게인 만 원에 비하면 그 절반인 더럽고 낡은 5천 원짜리 지폐는 강우에게는 그냥 휴지 조각이나 다름없었다. 그래, 언니, 언니는 오래오래 살아. 그래서 돈처럼 이 사람 저 사람 몸에 달라붙어 그 사람들의 기억을 사. 언닌 닻섬의 역사로 남아, 난 미래가 될 거야. 언니는 상상조차 할 수 없는 완벽한 시간을 만들어나갈 거야. 절대 언니처럼 되진 않을 거야. ……미안해. 강우는 엄마기계를 마지막으로 본 증인에게 다시는 제 정체를 들키지 않을 것처럼 변신한 얼굴을 집요하리만치 꼼꼼하게 다듬었다.

"국수 더 없어? 삼촌도 점심 안 먹었대."

강우는 방문이 불쑥 열리는 소리에 화들짝 놀라 검은 모자를 벗었다. 흙이 빈 냉면 그릇을 들고 서 있었다. 강우는 흙의 눈빛이 놀라움에서 한순간 경멸로 돌변하는 것을 목격했다. 흙의 어깻죽지와 머리카락이 까맣게 젖어 있었다. 흙의 그림자 저쪽에서 비가 느껴지는 것도 같았다. 강우는 홀끗 거울을 쳐다봤다. 거울 저만치 은빛 냉면 그릇이 얼어버린 시간처럼 반들거렸다. 그건 내 몫이었어. 나 보고 먹으라고 남겨둔 거라고. 강우는 오랜만의 재회인데도 치사하게 그런 생각을 다짐처럼 하고 있었다.

"잘 지냈어? ……오랜만이야."

강우는 거울을 보고 낚싯바늘을 문 물고기처럼 입술을 빠끔거렸다.

흙은 아무 대꾸가 없었다. 뒷걸음치지도 않았고, 앞으로 다가오지도 않았다. 어딘가로 내달리다 정지해버린 몸짓, 컴퍼스처럼 벌린 두 발, 어떤 시간의 끝에서 실타래를 감아온 듯한 제스처. 흙은 그 모습 그대로였다. 달라진 건…… 강우의 인사에 살랑살랑 손을 흔들어 화답하지도 않고, 바다로 떠밀듯 딱딱한 말도 내뱉지 않았다. 흙 앞에 강우는 존재하지 않는 것만 같았다. 내가 투명인간이니, 사면발니처럼 작은 벌레도 눈에 띄는 법인데.

"아직도 그러고 사니? 너도 참 어지간하다."

흙은 그렇게 뇌까리곤 눈살을 찌푸렸다.

강우는 바람에 실려 되돌아온 지폐에 뺨을 베인 듯, 너무도 또렷한 그 말이 외려 자신의 가청 범위를 벗어난 이명인 양 귀가 깜깜했다.

거울 저쪽에 있는 미라언니의 눈빛도 정확히 강우를 닮아 있었다.

"흙아, 너 친구한테 그렇게 말하는 게 어딨어?"

미라언니는 티셔츠를 꿰입으며 문턱으로 걸어갔다.

"친구? 누가 누구랑."

흙은 그 말을 되뇌며 미라언니와 강우를 번갈아 노려보고는 피식, 웃었다.

강우도 조소하고 싶기는 마찬가지였다. 친구라는 말에 동의할 수 없었다. 강우는 한 번도 소년들과 친구가 되고 싶지 않았다. ……사랑하고 싶지도 않았다.

미라언니가 흙이 들고 있는 냉면 그릇을 건네받으며 흙의 어깨를 다독였다. 흙은 발칵 냉면 그릇을 바닥에 내동댕이치고, 미라언니의 광대뼈를 주먹으로 가격하려고 했다.

"씨발, 더럽게 어딜 만져."

미라언니는 지레 머리를 감싸 쥐었다. 하지만 신음조차 새어 나오지 않은 고요한 방어였다. 강우는 깜짝 놀랐지만 어쩐지 미라언니를 부축해줄 기분이 나지 않았다. 그러게 그냥 있지. 고통을 과시할 줄 모르는 사람을 보면 벌을 나무라기보다 죄를 의심했다. 술에 취한 아빠 백작이 주린 개처럼 엄마기계를 쫄쫄 따라다니면서 침을 흘리고 으르렁거렸을 때도 마찬가지였다.

강우는 찰나 흙의 오른손에 채워진 너클을 보았다. 흙의 너클은 말을 음각했달 뿐, 사슴을 음각한 우주의 너클과 육각형 모양이며 빛깔이 똑같았다. 그것은 거짓이었고, 거짓이 아니었다. 보이니까 보게 되는 것이었지만, 보지 않아도 알게 되는 사실이었다.

닻섬랜드의 서커스 무대에서 사회를 보고 노래를 부르는 사내가 있었다. 그는 부둣가에 있는 여관에서 '달방'을 살았다. 그는 노래를 잘했고(누군가의 노래였다), 옷을 잘 입었고(누구나 짐작할 수 있는 재킷과 선글라스, 코사지), 재주가 많았다(서너 곡 노래를 부르는 동안 그는 마술을 했고, 늙은 관객들을 향해 꽃을 던졌다). 그는 유명한 가수의 이름과 끝 글자만 달랐다. 그에게 진짜는 없었지만, 그는 그대로 진짜였다. 강우는 그를 가수라고 믿었지만, 어느 날 진짜 가수를 본 뒤로, 강우는 그를 알은체하는 게 속곳 새로 드러난 거짓을 가리키는 것처럼 너무 빤해 어색했다. 하지만 정작 그는 태연했고, 진짜처럼 초조하지 않았다. 강우가 되레 조바심이 나, 진실을 들킬세라 그에게 아양을 떨어야 할 것 같았다. 강우는 삼촌을 시능했던, 이젠 다른 소년을 훔치는 흙이 어쩐지 짝퉁 가수처럼 안쓰럽기까지 했다. 강우는 흙이 그 지루한 연극을 알아서 멈췄으면 싶었다.

"씨발, 손님들 오는데 이 짓거리 해놓고 신이 나."

흙은 방 안을 둘러보고는 미라언니가 바닥에 떨군 냉면 그릇을 걷어찼다.

미라언니가 제풀에 바닥에 주저앉았다. 강우는 우주를 처음 보았던 부둣가에서 미라언니의 뺨을 후려치던 흙을, 그 흙의 뺨을 후려치던 아빠백작을 떠올렸다. 강우는 왕의 귀환으로 섭정을 빼앗길 여왕처럼 불안한 얼굴을 했지만, 사실 그렇게 겁먹지 않았다. 그건 너무 익숙한 그림이었다. 흙은 대체 어디를 다녀온 걸까. 그사이 어떤 소년에서 어떤 직업이 되어, 강우가 발명한 시간 저쪽, 못생긴 어른으로 퇴행해버린 걸까. 왜 소년은 결국 어른이란 시간으로 되돌아가버리는 걸까. 자꾸 그 시간으로 뒷걸음치는 걸까. 왜 소년은 미래를 꿈꾸지 않는 걸까. 알고 있는 이야기만 되풀이하는 걸까…… 강우는 그게 그냥 조금 웃기고 쓸쓸했다.

"그만해!"

강우는 거울에서 돌아서 흙을 막아섰다. 심장이 끈 떨어질 것처럼 떨렸지만, 스스로가 제법 근사했다.

"뭐?"

흙은 순간 소년들을 노려볼 때의 눈빛으로 강우를 쳐다봤다.

소년의 따귀를 올려붙이고, 원산폭격을 한 옆구리를 발로 걷어차고, 모든 아이들을 죄 엎드려뻗쳐 시켜놓고 각목으로 세 차례 내리칠 때의 그 심드렁한 눈빛. 강우는 이제 본격적인 시합이 벌어질 거라는 사실을 빤히 예감했다. 강우는 사실 한 번도 주먹다짐을 해본 적이 없었다. 학교를 기웃거릴 때는 피를 흘리는 싸움이란 게 얼마나 어리고, 어리석은 일인지 깨닫지 못해, 케첩들을 이기지 못하는 자신을 이해할 수 없었다. 어른 따위 두려워하지 않는 자신이 왜 조무래기를 두려워하는지 이해할 수 없었다. 흙은 고요한 태풍처럼 돌아와 누군가의 뺨을 후려치려 하고 있었다. 강우는 그 시합의 결말을, 빤하고 시시한 싸움의 끝을 알고 있었다. 강우는 소년들이 몸으로 그려내는 싸움보다 섬세하게 시합을 그려낼 수 있었다. 종이동물원에 불과했지만, 그건 투박한 싸움보다 훨씬 정교했다. 강우는 눈앞에서 빤한 폭력이, 고작 사내를 시늉하며 여자와 아이를 괴롭히는 폭력이, 무엇보다 여전히 남자어른을 시늉하고 있는 흙이 종이동물원처럼 우스꽝스러웠다. 그건 진짜가 아니었기 때문에, 하나도 두렵지 않았다.

*

앙리 루소, 「ORANCE TROPICAL AVEC TIGRE」, 1891년

종이동물원은 소년처럼 태풍을 따라왔다.

처음에 종이동물원은 놀이공원의 우리처럼 텅 비어 있었다. 사실 동물원도 아니었다. 더러운 폐허에는 집을 잃은 소년들만 보이지 않는 냄새를 풍기며 숨어 살았다. 강우는 소년들의 이름을 냄새라고 지었다. 전염병냄새, 유행병냄새, 돼지냄새, 정육점냄새, 격납고냄새, 발굽냄새, 진물냄새, 깃털냄새…… 인류에게 50억 개의 이름이 존재하는 것과 마찬가지로, 닻섬에서는 일흔아홉 개의 이름이 존재하고, 그 이름에 따라 서너 개의 별명이 존재하기도 하며, 그들이 가진 물건과 발가락의 개수만큼, 입, 코, 눈의 개수만큼 이름들이 존재한다는 걸 감안하면, 그 이름은 어떤 꿈으로든 부족했다. 부족한 꿈은 슬폈다. 슬픔은 굳은살이 박여 튼튼해지기는커녕 연필처럼, 검게 멍든 마음이 흑연처럼 닳아 완전히 사라지거나 쓸모없게 몽땅해져버렸다. 그 내밀한 슬픔은, 흑백의 기록은, 슬픔의 기록은, 아무도 읽어내지 못했고, 먹이 닳아가는 것과 반비례하게 강우의 슬픔은 단단해졌다.

그리고 다시 태풍이 왔다. 우주는 강우에게 지난해 찾아왔던 루사가 습지에 사는 사슴이라는 뜻이라고 말했다. 그 이름을 아는 순간, 강우는 그것을 무심히 공책에 적었다. 강우는 태풍의 이름을 각 나라에서 출품한 이름으로 정한다는 사실을 알고 재미있었다. 태풍들의 이름은 정말 동물원과 식물원을 거느린 놀이공원처럼 풍요로웠다. 그건 형체가 없는 냄새보다 훨씬 그럴싸했다. 어느덧 종이동물원에는 유령처럼 투명한 냄새들이 아니라, 학(칼) 너구리(똥) 고니(바람) 도마뱀(돌) 염소(병) 말벌(녹) 독수리(도끼-코는 도끼가 되었다)…… 코끼리(흙)와 ……사슴(우주)이 살았다. 동물의 이름을 부여하자 소년들은 금세 동물로 둔갑해 키가 훌쩍 자랐다.

하지만 강우는 종이동물원이 이야기가 될 수 있다고 생각하지는 않았다. 강우는 우주에게 이야기는 완전한 상상이라고 배웠다. 종이동물원은 거의 절반을 닻섬의 나날들에 기대고 있었다. 그건 완전한 이야기가 아니라, 술래잡기나 병 싸움처럼 허구의 질서를 부여하는 거짓말을 닮아 있었다. 하지만 강우는 완전해지지 않는 상상에 부대끼며 절망할 때와 달리, 자기도 모르게 점점 곰팡이처럼 증식하는 거짓말에 골몰하고 있었다. 자기가 알고 있는 세상을 닮았기 때문에, 강우는 가끔 그것이 진짜인지 가짜인지 헷갈렸다. 하지만 아무에게도 들키지 않았기 때문에, 그 아슬아슬한 쾌감에 도취하는 건 그리 어렵지 않았다.

그렇게 코끼리와 사슴을 제외하고는 닻섬의 동물들은 한두 번씩 무대에 올랐다. 강우는 말벌에 쒼 너구리가 금세 꼬리를 감추고, 독수리가 싱겁게 염소를 낚아채는 시합이 시시해지자 코끼리와 사슴의 시합을 계속 늑장부리며 새로운 얼굴을 지어내기도 했다. 그것은 소문처럼 제법 구체적인 얼굴을 띠기 시작했다. 늘 그랬듯 소문이란 게 진실 앞에선 아양 떨고, 거짓 앞에서 떳떳한데, 강우는 그 어떤 소문에서도 주인공이 아니었다. 소년들도 그 어떤 소문에서 주인공이 아니었다. 강우가 생각하는 주인공(들)은 여전히 결승전을 미적거리고 있었다. 강우는 흙이 사라졌을 때, 주인공을 잃어버린 소년들을 위해 새로운 대장을 선물했다.

180센티미터, 69킬로그램이 나가는 잘생긴 소년이었다. 소년은 닻섬에 살지 않고, 시의 고등학교에 다녔다. 소년은 시합이 벌어지는 저녁이면 오토바이를 타고 닻섬에 도착했다. 부르릉부르릉, 바위를 뚫는 것 같은 공회전 소리에 강우가 창밖을 내다보면 불사조가 골목 어귀에 서 있는 모습이 보였다. 가죽점퍼를 입고 선글라스를 낀 불사조는 헬멧도 벗지 않고 그 자리에 서서 한참동안 어딘가를 응시했다. 검은 유리알에 얼비친 불빛이 불사조의 매서운 눈빛인지 가로등인지 종잡을 수 없다고 생각하는 찰나, 불사조는 오토바이를 360도로 틀어 정육점골목으로 사라졌다. 정육점골목에는 불사조의 애인이 산다. 불사조는 타조처럼 솟은 뒷자리에 여자를 싣고 마치 징크스처럼 닻섬을 한 바퀴 돈 다음 다시 애인을 정육점골목에 내려준다. "내가 우승하면 널 이곳에서 구출해줄게. 그때까지 기다려." 애인은 술에 취해 안장에서 내리자마자 팬티를 끄집어 내리고 앉아 오줌을 눈다. 몸을 비척거리며 깔깔거리는 애인의 입을 틀어막고 불사조는 갑자기 정육점골목 어딘가로 사라진다. 버둥거리는 여자와 뭔가 둔탁하게 부딪히는 소리가 어둠처럼 점점 아득해진다. 어차피 코뿔소는 코끼리가 돌아오면서 명예에 금이 갈 것이었다.

그렇게 상상 속에서 벌어지는 시합은 피에 굶주린 동물들의 싸움이 아니라, 조련된 동물들이 춤을 추는 것 같았다. 발전기 소리와 천장에 얼기설기 얽힌 전깃불과 백열등이 사라지고, 소년들의 몸에서는 피가 아니라 꽃가루가 흩날렸다. 강우는 동물들의 동작이 무섭지도, 슬프지도, 아름답지도 않았다. 상상은 피를 흘리지 않았다. 강우는 그렇게 나름으로 닻섬을 되살리는 데 동참하고 있었다. 소년들이 피와 땀을 흘리는 동안, 강우도 그들과 같은 시간을 호흡했다. 흙이 불쑥 돌아와 남자어른을 시늉하기 전까지, 종이동물원에 흙은 존재하지 않았고, 흙의 이야기는 완전히 종적을 감췄지만, 강우는 당장이라도 흙의 이야기를 귀환시킬 수 있었다. 강우는 그 이야기의 결말을 또렷이 예감하고 있었다. 아무리 태풍처럼 거칠게 굴어도 그것은 하늘과 땅을 뒤엎기는커녕 나뭇가지 하나 부러뜨리지 못하고, 풀잎 하나 적시지 못했다. 미라언니만큼도 닻섬을 지배하지 못했다. 그건 그저 붉은 공책처럼 제 속에서만 우주처럼 폭발할 뿐이었다. 흙이 시간을 되짚어 와 반복하는 이야기는 미래를 앞당겨 벌써 낡고 지루했다.

*

"그만하라고, 하지 말라고."

강우는 빤한 결말을 재촉하면서도 몹시 심드렁한 목소리를 지어냈다.

"왜 내가 없는 사이에 여기 취직이라도 하셨어?"

흙은 한순간 태풍이 사윈 하늘처럼 멀개져선 그렇게 뇌까렸다.

"그렇게 사니까 즐거워? ……너 설마 네가 진짜 보지라고 착각하는 건 아니지?"

한꺼번에 들이닥치는 바람을 방패로 막으려고 안간힘을 쓰다 힘을 탁 풀어버린 것처럼, 강우는 온몸에서 뼈가 추려지는 기분이었고, 온몸이 부들부들 떨렸다.

그건…… 반칙이었다. 차라리 내가 피를 흘릴 수 있도록 때려.

강우는 저도 모르게 흙의 가슴팍을 떠밀었다.

흙은 휘청거리지 않았다. 흙은 강우의 팔목을 거머쥐고 되레 강우를 바닥에 떠다밀었다.

강우는 쉽게 바닥에 나뒹굴었다.

흙은 강우의 멱살을 틀어쥐고 일으켜 세워 물속에 잠그듯 강우의 얼굴을 거울에 바투 들이밀었다.

강우는 흙과 처음 기쁨을 나눴을 때, 흙이 억센 손아귀로 저를 개처럼 다뤘을 때처럼 버둥거리지 않았다.

"널 봐. 널 보라고. 네 거뭇거뭇한 코밑을 보라고. 네 가슴을 보라고. 애들이 널보고 뭐라는 줄 알아. 네 똥구멍이 테니스 채도 삼킨다고 그랬어. 너…… 넌 그냥…… 가짜 보지였어. 그냥 넌 대용품이었다고. 넌 가짜밖에 없어. 제발 착각하지 마."

강우는 흙의 말에 두 눈을 감지 않았다. 오히려 그 말의 민얼굴을 확인하듯 거울을 들여다봤지만, 어쩐지 더 자세히 보려 할수록 거울의 상은 일그러져버렸다. 네가 모든 걸 박살내버렸어. 문득, 흙을 마지막으로 보았던 시간이, 흙과 스민 시간들이 맞선 거울에 엎질러진 것처럼 보였다. 강우는 고스란히 그 말을 흙에게 돌려주고 싶었다. 흙네 마지막 말이 그랬지. 내가 다 박살내버린 거라고. ……넌 아무것도 몰라. ……내가 그걸 어떻게 발명했는데, 내가 그걸 어떻게 완성해가고 있었는데. 오랜 변명이 지진처럼 융기해 강우의 눈앞에 보였지만, 강우는 여전히 녹슨 덫에 물린 것처럼 숨죽인 비명만 삼켰다. 강우는 다만 고요했다. 하지만 강우는 궁금했다. 흙의 마음이 대체 어떤 건지.

"그래서?"

강우는 거울의 어둠만을 가만히 응시했다.

"그 이야길 나한테 왜 하는 건데? 대체…… 나한테 왜 그러는 거니?"

강우의 멱살을 거머쥔 흙의 주먹이 스르르 풀어졌다. 그 동작은 호된 장난 끝에 무안해하는 것도 아니었고, 정색하는 상대의 눈빛에 어떻게 대처해야 할지 몰라 당황해하는 몸짓도 아니었다. 그건 그냥 시든 좆이 잦아들 듯…… 흙이 뒤통수로 유리 벽을 쿵쿵 짓찧는 소리가 맑게 퍼졌다.

"넌 정말 아무것도 몰라."

흙은 다시 그 말을 되풀이했다.

"넌 대체 뭘 아는데?"

강우는 아무것도 알고 싶지 않았다. 하지만 자기만의 또렷한 대답을 삼킨 사람에겐 침묵이 아니라, 질문만이 마침표라는 걸 알고 있었기 때문에 시시한 연극에 동참할 수밖에 없었다.

"……네가 알고 있는 걸…… 내가 모르는 걸…… 가르쳐줘 봐. 내가 뭘 모르는지 좀 가르쳐줘 봐, 이 거지새끼야."

흙은 강우를 때렸다.

"그때 처음 널 찾아갔던 건…… 네 엄마가 미라한테 전화 해서 날

더러 너한테 가봐 달라고 부탁했기 때문이었어. 널 좀 돌봐달라고. 넌 계속 삼촌 핑계를…… 걸레 핑계를, 우주 그 새끼 핑계를 댔지. 넌 뭐든 이유가 있었어. 아마 날 떠밀어내기 위해서라면, 그래 거지라도 데려와 방패를 삼았을 거야. 근데……그렇게 열심히 둘러댄 이유란 게…… 고작 걸레 년들처럼 그 짓밖에 관심이 없었기 때문이었어. 그 짓에 환장해서 부모 따윈 안중에도 없었다고. 넌 늘 네 고통만 특별한 것처럼 엄살 부렸어. 누가 돌봐주지 않으면 혼자 힘으론 밥 한 끼 차리지 못하는 주제에……"

난 혼자인 게 다행이었어. 혼자 기쁨을 발명할 수 있었고, 혼자였기 때문에 기다릴 수 있었어. 태풍처럼 짧았지만, 널 기다릴 수 있었던 것도 내가 혼자였기 때문이었어.

"넌 애들이 어떻게 살았는지 알아? 아니 관심도 없었겠지. 애들이 푼돈이라도 얻어 보겠다고 제 몸뚱이가 부러지는 것도 모르고 살 때, 넌 그냥 구멍만 벌리고 쉽게 돈을 벌었으니까. 애들이 널 봐주지 않았다면…… 넌 닻섬에서 살아남지 못했을 거야. ……착각하지 마. 네 똥구멍이 아니었으면, 넌 걔들이나 마찬가지, 아니 벌써 자살했을지도 모르지. 그렇게 걸레 년들이랑 시시덕거릴 수 있는 게 누구 덕인지 알아? 애새끼라면 조개든 좆이든 가리지 않고 환장하는 인간들이 널 건드리려고 할 때마다, 그걸 누가 막았는지 알아? 널 애들이랑 똑같이 부려먹으려고 했을 때도……. 넌 애들을 미끼로 삼아 입맛을 돋우고, 적당히 흥분해서 약 먹고, 구멍이나 찾아다니는 인간들보다 더 악질이야. 넌 네가 모든 걸 알고 있었다고 착각한 모양인데, 넌 그냥 아무것도 모르는 조무래기에 지나지 않아. 그냥 늙은 개새끼 좆이나 빠는 게 정말 즐거웠던 거야."

흙은 그 말을 하기 위해 지금까지 참아온 듯 가차 없었다. 사랑하지 않아 때릴 수 있듯, 사랑하지 않아 말할 수 있는 것 같았다. 강우는 외려 후련한 기분이 들었다.

빨아줄까? 빨아주면 돼? 뒤를 허락하면 돼? 넌 에이즈가 지나간 자리에 또 장화를 담그는 건데.

강우는 가발을 벗고 손등으로 빨간 입술을 천천히 지웠다. 거울 속의 메텔이 사라지고, 한 소년이 귀환하는 모습을 보면서 강우는 거짓의 켜를 벗겨낸 것처럼 홀가분한 기분이 들었다. 흙은 한 대 얻어맞은 표정이었지만, 그것은 오래전 기쁨을 나누다 들통 난 사람의 낭패와 아쉬움, 적의가 혼합된 야릇한 것이었다. 강우는 흙이 삶은 여러 개라는 걸 눈치챈 남자어른이 됐다고 생각했다.

"씨발, 나는 널 위해 모든 걸 할 준비가 되어 있었다고. 그런데 넌……"

제발 날 핑계대지 마. 난 차라리 혼자인 게 나아. 고아가 되는 게 나아. 나 혼자서 얼마든지 살 수 있어.

"미안해……"

널 사랑하지 않아서 미안해. 널 보지 않아서 미안해. 하지만 나도 사랑하지 않아, 여전히 말을 삼킬 수밖에 없어.

"진심이야."

"연기하지 마! 너한테 진심이란 게…… 진심을 말할 줄 알긴 아는 거니?"

강우는 아무 대답도 하지 않았다.

이유가 많은 사람이 되고 싶지 않았다.

검고 젖은 맹세

*

이야기가 강우를 데리고 간다.

강우를 내리는 이야기가 데리고 간다.

강우는 이야기를 우산으로 쓰고 집에 간다.

완두콩처럼 굵은 빗방울. 삶은 콩처럼 비척지근한 냄새. 파충류처럼 미끄덩한 공기. 후덥지근한 여름이 닻섬을 끓이면서 설설 피어오르는 잿빛 비안개. 비구름은 뚜껑, 비는 피부, 빗방울은 구름 더께의 잔무늬…… 흐린 건 가려진 것, 어슴푸레하게 숨은 것, 비는 구름의 영역, 비는 ……구름의 직업. ……장마의 ……태풍의 ……여름의 직업. 비곗살처럼 두꺼운 구름 더께를 걷어내면 그곳엔 ……우주. 우주는 ……이야기. (그래 우주, 네가 나의 뚜껑이 되어줘) ……그래 완두콩을 먹는 솥처럼 검은 식탁이 있다고 하자. 소년 하나, 소년 하나, 못생긴 어른 하나. ……완두콩을 따고, 완두콩을 삶고, 완두콩을 먹는다. ……부엌에 하얀 김이 차오르고, 잔털이 묻은 콩꼬투리를 벌려 완두콩을 씹고, 삶은 물을 호로록 마신다. ……완두콩을 따고, 완두콩을 삶고, 완두콩을 먹는다. ……완두콩을 먹는 식탁, 소년 둘, 어른 하나. 소년 하나가 완두콩을 오렌지라고 부르고, 오렌지를 알약처럼 삼킨다. "평생 오렌지만 먹고 살고 싶어." "그렇게 오렌지만 밝히다가는 네 키가 딱 거기에서 멈춰버릴 거야. 아이들이 너를 오렌지라고 놀릴 거야." 태풍에 연둣빛 오렌지 밭이 잠겨버린 오후. "오늘부터 호박 (호박이란 낱말은 예쁘지 않아, 당근은 연두의 보색인데다 너무 당연하고, 푸르고 아삭아삭한 낱말이 없을까……) 아니, 시금치를 먹어야 해." (시금치도 오렌지라고 부를 수 있을까?) 달력 그림처럼 계절이 같은 시간. 시금치의 연분홍 뿌리를 다듬고, 시금치를 데치고, 시금치를 먹는다. 시금치를 썰고, 시금치를 삶고, 시금치를 씹는다. 시금치, 시금치, 시금치만 말이야. 그리고 시금치를 삼키자마자 녹색 액체로 녹아버리는 소년. 식탁 아래 엇갈린 소년과 어른의 맨발에 똑똑 떨어지는 녹색 빗줄기, 끈끈하고 가느다란. "또 게우고 지랄이야. 먹기 싫음 처먹지 마." 어른의 뺨을 후려치는 소년. 그리고 디 엔드. 암전. 느닷없고 깜깜하고 평화로운 결말.

*

강우의 눈앞은 젖고 흐렸다. "우산 가지고 가." 강우는 그릇의 변죽을 문지르는 것 같은 떨림 소리에 어리둥절한 눈으로 주위를 헤맸다. 강우가 마지막으로 들었던 말은 어디에도 보이지 않았다. 강우는 개천 쪽에서 시작하는 정육점골목 끝에 서서 개천다리를 올려다봤다.

군데군데 난간이 부서진 개천다리는 앞니가 빈 입처럼 다릿기둥을 휘감은 붉덩물을 꾸역꾸역 삼켰다. 강우는 우물대고, 되새김질하고, 트림하는 물의 흐리마리한 발음을 그대로 옮겨야 하는 소문인 양 귀를 곤두세웠다. 다행인지, 강우의 눈앞에 목소리는 보이지 않았고, 바닥을 꼬집는 빗소리와 수량을 감당하지 못한 개천이 쿨렁거리는 물소리가 귓바퀴처럼 동심원을 그렸다. 비가 와서 다행이야. 강우는 인체에서 가장 넓은 기관인 피부를 가린 빗물을 뚜껑을 들추듯 쓸어냈다. 비늘이 많은 파충류가 된 기분이었다.

강우는 무심코 오른팔을 들어 개천 건너의 허물어진 영광횟집과 푸른등대 사이의 골목을 향해 안녕, 손을 흔들었다. 비안개에 휘감긴 집은 냉매처럼 차갑게 끓고 있었다. 그것은 설마른 이불 빨래나 솥뚜껑을 대신해 덮어 훈김에 짜부라진 토란 잎처럼 숨거나 가리기에는 아쉬워 보였다. 그곳에 내리는 비는 매끈한 피부가 아니라 자른 손톱, 각질, 피딱지처럼 실패의 냄새가 풍겼다. 소년들과 정육점 언니들은 삼촌이 닻섬을 지켜준다고 믿지만, 삼촌은 가장 오래 머무는 푸른등대를 전혀 돌보지 않았다. 지난여름 태풍에 비가 샌 벽지에는 여전히 얼룩과 곰팡이가 흉터로 남아 있었다. 그렇대도 푸른등대는 강우가 비를 덮고 숨을 수 있는 그릇이었다. 끝이라고 생각했는데, 왠지 거기서부터 다시 시작할 것 같은 이야기가 익고 있는.

강우는 더 이상 늑장을 부리고 싶지 않았다. 아무리 미적거려도, 늑장을 조바심칠수록 거리는 성큼 가까워졌다. 나는 비보다 먼저 갈 거야. 강우는 굼실굼실 흐르는 비구름보다 날래게 집으로 건너가는 개천다리를 향해 달렸다. 예쁘고, 지겹고, 틈 없는 비가 처음 맞아보는 계절처럼 낯설고 아득했다.

*

강우는 양손으로 난간을 붙잡고 개천을 내려다봤다.

빗속에 서서 고개를 점점 깊이 수그리고 숨을 참았다. 팔목과 오금이 부들부들 떨리고, 세상이 지구의처럼 비스듬해졌다. 목밑샘에 붙은 턱과 난간에 맞물린 배꼽이 당기고 아렸다. 몸은 나무젓가락처럼 앙상해지고, 머리만 너무 비대해지는 것 같았다. 강우는 발자국을 새길 것처럼 발바닥을 바닥에 단단히 디뎠다. 제 몸의 딱 절반 높이인 난간은 소년에게는 허벅다리 높이밖에 안 되겠다. 모기 몇 마리가 정강이와 복사뼈를 물었다. 소년들은 수구 이쪽저쪽에서 가로등에 의지해 밤낚시를 할 때면 연신 맨살에 에프킬라를 뿌렸다. 살충제 냄새가 맵싸하고 달았다. 소년들은 조황이 나쁘면 에프킬라를 뿌리면서 라이터를 갖다 대 짧은 불꽃놀이를 벌였다. 강우는 난간에서 몇 걸음 물러나며 양발을 번갈아 들어 손바닥으로 때렸다. 조릿대로 만든 낚싯대가 있었다면 가려움을 훨씬 시원하게 긁을 수 있겠다 싶었다.

강우는 문득 소년들의 폭죽 같은 웃음소리를 들은 것 같아 하구로 이어지는 수문을 향해 뒤돌아섰다. 수구는 만수가 아니었고, 소년의 머리통 하나는 빠져나갈 수 있는 반달 구멍이 보였다. 강우는 바다를 향해 진군하는 좁다란 물구멍을 가만히 들여다봤다. 그 물을 다 삼킨 듯 머리와 온몸이 어떤 시간 속에서 출렁거렸다. 소년 하나가 처음에 이곳으로 왔다. 강우는 소년이 길을 잃었다고 생각했다. 어떤……이야기의 끝에서. 하지만 강우의 이야기는 소년이 길을 잃어버린 거기서부터 시작했다. 거기가 출발점이 맞긴 한 걸까. 강우는 두루마리 휴지가 화살표처럼 가리킨 기쁨에 홀려, 소년이 개천으로 추락하는 첨벙, 소리도 듣지 못했다. 폐쇄된 유람선 선착장에 푸른 야자수의 섬으로 돌아났을 때, 소년의 맨몸에 벌레처럼 엉긴 흉터의 근원도 짐작할 수 없었다. 그저 소년 하나가 소년의 신발을 훔쳐 강우에게 선물했을 때, 강우는 다만 소년의 조소였는지 모를 씩, 웃음만을 목격했을 뿐이다.

넌 정말 아무것도 몰라.

강우는 거울을 간지럼 태우듯 검지로 턱을 간질이고 눈썹을 긁적였다. 기억이 나물죽처럼 녹아버려, 강우는 어떤 이야기도 부스러기를 모아 체를 시늉할 수 없었다. 강우는 멀뚱해졌다. 처음 보는 만찬을 앞에 두고 군침이 괴는데도 식사법을 몰라 포만한 듯 거드름피우는 것처럼. 강우는 조금 억울했다. 강우는 소년에게 미래의 이야기를, 꿈의 방법을 듣기 전까지만 해도 그러구러 이야기의 소질이 있었다. 강우의 말은 수조 같은 푸른등대를 넘쳐 소년과 소년들에게 소문으로 흘러넘쳤다. 강우는 제가 발명한 말이 불가사리처럼 녹슨 소문을 삼키며 피가 무럭무럭 자라 닻섬을 어슬렁거리는 모습을 여왕처럼 내려다봤다. 하지만 우주에게 진짜 이야기를 듣는 순간, 강우의 꿈은 박살났다. 강우는 개처럼 체념했다. 어쩐지 우주 앞에서 수긋해지는 마음이 제법 기꺼웠다. 그건 제 몫이 아니었으니까.
우주의 이야기는 몹시 아름다웠고, 조금 어렵기도 했다. 우주의 마지막 이야기도 그랬다. 우주는 부두와 닻섬 사이에 놓인 바다를 내려다보면서, 시간은 아마 수직선일 거야, 하고 말했다. 강우는 얼떨결에 방금 저기에서 여기로 건너왔잖아, 하고 선착장과 우주 사이에 수평선을 그었다. (그때 우주는 어떤 표정을 지었을까?) 우주는 가장 오래 숨을 참을 수 있는 시간 동안 침묵한 뒤에야 강우에게 등을 보이고 걸었다. "시간이라는 게 그냥 한자리에서 과일처럼 조금씩 짜부라지는 게 아닐까. 넌 그냥 너인 채로 노인이 될 거잖아, 그냥 위에서 서서히 아래로 시간을 사는 거잖아. 한 번도 너라는 시간을 잃어버리진 않을 거잖아. 늘 제자리에 너란 네가 있을 거니까." 우주는 그러고는 입을 다물었다. 더는 강우의 이야기를 묻지 않았기 때문에, 강우는 어떤 대답도 할 수 없었다. 어쩌면 우주는 강우가 아무것도 모른다는 사실을 눈치채고, 그 끝이 빤하고 시시해 이야기를 삼킨 건지도 몰랐다.

강우는 그렇게 이야기가 태어난 시간 저쪽으로 되돌아갈 수 없었다. 우주가 침묵할수록, 우주의 입술이 해바라기처럼 벙글 수 있게 새로운 이야기를 수음처럼 반복했다. 그러나 우주가 걸었던 곳, 우주가 만졌던 자리, 우주가 숨 쉬는 닻섬 전체가, 그 이야기는 초라한 너와는 어울리지 않는다고, 네 이야기는 껌을 까먹고 붙인 스티커처럼 가짜 판박이라고 의심하고 손가락질했다. 더욱이 소년 말고는 강우의 이야기에 귀 기울여줄 준비가 되어 있는 상대는 아무도 없었다. 닻섬에는 그런 이야기의 역사가 없었고, 다른 역사래 봤자 고작 주걱처럼 손뿐인 걸레가 전부였으니까. 미래처럼 아름다운 친구이자 스승이 없었으니까.

강우는 진저리를 치며 제 이야기에 제 이야기를 방패처럼 포갰다. 그릇이 쌓이듯 제자리에 고인 이야기는 날개처럼 투명한 소문으로 퍼지지 못하고, 푸른등대에 더께와 더께가 덧대어 지층이 돼버렸다. 강우는 딱딱하고 고독했다. 강우는 성격이 되어버린 수음처럼, 자신을 완전히 새로운 이야기로 채울 것처럼, 푸른등대에 갇혀 눈빛이 점점 멍청해지는 소년의 백짓장처럼 희멀건 살과 병뚜껑처럼 새가 뜬 입과 쪼뼛한 귀와 뻑뻑한 똥구멍에 흙처럼 쏟아지는 이야기를 인공호흡인 양 깊이깊이 불어넣었다. 강우는 우주 앞에만 서면 제가 발명한 이야기가 암모나이트처럼 굳어버려 당연히 쉼표 하나 제대로 발음할 수 없었다. 강우는 처음의 빛을 잃고, 자꾸 평계를 보태고 거짓의 켜를 덧대 거짓말의 박물관이 되어버린 것 같았다. 강우는 소년과 맞닥뜨릴 때마다 어제의 함박눈과 오늘의 새순이 한자리에서 만난 것처럼 너의 시간을 모르는 깜깜한 얼굴로 침묵할 수밖에 없었다.

넌 정말 아무것도 몰라.
넌 가짜밖에 없어. 제발 착각하지 마.

강우는 소금을 치댄 것처럼 얼굴이 화끈거렸다. 아무것도 모르는 건 (고작 짐작만으로, 마음만으로 사는 건) 순진하거나 무심한 게 아니라, 부끄러운 것일지도 몰랐다. 강우는 아래윗니를 꽉 다물었다. 입안에서 비리고 질척한 피 맛이 났다. 강우는 흙을 삼킨 것처럼 침을 뱉었다. 빗물에 녹은 침은 녹슨 것처럼 누르스름했다. 강우는 피를 보자 새삼스레 볼 안이 욱신거렸다. 강우는 잇새에 긴 고깃점을 훑어내듯 집게손가락을 넣어 점막을 더듬었다. 거스러미처럼 나달거리는 까풀을 벗겨내자 손가락에 누런 피가 흥건했다. 흙이 때린 상처였다.

넌 네가 모든 걸 알고 있었다고 착각한 모양인데, 넌 그냥 아무것도 모르는 조무래기에 지나지 않아.

……아직도 그렇게 살고 있니? 그렇게 사는 게 즐거워?

강우는 피식, 웃음이 났다. 흙의 말은 비에 씻겨 드러난 덫처럼 엄연한 사실이었다. 강우도 제가 삼킨 말의 무게에 짓눌려 하나도 자라지 않은 조그만 몸집이 초라하고, 점점 못생겨지는 얼굴이 부끄러웠다. 흙은 강우더러 방패를 내세우기만 한다고 다그쳤지만, 어른의 질문에 자신만만하고, 누구한테 기술을 배운 건지 모르게 대답했던 소년은, 또래의 소년 앞에선 아무것도 모르는 숙맥으로 둔갑해버렸다. 강우는 흙의 말들을 거울처럼 들여다봤다. 하지만…… 발가벗은 흙의 이야기에 정작 흙은 없었다. 강우의 이야기와…… 소년들의 이야기밖에 없었다, 종이동물원처럼. 그건 강우가 우주를 통해 이야기를 알기 전, 발명에 실패한 시간들을 고스란히 닮아 있었다. 수음처럼 너무 짧고 허무했다. 어떤 꿈으로든 부족했다. 그건 다행스러웠다. 흙의 말마저 미라언니처럼 살아남아 자꾸자꾸 꿈의 영역에 묵새기고 집을 짓는다면 닻섬은──세상은 이렇게 드넓지 않을 것이었다. 하긴 그 끝을 빤히 구경할 수 있다면, 그건 이야기가 아니라 결국 미래의 어느 한순간에 스러질 테니까.

그러니까 흙의 이야기는 그냥 너무 얇고 요란한, 그래 너무 쟁반스러운, 소년들의 숫자에서 딱 한 개 모자란 덫이었다. 강우는 그 하나 남은 덫은 그것이 터지는 순간을 기다리는 것이 아니라, 영원히 터지지 않기를, 하염없이 희망을 지연하기 위해 묻어놓은 것이라고 착각했다. 태풍과 태풍 사이, 마지막 남은 덫 하나를 사이에 두고 흙과 마주셨지만, 강우는 그 마지막 순간까지 살아남는 사람은 자신일 거라고 믿었다. 하지만 덫의 법칙은 애초부터 모든 소년이 피를 흘려야 끝나는 것인지도 몰랐다. 강우는 덫의 예감이 벌목된 나무처럼 고통스럽기는커녕 꽃잎처럼 간지러웠다. 흙의 이야기는 아무리 태풍처럼 휘몰아쳐도, 어린 소년의 야린 살갗에 꽃잎처럼 가는 피만 흘리게 할 뿐이었다. 강우는 피를 흘리고 시합을 끝낸 게 빚을 청산한 것처럼 홀가분했다.

덫의 정체가 고작 그거였어? 흙, 네가 정말 처음부터 덫이었던 거야? ……그래서 네 이야기를 하지 않는 거니? 네가 어디에 숨었다 귀환했는지 모르지만, 대체 무슨 마술을 부린 건지 모르지만, 어떻든 그건 반칙이야. 넌 고작 종이동물원보다 조금 힘이 셀 뿐이야. 넌 그래놓고 네가 이겼다고 생각하겠지. ……나는 그런 줄거리를 산 적이 없어. 나는 기다리고 기다렸지. 너희의 시간이 그랬을지 몰라. 하지만 그건 그냥 내게 스몄다 흘러가는 날씨 같았어. 너는 그렇게 계절의 줄거리를 이야기할 수 있을지 몰라도, 비는 나를 녹이지 않았고, 꽃은 시들었어. 눈은 녹아버렸다고. 지금의 비도 그칠 테고 그러면 잎이 녹슬 거야. 넌 구경한 것을 마치 몸이 있었던 것처럼 이야기하는구나. 그래, 마음대로 지껄여봐. 말은 때릴 수 없어. 피를 흘리지 않아. 나를 봐. 나는 아무도 다치게 하지 않았어. 세상을 허물었다 다시 발명했지만, 아무도 다치지 않았어. 피를 흘리지 않았어. 넌 나를 때렸지, 개처럼. ……사랑할 수 없으니까, 만질 수 없으니까, 때렸어. 거지새끼. 네가 모든 걸 박살내버렸어, 고마워.

*

　강우는 휘파람을 불면서 개천다리를 건넜다. 푸른등대를 나설 때와 같이 스티로폼처럼 가벼워 보이는 걸음이었다. 항성을 태운 연기가 우주의 찬 공기에 얼어 지구를 감쌌는지 하늘은 어둡고 하얬다. 왜 지구에만 비가 존재하는 걸까. 미래라는 아이는 그 답을 알고 있을 것만 같았다. 강우는 개천다리를 건너 오자미를 던지기라도 할 것처럼 푸른등대를 올려다봤다. 두께가 다른 두 짝의 그늘이 창문에 내밀려 있었다. 조금은 희붐한 창틀 아래에 파란 담뱃갑이 눈에 들어왔다. 창문이 열려 있었다. 모기장으로 비가 들이쳐 바닥은 홍건할 것이었다. 집은 강우를 얌전하게 기다리고 있지 않았다. 강우는 아예 자물쇠가 채워진 1층 새시문과 틀만 남은 수조를 힐끗거렸다. 문득 거울로 이뤄진 세상과 마주선 기분이었다. '나는 말랑말랑한 피부를 가지고 있지만, 내가 나를 훔쳐보는 연극적인 몸짓을 해보지만, 나를 시늉하는 거울은 아무리 나와 빼닮았어도 영원히 평면이고, 딱딱하고, 잿빛이다.' 강우는 한순간 자신이 푸른 거울이 된 것처럼 눈앞이 퍼석퍼석해지고 머릿속이 군입처럼 메말랐다. 이야기는 굳어 서걱거렸다. 비는…… 집은…… 푸른 강우를 하나도 적시지 못했다.
　그러니까…… 강우의 인생은 두 개였다. 나와 거울, 푸른등대와 푸른횟집, 비와 사막…… 섬과 바다, 육지와 하늘, 낮과 밤, 파랑과 검정, 몸과 마음, 눈과 혀, 돌기와 구멍, 기쁨과 위로, 슬픔과 질책, 고백과 소문, 변명과 비명, 피와 웃음, 폭소와 신음, 발명과 전설. 못과 뼈처럼 흩어진 낱말과 피와 공기처럼 보이지 않는 이야기. 그러니

까 거짓과 진짜, 허구와 사실…… 강우는 혼자였고 혼자가 아니었
다, 기쁨처럼, 기다림처럼. 기쁨이란 게, 기다림이라는 게 거울의 직
업과 닮지 않았나. 강우는 강우의 가구가 아니었고 누군가의 삶을 볼
모로 하는 연극, 강우는 미래의 예감과 기억의 과오 사이에서 끊임없
이 딴청을 부리는 허구, 보이니까 그리웠고 보이지 않았기 때문에 잊
는 것들, 보지 않아도 보이는 이야기들. 강우는 여기 있었고, 여기
없었다. 강우라는, 소년이라는 시간은 공란이었고, 입속에 머금은 촛
처럼 빠듯했다. 강우는 그제야 왜 이야기와 상상으로 충만해질수록
더욱 앙상해지는 건지 그 까닭을 알 것 같았다.

  하나를 둘로 나누면 그건 절반이 되는 거잖아.

  강우는 기쁨을 발명한 날, 기쁨을 쏟아낸 뒤 두려움과 부끄러움이
한꺼번에 몰려왔을 때, 한꺼번에 여러 감정이 있다는 사실을 깨달았
다. 강우는 그것이 어른의 감정이라고 믿었고, 눈앞의 기계가 소년의
미래라는 사실을 믿을 수 없었다. 그렇게 살고 싶어? 그렇게 저주와
축복을 기쁨처럼 한꺼번에 누린 뒤, 강우는 어쩌면 삶의 절반을 거울
에 포박돼 곱으로 살아버린 건지도 몰랐다. 소년을 나누고, 나누고,
나누다 어느 순간 한쪽 다리가 굳고, 한쪽 귀가 멀고, 한쪽 시력을 잃
은 불구의 노인처럼 제가 등 떠민 삶을 대리해 는적는적 끌고 간다.
  강우는 새삼스레 기다림이 직업이었던 시절, 제가 보고 싶지 않은
목소리가 폭포수처럼 쏟아졌던 빗소리에 놀라 영원히 혼자이지 않을
까, 두려웠던 시간으로 되돌아가고 싶었다. 강우는 그때 저를 가로막
고 훼방하던 어른들의 시간을 닻섬처럼 수장시켰다고 확신했다. 강우

는 그 자리에서 영원히 혼자가 되어 대장도 하인도 필요 없고, 그냥 섬, 무인도가 되어버리겠다고 다짐했다. 하지만 강우가 푸른등대의 시간에 갇혀 안주하는 동안, 저만큼 어른의 시간으로 앞질러간 소년들이 배신을 하고, 그 시간들을 밧줄로 감아 뭍으로 옮겨오며, 강우를 아무것도 모르는 시간의 수렁으로 떠밀어버렸다.

　하지만 강우는 얼마든지 제 삶을 새롭게 변신시키고 발명할 수 있었다. 왜 무언가와 짝을 이뤄야만 새로운 시간을 발명할 수 있다고 믿었던 걸까. 강우는 얕은 수심 때문에 숨통이 끊이진 고래보다 크나크게 부풀었다. 그래도 절반이나 남은 게 어디야. 강우는 그 절반으로 비로소 진짜 삶이 시작된다는 걸, 제 몸속에 진짜 피가 흐르기 시작했다는 걸 느꼈다. 강우는 한순간 1미터 넘게 자란 거인이 된 것처럼 세상이 궁금했다. 저만치 자맥질하는 거인의 정수리가 섬처럼 떠 있었다. 그래, 껍데기가 돼버린 절반에는 내가 보고 싶었던 것, 만지고 싶었던 걸로 채우면 그만이지. 시간은 옷장과 같아, 오늘의 옷이 어제의 옷과 나란히지 않지, 꽃잎처럼 홀보들한 윗도리에 털목도리를 두를 수도 있고, 털모자에 연둣빛 반바지를 받칠 수도 있지, 꽃과 눈이 전혀 어색하지 않게 어울리기도 하지, 그건 나만 아는 풍경이니까, 나만 몰래 거울을 보듯 꾸밀 수 있는 시간의 벽장 같은 거니까.

*

　강우는 문득 주머니를 뒤져 돈을 확인했다. 튼 살처럼 축축하고 쭈글쭈글한 뭉치가 만져졌다. 강우는 께름칙한 기분으로 그것을 꺼냈다. 깨끗한 돈을 감싼 크리넥스 휴지가 젖어 있었다. 그것을 꾹 쥐자 손바닥에 휴지 부스러기가 묻었다. 수음 생각이 났다. 정말 그 짓밖에 몰라. 강우는 그것을 반으로 나눠 야바위꾼처럼 양손에 쥐었다. 절반 인 거잖아. 강우는 왼손을 들고, 왼발을 까닥거렸다. 몹시 지루할 때 왼손으로 담배를 꼬나물 때처럼 삐뚜름했다.

강우는 영광횟집 옆구리를 돌아 뒤곁으로 난 시멘트 계단을 오르면 서 잘박거리는 슬리퍼를 벗어 양손에 들었다. 강우는 물웅덩이를 그 냥 밟았다. 맨발에 아카시아 잎이 붙었다. 강우는 층계참에서 멈춰 양서류처럼 숨을 멈추고 푸른등대의 기척을 살폈다. 고요했다. 강우 는 신발이 빈 현관에 젖은 슬리퍼를 세워놓고, 곧장 창을 향해 걸어 갔다. 바다도, 섬도, 미완성의 건물도 죄 지워진 닻섬은 젖고 버려진 동물처럼 웅크리고 있었다. 소년을 삼켰던 개천은 여전히 짐승의 내 장처럼 출렁거렸다. 강우는 문득 그것의 등허리에 올라타 비를 헤치 고 어딘가로 떠나야 할 것 같은 충동이 등을 떠미는 것 같았다.

파도가 모두 **우주**라면 얼마나 좋을까, 그러면 나는 물속으로 뛰어 들어 가 언제까지라도 춤을 출 텐데.[4] 하지만 강우는 물속에 뛰어들고 싶지 않았다. 굽이치는 물결에서 살아남을 자신이 없었다. 우주는 더 이상 제 몸에 반지를 끼워주지 않을 테고, 아무리 주위를 둘러봐도 추락을 머뭇거리는 소년을 훔쳐보는 시선을 찾을 수 없었다. 강우는 죽고 싶 지 않았다. 어차피 스무 살에 죽을 거니까. 강우는 스무 살에 자살할 것이다. 아직 방법은 정하지 못했다. 수족관에서 가장 튼튼해 보이는 창에 허리끈을 걸고 목을 집어넣은 다음 의자를 오른쪽 발로 툭 밀어 버릴지, 아빠가 광어와 돔을 뜨던 회칼로 왼쪽 손목을 그을지, 대관

---

4) 『모비 딕』(허먼 멜빌, 김석희 옮김, 작가정신, 2011)에서 인용. 원 문장은 "파도가 모두 여 자라면"이다.

람차나 아파트 구조물 꼭대기에 올라가 다이빙을 할지…… 왜 죽어야 하는지는 모르겠다. 왜 살아야 하는지, 어떻게 살아야 하는지……도 모르겠다. 분명한 건 이대로 이야기를 발명하지 못하면, 아빠나 삼촌, 미라언니의 삶을 거울처럼 살아갈 거라는 사실 하나였다.

*

강우는 발소리에 놀라 잠이 깼다.

선잠이라고 생각했는데, 푸른등대는 어느새 깜깜해져 있었다. 걸레를 수조에 가뒀을 때 동물은 언제 잠을 자는 걸까, 그런 고민을 한 적이 있었다. 동물은 감각이 곤두서 늘 기척을 보였다. 하지만 걸레는 걸레대로 강우가 잠꾸러기라고 비웃었을지 몰랐다. 강우는 그렇게 깨버린 게 꿈보다 더 막막했다. 태풍이 지나간 자리에 장마전선이 형성돼 사나흘 동안 비가 내릴 것이라고 했다. 장마전선이 물러가면 오랜 폭염이 지속될 거라고 했지만, 어쩐지 이 비가 멈추지 않고 세상은 마감할 것 같았다. 구름에라도 사뿐히 가 닿을 수 있을 것 같은 시간이 사라지고, 강우는 점점 아래로 까무러졌다. 하루가 모든 계절의 박람회였던 것처럼 길었다. 강우는 한꺼번에 모든 계절을 통과하기라도 한 듯 피로했고, 그릇처럼 이 시간에 고여 영원히 눈을 뜨고 싶지 않았다. 푸른등대에서 강우에겐 잠만이 유일하고 성실한 직업인지 모르겠다. 보고, 기다리고, 짐작했던, 다짐하고, 포기하고, 내팽개쳤던 모든 시간들은 결국 잠으로 귀결됐다. 강우는 세상에서 가장 깜깜한 시간에 심해어처럼 엎드려 그만 사라져버리겠다고 다짐하면서……잤다.

빗소리 너머 계단을 지나 문이 달칵거리는 소리가 들렸다. 발소리
는 환영이 아니었다. 강우는 이제 죽음을 시늉하기에, 잠을 덮기에는
눈까풀은 가볍고 이불은 좁다는 사실을 알고 있었다. 강우는 문득 늙
어버린 기분이었다. 다짐하지 않아도, 저절로 담담하게 사위는 껍데
기의 기분. 강우는 소년 중 하나라고 짐작했다. 소년들은 놀이터를
찾는 데 귀신이었으니까. "덫이 사라졌어, 덫이 사라졌다고." 소년들
은 또다시 축제가 벌어졌다고 환호성을 지른다. 소년들은 번갈아 시
합에서 슬그머니 빠져나와 푸른등대를 찾아온다. 소년들은 돈 냄새를
맡은 것처럼 눈을 빛낸다. 어차피 동물들의 시합이나 푸른등대나 피
를 볼 수 있기는 마찬가지였으니까. 강우는 가랑이를 벌리고 고함을
지른다. "옜다, 여기 전염병." 내가 너희에게 선물한 종이동물원의
축제를 여기서 벌려봐.

소년은 눈과 귀가 어둔 뱀처럼 스르르 푸른등대를 향해 스며들었
다. 강우는 어둠이라 들킬 염려가 없는데도 다시 이불을 뒤집어썼다.
발소리는 화장실 근처에서 머뭇거렸다. 강우는 문득 흙이 찾아온 것
일지도 모른다고 예감했다. 아마 뒤늦은 사과를 하고…… 강우를 안
을지 몰랐다. 흙을 다시 사랑할 수 있을까. 강우는 얼굴을 덮은 이불
을 도리질하면서도, 흙의 해바라기를 삼키고 싶었다. 강우는 겁쟁이
가 되기 싫어, 잠의 뚜껑을 벗고 창문을 향해 등을 보였다. 발바닥
이 미끄덩거려 하마터면 엉덩방아를 찧을 뻔했다. 강우는 담뱃갑을
더듬었다. 파란 담뱃갑은 축축하게 젖어 있었다. 라이터를 켰지만,
젖은 부싯돌 바퀴가 헛도는 소리만 갈그랑거렸다. 강우는 집요하게
창밖의 어둠만 응시했다. 그건…… 소년을 기다리는 동작이었다.

검붉은 장맛물이 뒤채며 물결에 일렁거리는 가로등 빛이 피를 흘리

는 소년의 얼굴처럼 보였다. 소년들은 그믐처럼 깜깜한 시간에 엎드렸다. 한 달에 한 번 월경처럼 피를 흘리고 나면 어른을 시늉하며 시간을 부풀렸다. 강우는 하구로 휩쓸리지 않고, 버드나무 가지를 움켜쥘세라 검은 개천에서 허우적거리는 붉은 얼굴을 보면서, 소년들이 힘들게 물을 길어낸 지하실에 다시 물이 들어차고, 수많은 머리통이 죄 잠겨버린 풍경을 상상했다. '차라리 귀신의 집을 이용하는 건 어때.' 강우는 삼촌에게 그렇게 가르쳐주고 싶었지만, 삼촌은 케이캅이 들리는 날에는 딱 정육점골목까지만 외출을 허락했다. 삼촌은 강우가 정말 아무것도 모른다고 믿는 걸까. 아무리 소년들에게 무심해도 제수족처럼 구는 아이들이 닻섬의 입이라는 사실마저 깜깜할까.

*

강우는 느지막한 시간에 손님인 것처럼 고층 건물의 지하실을 찾아간 적이 있었다.

우주가 사라지고 난 뒤에도 소년들은 강우를 찾아오지 않았다. 처음으로 케이캅에게 3만 원을 번 날, 강우가 수선화에 늦은 점심을 먹으려고 들렀는데, 소년들은 갓 서커스를 배운 동물처럼 냉면 그릇을 들고 엉기적거렸다. 소년들은 단체로 포경수술을 했다고 했다. 소년들은 대접처럼 볼록한 주머니를 두드리면서, 강우를 제외시킨 새로운 축제에 관해 거들먹거렸다. 강우는 소년들의 낯선 직업이 하나도 부럽지 않았지만, 소년들이 피를 흘린 값어치가 제가 번 돈보다 큰 건지 작은 건지 궁금했다. 강우는 포피를 벌려 서로의 귀두를 집어넣는 놀이를 대체할 새로운 놀이를 만들지 않고, 더 이상 코흘리개 시늉을 하지 않는 소년들을 보면서 소년들의 값은 솜사탕을 쥔 꼬마들한테 빼앗은 돈보다는 훨씬 많을 거라는 것만 짐작할 수 있었다.

강우는 주머니가 넉넉해졌다고 갑자기 남자어른을 시늉하는 소년들이 어이가 없었다. 소년들은 어른을 시늉해도 삼촌이 될 수 없었다. 삼촌은 소년들에게 자기의 낡고 더러워진 기억을 허물을 벗듯 물려주고, 훨씬 주머니가 두둑해져 안 그래도 소년들보다 훨씬 앞질렀던 시간에서 저만치 멀어져갔다. 소년들은 강우가 처음 기억하는 (삼촌은 절대 되새기지 않는) 삼촌의 모습만 100년 동안 바뀌지 않은 교가처럼 반복하는 소년들이 안타까웠지만, 이제 그것을 가르쳐주고 싶어 안달이 나지는 않았다. 어쩌면 삼촌은 소년들이 이제 고칠 수 없는 버릇이나 전설이 아니라 회복할 수 없는 진짜 전염병인지도 몰랐다. 강우는 그런 까닭인지 소년들의 꿈을 전염병처럼 의심했다. 꿈은 미래라는 우연에 기댄 시간이 아니라, 지난 시간에 관련된 예감일 뿐이었다. 내일 심은 나무가 어제 심은 나무보다 빨리 자랄 수는 없고, 벌레는 물고기가 될 수 없고, 돌멩이는 꽃이 될 수 없었다. 그러면서도 강우는 자신만은 행동하지 않아도, 하염없이 게을러도 닻섬의 중심이라는 오만함이 있었다. 그것은 늪처럼 고인 삼촌이 끊임없이 주위에서 알짱거리는 소년들의 행성에 둘러싸여 점점 자장의 폭을 넓히는 바람에, 제 영역도 삼촌에게 포함돼 동격이 되었다는 착각에서 비롯된 것이었다. 그러니까 강우는 일종의 게으른 운명론자였다.

강우는 케이캅의 셈이 흐려진 날, 소년들의 새로운 직업 어떤 건지 궁금해 미라언니 대신 술과 안주가 담긴 쟁반을 들고 고층 건물의 지하실로 심부름을 갔다. 소년들은 계단에 옹기종기 모여 담배를 피우거나, 기차처럼 길게 늘어선 차창 안을 힐끗거렸다. 소년들은 가끔 누군가의 고함 소리가 들리면 겨끔내기로 지하실에 내려갔다, 정육점 골목을 향해 내달렸다. 소년들은 강우를 발견하자 어리둥절한 눈으로 서로를 쳐다봤다. 지하실은 거미줄처럼 얽힌 전선에 백열등이 집어등처럼 주렁주렁 매달려 밤배처럼 은성했다. 강우는 여기저기서 눈을 희번덕이는 사람들 속으로 스며들었다. 담배 연기가 자욱해 해무가 낀 바닷가에 서서 만선의 배를 바라보는 기묘한 기분이 들었다. 케이캅이 강우를 보고 손을 흔들었다. 가빠 위에 방석을 여러 개 괴고 앉아 화투 패를 쥐고 있던 사내가 케이캅에게 귓속말을 하며 낄낄거렸다. 그 무리에서 나앉아 주머니가 허룩해 보이는 초췌한 얼굴의 남자가 잔심부름을 하는 소년과 강우를 보고는 삼촌을 불러 뭔가 소곤거렸다. 삼촌은 강우의 이마를 향해 ×표를 그리고는, 계단 바깥을 똑똑 가리켰다. 삼촌은 케이캅한테 다가가 손가락으로 소년의 이마를 가리킨 뒤 두 주먹의 손마디를 툭툭 부딪쳤다. 케이캅이 소년을 불러 불룩한 지갑을 흔들어 보였다. 어둠에 웅크리고 있던 소년들이 비탈을 구르는 공처럼 지하실로 내려왔다. 두 장의 화투를 쥐고 돈을 뭉텅뭉텅 던지던 사람들이 뒤를 힐끗 돌아봤다. 거기에서 소외된 손님들은 가벼운 스트레칭을 하며 소년들이 모인 구석으로 모여들었다. 손님들은 태풍에 기우듬해지는 닻줄을 움켜쥔 것처럼 심각한 얼굴로 소년과 소년을 꼿이 같은 패를 갖다 붙이듯 짝을 이루게 했다. 싸움의 시작은 차라리 고요했다. 기쁨을 나눌 때처럼 침묵에 흠집이라도 날까 봐 이를 사리물고 있던 소년이 소년의 뺨에 가벼운 따귀를 날렸다. 툭툭 화장을 하듯 가벼운 손바닥이 다물어지고, 살과 뼈, 피와 땀이 부딪히고 미끄러지고 뒤엉키는 소리가, 태풍의 눈에 놓인 시간처럼 닻섬의 모든 소음을 집어삼켰다. 케이캅은 소년의 시벌게진 얼굴을 쓰다듬으면서 주머니에 만 원짜리 몇 장을 찔러 넣었다. 내기에 이긴 사내는 곧장 방석 하나를 차지하고는 승리한 소년을 불러 화투장을 섞으라고 했다. 그렇게 주머니가 넉넉해진 손님들은 여흥을 주체하지 못해 정육점골목에서 흔쾌히 지갑을 풀었다. 그렇게 정육점골목이 닻섬의 심장이었던 것처럼, 손님이 드나들 때마다 닻섬은 서서히 피가 돌았고, 그들이 길을 낸 듯 철조망이 쳐진 굴뚝이 쓰러진 폐허에 가끔씩 덤프트럭이 오갔고, 산사태에 묻혔던 산비탈의 격납고도 가끔씩 차가 오가기 시작했다. 더러 실수처럼 놀이공원을 찾아오는 손님들은 정육점골목의 담뱃가게에서 담배를 사기도 했다. 그들은 아무도 믿지 않는 사람처럼 굴었다.

강우는 아무것도 신뢰하지 않는 딱딱한 얼굴로 매립지 방향을 쳐다봤다. 강우는 99를 의심하고 1을 맹신하는 사람과, 99를 믿으면서 1을 신뢰하지 못하는 사람 사이의 무게를 생각해봤다. 강우는 99도, 1도 믿고 싶지 않았다. 빗줄기 너머 황급히 코너를 돌아가는 자동차 불빛이 보였다. 클랙슨이 희미하게 울렸고, 강우는 옆길로 비켜서는 소년과 정강이에 튀기는 흙탕물을 본 것만 같았다. 한 대, 두 대. 그렇게 자동차가 부두 옆 매립지를 향해 사라졌다. 그것은 바다를 향해 뛰어드는 동물처럼 보였다. 그것들이 사라지면 소년들의 직업은 무엇이 될까. 소년들은 노동하지 않았지만 늘 일이 있었다. 소년들은 직업이 없었지만, 스스로 돈을 마련했다. 그것은 어떤 훈련도 필요 없는 그저 심부름꾼의 모습에 지나지 않았다. 하지만 강우는 소년들의 제스처로 하루하루 사는 어른을, 주머니가 넉넉한 어른을 알고 있었다. 강우는 이제야 소년들의 꿈이 왜 삼촌처럼 되는 것이었는지 알 것 같았다.

*

　너도 삼촌처럼 되고 싶니? 우주가 지나가는 말처럼 그렇게 물은 적이 있었다. 비가 쏟아지는 날이었고, 미라언니와 소주를 마시고 오줌을 지리도록 술에 취한 다음 날이었다. 강우가 알몸으로 뒹굴고 있을 때, 우주는 그때도 바닥에 흩어진 강우의 옷가지를 개고, 흩어진 쓰레기를 주워 담으며 문득 그렇게 물었다. 그건 소년, 너희들의 꿈이잖아. 강우는 그렇게 따져 묻고 싶었지만, 지끈거리는 머릿속에서도 우주가 제 알몸을 볼세라 이불을 돌돌 감고 벽 쪽으로 돌아누워 눈을 감았다. 전부 다 그렇게 말하잖아, 삼촌처럼 되고 싶다고. 우주가 그렇게 말했을 때 강우는 출렁이는 검정에 신물을 삼키며 고함을 지르고 싶었다. 삼촌을 점점 닮아가는 건 우주 바로 너야, 흙도 그렇게 말했어. 우주는 당연히 듣지 못할 테지만 만화의 말풍선처럼 분명히 존재하는 지문을 외듯 그렇게 소리쳤다. 하지만 제 속에 삼킨 고함 끝에 강우는 처음으로 꿈을 발음하던 한순간이 또렷이 떠올랐다.
　텔레비전에는 얼마 전 휘몰아친 태풍 이야기가 펼쳐지고 있었다. 루사라는 이름의 태풍. 태풍이 지나간 자리는 정말 순록 떼가 훑고 간 초원처럼 휑뎅그렁했고, 어쩌면 한 마리 거대한 죽은 짐승처럼 보이기도 했다. 무자비하게 도륙된 짐승의 뼈와 살을 딛는 것처럼, 젖은 것들이 말라가면서 풍기는 냄새와 땀이 자꾸 소년의 몸을 훔쳐보게 하는 시간이었다. 바람과 빗발은 잦아들고, 물에 잠긴 지붕들이, 무너진 산비탈이, 희미한 헬리콥터 소리와 함께 펼쳐지고 있었다. 태풍은 짧았지만, 큰 비바람이 할퀸 상처의 크기는 어마어마했다. 그리고 어쩐지 늘 그렇듯 상처의 풍경은, 상처에 관한 이야기는 고요했다. 그때 문득 우주가 헬리콥터를 보며 물었다. 네 꿈은 뭐니? 강우는 언젠가 제게 꿈을 물어왔던 남자어른의 목소리를 들은 것처럼 흠칫 놀랐다. 내 꿈은…… 강우는 남자어른과 어떤 시간을 떠올리면서도 그냥 삼촌처럼 되는 것이라고 읊조렸다. 강우는 빤한 거짓말의 덫에 걸린 것처럼 갑갑한 마음이 일었다. 언젠가 삼촌에게 그 말을 하자 흐뭇해한 적이 있었다. 강우는 그 뒤로 버릇처럼 삼촌처럼 되는 게 소원이라고 말했다. 그러나 그렇게 말할 때면 강우는 못내 제대로 대답하지 못한 것 같은 갑갑한 마음이 들었다. 강우는 우주가 그 꿈의 속성을 알아채고, 제게 꿈을 묻지 않고, 강우에게 구체적인 꿈의 정답을 가르쳐줬을 것이라고 생각한다. 닻섬은 변했다. 친절한 것들은 나약했고, 친절은 의심스러웠고, 강우는 친절하고 나약한 것들은 사랑하지 않았다. 이길 수 있었기 때문이다. 친절한 것들은 어떤 꿈을 기대하고 있기 때문이다. 강우는 꿈을 의심했기 때문에 아무것도 기대하지 않았다.

*

강우는 더는 기다릴 수 없었다. 강우는 뒤돌아서 멈춘 발소리를 더 들었다. 하지만 뒤켠으로 난 문은 어둠침침했고, 화장실 근처의 방문이 빗줄기처럼 가늘게 그어져 있었다. 강우는 살금살금 그곳으로 걸어갔다. 소년이 아니라 결국…… 삼촌인 걸까. 강우는 쉬가 마려운 시늉을 하며 화장실로 걸어가다 문틈을 들여다봤다. 틈새가 요도처럼 가늘어 빗소리인지 뭔가 부스럭거리는 소리만 짐작할 수 있을 뿐이었다. 강우는 절대 얼씬거리지 말라던 삼촌의 경고가 생각나 더욱 발소리를 죽였다. 강우가 화장실 문을 열자마자 어떤 손이 갑자기 목을 죄고 입술을 틀어막았다. 그 완력은 익숙했다. 헐었던 입안에서 다시 피 맛이 괬다. 강우는 목숨을 체념한 사람처럼 숨을 멈추고 싶었다. 강우는 점점 인내심이 사라지고 있었다. 입속에 부걱부걱 괴는 피와 침에 캑캑거렸다. 강우는 그 손을 깨물고 싶다고 생각했다.

그래, 그렇게 시금치가 돼버린 소년을 보고 엄마기계는 기겁해 도망을 가버린다고 하자. 그렇게 폐허가 된 놀이공원에 혼자 남은 소년이 있다고 하자. 그 소년의 집 근처에서 사람들이 하나씩 죽어나간다. 사람들은 부검을 해도 사인을 알아채지 못한다. 주검의 공통점이라고는 단 하나, 성기에 못을 박은 듯 조그만 구멍이 뚫려 있다. 경찰은 용의자를 좁히고 그 사람들의 집에서 송곳, 못, 철사, 젓가락, 압정, 클립, 심지어 콘돔까지 수거해간다. 날카로운 것들을 죄 수거해 감식하지만 거기엔 동물의 피와 죽은 사람들의 혈흔은 발견되지 않는다. 어느 날 소년의 아빠(경찰이다)는 추적에 지쳐 오랜만에 집에 돌아온다. 아빠는 혼자 지내는 소년을 위해 피자를 사온다. 소년은 피망을 싫어한다. 소년은 피자 한 조각을 베어 물다 미처 골라내지 못한 피망을 빼내려고 피자를 내려놓는다. 피자 한가운데 뚫린 구멍을 보고, 경찰은 깜작 놀라 소년의 볼을 틀어쥐고 입을 벌려본다. 소년의 입천장에 하얀 송곳니가 자라고 있다.

"무슨 낮잠을 그렇게 깊게 자?"

강우는 그 목소리에 하마터면 엉덩방아를 찧을 뻔했다.

우주였다. 비구름을 걷어내면 그곳에 우주가 존재하듯, 비를 등진 강우의 눈앞에 우주가 보였다. 우주, 정말 네가 있었구나. 강우는 순진하게 어떤 운명을 생각했다. 그건 멍청했지만, 그만큼 담박했기 때문에 강우의 마음을 더욱 흐뭇하게 채웠다. 강우는 정말 우주라는 것을 확인하곤, 제가 오늘 하루 처음으로 오랫동안 우주 생각을 놓쳤다는 사실에 놀랐다.

"왜 여기 있어? 시합은?"

우주는 깜깜한 눈빛을 보였다가 갑자기 허탈한 웃음을 터뜨렸다. 그러고는 한쪽 어깨에 걸머쥐었던 륙색을 추스르고는 강우의 눈길이 머문 칼을 강우의 콧잔등에 겨눴다.

"이렇게 협박하려고 몰래 빠져나왔어."

강우는 그것이 자신을 겨냥하는 것은 아니라는 사실을 알고 있었다.

"소년이 쓰러졌어. 내가 주먹을 날리자 그냥 팩 쓰러지고 말았어. 인공호흡을 하려고 몸을 열어보니까 온몸에 멍 자국이 수두룩했어. 아무리 뺨을 때리고 흔들어도 깨어나지 않았어."

(너도 그랬잖아…… 온몸에 수술 자국을 새기고. 혹시 네 이야기를 하는 거니?)

"어쩌면 지금쯤 소년은 씩, 웃으면서 깨어났을지도 몰라."

강우는 우주의 손목을 거머쥐고 칼날을 심장을 향해 내렸다.

"바보…… 넌 정말 내 말을 믿는 거니?"

강우는 멀뚱한 얼굴로 우주를 쳐다봤다.

"넌 대체 뭘 상상하는 거니?"

상상. 그 이야기를 가르쳐준 건 너였어.

"그냥 잊고 있던 물건이 있었어. 아무래도 이 안에 있는 것 같은데."

우주는 삼촌의 방문을 다시 칼로 달그락거렸다.

"아깐 잘 열렸는데."

그 말이 주문인 듯 덜컥 삼촌의 방문이 열렸다.

강우는 그곳에 비밀 금고나 땅굴은커녕 그저 낡은 옷장과 남자어른의 냄새만 깜깜하게 도사리고 있다는 사실을 오래 전부터 알고 있었다. 방은 관처럼 깨끗했다. 삼촌은 푸른등대를 하나도 다치게 하지 않았다.

"넌 삼촌이 무섭지 않니?"

강우는 진심으로 그렇게 물었다.

"뭐가? 넌…… 널 닮은 사람만 무서워하더라. 무서울 게 뭐 있어. 어차피 삼촌도 잠시 빌려 쓰는 방이잖아. 내가 뭐 도둑질하는 것도 아니고, 그냥 내 걸 찾으러 온 건데. 커다란 가방이 필요하다고 했더니, 네 아빠가 2층 방에 큰 여행 가방이 있다고…… 그 방에 내 짐도 몇 개 있을 거라고. 문이 잠겼으면 자나 칼 같은 걸로 손잡이 문틈을 아래위로 치면 열린다고 그랬어."

"어디 가?"

"응."

강우는 갑자기 사라진 흙과 배턴터치를 하는 소년을 떠올랐다.

"삼촌은 알아? 괜찮아? 넌 늘 주인공이었잖아. 손님들이 널 행운의 상징으로 여기는데."

"화투를 모아주고, 고추를 만지게 해준 거? 푼돈밖에 안 남은 인간들이 애들 데리고 개처럼 싸움박질시킨 거? 그냥 난 돈이 필요했어. 하지만 이젠 떠날 거야. 돌아가야 해. 강우, 너한텐 작별 인사를 해야 할 것 같았어."

"도망치는 게 아니고?"

우주는 갑자기 폭소를 터뜨렸다.

"뭘 도망쳐. 그냥 내가 가고 싶음 가는 거지. 아무도 붙잡는 사람은 없어. 여긴 감옥이 아냐. 게다가 흙도 돌아왔잖아."

"그럼 나는?"

"뭘?"

강우는 우주의 가방과 칼을 빼앗았다.

우주의 칼은 태풍에 맞선 검고 젖은 우산처럼, 우주를 지키기에 너무 조악한 방패처럼 보였다.

"뭐하는 거야?"

"나도 갈래. 여긴 감옥이 아니라며?"

"넌 여기가 고향이잖아. 집이잖아."

"상관없어."

우주는 잠시 골똘한 표정을 지었다.

"하긴…… 정말 같이 갈래?"

"응."

"다신 여기로 돌아오지 않을 거야."

"응."

"난 돈을 벌어야 해."

"내가 도와줄게."

"네가 상상하는 것보다 훨씬 힘들지도 몰라."

"상관없어."

"좋아. 그럼…… 그냥 여행을 가는 거라고 생각해. 네가 싫고 힘들면 언제든 솔직하게 말해줘. 넌 그냥 돌아오기만 하면 돼. 갈 때 수선화에 들러서 방학이니까, 나랑 같이 여행을 간다고 이야기하면 되겠다."

"싫어. 그냥 가."

강우는 저도 모르게 다가가 우주의 손을 거머쥐었다. 그러고는 칼자루를 뺏어 제 엄지손가락을 그어 피를 흘렸다.

"뭐하는 거야, 미쳤어?"

우주의 표정이 어리둥절해졌다.

"바보, 맹셀 하잔 거야."

우주는 뭘? 하고 물으려다 말고 허탈한 표정 끝에 웃었다. 씩. 소년이 태풍을 따라왔을 때 지었던 그 웃음이었다. 강우는 그 웃음이라면 소년을 믿을 수 있겠다고 생각했다.

"넌 정말…… 신기한…… 소년이야."

우주는 강우에게 칼을 건네받아 제 손가락을 베었다. 우주의 양미간이 설핏 구겨졌다. 강우는 본능적으로 우주의 손가락을 거머쥐고 손가락을 빨았다. 피는 젖고 검고 따뜻했다. 너와 함께라면…… 너를 느낄 수 있다면…… 그 피를 모두 마셔 에이즈라도 걸릴 수 있어. 어쩌면 내 꿈은 네가 되고 싶었던 건지도 몰라. 강우는 왜 맹세에 피가 필요한지, 목숨을 거는 것이 맹세인지 깨달을 수 있었다.

강우는 우주의 그림자처럼 소년을 따라갔다. 비와 바람처럼 여전히 강우 앞에 펼쳐진 세상은 두 개로 나뉘어 있었다. 밤의 비가 검다고 피인 건 아니었다. 차갑고 날카롭다고 모두 칼인 건 아니었다. 강우와 우주의 맹세는 비를 삼킨 어둠처럼 누구에게도 들키지 않을 것 같았다. 나도 남자어른처럼 엄마기계처럼 닻섬을 떠나는 거야. 강우는 푸른등대에서 겨우 얼마 떨어졌지만, 기쁨을 처음 발명했을 때처럼 다시는 그 시간으로, 아니 그 장소로 되돌아갈 수 없다는, 돌아가지 않을 거라는 예감이 들었다. 이제야 비로소 이야기가 시작될 것 같은 예감에 부풀어, 강우는 조금 발기했다. 그건 사랑이 아니라고, 강우는 검고 젖은 기쁨을 외면했다.

3부

"숫염소 두 마리를 놓고서 제비를 뽑아서,
주께 바칠 염소와 속죄의 염소를 결정하여야 한다."

—『레위기』

심야극장

*

강우와 래오는 서로를 단박에 알아보았다.

강우가 팔짱을 끼고 담배 진열대에 등허리를 툭툭 부딪치며 출입문 위에 걸린 볼록거울을 힐끗거릴 때, 래오는 껌, 깡통 맥주, 칫솔……을 바코드기로 찍으려고 얼굴을 수그린 강우의 쌍가마를 보고 살긋 웃음을 깨물었다. 둘은 서로서로 딴청을 부렸지만 어느 순간 서로의 빤한 눈빛과 굳게 다문 입가에 팬 보조개를 눈치챌 수 있었다. 심야극장에서 처음으로 함께 영화를 본 날, 래오는 말버릇 담배를 꺼내려고 뒤돌아선 강우의 얄따란 팔꿈치와 잘록한 허리를 보고 괜스레 마른침을 삼켰다고 고백했다. 강우는 쿡쿡거리며 자신이 래오의 눈을 들여다봤던 건, 담배를 달라고 하는 래오의 발음이 너무 멀쩡했기 때문이라고 응수했다. 강우와 래오는 금요일 밤마다 자정 1분 전부터 새벽 6시 반까지 영화 세 편을 연속 상영하는 극장에서 만났다. 세 번

만났을 때, 둘은 구름 사진처럼 휘감긴 풀밭을 밟은 듯 제법 들뜨고 편안해져 있었다.

*

"영화 보러 갈래?"

래오가 다짜고짜 그렇게 물어왔을 때 강우는 뜨악한 표정을 지었다. 뒤에 생각했을 때, 강우는 그게 웬 반말, 고까웠던 게 아닐까 여겼는데, 그건 아니었던 것 같고, 그냥 타인이 말을 걸어왔다는 사실이 낯설고 의심스러웠던 거였다. 하루에 한 번 꼭 편의점에 들르고, 휘파람으로 익숙한 동요와 알 수 없는 가락을 흥얼거리며 편의점을 어슬렁거리는 래오의 얼굴을 강우는 알고 있었다. 강우는 래오가 좀 도둑일지 몰라 더 눈여겨봤다. 래오는 산책하듯 편의점을 몇 바퀴 돌고 난 뒤에 딱 한 개씩 물건을 샀다. 거스름돈이 필요한 건지, 현장을 답사하는 건지 종잡을 수 없는 물건들이었다. 래오는 얼마, 하는 질문이나 땡큐, 하는 인사 따위 없이 입술을 쪼뼛하게 오므리고 밤새처럼 지저귀었다. 래오는 돌아가지 않고 파라솔에 앉아 담배를 피우거나 맥주를 홀짝거리며 유리 벽 안을 힐끗거렸다. 강우는 래오를 의식하지 않으려고 포스기의 얼룩을 손톱으로 긁거나, 유통기한이 지난 샌드위치와 삼각김밥을 골랐다. 강우는 휘파람을 부르며 밤에 어슬렁거리는 사내아이를 믿지 않았다. 저도 해거름에 가사를 지어내 익숙한 가락에다 얹어 (하늘은 생략되고) 수평으로 얼굴을 맞대기만 한 풍경을 구경하고는 했다. 콧노래를 흥얼거리며 길을 잃어버릴 염려가 없는, 제게 익숙한 걸음을 반복하는 소년들에겐 목적이 있었다. 강우

292

는 그런 빤한 수작에 솔깃할 만큼 이제 어리지 않았다.

*

"영화 보러 갑시다."

래오가 세모난 조각 케이크를 강우 앞에 겨누며 두번째로 제안했을 때, 강우는 창고에서 옷을 갈아입고 나오는 교대자의 기척에 놀라 얼떨결에 고개를 끄덕였다. 노랑머리에 주걱턱인 아르바이트생도 래오가 눈에 익는지 안녕, 또 왔네, 하고 알은체를 했다. 강우는 편의점에서 한 골목 내려온 마을버스 정류장 앞에 다다라서야 걸음을 멈추고 래오를 팩 돌아봤다.

"내 생일이야."

강우가 걸음 하나하나에 벼렸던 말들을 이미 예감한 듯 래오는 불쑥 그렇게 말했다. 강우는 래오의 손에 삽처럼 들린 조각 케이크를 멀뚱히 쳐다봤다. 래오는 플라스틱 뚜껑을 열어 보드라운 케이크를 강우의 입술에 묻히고는 생긋, 웃었다. 강우는 래오의 고백과 서슴없는 희롱이 제 깜깜한 기억을 한 삽 벗겨낸 것처럼, 눈앞에 선 거뭇뒤뒤한 사내아이가 아니라…… 우주의 생일이 궁금했다.

한 달 후면, 오늘 시작한 달력의 마지막이자 여름이 끝나는 날이고, 우주를 본 지 딱 1년이 되는 날이었다. 강우는 우주의 생일이 언제인지 몰랐다. 하지만 태풍이 우주를 낳은 것처럼, 후터분한 여름밤 저쪽에서 사윈 그곳의 비바람이, 그 안에서 태어난 우주의 피처럼 끈적끈적한 살갗을 핥기라도 한 것처럼, 강우는 윗입술을 둥글게 훑으면서 부르르 진저리를 쳤다. 강우는 여름이 끝나는 날, 비가 쏟아진다면 우주에게 미역국을 끓여주겠다고 다짐했다. 코펠에 햇반을 데우고 즉석 미역국을 끓이는 게 아니라, 솥을 하나 마련해 제 앞에 선 소년처럼 검은 미역 한 뭇을 불려 오래 끓이고, 이처럼 하얀 쌀밥을 마련하겠노라고.

강우가 제 상상에 취해 잠자코만 있자, 래오가 신코로 바닥을 툭툭 건드렸다. 소년은 3선슬리퍼만 신어야 한다는 법이라도 있는지, 딱딱한 지면에 돋은 래오의 슬리퍼가 틀니처럼 달각거렸다.

"너도 생일날 미역국을 먹니?"

래오는 피식 웃었다.

"너 혹시 내가 다른 나라에서 온 거라고 생각하니? 난 코리언이야."

강우는 새삼 래오의 또렷한 발음에 제 편견이 미안했다. 그저 래오의 유난히 어둔 살빛과 짙은 쌍꺼풀이 겨울이 없는 지역에서 온 열대 과일처럼 그 태생을 짐작하게 했을 뿐이다. 사실 래오와는 어떤 말도 나누지 않았기 때문에, 그 아이의 발음을 통해 어떤 근원을 더듬어볼 만한 건더기가 없었다. 강우는 래오의 자신만만한 대답에, 그 아이의 피부색이 거리에서 숱하게 마주치는 공장 직공이나 향신료가 짙은 식당 주방장보다는 조금 옅은 것도 같았다.

"네 생일은 언제니?"

래오는 금세 물컹해진 케이크를 꿀처럼 검지로 찍어 먹으면서 강우의 팔꿈치를 툭 건드렸다.

강우 생일은 겨울이었다. 대개 방학이어서, 강우는 세수도 하지 않고 찰밥과 굴을 넣은 미역국을 깨작거렸다. 그날은 어떤 기념일이 되기엔 너무 평범했다. 엄마기계가 조금 더 인내심이 있었다면, '내 생일은 올림픽이야, 4년에 한 번씩 돌아오는 2월 29일이거든' 하고 뭔가 특별해지는 것 같은 심보를 불행인 양 거드름 피울 수 있었을 텐데.

"8월 31일."

강우는 불쑥 거짓말을 했다.

사슴이라는 태풍이 몰아친 날이었고, 어쩌면 우주의 생일이었다.

"얼마 안 남았네. 그땐 네가 영화를 보여주면 되겠네."

강우는 저도 모르게 고개를 주억였고, 둘은 한밤의 도시를 지나 극장까지 걸어갔다.

*

영화는 11시 59분에 시작했다. 래오의 생일에는 강우는 첫번째 영화가 시작된 지 50분쯤 흘렀을 때부터 꾸벅꾸벅 졸다 초록색 괴물이 헬리콥터를 부수는 장면에 깜짝 놀라 깼다. 벌써 세번째 영화가 끝나가고 있었다. "다음 주에는 정말 재밌는 영화만 할 거야." 그러면서 래오는 자연스레 (일주일마다 강우가 태어난 것처럼) 금요일 밤마다 강우의 아르바이트가 끝나면 극장에서 만나자고 약속했다. "정말 시원하게 여름밤을 보낼 수 있잖아." 래오의 말마따나 심야극장에는 담요와 군것질거리를 챙겨 온 사람들이 (거의 짝을 이뤘다) 한가득했다. 둘은 밤 10시 30분에 극장에 딸린 맥도날드에서 만났다. 강우는 햄버거와 콜라를 홀짝거리면서 그날 볼 영화의 팸플릿을 읽고 또 읽었다. 래오는 생일에 봤을 때와 달리 머리가 젖어 있었고, 화장품 냄새를 풍겼으며, 륙색을 메고 있었다. 글자만 더듬는 강우 앞에서 빨대로 콜라를 부격거리고 헛기침만 하던 래오가 화장실에 다녀오는 동안, 강우는 래오의 배죽 열린 륙색을 한참 동안 들여다보았다. 래오는 강우의 뒤로 와 어깨를 짚고 에비, 놀래준 뒤, 옆에 앉아 강우의 허벅지에 가방을 올려놓고 물건을 하나하나 꺼냈다. 제법 두툼한 가방은 생각보다 가벼웠다. 래오는 모자가 딸린 윈드재킷과 항공회사 로고가 찍힌 체크무늬 담요, 삶은 달걀이 든 투명한 봉지와 물병이 든 까만 봉지를 차례차례 꺼냈다. 강우는 점점 허룩해지는 가방 밑에 깔린 속옷과 책을 본 것 같았다. 그건 반으로 접힌 문제집처럼 보였다. 래오는 의기양양했지만, 강우는 생수병에 보리차를 붓고 냉동실에 얼리고 그게 녹으면서 물이 새지 않게 비닐봉지에 넣고 꼼꼼하게 잡맨 래오의 섬세함이 어쩐지 불편했다.

  햄버거를 먹고 나서 시간이 남자, 래오는 2층에 있는 오락실에 가자고 했다. 래오는 비행기가 도시와 공장, 건물을 부수는 오락을 했고, 강우는 테트리스 앞에 앉았다. 강우가 천천히 벽돌의 모양을 바꾸고 있자, 어느새 래오가 옆에 앉아 동전을 넣고 테트리스를 시작했다. 더디기만 한 낙하 시간을 기다리는 강우와 달리, 래오는 쉼 없이 손을 움직이며 열 개의 줄을 금세 무너뜨렸다. 강우는 조바심이 나 정사각형을 이 하나가 빈 성벽에 올려놓고 말았다. 도형들은 금세 하늘까지 닿아버렸다. 래오는 다시 동전을 넣었고, 강우가 죽으면 금세 첨탑을 쌓아 같이 죽었다. 강우가 손잡이와 단추를 다루는 오락에 젬병인 걸 눈치챈 래오는 강우의 손목을 거머쥐고, 맨 구석에 있는 상자 속으로 들어갔다. 강우의 정수리가 닿을 만큼 낮은 방이었다. 거긴 수선화의 손님방을 축소해놓은 것 같았다. 래오는 노래 책을 펼쳐보지도 않고 능숙하게 번호를 눌렀다. 래오는 노래를 잘 불렀다. 강우는 휘파람에 능숙한 사람이 노래 솜씨도 좋다는 걸 깨달았다. 강우는 래오의 휘파람을 통해 그 노래의 가락을 외고 있어, 저도 모르게 래오의 근사한 목소리를 따라 더듬더듬 가사를 읊조렸다. 강우는 래오가 재촉하는데도 노래를 부르지 않았다. 래오가 노래를 부르는 동안 노래 책을 처음부터 끝까지 뒤져봤지만, 제가 알 만한 노래 제목은 죄 아빠백작이 흥얼거리던 노래였다. 강우는 입을 다물고…… 노래를 부르는 우주를 보고 싶었다.

　영화가 시작되고 불이 꺼지자 강우는 그제야 마음이 놓여 주위를 둘러봤다. 래오가 강우의 팔목을 쥐고 귓바퀴에 내고 소곤거렸다. "귀신이 가장 싫어하는 사람이 누구게?" 강우는 멀뚱히 래오를 쳐다봤다. 래오의 콧등이 너무 가까웠다. "전구를 발명한 에디슨" 그 대답에 둘은 쿡, 웃음을 터뜨리고는 서로의 입술에 검지를 세웠다. 강우는 한순간 래오를 향해 세웠던 방패가 희미해지는 걸 보았다. 둘은 깜깜한 극장에 두더지처럼 쪼그리고 앉아 에어컨 찬바람에 오소소 돋은 살갗을 만지작거렸다. 강우는 래오가 덮어준 담요를 빗장뼈까지 끌어올렸다. 강우는 한 번도 졸지 않았다. 강우가 입을 맞추듯 조심스레 달걀을 베어 먹었을 때, 래오의 옆통수가 어깻죽지에 툭툭 부딪쳤다. 강우는 래오의 얼굴을 제 어깨에 가만히 내려놓지 않았다. 뒤늦은 생일 선물로 래오의 잠을 편안하게 해주고 싶었지만, 어쩐지 그러고 싶지는 않았다. 강우는 갑자기 오줌이 마려 눈이 게슴츠레한 래오에게 귓속말을 하고 극장 밖으로 나갔다. 조명이 어둔 복도를 헤매다 겨우 화장실을 다녀왔을 때, 강우는 길을 잘못 들어 영화가 상영되는 극장이 아니라 불이 꺼진 엉뚱한 극장으로 들어갔다. 강우는 화들짝 놀랐지만, 어쩐지 곧장 되돌아서지지 않았다. 강우는 오랫동안 두께를 달리한 어둠을 응시했다. 분명히 '지구 마을'이라는 팻말을 보고 들어갔는데, 유령마저 떠나버린 귀신의 집을 통과해버린 것처럼 오싹했다. 강우는 폐쇄된 닻섬의 놀이공원에 혼자 남겨진 기분이었다. 이내 어둠의 켜가 벗겨지고, 강우는 벽의 무늬와 텅 빈 의자의 등받이를 보면서 눈살을 찌푸렸다. 가나다라마바사와 숫자가 붙은 의자가 묘비처럼 섬뜩했지만, 강우는 아련한 마음을 가렸던 꺼풀이 벗겨진 것처럼 말끔해졌다. 구경꾼이 사라진다고 그곳이 사라지는 건 아니야. 소년이 사라진다고 닻섬이 사라지는 건 아니지. ……하지만 완벽한 혼자일 수 있어. 혼자인 건…… 다행스러운 거야. 강우는 아무도 없는 의자에 앉아 갑자기 멈춰버린 영화를, 언젠가 다시 시작할지 모르는 영화를 영원히 기다릴 수 있을 것 같았지만, 어둠이 히뜩 무섭기도 해 머리를 도리도리 흔들며 래오가 잠들었을지 모를 극장을 향해 뒷걸음쳤다.

*

심야극장에서 나오자 벌써 밝아버린 새벽이 어지러웠다. 둘은 극장 앞의 볼라드에 앉아 오랜 노동을 끝낸 막일꾼처럼 담배 한 대씩을 나눠 피웠다. 래오는 성냥으로 담배에 불을 붙였다. 래오의 륙색 앞주머니에는 귓바퀴만한 성냥갑이 세 개 들어 있었다. 세이렌과 물고기가 그려져 있는 커피 회사 로고, 벗은 여자의 실루엣이 새겨진 까만 단란주점, 물고기의 뼈만 발라놓은 것처럼 담박한 횟집. 래오가 성냥으로 담뱃불을 붙이는 건 어린 시절 유일하게 극장에서 본 주인공을 시늉하는 것이라고 했다. 래오가 찰찰찰 쌀을 고르는 소리가 들리는 성냥갑을 꺼내 성냥개비로 붉은 황을 긁자, 새벽의 마지막 가로등처럼 우묵하게 빛나는 불빛이 어룽진 래오의 콧마루와 인중, 이마가 그럴싸해 보였다.

두번째 영화가 끝났을 때, 꾸벅꾸벅 졸던 래오는 채 잠이 덜 깬 채 성냥갑을 꺼내다 성냥개비를 바닥에 우수수 쏟아버린 적이 있었다. 래오는 짐짓 이맛살을 찌푸리고는 바닥에 쪼그려 앉아 성냥개비를 성냥갑 속에 성냥머리가 같은 방향으로 뉘도록 차곡차곡 쌓았다. 강우는 저도 모르게 래오의 정수리를 가만히 쓰다듬었다. 저마다 길이가 다르게 깎은 손톱으로 살갗을 긁은 것처럼 감각이 얼룩덜룩했다. 그건 어떤 설렘도 아니었다. 강우는 목이 말랐고, 눈이 따가웠다. 햇볕이 그렇게 밝고 따가운 것인지 새삼스러웠다. 강우는 몹시 지쳤지만, 달력의 붉은 글씨처럼 반복된 래오와의 만남을 성냥불처럼 그을음이 깬 채 마무리하고 싶지 않았다. 강우는 숙면을 취한 상쾌한 아침인 양 아드득 기지개를 켜고 주위를 둘러봤다. 하지만 새벽에 거리를 걷는 사람들의 모습은 다래끼가 낀 것처럼 뻑뻑한 눈으로 봐서인지, 죄래오와 강우처럼 이제 잠을 자러 가는 듯 피곤해 보였다. 강우는 개중 가장 씩씩해 보이는 선글라스와 야구 모자를 쓴 청년의 걸음을 눈으로 좇았다.

"늘 모자를 쓰고 다니는 사람들 있잖아, 그 사람들 중에는 모자를 벗겨보면 정수리에 상투가 틀어진 사람들이 있어. 그 사람들이 누군지 알아?"

래오는 수수께끼가 성가신 얼굴로 담뱃불을 집게손가락으로 튀겼다.

"그 사람은 조선시대부터 지금까지 죽지 않은 사람이야. 어떻게 그 많은 사람들이 다 죽었을 거라고 믿을 수 있겠니?"

래오는 지갑을 꺼내 강우에게 천 원짜리 세 장을 건넸다.

"택시 타고 가."

강우는 제 이야기에 아무 응수도 않는 소년의 지갑을 가만히 쳐다봤다. 소년이 지갑을 갖고 있는 건 처음 봤다. 강우는 래오가 돈을 훔치기라도 한 것처럼 주머니의 지폐를 만지작거렸다. 우주도 지갑이 있을까. 우주의 바지 주머니에 몰래 꽂아놓을 선물을 떠올리자, 괜스레 래오의 손에 들린 지갑이 탄광에 사는 것처럼 까만 사내아이에겐 겉돌아 보였다. 거울처럼 빤한 햇살 아래 래오의 어두운 살빛이 더 도드라져 보였다. 지갑은…… 살빛이 희멀건 도시의 남자에게 어울리는 물건이라고 강우는 생각했다. 래오뿐만 아니라 강우가 알고 있는 어떤 사내아이도 어른이 됐을 때, 하얀 와이셔츠에 넥타이를 매고 적당히 둥근 허리에 검정 허리끈을 감고, 뒷주머니에 지갑을 꽂고 수위가 인사하는 건물로 심드렁하게 들어갈 수 있을 것 같지 않았다. 지갑, 구두, 넥타이…… 그건 종이의 냄새, 펜의 냄새였다. 섬과 바다, 열대의 세계가 아니었다. 강우는 래오의 돈을 받지 않았다.

"근데, 언제 네 집을 가르쳐줄 거야?"

래오는 사타구니를 슬쩍 긁으면서 뭔가 갑갑한 얼굴로 양미간을 찌푸렸다. 건드리면 툭 터질 것처럼 붉게 부푼 표정이었다.

"네 집을 먼저 가르쳐주면."

강우는 그러면서 날름, 혀를 내밀고 버스 정류장을 향해 달려갔다.

누가 행복하니, 하고 묻는다면, 강우는 설핏 고개를 끄덕일 수 있는 그런 아침이었다.

*

강우는 햇볕을 피해 굴을 찾아다니는 두더지처럼 어둠침침한 지하방으로 내려간다.

선인장이 말라죽은 화분을 들어 열쇠를 꺼내 문손잡이를 쥘 때까지, 강우는 우주의 존재 여부를 점치며 스스로에게 내기를 하곤 했다. 낯설고 높고 복잡한 곳이어서인지, 닻섬보다 예감으로 가득한 건수가 많았다. 간판의 자모 획수, 그 창에 불이 켜져 있다 없다, 계단 끝이 왼발이다 오른발이다, 문 앞에 쓰레기봉투를 수거해 갔다 그대로 뒀다…… 우주가 있다 없다, 네가 있으면 집이고 네가 없으면 여긴 집이 아냐. 네가 없으면 그냥 여긴…… 감옥이야. 우주가 있긴 없긴 강우는 내기의 대가를 받은 적이 없었다. 강우는 어차피 이곳에서도 고아였다. 엄마기계가 떠나길 재촉하며 밤새 기쁨을 발명하고 싶어, 아니 좆을 잘라버리고 싶어, 몸이 저절로 까불 때, 그 숱한 변덕과 희망의 결말은 완전히 혼자가 되는 것이었다. 우주는 강우의 화석처럼 오랜 바람을 짐작했던 걸까…… 그러나 우주도 강우가 기다린 시간보다 늦기는…… 소년들과 마찬가지였다.

강우는 이곳에서 우주의 얼굴을 더 자주 볼 수 없었다. 우주는 새벽에 사라져 늦은 밤에 돌아왔다. 우주의 시간은 깜깜했다. 강우는 우주가 하루의 3분의 2 동안 무엇을 하는지 도무지 알 수 없었다. 한낮을 가득 채우는데도, 이 도시의 모든 지하 공간을 헤매고 온 설치류처럼 우주에게 햇빛은 존재하지 않는 것 같았다. 형광등보다 하얘진 살갗에는 얼룩덜룩 뾰루지가 돋았고, 특히 팔뚝에는 농양을 터뜨렸는지 피딱지가 아물지 않았다. 강우는 늘 잠자는 우주밖에 상대할 수 없었다. 우주가 새벽에 사라지고 난 뒤에야 강우는 편히 잠들 수 있었다.

우주는 점점 삼촌을 닮아갔다. 말을 삼켰고, 늘 돌아누운 어깨가 차마 손댈 수 없이 멀었다. 강우는 남자어른과 함께한 시간을 고스란히 반복하고 있었다. 닻섬을 떠나올 때 전염병을 옮아온 걸까, 아니면 이곳이 닻섬까지 흘러온 전염병의 숙주였던 걸까. 하지만 우주는 점점 어떤 냄새도 풍기지 않고 다만 고요해졌다. 그건 제가 예감할 수 없었던 영역이었다. 강우는 가끔씩 흙이 삼촌과 에이즈를 닮아가듯, 소년이 어른이 된다는 세상의 엄연하고 빠듯한 사실을 왜 외면했던 걸까, 후회했다. 언젠가 한 번 보았던 우거진 미루나무가 미루나무 생애의 전부라고 왜곡하듯, 그렇게 마음이 머문 시간은 그릇처럼 영원히 고여 있을 거라고 오해한 스스로가 어리고 못생겼다. 강우는 저도 모르게 어중된 사내아이에 사내아이를 포갰다. 둘을 보탠다고 완전한 어른이 되는 건 아니었다. 강우는 미라언니처럼 나약한 한숨을 쉬었다. 닻섬을 떠나온 이곳에서 강우는 누구보다 정확히 닻섬을 살아내는 기분이었다. 이곳은 점점 강우의 성격이 되어버렸다.

강우는 병자처럼 바깥으로 한 발짝도 나가지 않았다. 그건 두려움이 아니라, 다시 유일한 직업 같은 것이 되어서, 강우는 제가 묵새긴 공간을 어떻게든 버텨갔다. 지옥도 어차피 일상일 텐데 뭐. 먼 닻섬이 비를 죄 삼켰는지, 도시는 딱딱하게 굳어 있었다. 밤이 되면 어둠을 덮고 눅눅해졌지만, 그건 체온이 있는 짐승과 씹을 하는 것처럼 께름칙했다. 강우는 문득문득 제가 있는 곳이 어디인지 헷갈렸다. 내려다볼 수 있는 풍경은 사라지고, 올려다봐야만 하는 풍경에는 쇠창살에 잘린 사람들의 종아리와 바퀴가 머물지 않고 사라졌다. 누군가의 복사뼈 높이에서 올려다 보이는 풍경은 하나도 아늑하지 않았다. 그건 고독하고 무겁고 절반이었다. 강우는 바닷게나 풀뱀이나 은화식물이 되고 싶지 않았다. 지상을 뚫고 하늘로 솟아나고 싶었다. 그러나 강우는 기다려야 했다. 그렇게 기다리다 보면…… 세상에 딱 하나, 기다려야 할 대상에 오롯이 집중할 수 있다는 사실이 다행스러웠다. 그 아이가 내 옆에서 잔다. 그 아이가 내 옆에서 숨을 쉰다. 그 아이가 내 옆에서 옷을 함부로 벗고, 그 아이와 나는 함께 생활한다. 그건 사랑이 아니어도, 노력하지 않아도, 거저 가져지는 것이었다. 강우는 젖꼭지와 터럭, 거웃을 만지작거렸다. 쇠창살에서 여자들의 웃음소리가 냄비처럼 자지러졌다.

강우는 수음할 수 없었다. 수음하지 않는다. 기다리지 않는다. 그냥 고여 있다. 공동 화장실에 가는 게 부끄러워 하수구에 오줌을 눴다. 전임자도 그랬는지 수도꼭지와 하수구 사이의 벽은 페인트가 누렇게 삭고 너덜너덜했다. 강우가 열대야를 견디지 못하고 팬티 바람으로 텔레비전을 켜놓고 헉헉거리고 있으면, 열쇠로 문을 따는 소리와 곧장 어푸어푸 씻는 소리가 빗소리처럼 경쾌했다. 우주가 변기솔로 하수구와 벽을 닦는 소리를 듣는다. 우주는 푸념하지 않는다. 강우는 화장실에 든 남자의 가래침과 담뱃불 타들어가는 소리에 돌아와 하수구에 똥을 눈다. 비닐봉지를 손에 끼고, 똥을 치덕치덕 하수구로 흘려 넣는다. 오랜만에 청소를 한다. 편강 같은 발바닥의 각질을 벗겨내 공을 만든다. 그리고 다시…… 우주를 기다린다. 도시의 방은 푸른등대처럼 희망이 덧대지지 않는다. 미래가 덧대지지 않는다. 강우의 몸은 점점 앙상해지고, 방과 같은 상상을 서랍처럼 쟁일 수 없다. 강우는 아무것도 보고 싶지 않다. 하지만 눈을 감아도, 귀가 세상을 향해 들창을 열어버린다. 강우는 그렇게 한낮과 밤을 가득 채워 우두커니 혼자 남아 눈으로 보지 않고, 귀로 본다. 눈으로 볼 수 없어 몸은 거대한 귀가 된다.

"이사하고 싶어."

"왜?"

"화장실이 있는 집이기만 해도 좋아. 쇠창살로 누가 자꾸 들여다보는 것 같아."

"딴 방이 나면 높은 층으로 옮기면 돼. 그때까지만 참아."

"이 집은 싫어. 고시원 같은 데도 있대."

"안 돼."

누가 널 감옥에 가둬놨어, 강우는 우주가 그렇게 대수롭지 않게 응수할 거라고 생각했는데, 우주는 이곳에 금고라도 묻어놓은 것처럼 완고했다.

"돈 때문이야?"

강우는 제가 보탤 수 있다는 말은 하지 않았다.

우주는 삼촌이나 케이캅처럼 생색하지 않고, 싱크대 서랍이나 코펠 안에 숨은 그림처럼 돈을 놓아뒀다. 강우는 그 돈을 가지지 않았다. 대신 강우는 잠에서 깨자마자 닻섬에서 가져온 제 돈을 셌다. 강우는 우주에게 그 돈을 주고 싶었다. 하지만 속을 드러내지 않는 우주 앞에서 그건 제가 마지막까지 숨기고 있어야 할 무기처럼 여겨졌다. 강우는 우주가 돈을 쥐는 순간 자기를 버리고 몰래 도망가버릴 것만 같았다.

"안 돼."

"왜 무조건 안 된다는 거야?"

"안 돼. ……너는 몰라 ……몰라도 돼."

강우는 우주의 서슬에 제가 가당찮은 꿈을, 만용을 부리기라도 한 것처럼 풀이 죽었다. 서운하지 않은 건 아니었지만, 바깥채비를 서두르는 우주가 더 화를 내기에는 몹시 지쳐 보여 안쓰러웠다. 강우는 거치적거리는 이불을 둘둘 말아 가슴에 꽤고 우주의 기척을 외면했다. 하지만 칫솔의 옆면으로 어금니를 문지르는 우주의 손, 빈 페트병을 밟는 우주의 발바닥, 양손을 엇갈려 어깨를 두드리는 우주의 마른 몸이 자꾸 보였다. 턱밑에 싸구려 이불의 보풀이 터럭처럼 구불구불 말려 있었다. 강우는 보풀을 힘차게 잡아당겼다. 실밥이 도독도독 타지는데도 이불에 구멍이 나지 않는 게 신기했다. 마음에 그 많은 말을 쟁여도, 몸에 숱한 상처를 남겨도 왜 구멍은 늘 아홉 개뿐인지 그 까닭을 알 것 같았다.

강우는 한순간 자신이 너무 생각이 깊어져 똑똑해지는 게 아닐까, 덜컥 겁이 났다. 천재로 낙인찍혀 대통령처럼 유명인이 되는 건 아무래도 피곤했다. 강우는 진심으로 자신은 선택받고 특별한 삶이지만, 일부러 이렇게 비극을 시늉하고 있는 것이라고 생각했다. 강우는 그런 고민에 몹시 진지해져 있다, 문득 자신이 살짝 미쳐버렸구나, 하는 자각에 얼굴을 붉히며 웃었다. 강우는 이불을 개고, 방을 치웠다. 난 죄인이 아니야. 강우는 신발을 꿰신는 우주의 등에 대고 선언했다.

"나도 벌래. 돈을 벌고 싶어."

"벌써 돈이 떨어졌어?"

강우는 제가 쟁인 돈의 정체를 실토하고 싶은 걸 겨우 눌렀다.

"답답해."

"늘 그랬잖아."

"답답하다니까."

"날 보고 어떡하라고."

고작 그 말이 다였다.

강우는 되레 우주에게 그렇게 묻고 싶었다. 내가 어떻게 하면 좋겠니. 우주는 손목시계를 연신 들여다보며 강우의 키보다 낮은 쇠창살의 세상을 향해 달려갔다. 이곳을 떠날 수 없다면, 어떻게든 이곳에서 가장 적게 머물고 싶어. 강우는 우주의 빈자리를 향해 말을 걸었다. 이곳에서 강우는 우주와 거의 이야기를 나누지 않았다. 그러고 보면 강우는 우주와 많은 이야기를 나눠보지 않았다. 아니다, 그 누구와도 많은 말을 나눠본 적이 없었다. 그저 짐작했고, 응수했고, 상상했고, 상처받았고, 혼자 아팠다. 그리고 혼자 사랑했다. 그게 다였다.

*

반지하 방의 바깥은 죄 덫으로 이뤄져 있는 것 같았다. 한낮을 돌아온 우주의 몸에 왜 숱한 생채기가 남은 건지 얼핏 이해가 됐다. 강우의 눈앞에 맨 처음 들어온 풍경의 전면은 허름한 상가의 창을 가득 채운, 육교와 같은 높이의 플래카드였다. **파출부 철거 수리**. 강우는 게으른 식모기계를 해부하고 개조하는 장면을 떠올리며 킥, 웃음을 터뜨렸다. 뒤끝이 조금 아렸지만, 닻섬에서처럼 구체적인 건 아니었다.

강우는 그것이 지뢰를 표시한 경고문인 것처럼 육교 저쪽으로 건너가지 않았다. 강우는 4차선 도로가 넘을 수 없는 강인 양 이쪽에서 저쪽만을 쳐다봤다. 짙푸른 은행나무에 가린 간판과 출입문은 또렷한 이름과 달리, 그 속에 든 사람들의 나이와 표정을 도무지 짐작할 수 없었다. 강우와 엇갈려 가는 사람들은 햇볕을 서성이는 소년을 힐끗 거리지 않았다. 희롱하거나 알은체하지도 않았다. 강우에게 호객하는 사람도 없었다. 강우는 주인공은커녕 엑스트라도 아니었다. 강우는 어떤 극적인 몸짓도 하지 않았다. 아무것도 가늠하지 않았고, 그냥 보았다. 강우는 그렇게 한낮으로 걸어 나왔다.

강우가 편의점에서 일하게 된 건 이곳에서 유일하게 들어가본 장소 였기 때문이다. 강우는 닻섬에서 모은 돈을 조금씩 헐어 편의점에서 라면과 도시락, 샌드위치를 사다 먹었다. 우주가 장을 봐 온 걸로는 숱한 기다림 동안 궁한 입을 달래기에는 터무니없었다. 강우는 갈 때 마다 출입문에 붙어 있는 구인 광고를 저도 모르게 기억하고 있었다. 강우는 세 번의 교대 시간 중 우주보다 유일하게 늦게 들어갈 수 있 는 오후 3시와 10시까지의 시간을 선택했다. 강우와 우주가 함께하 는 건 쥐와 소의 시간이었다. 쥐처럼 돈을 갉아먹는 소년과 소처럼 일만 하는 소년의 시간으로는 그럴싸했다. 그러나 강우는 8시간의 임 금이 생각보다 푼돈이라는 사실에 아연했다. 8시간을 우두커니 기다 리는 건 어렵지 않았지만, 돈을 여덟으로 나누면, 한 시간에 고작 담 배 한 갑을 살 수 있는 돈이었다. 강우는 저도 모르게 케이캅이 생각 보다 인색하지 않았다는 생각이 들어, 제 뺨을 때렸다.

닻섬의 소년들은 어떻게 돈을 벌고 살아남았던 것일까. 강우는 담 배와 소주를 사러오는 먼 나라의 사내들을 보면서 그런 것들이 궁금 해지곤 했다. 깨끗한 와이셔츠를 입은 사내들을 보면 그들의 지퍼를 내리고 펠라치오를 해준 뒤 푸른 지폐를 몇 장 얻을 수 있지 않을까, 그들이 깨끗한 집으로 데려가지 않을까, 상상했다. 섹스하고 싶어. 오랫동안 안했나 봐. 장마처럼 쿨렁거려. 강우는 그런 말들을 머릿속으로 궁굴리며 일부러 천천히 서툴게 계산을 치렀다. 가끔 해도 지지 않았는데 담배와 소주를 사러 오는 사내들을 보면서 강우는 처음으로 삼촌의 나이가 궁금해졌다. 삼촌보다 어려 보이기도 했고, 더 나이 들어 보이기도 했다. 그들도 강우를 거들떠보지 않기는 마찬가지였다. 아무도 강우를 거들떠보지 않았다. 아무도 자신을 알아보지 않았다. 그럴 때 강우는 래오를 만났다.

*

래오가 강우에게 집이 어디인지 물었을 때, 강우는 비탈에서 여러 골목을 돌아간 반지하 방이 아니라, 닻섬에 두고 온 푸른등대를 떠올렸다. 턱시도를 입은 두 개의 마네킹 옆에 지구의가 놓인 양복점 쇼윈도 앞이었다. 래오는 유리 벽에 스미어 기울어진 지구의를 팽그르르 돌리듯 설레는 목소리였다. 강우는 제복을 입은 사람들이 선 출입문을 외면하듯 골목으로 들어갔다.

"바다였어. 섬도 하나 있었고."

강우는 그렇게 더듬으면서도 푸른등대를 둘러싼 어떤 풍경도 실감나지 않았다. 그렇다고 절반의 햇빛과 밤밖에 없는 곳이 집이 될 수는 없었다. 강우는 고개를 들어 제가 살고 싶은 곳을 가리키듯 고층 건물을 올려다봤다. 소년들은 누가 그렇게 물었다면, 신이 나서 놀이 공원 입구에 그려진 조감도처럼 닻섬을 선명하게 그릴 수 있을지 몰랐다. 강우도 대관람차와 격납고, 매립지와 다리를 이야기할 수도 있었지만, 어쩐지 닻섬은 두 개의 구멍만이 도사린 거대한 늪처럼만 기억됐다. 푸른등대와 수선화. 하지만 그마저도 점점 빛을 잃고 깜깜했다. 사실 푸른등대를 시장 한복판에 전봇대처럼 세우고, 정육점을 땅굴처럼 지하에 파묻어도, 나머지는 자신을 둘러싼 풍경과 하등 다를 게 없었다. 강우는 정말 고향을 모르는 고아처럼 쓸쓸해졌다.

강우는 지하방으로 돌아가면서 래오의 말을 자꾸자꾸 곱씹었다. 누가 그렇게 물어온 건 처음이었다. 강우는 제가 처음으로 집에서 멀어졌다고 실감했다. 강우는 풍경에 포함되지 않는 지하방을 둘러싼 비탈과 골목, 지붕과 창문, 벽과 문을 골똘히 쳐다봤다. 죄 두더지나 박쥐처럼 세상 누구도 자신의 어둠을 모를 거라고, 아니 웅크린 어둠은 어둠이 아닐 것이라고 스스로를 위로하고 있는 것만 같았다. 강우는 문득 두 개의 구멍 사이에 늪처럼 고인 어둠이 비를 머금은 구름처럼 우둥우둥 일어서는 것을 보았다.

사실 닻섬에서의 시간들은 강우가 푸른등대에 삼킨 이야기보다 풍요로울지 몰랐다. 그것은 죽음의 별에서 새로 태어난 이야기처럼 그 사실만을 그대로 옮겨도 이야기의 백화점을 지을 수 있을 것이었다. 물고기가 없는 바다 이야기. 개가 든 수조 이야기. 연기처럼 폭발한 굴뚝. 산 채로 무덤처럼 파묻기 위해 키운 닭. 섬에 버려진 동물. 축제처럼 달싹이는 전염병. 얼굴을 보지 않는 사랑. 빗발을 걷어 국수를 삶는 밀랍인형. 돈 냄새를 풍기는 싸움…… 강우는 두 개의 구멍을 벗어나 바다에 잠긴 거대한 닻을 파도처럼 어슬렁거렸다. 기억은 하나도 늙지 않았다. 기억은 전혀 일그러지지 않았다. 다만 그걸 방부제처럼 삼킨 지금만이 냄새를 풍기며 썩어가는 괴물이 되었다. 강우는 어쩐지 수많은 이야기를 밴 것처럼 입을 다물고 귀를 가둬버린 우주의 귀와 입을 다시 열리게 할 수 있을 것 같았다. 강우는 세상이 다만 두 개의 구멍만이 전부여도 상관없었다. 그 사이에서 길을 잃어버리지 않는다면, 돌아와야 할 사람이, 기다리고 있는 사람이 두 개의 구멍 사이로 사라져버리지만 않는다면. 결국 증언하는 사람은 숨은 사람이었다.

강우는 처음으로 붉은 공책을 꺼내 욕과 누군가의 별칭이 적힌 공책에 뭔가를 끼적거렸다. 강우는 그것이 편지를 닮았다는 사실에 공책을 덮어버렸다. 강우는 자신이 정확히 푸른등대의 주소를 외고 있다는 사실에 놀라 한낮에 서둘러 바깥으로 나갔다. 아무것도 보이지 않고 딱딱하게 굳어 있던 풍경에서 이야기가 쏟아졌고, 공책의 글씨들이 밥알처럼 넘쳤다. 강우는 세상에서 가장 긴 편지를 쓸 수 있을 것만 같았다. 강우는 편의점에서 편지 봉투 하나를 챙겨 일하는 시간 내내 들여다봤다. 푸른등대로 오는 전기 고지서, 수돗물 고지서, 선거인 명부를 흘낏 보고 버릴 때마다 강우는 주소와 거기에 쓴 아빠백작의 이름을 보았다. 강우는 무심히 주소와 이름을 썼다. K군 M읍 묘도리 〇〇〇번지 김강우. 강우는 심야극장으로 가는 길에 문구점에서 도로 지도 한 장을 샀다. 길을 걸으면서 가로등에 의지해 아무리 꼼꼼하게 들여다봐도 닻섬은 지도에 나와 있지 않았다. 강우는 지도를 래오에게 늦은 생일 선물로 건네며 약속했다.

"조만간 이사할 거야. 그때…… 널 그곳으로 초대할게."

*

우주는 잠들지 않았다. 우주는 뒤채지 않았다. 우주는 소리 내지 않았다. 강우는 너무 늦어버린 게 미안했다. 강우는 추락한 우주선에 갇혀 있는 기분이었다. 세상에서 버려진 공간에 단둘이 남는다면 사랑 말고는 달리 할 일이 없다고 생각했지만, 점점 희박해지는 공기 속에서 숨을 나누는 것조차, 타인의 살을 견디는 것조차 점점 버거워졌다. 강우는 죽음의 별을 향해 쏘아진 우주선을 생각했다. 나란히 누워 있어도 서로의 삶을 위로해줄 수 없다. 어차피 죽음이라는 의례는 혼자 견딜 수밖에 없는 의식이니까. 강우는 어떻게든 삶으로의 모험을 시도하듯 스스로에게 말했다.

'1년은 침묵도 아니야. ……몸에 농사를 지을 수 있다면, 난 귀에 무논을 만들 거야. 모는 심지 않아. 그냥 찰방찰방, 개구리밥, 소금쟁이, 올챙이, 악, 물뱀은 싫어. 난 까만 수면에 패는 자전거 바퀴처럼 은색 동심원이 참 좋아. 근데, 넌 왜 자꾸 내 논에 바짓가랑일 걷고 들어와 진흙을 밟은 것처럼 훼방하는 건데.'

강우는 우주가 누웠던 빈자리를 가만히 쓰다듬었다. 거웃으로 이뤄진 몸. 강우는 이불에 집어넣은 발을 까닥거리면서, 자그맣게 부푸는 우주의 호흡을 따라 제 호흡을 맞췄다. 호흡을 의식하자, 숨은 너무 모자라거나 넘쳤다. 빠르거나 더뎠다. 대체 이걸 어떻게 한 번도 쉬지 않을 수 있었던 거지. 강우는 괜스레 우주의 심장에 제 귀를 가져다 대고 싶었다. 우주의 몸은 너무 얇고 가벼웠다. 강우는 어떤 핑계로든 우주의 살에 제 살의 기척을 닿게 하고 싶었다. 하지만 껍데기만 남은 우주는 여전히 깜깜했다. 네 몸을 훔치고 싶어. ……나도 너처럼 키가 자라고 싶어. 나도 너처럼 잘생기고 싶어. 나도 너처럼 그냥 머릿속이 깜깜했으면 좋겠어. ……난 늘 네게 어떤 말을 준비하느라, 이가 다 아파. ……아가야, 말 좀 해봐. ……그래, 자장자장 잘도 잔다. ……너는 어디서…… 어떻게 태어났니? 넌 나보다 작은 꼬맹이였는데. 무릎을 구부려야 키가 맞을 만큼 흔하고 흔한 소년에 지나지 않았는데. 네가 똥처럼 작았다면, 칼처럼 못생겼다면, 사랑하지 않았을 거야. 눈을 감아, 만질 수 없는 널 꿈꾸는 내 꿈이 못생기지 않게, 그렇게 아름다워서 고마워. 그렇게 자라줘서 고마워.

　강우는 그제야 우주에게 어떤 생일 선물을 마련할 것인지 떠올랐다. 양복을 입은 남자어른 발치에 옹크린 지구의. 우주는 지친 몸으로 돌아와 신문지가 덮인 밥상을 보고는 지구의처럼 고개를 갸웃한다. 검고 기름진 미역국과 하얀 쌀밥. 우주는 지구의를 팽그르르 돌리면서 노동을 끝내고 돌아올 소년을 기다린다. 졸음이 쏟아지지만 소년이 돌아올 때까지 잠들지 않을 것이다. 그래, 국과 반찬은 너무 초라해. 강우는 시장에서 갓 담근 깍두기를 보곤 무심코 주인이 건네 빨간 김치를 하나 아삭 베어 먹었다. 그래, 그 아삭하는 식감을 함께 느끼고 싶어. 맛있어, 그렇게 돌림노래를 부르고 싶어. ……조금만 기다려. 여름이 끝나는 날, 네 생일을 마련해줄게. ……계절마다 네 기념일을 발명해줄게.

평범한 슬픔

*

강우는 한낮 속에 잠들어 있었다.

버스가 덜컥 시동을 끄는 기척과 동시에 눈을 뜨자, 시간을 가늠할 수 없는 지하방이 아니라 말간 유리 속에 들어앉아 있었다. 강우는 한잠에서 깨자 낯선 상자에 전시된 동물의 눈으로 주위를 의심스레 둘러봤다. 버스는 텅 비어 있었다. 천장을 가로지른 손잡이에 매달린 동그란 고리들이 떫은 하품을 하는 입처럼 달랑거렸다.

강우는 첫차의 다섯번째 손님이었다. 강우는 버스를 기다린 게 아니었다. 방들이 이고 있는 비탈에서 그림자들이 공처럼 재게 다가오자, 얼떨결에 그들을 앞장서게 됐고, 뒤따르던 사람들이 제 옆구리를 앞질러 건너편 버스 정류장으로 내려가자, 무심코 그들을 따라갔다. 육교는 그렇게 쉽게 지나갈 수 있는 건널목에 지나지 않았다.

육교 건너에서 바라보는 풍경도 제가 등진 풍경과 별반 다르지 않았다. 강우는 터널처럼 깜깜한 도로 저쪽에서 앞창을 밝힌 버스가 보이자, 서둘러 도로로 내려서는 사람들 맨 마지막에 서서 버스에 올랐다. 강우는 노약자석을 차지한 중늙은이들을 지나가는 게 무춤해 버스 운전사의 뒷좌석에 올라앉아 무릎을 세웠다. 강우는 소년 하나가 두 팔을 흔들며 버스를 쫓아오지 않을까 싶어 백미러를 힐끗거렸다. 그랬으면 싶고, 그러지 않았으면 싶었다.

버스는 11시 방향 안쪽에 편의점을 낀 네거리에서 적신호를 받았는데도 슬금슬금 전진하다 청신호로 바뀌자마자 네거리를 날래게 통과했다. 강우는 바퀴가 짓누른 하얀 스프레이 자국을 보면서, 잠든 사람의 등허리를 밟은 것처럼 속이 출렁이고 진저리가 났다. 버스는 어떤 요철도 없이 어느새 고가도로를 넘어 심야극장이 있는 도심까지 진입했다. 창밖으로 새벽을 헤맸던 길과 똑같은 풍경이 빠르게 감은 필름처럼 반복되고 있었다. 강우는 심야극장에서 서른 걸음 정도 내려온 정류장에 버스가 멈추자, 자기도 모르게 내려야 할 것만 같아 엉덩이를 달싹였다. 쉿소리를 내며 접히는 앞문으로 여섯 사람이 올랐다. 거반 와이셔츠를 입은 남자였고, 나머지는 직업을 짐작할 수 없는 옷차림이었다.

창밖의 고층 건물이 점점 높아질수록 버스에 오르는 사람들은 점점 젊어졌다. 강우는 어느새 사람들의 벽에 가로막혀버렸다. 강우는 무릎에 올린 두 주먹을 꾹 쥐었다 폈다. 희붐한 공기처럼 퍼석퍼석한 손바닥에 가시 같은 잔털이 돋아날 것처럼 강우는 긴장하고 있었다. 강우는 시선을 어디 둬야 할지 몰라, 연신 창밖과 운전사의 이마에 걸린 뒷거울을 힐끗거렸다. 거울을 감은 염주 아래, 남자의 하관이 입맛을 다시고 하품하고 혀를 굴렸다. 강우는 한순간 그것이 자기를 훔쳐보는 제 콧잔등을 답삭 물 것 같아 차창에 옆통수를 붙이고 잠든 시늉을 했다. 운전수의 얼굴 전체가 궁금했다. 그는 머리가 벗었고 뚱뚱했다. 더위를 많이 타는지 에어컨 바람이 얼음처럼 딱딱하게 여겨질 정도였다. 강우는 적이 실망하면서도, 제가 이제껏 보았던 운전수들의 잔상을 그의 조각조각에 덧씌웠다. 언제였나, 강우는 비탈까지 올라오는 게 신기해 연둣빛 마을버스에 오른 적이 있었다. 깡마른 운전수는 편의점 어귀에서 젊은 사내와 교대를 했다. 강우는 가만히 그의 얼굴을 쳐다보다가 가슴이 철렁 내려앉았다. 삼촌을 빼닮은 운전수는 넥타이를 고쳐 맨 뒤 흰 장갑을 끼고 지팡이처럼 긴 기어를 이리저리 움직였다. 운전수는 삼촌보다 이가 깨끗했고 턱이 날렵했다. 노인에게 깍듯했고, 어린아이를 보면 상냥한 눈빛으로 얼렀다. 강우는 잘생긴 남자어른이 왜 하찮은 운전수가 되었는지 이해할 수 없었다. 영화배우나 경찰 같은 멋진 직업을 가질 수도 있었을 텐데. 강우는 빛을 바라는 향일성 식물처럼 조금 발기한 아랫도리를 가리기 위해 허벅다리를 꼬았다. 눈을 뜨고 싶었지만, 아무도 자신을 거들떠보지 않을 게 뻔했다.

*

강우는 강과 터널을 지나 아파트 단지 정류장에서 에구구, 무릎을 두드리며 오르는 노파에게 자리를 양보했다. 버스 안은 어느새 사람들로 가득했다. 강우는 다음 정류장에서 내려야겠다고 다짐하며 사람들을 헤집고 뒷문 가까이로 가 손잡이와 앞사람의 등받이를 움켜쥐었다. 강우는 조금씩 흔들리며 제 앞에 앉은 사내를 내려다봤다. 사내는 모스부호를 타전하듯 휴대전화를 쥔 가운뎃손가락을 까닥거렸다. 갑자기 휴대전화가 드르르 떨더니, 갓난아기가 웃고 있는 사진이 화면을 가득 채웠다. 그 사진을 보는 순간, 사내의 볼에 희미한 주름이 패는 걸 강우는 보았다.

그러고 보면…… 남자어른은 대개 누군가의 아빠였다. 백작이 그랬고, 케이캅도 누군가의 아빠일 거였다. 어쩌면 삼촌도 아빠가 될지 몰랐다. 당구장에서 죽치고 사는 양아치들도 관광객의 아기를 보면 생식기의 틈처럼 미소를 지었다. 강우는 제가 아는 남자어른이 아빠가 된다는 사실이 아뜩했다. 그냥 그대로인 게 나았다. 강우는 삼촌이 다른 남자가 되는 걸 바란 적이 없었다. 더 근사했으면 싶기도 했지만, 그가 그냥 그대로여도 그러구러 흡족했다. 강우는 그의 더러운 이나 병든 발도 견뎠다.

삼촌은 몇 살일까. 강우는 또다시 삼촌의 나이가 궁금해졌다. 담배와 소주를 사러오는 추레한 사람을 보면서 궁금했던 것과 달리, 퍼뜩 통조림의 유통기한을 확인해보는 기분이었다. 강우는 어쩐지 삼촌이 닻섬의 박물관이 돼 그 모습 그대로 유폐해버릴 것만 같았다. 나도…… 나이를 먹겠지. 남자어른이 되면…… 아빠가 될까.

강우는 아빠백작과 엄마기계의 나이를 헤아려봤다. 정확한 나이가 셈해지지 않았고, 그렇게 궁금하지도 않았다. 강우의 머릿속에 신분증을 검사하듯 제가 알고 있는 얼굴들의 나이가 떠올랐다. 아무도 정확한 나이를 알 수 없었다. 흙의 정확한 나이도, 똥이 형이었는지 동생이었는지, 칼은 몇 살이었는지, 케이캅이 노인이었는지, 미라언니가 할머니였는지 강우는 하나도 궁금하지 않았다. 그건 하나도 자라지 않는 자신과 전혀 상관없는 숫자들이었다. 강우는 오직 우주의 나이와 제 나이…… 래오의 나이만 알았다. 강우는 문득 제 나이가 아기인지, 어른인지, 노인인지, 제가 두 발을 버티고 선 시간의 자리가 언제, 어디에 있는지 헷갈렸다.

강우는 저도 모르게 주먹으로 머리를 두드리고는, 두통이 심한 것처럼 눈살을 찌푸리고 출입문을 향해 뒤돌아섰다. 계단 왼쪽에 버틴 지지대를 붙잡고 머리를 기대고 있는데, 옆에서 손잡이를 쥔 사내의 팔꿈치가 강우의 손등에 살짝 부딪쳤다. 버스가 정류장에 멈추자 그의 위팔이 강우의 코앞까지 흔들렸다. 툭 불거진 팔꿈치가 단단해 보였다. 아침부터 그에게선 땀내가 났다. 강우는 버스에서 내리지 않았다. 강우는 그의 얼굴이 궁금했고, 그의 얼굴을 가만히 들여다보고 싶었다. 그와 다시 살이 부딪히고, 그리고 미안해요, 하고 말을 걸어온다면. 강우는 괜찮아요, 그렇게 응수하며 사소한 눈인사를 나눌 수 있지 않을까. 안녕하세요. 안녕하세요.

래오는 강우가 편의점에서 나오면 우연히 지나가다 아는 얼굴을 본 것처럼 고개를 갸웃하고 인사를 건넸다. "안녕하세요. 혹시 강호 씨 아니신가요?" 강우는 씩, 웃으면 래오의 장난을 맞받아쳤다. "아닌데요. 사람 잘못 본 것 같은데요." 강우는 래오를 모른 체하고 휘영휘영 걸어갔다. 래오는 강우와 나란히 발을 맞추며 물었다. "혹시 저쪽 어디에서 살지 않았나요?" "아닌데요." "그럼…… 혹시 강회 씨 아닌가요?" "아닌데요." "그럼 성함이?" "강……냉인데요." 그런 말장난들. 신기루처럼 짧았던 행복. 표정으로 기운 가면. 사내는 외벽에 고릴라가 매달린 건물 앞에서 허겁지겁 내렸다. 강우는 그의 얼굴을 보고 싶었지만, 출입문은 금세 그의 뒷모습마저 집어삼켰다. 강우는 얕은 한숨을 내쉬었다. 거들떠보지 않아 다행이야. ……사랑하지 않을 수 있어 다행이야. 강우는 버스가 출발하자 양다리를 조금 더 벌렸다. 그 냥 짐작만으로 끝나버린 게 다행이야. 강우는 달리는 버스에서 흔들리지 않는 요령을 몸으로 터득하고 있었다. 아무에게도 마음을 주지 않을 거 야. 방패를 놓지 않을 거야. 그냥…… 믿지 않을 거야, 보지 않을 거야. 강우는 섰다 멈췄다 반복하며 끊임없이 흔들리는 버스 안에 서서 그 어느 때보다 마음이 딱딱해졌다.

*

강우는 운전수와 거의 비슷한 속도로 버스에서 내렸다. 휘발유처럼 검은 그늘로 들어가 깡통 음료를 마시는 운전수의 슬리퍼를 신은 하 얀 양말이 잔설처럼 하얬다. 그가 파란색 깡통을 우그려 쓰레기통에 던지는 모습을 보자 강우는 목이 말랐다. 그는 담배를 태우면서 버릇 처럼 바닥에 침을 뱉었다. 강우는 그가 퉤, 뱉은 침이라도 받아먹고 싶었다. 그만 비라는 계절은 실종된 것 같았다. 땀이 흐르거나 덥다 는 생각이 드는 것이 아니라, 그냥 종이처럼 메말랐다. 강우는 거꾸 로 서 있는 똑같은 번호의 버스에 오르고 싶었지만, 운전수의 얼굴을 확인하고 싶지 않아 종점에 볼일이 있는 사람처럼 서둘러 차고지를 벗어났다.

그곳은 오전 11시의 정육점골목처럼 조용했고, 지하 방이 이고 있 는 집들과 다르지 않았다. 언덕바지 가득 낡은 지붕들이 지붕을 서로 서로 업고 끝없이 이어졌다. 비탈길에 바투 붙어 있는 새시 문짝을 뜯어내면 살을 붙이고 있는 집들이 삽시간에 와르르 무너질 것처럼 위태로워 보였다. 강우는 잠시 집으로 돌아온 게 아닐까, 헷갈렸다.

318

강우는 주머니에 손을 넣고 돈을 가늠했다. 돈 아래 딱딱한 상자가 하나 만져졌다. 모서리가 우그러진 하얀 타이레놀 한 갑이었다. 강우는 그것을 우그러뜨려 주머니에 넣고, 비탈 어귀에 있는 담배 가게를 향해 걸어갔다. 강우는 쭈쭈바를 한 입 빨고, 담배를 한 모금 삼키면서 골목을 어슬렁거렸다. 서로 업고 있는 집들이 도망칠세라 그물처럼 낮게 드리워진 전깃줄과 가빠를 얹은 지붕, 찢긴 벽보와 길가에 넌 빨래는 강우가 새벽을 달려 꾸었던 꿈의 풍경이 빛에 탈색돼 재현된 것처럼 너무 빤해 낯설었다.

하지만 그곳은 제가 알고 있는 집의 풍경과 달리, 바지런했던 우주처럼 생활의 흔적이 고스란했다. 해바라기와 만화 주인공이 그려진 시트를 꼼꼼하게 바른 창문, 변죽이 깨진 다라이에 심은 고추와 가지, 쪽파와 깻잎, 아욱, 거미줄처럼 얽은 처마에 노란 등불처럼 핀 호박꽃은 오늘은 싸우고 싶지 않아, 하고 말하는 것 같았다. 어떤 풀도 햇볕에 시르죽어 있을 뿐, 물이 모자라 갈색으로 말라죽지 않았다. 침묵하고 있어도 누군가 우주처럼 바지런한 주인이 있는 것 같았다. 강우는 골목을 돌고 돌며, 열쇠가 채워진 집과 차일이 드리워진 집과 빈집을 보면서 이곳으로 이사하면 어떨까, 진심으로 그런 꿈에 부풀었다.

강우가 추락한 우주선을 뒤지듯 주위를 기웃거릴 때, 어디선가 뻐꾹뻐꾹 요란한 새소리가 들렸다. 유난히 푸성귀가 많이 심긴 지하방 앞 전봇대에 뻐꾸기시계가 걸려 있었다. 강우는 그 느닷없는 풍경이 어이없어 폭소를 터뜨렸다. 하지만 이내 사과처럼 둥근 시간을 반으로 쪼갠 시곗바늘을 보고는 편의점에 가야 할 시간이 떠올라, 길을 재촉해야 한다는 사실을 깨달았다. 조급해지는 마음과 달리, 강우는 한 발짝도 움직이지 않았다. 어쩐지 네거리에 래오가 우두커니 기다리고 있을 것만 같았다. 래오는 한낮으로 돌아와 아무렇지 않게 인사를 건네고, 강우는 입을 다물고 있어야만 하는 극장처럼, 자신만의 영화를 틀어놓을 것 같았다. 강우는 한낮에 서서 새벽에 제가 보았던 모든 풍경이 진심으로 꿈이기를 바랐다.

*

열대야의 새벽, 강우가 본 영화는 하나 반이었다. 어쩌면 절반의 절반에 지나지 않는지도 모른다. 강우는 졸지 않았지만, 첫번째 영화를 보는 중간에 오줌이 마려워 화장실에 다녀왔고, 두번째 영화의 절반 정도가 흘렀을 때 새벽을 두려워하는 유령처럼 극장을 빠져나왔다. 사실 강우는 극장에 앉아 있을 때도 영화를 제대로 보지 않았다. 정말 영화가 재미없어서 그런 건지도 몰랐다.

첫번째 영화는 한쪽 지느러미가 병신인 아들 물고기를 귀찮게 따라다니는 아빠 물고기 이야기였다. 강우는 자기 같으면 광대처럼 수다스러운 아빠가 성가시고, 지긋지긋할 것 같았다. 두번째 영화는 장님들만 나오는 이상한 영화였다. 어른도 눈앞이 깜깜했고, 소년도 마찬가지였다. 어른은 형사인 모양이었다. 강우는 그의 직업을 눈치챈 순간 어이가 없어 저도 모르게 쳇, 비웃었다. 경찰이 얼마나 눈이 밝은데. 구석구석에 숨은 애들을 얼마나 귀신같이 찾아내는데, 셈이 좀 흐려서 그럴지. 어떻든 장님 형사는 이제 막 자신을 눈멀게 한 범인이 또 다른 연쇄살인을 시작해 자괴감에 빠져 있었다. 범인이 뿌린 황산에 눈이 타버린 장님 형사는 두꺼운 커튼이 드리워진 아파트에 앉아 마리화나

를 피우면서 허송세월을 보냈다. 장님 형사는 세상의 1퍼센트에 속하
는 천재다. 장님 형사는 어둠침침한 실내에서 박쥐처럼 웅크리고 앉
아 텔레비전을 보고 있다. 연쇄살인 사건은 여전히 미궁에 빠져 있
다. 그때 똑똑똑, 노크하는 소리가 울린다. 문을 열고 들어서는 사람
은 장님 형사의 오랜 파트너이다. 그는 백발이 성성하고 어깨가 구부
정하다. 파트너는 혀를 쯧쯧, 차고는 커튼을 젖히고 창문을 열어 환
기를 시킨다. 잠망경처럼 드러난 햇살 속으로 마리화나 연기가 피어
오른다. 장님 형사는 불쾌한 낯으로 아파트 안을 서성거린다. 파트너
는 주위를 두리번거리더니 구석의 옷걸이에 걸린 장님 형사의 옷가지
를 챙겨 온다. 갈색 버버리코트를 장님 형사의 두 팔에 끼우고 목깃
을 빳빳하게 세워준다. 허리에 권총을 채워준다. 중절모의 먼지를 털
어 장님 형사의 머리에 씌운다. 지문이 묻은 선글라스를 호, 입김을
불고 닦아 장님 형사의 두 귓바퀴에 걸쳐준다. 자네는 천재야. 세상
의 99퍼센트의 안전을 책임져야 하는 천재라고. 자네밖에 해결할 사
람이 없어. 그리고 소년 등장. 소년은 살인 사건의 유일한 목격자다.
땡땡땡. 사람이 지날 때마다 버저가 울린다. 똑똑똑. 소년이 보도의
요철을 두드리며 걸어온다. 소년은 교문 앞 삼거리에서 흰 지팡이를
접는다. 해는 시위를 당기듯 쨍쨍하다. 소년은 하얗게 마른 시멘트
바닥과 검게 어룽진 은행나무 그늘의 경계선에 서 있다. 소년은 눈꺼
풀을 파르르 떤다. 빛과 그림자 사이에서 길을 잃은 듯 멈칫거린다.
라라라. 2교시 수업이 시작하는 음악이 울린다. 소년은 하늘색 와이
셔츠 포켓에서 선글라스를 꺼내고, 질러 멘 가방을 더듬어 마스크를
쓴다. 소년의 얼굴은 반쯤 가려진 개기 월식처럼 흑백이다. 소년은
그제야 교문 쪽으로 몸을 천천히 튼다. 소년이 걸음을 뗄 때마다 바

닥에 깔린 은행나무 우듬지가 우물물이 넘치듯 길쯤해진다. 소년은 그늘 한 자락을 발치에 끌고, 교문 옆에 딸린 샛문으로 사라진다. 소년이 사라지자 학교 앞 삼거리는 텅 비어 있다. 똑똑똑. 똑똑똑. 소년은 흰 지팡이를 짚고 날마다 불교 용품점을 기웃거린다. 장님형사는 소년이 흰 지팡이를 쥐고 있고, 자신처럼 두 눈 위에 노린재 같은 게 달려 있다는 걸 안다. 똑똑똑 흰 지팡이를 짚고 날마다 불교 용품점 앞을 지나가는 소년 앞을 장님 형사가 가로막는다. 강우는 형사가 장님 소년에게 지갑을 펼쳐 보이는 장면을 보는 순간 더는 참을 수가 없었다. 아마 그 이름은 가짤걸?

*

오늘이 금요일이라는 사실을 알고, 강우는 사실 월요일부터 설렜다. 딱히 래오를 만난다는 사실 때문은 아니었지만, 제게 엄연한 약속이 있다는 사실이 뭔가 뿌듯했다. 사실 강우는 금요일이 아닌 밤에도 혹시 누군가를 만날 수 있지 않을까, 막연한 기대를 품고 극장 앞까지 걸어가본 적이 있었다. 강우는 그곳에 얼마 머물지 못했다. 금요일의 심야극장과 달리 영화관은 오후의 편의점만큼이나 썰렁했다. 강우는 지난 금요일 보았던 영화 포스터를 읽거나, 금요일 보게 될 영화 팸플릿을 챙겨 집까지 걸어갔다. 금요일이 아닌 요일은 너무 많았고, 보고 싶은 영화는 너무 적었다.

"넌 금요일만 되면 즐거워 보이더라."

노랑머리가 그렇게 묻지 않았다면, 강우는 아무 대답도 하지 않았을 것이다.

강우가 처음 일자리를 물어본 뒤, 강우는 늘 그가 묻는 말에만 대꾸했다. 강우는 처음에 노랑머리가 편의점 주인인 줄 알았다. 강우가 아르바이트 자리를 구하려면 어떻게 해야 하냐고 물었을 때, 노랑머리는 심드렁한 얼굴로 자기한테 말하면 된다고 했다. 강우는 전혀 의심하지 않는 기색에 그곳의 돈벌이가 더 같잖게 여겨졌다. 그 돈을 받고 밤을 새 누군가를 기다릴 일꾼은 소년 말고는 아무도 없겠지 싶었다.

노랑머리는 강우를 유통기한이 짧은 물건처럼 다뤘다. 대체로 무심했고, 가끔 계산이나 진열 방법에 대해 잔소리했지만, 그마저도 쉽게 잊어버렸다. 강우도 편의점을 벗어나면 유난한 긴 턱을 긁으며 이어폰을 끼고 사는 노랑머리를 한 번도 떠올리지 않았다. 강우와 노랑머리는 그렇게 포개지지 않는 시간이었지만, 그날 강우는 길을 가는 거지가 물어보더라도 떠벌리고 싶을 만큼 들떠 있었다. 강우는 자기도 모르게 금요일 밤의 극장에 대해 부풀렸다. 그건 세상에서 가장 즐거운 축제에 저 혼자 초대받은 것처럼 사뭇 뻐기는 어조였다.

"혼자서?"

"아뇨. 극장에서 친구가 기다려요. 형도 아는 애에요."

강우는 저도 모르게 래오의 존재에 대해 흘렀다.

"너 혹시 만날 여기 어슬렁거리던 개랑 노는 거니?"

강우는 노랑머리의 말에 그의 얼굴을 멀뚱히 쳐다봤다.

"너 생각보다 순진하구나. 그런 앨 뭘 믿고 어울리니? 딱 가출해서 오갈 데 없는 녀석으로 보이던데. 걔 조심해. 래오? 걔 이름이 래오래? 그 이름이 진짤까. 아마 그 이름도 가짤걸."

노랑머리는 심드렁하게 말하곤, 귀에 이어폰을 꽂았다.

강우는 한순간 멀뚱해졌다. 강우는 노랑머리가 래오에 관해 뭐라 더 물어주길 바랐다. 강우는 벌써 노랑머리에게 대꾸할 말을 준비하고 있었다. 강우는 입을 앙다물고 래오와의 만남을 부풀려 고백했다. 형이 오해하는 거예요. 그 아이는 다정하고, 재미있고, 주머니도 넉넉해요. 하지만 노랑머리는 평소와 달리 잽싸게 돌아가지 않고 머뭇거리는 강우를 의아하게 쳐다봤다. 강우는 고갯짓도 하지 않고 싸늘하게 돌아섰다. 강우는 노랑머리가 둘의 금요일을 시샘하는 거라고 자위했다.

노랑머리는 래오의 얼굴을 알고 있었지만, 이름은 몰랐다. 그건 노랑머리가 강우에 대해 알고 있는 정도일 것이었다. 하지만 노랑머리의 추측은, 심드렁한 말은 강우랑 같이 밤거리를 걸었다. 래오, 그 이름도 가짤걸. …… 누웬이나 트잉, 밍이라면 또 몰라. 강우는 새삼스레 어떤 이름이 떠오르고, 돌림노래처럼 어떤 기억이 되풀이됐다. 삼촌도 우주만큼은 푸른등대에 자유롭게 드나드는 걸 모른 체하자 흙은 무심히 그리 말했다. "강우, 우주. 주우, 우강. 같은 자가 들어가서 그렇게 친한 거야." 흙은 무심결에 한 말이었지만, 강우는 우주만 생각하고 있었기 때문에 그것이 무슨 대단한 발견인 양 오랫동안 되뇌었었다.

강우는 한 번도 래오의 이름을 의심하지 않았다. 사람들이 유난히 까만 래오의 살빛을 힐끗거릴 때, 동전을 흘린 것처럼 조금 뒤처지거나 화장실을 다녀오겠다면서, 어떤 사연들을 상상하기는 했다. 래오는 엄마를 찾아 서울로 왔다. 한국인 아빠가 버린 모자. 엄마는 먼저 한국으로 떠나며 아빠를 찾으면 래오를 초대하겠다고 한다. 엄마의 소식마저 끊기자 래오는 돈을 훔쳐 한국으로 가는 밀항선에 오른다.

소년이 래오에게 묻는다. "네 엄만 아빨 찾았을까?" "모르지." "만약 네 아빨 찾으면 어쩔 건데?" "죽여버릴 거야." 그러면서 래오는 벌레를 죽인 것처럼 대수롭지 않게 웃는다. 강우는 그런 상상을 하면서 래오를 라디오라고 불렀다. 처음 제게 말을 걸었을 때, 강우는 까만 피부의 소년의 입에서 고른 치열처럼 정확한 한국어가 마치 가방에 라디오를 틀어놓고 금붕어처럼 뻐끔거린다고 생각할 만큼 정확하게 들렸다. 어떤 희미한 불안과 의심이 스쳐가긴 했지만, 래오는 그냥 늘 래오였더랬다. 하지만 그 이름마저 거짓이라면.

*

강우는 거의 자정 가까워 극장에 도착했다. 래오는 맥도날드 앞 볼라드에 걸터앉아 담배를 피우고 있었다. 화를 낼 거라고 생각했는데, 래오는 강우를 보자마자 반가움에 겨워 놀라워하기까지 했다. 마치 바다에 잠겼다 가까스로 돌아온 사람을 본 것처럼. 강우는 제 손목을 거머쥐는 래오의 주먹을 슬며시 밀쳐냈다.

"어디 아파?"

강우는 그냥 고개만 저었다.

"조금 피곤해."

그렇게 말하고 나니 정말 몸이 무거웠다. 곧장 집으로 돌아가면 뒤채지 않고 우주와 함께 깊이 잠들 수 있을 것 같았다.

"너무 더워서 그런가. 맞아, 편의점에 너무 오래 처박혀 있어서 냉방병에 걸린 건지도 몰라."

그러면서 래오는 가방에서 재킷을 꺼내 강우의 어깨에 걸쳐주려고 했다. 강우는 래오의 친절을 의심하고 싶지 않았다.

"고마워."

강우는 영화를 보는 내내 소매치기가 된 것처럼 래오의 지갑을 떠올렸다. 그것만 손에 넣으면 노랑머리의 의심을 비웃어줄 단서를 찾을 수 있을 것 같았다. 첫 영화의 자막이 올라가자마자 사람들이 우둥우둥 바깥으로 나갔다. 래오는 기지개를 켜며 앞으로 걸어가다 가만히 앉아 있는 강우를 돌아봤다.

"화장실 안 가?"

"괜찮아. 그냥 눈 좀 감고 있으려고."

"집에 갈까?"

"아냐."

강우는 그러면서 래오가 한쪽 어깨에 걸머쥔 류색의 바닥을 쓰다듬었다.

"내가 지키고 있을 테니까 가방은 두고 가."

강우는 연신 바깥을 두리번거리며 래오의 가방을 뒤적였다. 가방에는 두어 페이지만 연필로 휘갈긴 검정고시 기출문제집과 잡동사니만 있을 뿐 래오의 존재를 증명하는 물건은 찾을 수 없었다. 강우는 어쩐지 래오의 지갑이 들어 있지 않은 게 다행스러웠다. 두번째 영화가 시작됐을 때, 강우는 갑갑하고 오줌이 마려웠다. 강우는 첫 대사가 시작되기도 전에 화장실을 찾아갔다. 강우는 갑자기 극장을 빠져나가 집으로 돌아가고 싶었다. 정말 몸이 으슬으슬 추운 것 같았다. 강우는 일 층으로 내려가 편의점에서 쌍화탕을 하나 사 먹었다. 그러고는 오랫동안 오줌을 누고 극장으로 돌아가자, 래오의 자리가 텅 비어 있었다. 강우는 의자에 깊숙이 몸을 묻고, 연신 출입구와 래오의 의자를 번갈아 쳐다봤다. 등받이와 앉을자리 사이에 래오의 지갑이 끼어져 있었다. 강우가 돌아오는 기색이 없자, 걱정이 돼 부랴부랴 짐을 챙겨 바깥으로 나간 모양이었다. 강우는 조는 시늉을 하며 머리를 수그려 바닥에 뭔가 떨어진 물건을 발견한 것처럼 래오의 지갑을 집었다. 강우는 영화의 빛에 의존해 지갑을 펼쳐봤다. 어떤 글씨도 읽을 수 없었다. 강우는 래오의 지갑을 거머쥐고 다시 화장실로 나갔다. 강우는 큰일을 보는 칸으로 들어가 마치 음화를 보듯 숨을 몰아쉬며 지갑을 펼쳤다.

손래오(孫來午)
8×0611-1××××××
경남 ××군 적량면 동산리 ×××번지

래오는 래오였다.
래오는…… 정오나 이오, 증오가 아니라, 분명히 래오였다. 강우의 짐작대로 저보다 나이가 많고, 국경을 넘어온 게 아니라, 남쪽 지방에 주소를 가진 엄연한 코리언이었다. 그건 명백한 증거였다. 하지만 강우는 유통기한처럼 또렷한 사실이 하나도 다행스럽지 않았다. 그마저 위조되거나 속임수일 거라고 머릿속이 복잡다단해지지는 않았지만, 그냥 뱀이 든 자루를 보고난 뒤 어떤 자루든 뱀이라고 여겨지듯 수상했다. 어떤 부분이 찜찜한 건지 저로서도 알 수 없었다. 래오는 래오가 분명했지만, 증거 속의 래오는 겁먹은 눈빛의 혼혈이었고, 이름과 나이, 주소는 강우의 짐작에 비춘다면 그건 절반의 거짓말이라고 우길 수 있었다. 하지만 강우는 지레 그런 사연이 빤하고 지루했다. 제가 상상한 이야기를 주먹만 한 플라스틱에 새긴 것처럼 평범했다. 강우는 하품 나는 이야기의 결말을 재촉한 것처럼 눈물이 팽그르르 맺혔다. 한순간 래오는 강우의 마음에서 스르르 빠져나갔다. 강우는 그 허룩한 기분이 몹시 홀가분했다. 비로소 완전히 혼자가 돼 벽과 지붕을 세우고, 진짜 이야기를 짓기 시작할 수 있을 것만 같았다. 강우는 휴지와 담뱃갑, 깡통 콜라가 너저분한 쓰레기통에 래오의 지갑을 버리려다, 배꼽에 꽂고 좀도둑처럼 화장실 바깥으로 나갔다.

"왜 화장실에 있으면서 아무 대답도 안 해. 얼마나 찾았는데."

래오는 복도 한가운데에서 길을 잃어버린 것처럼 주위를 두리번거리고 있었다. 강우는 화장실 입구에서 오줌을 지린 것처럼 엉거주춤하게 멈췄다. 래오는 강우의 하얗게 질린 얼굴을 보고는 이마를 만졌다.

"웬 식은땀을 이렇게 흘려."

"괜찮아…… 화장실이 너무 더웠나 봐."

강우는 우물쭈물 래오를 따라 극장으로 들어갔다.

강우는 래오가 덮어주는 담요 안에서 조심조심 손을 움직여 지갑을 래오의 의자 틈새에 흘렸다.

"나 아무래도 집에 가야할 것 같아. 오늘은 너 혼자 남아 영화 봐. 몸이 너무 안 좋아."

강우는 허겁지겁 일어나 바깥으로 나왔다. 몇 차례나 들락날락거리는 강우를 더는 참지 못하고 "아, 씨발" 하고 짜증내는 소리가 들렸다. 강우는 머리를 조아리고 통로를 빠져나갔다. 강우는 래오가 쫓아올세라 비상구를 통해 계단을 내려갔고, 래오와 걷던 도로가 아니라, 가로등이 없는 아무 골목이나 꺾어 들었다. 골목은 막바지일 때도 있었고, 강우를 다시 도롯가로 게워내기도 했다. 강우는 고가도로를 지나 얼추 집을 짐작할 수 있는 길부터 무작정 밤거리를 달렸다. 강우가 처음 맞닥뜨린 새벽은, 방패가 되기에는, 극장에서 조는 누군가의 꿈처럼 조그만 기척에도 부서질 것처럼 얇았다. 강우는 어느새 편의점과 집으로 갈리는 네거리에 다다랐다. 강우가 신호등 앞에 멈춰 가쁜 숨을 몰아쉬고 있는데, 네거리에 멈춰 있던 택시 하나가 오른쪽으로 급커브를 틀었다. 래오가 자동차 앞문을 거칠게 닫고 내린 뒤 강우 앞을 가로막아 섰다. 강우의 팥죽처럼 흘러내린 땀이 비친 것처럼 래오의 눈이 이드르르 빛났다. 강우는 손등으로 젖은 이마와 목덜미를 훔치며 눈을 내리떴다. 래오의 슬리퍼 사이로 토란처럼 배죽 드러난 다섯 발가락의 마디가 검고 반질반질했다. 래오는 륙색을 주섬주섬 뒤지더니 담뱃갑처럼 얇은 상자를 꺼내 강우에게 내밀었다.

"자기 전에 먹어."

택시가 후진하면서 아스팔트를 벗기는 것처럼 바퀴가 바닥에 쓸리는 소리가 날카로웠다. 강우가 우물쭈물하자, 래오는 강우의 바지주머니에 타이레놀 한 갑을 우겨넣고는, 극장으로 되돌아갈 심사인지 길 건너를 바라고 4차선 도로를 가로질렀다. 강우는 래오를 등지려고 앞을 향해 나아갔다. 저만치 육교에서 구부러지면 집으로 올라가는 비탈이었다. 얼마 만에 달린 건지 다리가 후들거렸다. 강우는 당장이라도 제자리에 주저앉아 허벅지를 주무르며 숨을 편하게 쉬고 싶었다. 강우는 육교의 그림자에 포함되자마자 길 건너를 힐끗 돌아봤다. 래오는 극장 쪽으로 걸어가며 건너편을 향해 두 손을 흔들었다. 한순간, 편의점 방향에서 쏜살같이 달려오던 자동차가 네거리 한가운데를 빙그르르 돌며 폭죽처럼 불꽃이 튀었다. 강우는 저도 모르게 양쪽 귀를 틀어막았다. 한순간 세상이 정지하고, 강우의 감각도 멈춰버린 건지, 가청 범위를 벗어난 굉음에 귀가 막막했다. 검회색 아스팔트에 스쿠터 하나와 소매가 없는 셔츠에 반바지 바람의 소년이 널브러져 있었다. 강우는 십자가처럼 벌린 네거리를 빙그르르 둘러봤다. 자동차의 전조등과 신호등의 점멸등이 멈춘 시간을 경고하며 흘러가라 재촉하듯 끊임없이 깜빡거렸다. 래오도 멈춘 시간에 포박되기는 마찬가지였다.

시간의 틈이 다시 벌어지기 시작했다는 걸 맨 처음 알아챈 건 래오였다. 래오는 파편에 찔린 것처럼 주춤주춤 발을 움직였다. 강우는 래오가 넘어진 스쿠터를 일으켜 세울 거라고 생각했다. 래오는 스쿠터를 한 대 사는 게 소원이라고 했다. 강우는 편의점에서 파는 잡지를 뒤적이며 래오에게 어울리는 오토바이를 고르면서, 불사조가 떠올랐다. 강우는 120시시 오토바이를 타고 360도 회전하던 이방의 소년을 사랑할 생각은 한 번도 하지 못했다. 불사조는 오롯이 수컷인 짐승처럼 무서웠다. 강우는 래오를 도와주기 위해 그들을 조금씩 벗어났다. 슬리퍼를 신은 래오에겐 맨발을 간댕거리며 머리카락을 더펄거리면서 달릴 수 있는 하늘색 스쿠터가 어울릴 것 같았다. 강우는 지금이라면 래오의 배를 끌어안고 바람에 실려 남쪽 바닷가까지 갈 수 있을 것 같았다. 하지만 래오는 강우가 다가갈수록 점점 멀어졌다. 강우가 육교 그늘을 벗어난 순간, 래오는 두 주먹을 불끈 쥐고, 심야극장을 향해 질주하기 시작했다. 강우는 시간의 벽을 향해 돌진하는 거대한 수컷 동물을 본 것 같았다. 그건 강우가 도무지 따라잡을 수 없는 속도였다. 소년이 사라진 어둠 저쪽에서 십자가를 장식할 구슬처럼 경광등이 반짝반짝 다가왔다. 강우는 잠시 제가 서 있는 공간과 시간과 계절마저 잊어버렸다. 강우는 저도 모르게 뒷걸음쳤다. 하지만 새벽에 엎드린 십자가에 포박된 것처럼 어디로 가야 할지 갈피를 잡을 수 없었다.

*

강우는 우주를 기다리고 있다.

우주가 내려왔던 지하방 옆구리 계단의 층계참이었다. 강우는 고개 마을 아래를 내려다봤다. 비탈의 눈썹쯤인 계단에서 안아보는 벽과 지붕, 전봇대와 전선, 길과 다리가 장난감처럼 작고 가볍게 느껴졌다. 그곳에 머물거나 떠도는 생명도 벌레처럼 대수롭잖게 여겨졌다. 분홍색 고무 바닥이 깔린 육교 한가운데 우산 하나가 물건을 팔고 있었다. 육교 아래를 흐르는 4차선 도로는 땡볕에 물이 졸아 흙바닥만 남은 개천처럼 검었다. 아무리 카운트다운을 해봐도 우산에게 값을 흥정하는 사람은 하나도 없었다. 가끔 고무 바닥을 밟고 육교를 건너가는 사람들은 비를 피하듯 걸음을 서둘렀고, 어린아이만이 웅덩이에 솔깃하듯 우산 앞에서 멈칫거렸다. 우산이 조금 잦혀졌다 이내 숙여졌다. 아이가 돈이 안 된다는 건 가난뱅이도 아는 모양이었다. 보각보각. 강우는 송곳니 쪽의 볼에 꽈리처럼 바람을 부풀렸다. 육교를 지나가는 사람들의 걸음이 마른날에 장화를 신어 땀에 찬 듯 잘박였다. 강우는 척척한 목덜미를 훔쳐 과즙을 쥐어짜듯 주먹을 쥐었다. 강우는 죄를 말리는 것처럼 햇볕을 피하지 않고, 한낮을 고스란히 기다리고 있었다.

우주는 새벽에서 한낮으로 사라졌다. 강우는 새벽에서 한낮으로 돌아왔다. 우주는 일을 하러 갔고, 강우는 일을 하러 가지 않았다. 강우는 그게 세상에서 가장 큰 죄를 지은 것처럼 불편하면서도, 비겁하게 뒷걸음쳤던 새벽의 대가를 치르게 된 것처럼 떳떳했다. 강우는 오후 3시부터 5시까지 지하 방에 숨어 있었다. 강우는 옷을 함부로 벗지 못하고, 벽을 향해 웅크리고 누웠다. 강우는 가끔 노루잠에 끼어드는 가래 뱉는 소리, 물 끼얹는 소리, 죽으면 돈 준다는 광고 소리가 게으름을 추궁하는 것 같아 어깨를 움찔했다. 강우는 온종일 불이 꺼지지 않는 편의점이 슬며시 그리웠다. 물건들에 둘러싸여 가격과 이름만 존재하는 곳에서 강우는 상자처럼 단순해졌다. 강우는 잠과 일사이를 오가면서 머릿속이 담백해졌고, 무심한 노동의 뒤끝에는 스스로 완전해진 것 같아 뿌듯하기도 했다. 강우는 주머니 사정에 따라 몸의 기울기가 달라지는 코흘리개들과 달리, 박한 임금에는 아랑곳없이 노동 그 자체에 희열을 느꼈다. 그건 어른의 감정이었다.

지하방은 볕이 침범하지 못하는 그늘인데도, 햇볕의 그을음이 켜켜이 쌓여 곤 것처럼 점점 답답하고 두꺼워졌다. 강우는 죄를 끓이는 검은 냄비가 된 것 같았다. 강우는 머리맡에 접힌 이불을 끌어당겨 가랑이 사이에 꽸다. 우주의 껍질은 얇디얇았지만, 점점 뜨거워졌다. 너무 더워. 강우는 응석을 부리면서도 우주의 냄새를 도르르 감았다. 나를 안아줘. 나를 꽉 안아주란 말이야. 나를 좀 채워줘. 제발 나를 차갑게 끓여줘. 강우는 빨갛게 착색한 알코올 온도계의 눈금처럼 시뻘게졌다. 강우는 가쁜 숨을 몰아쉬었다. 네 발가락을 입속에 넣고 천천히 빨고 싶어. 어금니로 물고 그냥 머금은 채 잠이 들고 싶어. 네 몸 한 군데도 놓치고 싶지 않아. 네 배꼽, 목젖, 귓구멍, 눈썹까지 내 혀로 더듬고 싶어. 강우는 누군가의 고환이 입속에 빠듯하게 들어찬 것처럼, 그런 도착에 몸살을 앓았지만, 그런 바람이, 충동이, 욕정이 진심인 건지 헷갈렸다.

강우는 한낮에 소년으로 둔갑한 지푸라기와 씨름을 하고 난 것처럼 온몸이 혼곤해졌다. 짚을 삶은 것처럼 끈끈하고 비릿한 냄새가 지하방을 가득 채웠다. 강우는 개천에 솥처럼 데워진 방을 통째로 담가 빠득빠득 씻어…… 우주가 숨었던 옥상의 빨랫줄에 내다 말리고 싶었다. 강우는 한순간 고개마을에서 가장 높은 곳에 서서 머리칼을 더 펼거리는 소년의 그림자를 보았다. 소년을 둘러싼 배경이 파랗게 물들고, 소년은 푸른 야자수와 자줏빛 바닥을 가진, 태풍이 시작된다는 먼 남쪽나라의 조그마한 섬이 되었다. 네가 소나기가 되어줘…… 내가 그 속으로 달려갈게. 강우는 우주의 각질을 홱 벗어던지고, 바람처럼 날쌔게 지하방을 벗어났다. 하지만 강우는 태풍의 눈처럼 고요한 한낮에 갇혀버렸다. 강우는 어둠마저 휩쓸어 백야에 내동댕이쳐진 것처럼, 어디로 가야할지 막막했다. 강우는 다시 비탈을 내려가고 싶지 않았다. 비탈의 아래가 아니라 비스듬하게 오르는 옆으로 걸어갔다. 지하방의 모서리에 다다르자 하늘에 닿을 듯 높다란 계단이 건반처럼 놓여 있었다. 우주가 서슴없이 오르내리던 계단이었다. 하나, 둘, 셋…… 열, 열하나, 열둘. 강우는 건반을 따라 콧노래를 부르듯 숫자를 외며 계단을 올랐다. 십자가처럼 네 갈래로 갈리는 층계참에 다다르자, 강우는 제자리에 우뚝 서 뒤를 돌아보았다. 그곳은 닻섬이 확장되거나 복잡해진 풍경이 아니었다. 숨거나 지워지지도 않았다. 거인처럼 거대하지도, 벌레처럼 하찮아 보이지도 않고, 그냥 남처럼 있었다. 그곳은 제가 새벽을 헤맸던 풍경이 아니었다. 강우는 층계참에 걸터앉아 지도를 그리듯 그곳을 구석구석 훑어보았다. 그건 기다림의 자세였고, 강우가 가장 잘할 수 있는 직업 중 하나였다.

*

강우는 래오가 극장 방향으로 사라지는 걸 보면서, 누가 반대쪽에
먼저 도착하나 내기하듯 지하방까지 단숨에 달려갔다. 강우는 온몸이
땀에 흠뻑 젖어 있었다. 강우는 선인장 화분을 달싹이다 그만 제자리
에 주저앉았다. 저도 모르게 한숨이 터지려는 걸 손바닥으로 가리고,
강우는 다시 골목을 향해 도둑 걸음을 했다. 그렇게 젖고 더러워진
걸레 같은 몸으로 우주 옆에 누울 수는 없었다. 강우는 쇠창살이 우
주의 잠을 깨우지 마라 쉿, 손가락을 세우기라도 한 것처럼 고요를
깨뜨리지 않으려고 숨을 잘디잘게 나눠 쉬었다.

우주는 금요일에서 토요일로 넘어가는 새벽의 질서를 알고 있었다.
우주는 강우를 오려낸 그 시간 동안 비로소 편하게 잠을 자거나……
수음할지 몰랐다. 하지만 강우는 잠든 소년을 자꾸만 지분거리고 싶
었다. 깜깜한 창을 두드려 노랑머리에게 삼킨 금요일의 이야기를 마
저 이어가고 싶었다. 약속은 짐작과 기대가 아니라, 말과 행동이라는
걸 자랑하고 난 뒤, 강우는 부스스한 소년의 손목을 거머쥐고 심야극
장으로 돌아가 마지막 영화를 보고 싶었다. 강우는 우주와 날마다 금
요일을 살고 싶었다.

"내일 아침에 들어올 거야. 심야극장에서 잘 거거든. 너무 더워.
넌 괜찮아?"

강우는 금요일 새벽마다 우주에게 응석하듯 언질을 주었다. 강우는
우주가 내심 안 돼, 만류하기를 바랐지만, 우주는 아무 대꾸도 하지

않았다. 강우는 그때마다 닻섬에서 함께 온 소년은 우주가 아니라, 전혀 모르는 소년이 아닐까, 어리석은 의심이 들었다. 우주는 강우와 함께했던 닻섬의 기억이 사라져버린 것만 같았다. 가을만 살았던 코스모스와 봄만 살았던 진달래가 여름에 만나 마치 자신들은 세상의 끝과 끝에서 와 처음 만난 거라 착각하는 것처럼, 똑같은 풍경을 보았을 거라고는 짐작도 하지 못하는 것처럼. 강우는 새벽으로 사라지는 우주를 보면서 꽥 고함을 지르고 싶었다. 바보야, 내가 투명인간이니, 사면받니야? 내가 알아먹지도 못하는 말을 씨불이는 외계인이니? 난 지금 네게 부탁을 하는 거잖아. 너와 함께 세 편의 영화를 보고, 한낮에 함께 잠들고 싶다고.

하지만 강우는 한 번도 제가 삼킨 말을 발음해보지 않았다. 강우는 깜깜한 창처럼 목이 말랐다. (이렇게 많은 땀과 분비물을 흘리면서도 몸이 안 새는 걸 보면 그것도 신기해.) 강우는 또 다른 편의점을 찾기 위해 네거리와는 반대쪽인 골목을 내려갔다. 강우는 4차선 도로를 따라 스무 발짝에 하나씩 잇새처럼 벌린 골목을 헤매면서, 집을 둘러싼 길이 얼마나 많은지, 그곳으로 가 닿을 수 있는 지름길과 에움길을 얼마나 마음대로 선택할 수 있는지 처음 알았다. 그건 한 사람의 마음에 가 닿을 수 있는 여러 갈래의 길을 짐작하게 했다. 강우는 그것의 거대한 덩어리를 조망하고 싶었다. 그리고…… 죄의 결말이 궁금했다. 강우는 한 번도 건너가본 적이 없는 육교가 떠올랐다. 그곳이라면 푸른등대처럼 제가 보고 싶은 것만 골라낼 수 있을 것 같았다.

강우는 여전히 그늘이 드리워진 육교 그늘에 숨어 네거리를 훔쳐봤다. 네거리는 어느새 텅 비어 있었다. 강우는 달에 걸친 사다리를 올라가듯 공전처럼 느린 속도로 육교 계단을 올라갔다. 강우는 길을 잃어버린 것처럼 육교 한가운데 서서 난간에 기댔다. 육교 난간은 개천 다리보다 높고 안전했다. 새벽은 바람 한 점 없이 늪처럼 제자리에 고여 있었다. 강우는 휘청거리지 않았다. 강우는 벌레의 신처럼 주위를 둘러봤다. 눈앞에 엎드린 풍경은 훨씬 깊어졌지만, 그건 두 팔을 벌려 안을 수 없을 만큼 넓었다. 하지만 강우는 금세 가로등이 얼비친 비탈을 따라 무덕무덕 쌓인 그늘에서, 제가 돌아가야 할 집을 케이크처럼 오려낼 수 있었다. 강우는 우주처럼 깜깜한 그곳에서 별처럼 반짝이는 소년의 신호를 기다렸다. 그건 둘이면서, 하나가 될 수 있는 시간의 예감이었다. 하지만 그곳은 여전히 깜깜했다. 강우는 시간이 얼마나 흘렀는지 도무지 가늠할 수 없었다. 하나 반의 영화가 지나고, 달리기를 했던 시간이 하나의 계절처럼 멀기만 한데, 새벽은 길을 잃어버린 것처럼 제자리에서만 맴돌고 있었다.

*

강우는 그만 집으로 돌아가고 싶었다. 강우는 우주의 무심한 잠이 야속했다. 네가 곁에 있으면 나는 너를 잃어버릴까 봐 한숨도 이루지 못하는데. 강우는 염력으로 우주의 눈썹을 벌릴 것처럼 집요하게 집을 응시했다. 모든 감각이 눈으로 쏟아질 것처럼, 집을 둘러싼 풍경이 흔들리는 찰나, 지하방의 창이 하얗게 빛났다. 강우는 저도 모르게 윗니를 드러내고 씩, 웃었다. 가슴이 콩닥콩닥 뛰었다. 강우는 당장 우주에게 달려가 굿모닝, 인사를 하고 싶었다. 하지만 늑장을 부린 우주가 괘씸하기도 했다. 혼자인 우주는 쥐처럼 날랬다. 집을 밝힌 불이 꺼지고, 강우는 열, 아홉, 여덟…… 카운트다운을 해나갔다.

강우는 육교에 서서 어둠을 헤치고 내려오는 우주를 놀래주고 싶었다. 아니, 투명인간이 돼 우주가 어디로 사라지는 것인지 뒤를 밟아보고 싶었다. 어떤 결말이든…… 강우는 이곳에서 우주를 기다릴 작정이었다.

우주의 그림자가 주홍빛 가로등으로 흘러나왔다. 강우는 우주의 맨살을 훔쳐보기라도 한 것처럼 꿀떡, 군침을 삼켰다. 우주가 온다. 우주가 오고 있다. 우주가 올 것이다. 우주는 골목에 서서 꼽쳐 신은 뒤축을 세우는지 잠시 제자리에 서 있었다. 손목시계를 확인했다. 강우는 우주가 제가 돌아오는 시간을 가늠하는 것이리라, 짐작했다. 우주가 나를 기다린다. 우주는 신코를 탁탁 바닥에 두드리더니, 강우가 기다리고 있는 비탈이 아니라, 지하방의 왼쪽 모퉁이로 걸어갔다. 그러고는 지하방이 딸린 건물의 옆구리에 팔처럼 늘어진 계단을 천천히 올라갔다. 어둔 계단을 올라가는 걸음이, 이제 시작한 걸음이, 하루의 고된 노동을 끝내고 돌아오는 걸음처럼 무거워 보였다. 우주는 한순간 층계참으로 짐작되는 곳에서 불쑥 사라져버렸다.

강우는 저도 모르게 앞으로 몇 발짝 내디뎠다. 달리기를 앞둔 것처럼 마음을 다잡고 있는 찰나, 우주가 지하방의 지붕에 굴뚝처럼 돋아났다. 전선인지, 빨랫줄인지 가느다란 줄을 따라가는 그림자는, 꼭두각시처럼 움직임이 익숙해 보였다. 우주가 지붕에 얹힌 집의 문 앞에 서서 허리를 구부렸다. 강우는 반짝 불이 켜지길 기다렸지만, 그곳은 여전히 깜깜했다. 얼마나 지났을까, 우주가 둥글고 커다란 뭉치를 들고 나온 뒤 그것을 바닥에 내려놓고, 다시 줄에 묶여 놀이를 이어갔다. 그건 우주에게 퍽 익숙한 직업처럼 보였다.

고작…… 그거였을까. 강우는 숨은 그림처럼 놓여 있던 우주의 돈을 떠올렸다. 가난한 동네에서 그 정도의 돈을 빌려면, 우주가 그렇게 피곤한 까닭도 짐작할 수 있었다. 우주는 어느새 계단을 내려와 지하방을 지나면서 깜깜한 창을 힐끗 쳐다봤다. 강우는 우주가 제 모습을 뒤져 보기라도 한 듯 어깨를 곱송그렸다. 우주의 걸음이 점점 빨라졌다. 우주가 새벽을 깨운 듯 골목 여기저기에서 사람들의 구름자가 공처럼 굴러오고 있었다. 강우는 우주가 가까워올수록 조금씩 뒷걸음쳤다. 강우는 우주에 떠밀려 제가 한 번도 가보지 않은 육교 건너편에 가까워지고 있었다. 우주가 비탈 끝에 다다라 또다시 깜깜한 그늘로 사라졌을 때, 강우는 고개를 들어 하늘을 봤다. 우주가 가장 높이 올라간 지상의 꼭대기였다. 우주를 조종했던 가느다란 줄에 빨래가 깃발처럼 펄럭이고 있었다. 강우는 집의 방향으로 돌아가고 싶지 않았다.

*

사람들은 집으로 돌아오는 길을 잃어버리지 않지만, 집을 둘러싼 길에 어떤 세상이 펼쳐져 있는지 알지 못한다. 그건 무관심이 아니라 의심하기 때문에 보지 않는 것이다. 사람들은 더러 오랫동안 그 길로 나서지만, 자신이 돌아가야 할 집의 지도를 잃어버리지 않는다. 누군가 하나는 제자리에 남아 기다리고 있기 때문이다. 강우는 한 번도 길을 잃은 적이 없다. 강우는 집과 길 사이를 맴돈다. 강우는 의심하고 기다린다. 강우는 길이고 집이다.

강우는 우주를 기다리지 않는다. 기다린다. 기다리지 않는다. 기다린다. 기다림이 직업은 아니다. 시간이 넉넉한 사람은 버릇처럼 무언가를 초조하게 기다릴 수밖에 없다. 강우는 집이 아닌 곳에서, 이토록 누군가를 기다리는 것이 처음이었다. 기다리지 않겠다며 제자리에 묵새기고 있는 것도 처음이었다. 강우는 새삼 푸른등대에서 혼자 기다린 건 아니라는 생각이 들었다. 집이 있다는 건, 집에 들어 있다는 건…… 결국 혼자가 아니라는 얘기였다. 숨을 수 없고, 거울이 없고, 누울 수 없이 기다린다는 건 방패 없이 전쟁터에 나서는 것과 마찬가지였다. 내 방패란 게 고작 의심이었을까. 강우는 숯처럼 까만 소년의 이름과 새벽에 이웃집으로 숨어들던 그림자를 다짐처럼 떠올렸다. 똑같은 높이에 있던 시소 저쪽에 또 하나의 죄가 내려앉아, 제 몸이 훌쩍 가벼워지는 것 같았지만, 강우는 한낮이어서인지 빤한 수작들이 조금은 비겁하고, 부끄러웠다.

여름의 오후는 투명했다. 여름은 왜 이토록 고스란할까. 여름은 왜 조심성이 없고 헤플까, 함부로 속살을 들키는 걸까. 강우는 염화은처럼 빛을 쬘수록 점점 검어지는 것 같았다. 강우는 머리가 어지러웠다. 온종일 아무것도 먹지 않았다. 강우는 주머니에서 타이레놀 갑을 꺼내 한 알을 삼켰다. 하나도 배가 부르지 않았다. 강우는 갑자기 피식, 웃음이 났다. 예전에 강우가 감기약을 삼키고 재운 수돗물을 마시는데, 우주가 갑자기 푸른등대의 서랍과 휴지통을 뒤진 것이 기억났다. 그러고는 강우의 입속으로 자맥질할 듯 강우의 턱을 거머쥐고 입을 벌렸다. 강우는 장마 속에서 맑은 코를 찔찔 흘렸다. 아무것도 먹고 싶지 않았다. 강우는 미라언니가 끓여준 보리차에 밥을 몇 숟갈 말아 먹었고, 과일을 조금 깨작거렸다. 토끼 모양으로 잘라진 오래된 과일이었다. 어둠침침한 전구처럼 색이 바랜 과일에선 알코올이 달아난 술내가 남아 있었다. 강우는 미라언니가 챙겨준 알약과 드링크를 들고 닻섬에서 잠만 반복했다. 강우는 감기를 시늉하며 타이레놀 한 알을 더 삼켰다. 설명서를 읽으니 두 알이 일일 성인 권장량이었다. 소년, 밥은 먹고 일하니? 강우는 우주를 만난다면, 네 살갗의 상처를 알고 있다고, 다그치고 싶었다. 하지만 제가 알약처럼 삼킨 말들을 뱉을 수 있을지 자신할 수 없었다. 강우는 아프고 싶었다. 아프면 떳 떳해질 것 같았다. 삶의 우연이 운명인 듯 유리 그릇에 담긴 얼음처럼 달각이는 순간, 땡볕에 서서 불을 태우는 심정, 해가 있는 동안 담배를 피우지 않겠다는 부질없는 다짐들이 땀으로 기운 방패처럼 강우의 머릿속을 덮어썼다.

해가 건너 언덕배기로 잠긴다. 강우는 그제야 오랜 노동을 끝낸 사람처럼 일어나 엉덩이를 털었다. 강우는 지하방이 아니라, 우주가 내려온 하늘을 향해 계단을 올라갔다. 네 직업의 정체가 고작 이거였니? 강우는 그렇게 말하면서도, 태풍이 가장 먼저 도착하는 남쪽 지방에도 이곳과 별반 다르지 않은 풍경과 사연이 숨어 있으리라 짐작했다. 강우는 끊임없이 의심하면서도, 좀도둑처럼 발소리를 죽여 우주의 걸음을 시늉했다. 초록색 우레탄을 칠한 마당에 벽돌색 다라이가 덩그러니 놓여 있고, 그 주위로 빨랫줄에서 떨어진 옷가지들이 햇빛에 점점 쪼그라드는 짐승의 주검처럼 흩어져 있었다. 강우는 풀로 끓인 죽처럼 뜨거운 마당을 가로질렀다. 새시 문 앞에 화분이 여러 개 놓여 있었다. 선인장 화분처럼 죄 잎과 줄기가 말라죽은 화분이었다. 강우는 댓가지와 노끈만 덩그러니 꽂힌 화분의 바닥을 달싹였다. 열쇠 하나가 작황이 나쁜 열매처럼 놓여 있었다. 강우는 둥근 손잡이에 배꼽처럼 갈라진 틈으로 천천히 열쇠를 꽂았다. 안 돼, 눈살을 찌푸리는 우주의 완고한 표정이 앞을 가로막았지만, 달칵, 문은 너무 쉽게 열려버렸다. 강우는 쏟아질 것 같은 심장의 틈새를 여밀세라, 문손잡이를 놓고 우주의 그림자를 꿰맨 줄을 돌아다봤다. 아무도 강우와……
우주의 집을 올려다보지 않았다. 하지만 강우는 어딘가에서 자신을
바라보고 있을 눈이 있을 거라는 걸 알고 있었다. 증언하는 사람은
숨은 사람이니까. 강우는 주먹처럼 딱딱한 문손잡이를 천천히 돌리
고, 우주가 숨었던 집으로 한 발, 두 발, 세 발…… 걸어갔다. 집은
저문 해가 가득 차 비늘처럼 번뜩거렸다. 강우는 잠시 눈이 멀 것 같
아 오랫동안 눈꺼풀을 감았다 떴다.

　소년 하나가 휠체어에 앉아 강우의 눈을 게슴츠레 쳐다보고 있었다.
물고기처럼 초점이 흐리마리한 눈이었다.

거울

새가 되고 싶은 소년과 물고기가 되고 싶은 소년이 있었다.

한 소년은 하늘로 솟구쳐 우주까지 날아가고 싶었고, 또 한 소년은 세상의 가장 밑바닥까지 내려가 산호처럼 뿌리를 내리고 싶었다. 둘은 늘 다른 방향으로 엇갈렸지만, 종착점에서는 결국 하나가 돼 수평선처럼 가뭇없이 스며들기를 반복했다. 한 소년이 거실 오른쪽에 놓인 장식장에 기어올라 천장에 가운뎃손가락을 닿게 하려고 위로 뛰어오르면, 또 한 소년은 소파 등받이에 매달려 아래로 멀리뛰기를 했다. 두 소년은 거실 한가운데에 동시에 떨어져 이마를 부딪히고는 서로의 시뻘게진 얼굴을 손가락질하며 까르르, 웃음을 터뜨렸다. 웃음이 잦아들면 배가 고팠다. 두 소년은 식탁 아래에 엎드려 대바구니에 담긴 삶은 감자와 딱딱한 빵을 먹었다. 물고, 베고, 삼키고 나면 두 소년은 거울처럼 고요해졌다. 한 소년이 잇몸에 남은 감자 찌꺼기를 훑으면서 졸린 눈을 끔뻑이면, 또 한 소년은 엉금엉금 책장으로 기어가 한 소년에게 덮어줄 이불인 것처럼 넓은 책을 한 권 가져왔다. 한 소년이 발을 간댕거리며 복사뼈가 식탁 다리를 툭툭 건드리자, 오른팔을 구부려 손등으로 두 눈을 덮은 소년이 소년의 발을 집게처럼 다물렸다.

"그런 상상을 해봐…… 만약 외계인이 찾아온다면 말이야. 이티 같은 것 말고, 올챙이처럼 생긴 외계인, 가오리처럼 생긴 외계인, 빌딩처럼 어마어마한 외계인, 그래 인간과 빼닮은 외계인도 하나 넣자, 어떻든 이쪽 별과 저쪽 별의 외계인들이 한꺼번에 지구를 찾아온 거야. 손님이란 게 꼭 혼자 찾아오란 법은 없는 거잖아. 서로 다른 외계인끼리는 상대가 인간만큼 낯선 존재인 거야. 의사소통이 전혀 안 되지. 그렇게 서로서로 오해가 쌓여 결국 외계인끼리 지구에서 전쟁을 벌이는 거야. ……그럼 난 외계인들이 깜빡 잊고 있는 우주선 하나를 훔쳐 우주로 달아날 거야. 은하에서 폭죽처럼 폭발하는 지구를 지켜보면서 낄낄거릴 거야."

한 소년은 또 한 소년에게 끊임없이 이야기를 불어넣었다. 한 소년은 또 한 소년의 이야기 속으로 깊이깊이 잠기면서도, 넘친 인공호흡에 숨이 가쁜 듯 딴청을 부렸다. 그러고는 그 이야기가 하나도 재미없다는 표정으로 소년이 읽고 있는 책 표지를 툭 건드렸다. 책 표지에는 검은 우주가, 타원의 은하가, 눈처럼 아스라한 별들이 그려져 있었다. 한 소년이 주머니에 손을 꽂고 누군가를 기다리는 것처럼 네 손가락을 얹은 책갈피에는 열기구처럼 생긴 생물들이 구름과 행성 사이를 둥둥 떠다니고 있었다.

"징그러."

"겁쟁이. 우주에 사는 생물은……"

한 소년은 그러면서 두 팔을 최대한 벌렸다.

"엄청나게 크대."

한 소년은 일부러 우주를 가로막은 장애물인 것처럼 또 한 소년의 콧잔등을 때렸다. 한 소년은 휙 돌아누워 또 한 소년의 멱살에 헤드 록을 걸었다.

"캑캑…… 난 지구가 너무너무 답답해. 항복. 항복."

"바보, 난 하나도 안 답답해."

"네 이름이 내 거여야 하는데."

"그럼 내 이름 빌려줄게."

"아니, 지금 너한테로 쳐들어갈 거야."

한 소년은 그러면서 또 한 소년의 몸 위에 제 몸을 포갰다.

합체.

"우주는 너처럼 조그맣지 않아."

"그럼 눈을 감고 내 이름을 자꾸 불러봐. 그럼 내가 점점 넓어지는 것 같아."

"순 사기꾼. 난 아빠한테 갈 거야. 그 섬 기억나지? 우리나라도 어떤 섬에 우주 센터를 짓는다고 했어. 놀이공원을 폐쇄하고, 굴뚝을 쓰러뜨렸던 걸 보면 거기일지 몰라."

"나도 바다로 갈 거야."

"거긴 우주로 가는 정거장이라니까."

"어떻든 지금은 바다잖아."

"그래, 좋아 내가 한 번 봐줄게. 아무튼 아빠를 찾으면…… 회부터 사달라고 하자."

두 소년은 그런 꿈에 부풀어 새끼손가락을 걸었다.

*

외계인이다.

여자가 메텔처럼 두꺼운 외투를 입고 눈보라를 헤치고 왔을 때, 두 소년은 그렇게 속삭였다.

여자의 얼굴은 도색하지 않은 기계처럼 창백했다. 한 소년은 달력을 힐끗 쳐다봤다. 분명 3월인데, 여자는 한겨울에 갇혀 하염없이 떨고 있었다. 여자의 세계에서 계절은 겨울뿐인 것 같았다. 여자는 커다란 가방을 내려놓고 신을 벗은 뒤 두 소년을 향해 삐뚜름한 미소를 지었다. 한순간, 여자 뒤에서 겨울 저쪽으로 달아나는 기차의 기적이 울리는 것 같았다. 하지만 아빠가 현관문을 닫자, 집 안은 모든 승객이 잠들어버린 은하철도처럼 조용해졌다.

"저 여자는 외계인인 게 분명해. 아니면 사이보그거나."

한 소년의 목소리는 적의를 담고 있었지만, 낯선 존재에 대한 호기심과 두려움으로 그 어느 때보다 정직하게 들렸다.

"저 여자의 정체를 꼭 밝혀낼 거야."

한 소년은 여자의 봉긋한 아랫배를 연신 힐끗거렸다. 하지만 또 한 소년은 그 여자를 단박에 알아보았다. 지난가을, 한 소년의 말대로면 아빠가 우주정거장을 짓는 섬의 매립공사 현장 소장으로 발령받았을 때, 어느 일요일 두 소년을 그곳으로 데려간 적이 있었다. 두 소년은 그곳에 놀이공원이 있다는 사실에 환호성을 질렀다. 하지만 놀이공원은 작고 볼품이 없었다. 소년들은 배가 고프다고 칭얼거렸다. 아빠는 두 소년을 데리고 자그마한 개천을 건너 파란 간판이 달린 횟집으로 들어갔다. 아빠를 보자마자 여자는 힐끗 주방을 돌아봤다. 그러고는 한 소년과 눈이 마주쳤을 때 여자는 당황한 얼굴로 삐뚜름한 미소를 건넸다. 한 소년은 여자의 눈빛과 꿰맨 것 같은 미소가 어떤 의미인지 어렴풋이 짐작할 수 있었다. 하지만 그때뿐, 여자는 끝끝내 아빠와 소년을 모른 체했다. 되레 그곳의 주방장인 것 같은 사내가 여자보다 훨씬 상냥하게 아빠에게 알은체를 했고, 두 소년의 볼을 어루만졌다. 하지만 한 소년은 그 기억을 또 한 소년에게 털어놓고 싶지 않았다.

여자는 정말 인간의 음식을 한 번도 맛보지 못한 건지 손맛이 영 젬병이었다. 여자가 점점 둥글고 무거워지는 몸을 이끌고 서툴게 음식을 마련할 때마다, 한 소년은 기다리지 않고 여자 옆에 서서 라면을 끓이거나 호박, 당근, 감자를 능숙하게 볶아 야채볶음밥을 마련했다. 여자가 입맛을 다시는 걸 보면서도 소년은 모른 체하고 쟁반에 접시 두 개만 담았다. 여자는 조리대에 서서 가스레인지와 프라이팬에 튄 밥알과 야채 부스러기를 손가락으로 찍어 오물거렸다. 두 소년은 여전히 배가 부르지 않았다. 취사 버튼을 누르지 않은 밥솥의 밥알처럼 시간이 흘렀다.

*

여자는 여름이 시작됐는데도 녹지 않고 점점 딱딱해졌다.

제 속에 삼킨 부품이 습기와 고열에 부식됐는지, 툭 불거진 광대뼈 아래 거뭇거뭇한 자국이 전선처럼 드러났다. 두 소년은 여자가 정말 외계인일지 모른다고 생각했다. 여자도 소년들이 자신의 정체를 눈치 챘다는 걸 알았는지, 툭하면 소년들을 피해 구석에 숨어 있었다. 소년들이 숨바꼭질이나 장님놀이를 하면서 숨던 곳이었다. 두 소년은 여전히 둘이 전부인 줄 알고 온 방을 헤작이며 놀다, 그늘에 숨은 여자의 존재를 알아채고는 정말 유령을 본 것처럼 깜짝 놀라고는 했다. 하지만 여자는 어색한 미소만 흘리고 다시 숨을 곳을 찾아 스르르 움직였다.

두 소년은 여자가 정말 감정이 없는 건지 궁금했다. 소년들은 여자가 고등어를 발라놓으면 호르르 삼키고 서로 먹은 적이 없다고 시치미를 뗐다. 여자는 잠시 멀뚱한 표정을 지었다가, 고등어 살을 다시 반으로 나눴다. 두 소년은 여자의 점점 부푼 뱃속에, 여자가 이때까지 삼킨 표정이 구더기처럼 바글거릴 거라고 짐작했다. 두 소년은 점점 여자 앞에서 기분이 내키는 대로 줄었다, 늘었다 변신했다. 여자는 땀을 비죽비죽 흘리며 둥글게 부푼 아랫배를 감싸 안은 채 슬며시 두려운 얼굴을 했다.

두 소년은 숨바꼭질과 장님놀이를 하면서 여자가 숨을 수 있는 어떤 틈새든지 스며들 수 있었다. 여자가 긴 한숨을 내쉬며 베란다로 걸어가면, 한 소년은 안방의 창턱에 쪼그리고 앉아 귀가 밝은 거위처럼 귀를 쫑긋거렸다. 여자가 주파수를 찾듯 먹장구름이 뒤덮인 하늘을 보면서 전화기를 만지작거릴 때, 한 소년은 베란다에 쌓인 상자에 들어가 냉장고처럼 붉은 얼굴을 힐끗 내비쳤다. 여자는 아빠에게 언제 오는 건지 물었다. 아빠는 2주일에 한 번씩 들렀다. 여자는 적이 실망하는 숨을 삼키고는, 둘 다 똑같이 착한 아이들이라고 기계처럼 같은 칭찬만 반복했다. 한 소년은 그건 거짓말이라고 생각했고, 또

한 소년은 여자의 진심이 뭔지 정말 알고 싶었다. 진심이란 게 있는 건지 의심스러웠다. 어쩌면 여자는 두 소년을 전혀 구분하지 못하는지도 몰랐다.

그리고 태풍이 왔다. 낮게 깔린 구름의 속도가 점점 빨라지고, 유리가 덜컹거릴 때 한 소년은 베란다의 새시 문을 닫으려고 나갔다가 여자의 진짜 표정을 처음으로 목격했다. 고마워. 한 소년은 처음에 여자가 자기에게 건넨 말인 줄 알고 가슴이 콩닥거렸다. 하지만 여자는 창을 열어놓고 바람을 고스란히 맞으며 한결 후련한 표정을 지었다. 네가 혼자 잘 지내줘서 고마워. ……혼자서도 잘 지낸다니 다행이야. 소년은 지금 자신도 혼자라는 게 그렇게 다행스러울 수 없었다. 소년은 자기가 뒤에 서 있는 줄 전혀 알아채지 못하는 여자가 얄미웠다. ……그림자가 없이 오롯이 혼자인 소년이 샘이 났다. 한 소년은 여자가 들으라는 듯 또 한 소년을 불렀다.

"일루 와. 장님놀이 하자."

그 소리에 책을 읽고 있던 소년은 책을 내팽개치고 수건을 챙겨 베란다로 달려왔다.

"우주야, 하지 마."

"전 우주가 아니에요."

소년은 그러면서 다른 소년의 두 눈을 가렸다.

"미래야, 하지 마."

"제가 우주예요."

"얘들아 네들 장난 하나도 재미없어."

여자는 그러고는 큰 결심을 한 듯 전화기를 내려놓고는 둘을 골똘히 쳐다봤다.

"네가 미래니?"

"아니에요. 얘가 미래예요."

미래는 우주를 가리켰다.

"그럼, 네가 우주니?"

"아니에요. 얘가 우주예요."

우주는 미래를 가리켰다.

여자는 휴, 깊은 한숨을 내쉬었다.

우주는 장님이 된 미래를 떠밀고는 혀를 내밀고 베란다로 나가 여자가 열어놓은 창에 매달렸다.

"나 잡아봐."

눈을 가린 미래가 손을 휘휘 저으면서 여자와 부딪히는 바람에 둘은 한꺼번에 엉덩방아를 찧었다.

우주는 바람에 더펄거리는 머리카락을 쓸어 넘기며 까르르 웃음을 터뜨렸다.

난 우주가 아니에요. 사실 미래란 아이는 없어요. 그냥 나 혼자 둘인 척 행동한 거예요. 난 하나다가 둘이다가, 셋이다가 넷이 될 수도 있어요.

우주는 베란다의 난간을 잡고 한 바퀴 홀쩍 돌고 싶을 만큼 신이 났다.

"제발, 그러지 마."

여자는 고함을 질렀다.

여자의 서슬에 미래가 수건을 풀고는 겁먹은 눈으로 우주를 쳐다봤다.

"대체 나한테 왜 그러니? 내가 어떡해줬으면 좋겠어."

"술래가 돼줘요."

미래의 말에 여자는 멈칫 어이없는 표정이었다가 갑자기 폭소를 터뜨렸다. 그건 두 소년이 본 여자의 가장 맑은 웃음이었다.

"좋아. 내가 만약 술래가 돼서 너흴 이기면 앞으로 말 잘 들을 거지?"

여자는 소년이 건넨 수건을 둘렀다.

"우리 중 하나라도 잡으면 다시는 하나라고 속이지 않을게요."

두 소년은 태어나 처음 축제를 맞이하는 것처럼 설렜다.

우주와 미래는 서로의 자리를 배턴터치하고 여자를 향해 짝짝짝, 박수를 쳤다.

여자는 태풍이 다가오는 미래를 향해 천천히 걸어갔다.

미래는 외계인의 촉수처럼 저한테 뻗어오는 여자의 팔을 피할세라 젖은 난간을 쥐고 허공에 매달렸다. ……한순간 여자가 태풍을 낳은 듯 공기가 젖고 비릿한 냄새를 풍겼다. 여자와 한 소년을 삼킨 깜깜한 창으로 피가 튀기듯 끈끈한 빗방울이 들이쳤다. 우주는 빗방울을 헤치고 아래를 내려다봤다. 점점 거세지는 비바람이 얼굴을 가면처럼 덮어썼다. 우주는 아예 창턱에 매달려 아래를 내려다봤다. 한순간 슈퍼맨처럼 매달린 몸이 비바람에 휘청거렸다. 우주는 천천히 뒷걸음쳤다. 소년은 태풍 속으로 뒷걸음쳤다. 아빠를 찾아야 했다. 소년은 태풍이 삼킨 여자와 미래를 보면서 대관람차와 등대처럼 돋은 그곳을 떠올렸다. 소년은 그곳으로 자맥질하듯 비바람이 몰아치는 태풍 속으로 달려갔다. 소년은 태풍이 저를 덮칠세라, 바다를 향해 갔다.

그리고 소년은 태풍이 사윈 자리에서 깨어났다.

눈을 떴을 때, 창에 서성이는 소년의 눈빛이 잊히지 않았다. 그건 소년이 오랫동안 숨어 봤던 눈빛을 정확히 닮아 있었다. 그 눈을 확인하는 순간, 시간마저 태풍에 떠밀려 몇 년은 성급하게 흘러가버린 듯, 강우는 제 속의 무언가가 성큼 자라버린 기분이었다. 소년은 시간의 수렁처럼 막막한 물길 속으로 깊이깊이 추락했다.

*

우주니?

강우는 휠체어에 앉은 소년을 향해 천천히 걸어갔다.

소년은 지난 태풍에 바다에 잠겼다 이제야 건져 올린 우주처럼 몸이 부풀어 있었다. 붉은 조명 아래 우두커니 앉아 있는 소년은 등받이에 목덜미를 붙이고 입을 헤벌린 채 코, 잠들어 있었다. 앞니가 비어 있었다. 햇빛과 그늘이 얼룩덜룩한 방 안은 어쩐지 침수됐다 메마른 집처럼 보였다. 강우는 문득 푸른등대로 되돌아온 게 아닐까, 두려운 생각에 빠졌다. 푸른등대의 1층은 물이 빠져나가자 더 이상 집이 아니었다. 벽에는 곰팡이가 한가득했고, 벽지는 각질처럼 일어났다. 강우가 지나갈 때마다 노란 발자국이 묻었다. 강우는 집이 살갗이 벗겨지는 중이라고 생각했다. 매미가 허물을 벗듯.

하지만 아무도 돌보지 않았던 푸른등대의 아래와 달리, 지하 방의 허공에 달린 집은 누군가 돌보고 있는 흔적이 고스란했다. 강우는 밥솥을 열어봤다. 하얀 밥이 뭉근한 밥내를 풍겼다. 조리대에는 설거지 하나 담겨 있지 않았다. 손바닥으로 쓸면 벨 것처럼 깨끗했다. 강우가 돌볼 생활의 빈틈은 없었다. 소년이 지키고 있는 시선의 전면에 두 개의 문이 달려 있었다. 강우는 하나를 열었다. 커다란 다라이가 취해 잠든 사람처럼 바닥을 가득 차지하고 있었다. 강우는 나머지 문의 손잡이를 잡았다. 안 돼, 응석을 부리는 아이의 어리광을 금지하는 손처럼 손잡이는 딱딱했다. 하지만 강우의 손바닥은 지문이 흘러내릴 것처럼 끈끈했다.

그곳에는 기다란 줄을 달고 있는 기계가 가쁜 숨을 몰아쉬고 있었다. 강우는 불에 타 재와 그을음이 켜켜이 쌓인 빈집이 떠올랐다. 언제인가, 허공에 어둠의 불꽃처럼 남실대는 연기와 붉은 불길을 헤치고 완강기를 타고 내려오는 거대한 바구니를 본 적이 있었다. 강우는 옆에 선 소년의 손을 꽉 쥐고 그것의 너무 더딘 속도에 오줌이 마려웠다. 소년과 소년은 그을음이 긴 듯 갑갑한 목을 축이기 위해 고기를 먹었고, 술을 마셨다. 어쩐지 강우는 술을 처음 마셔보는 사람처럼 소주를 홀짝 털어 넣었다. 그렇게 오랫동안 뜨겁고 흔들리는 마음으로 살아가고 싶어졌다. 그래서 어른들은 날마다 술을 마시는 것일까. 강우는 알코올의 냄새가 가득한 기계를 우두커니 내려다봤다. 어느새 어둠이 덮인 기계의 어둑어둑한 얼굴은 눈빛도 빛나지 않아, 강우는 안도했다. 강우는 아무것도 확인하고 싶지 않았다.

소년은 휠체어에 앉아 연신 고개를 까딱거렸다. 어둠이 점점 깊어져, 소년의 복사뼈까지 검은 바다가 찰방이는 것 같았다. 하지만 소년은 턱까지 물이 차도 옴짝달싹하지 않을 것이다. 강우는 소년 앞에 우두커니 섰다. 소년의 눈빛은 뜨여 있지만 그게 깬 건지, 꿈꾸는 건지 분간할 수 없었다.

네가…… 미래니?

그래…… 네가 미래였구나.

강우는 미래의 발등에 제 앞발가락을 지그시 포갰다. 몸이 조금 휘청거렸다. 강우는 무게중심을 잡기 위해 저도 모르게 미래의 어깻죽지를 붙잡았다. 미래가 몸을 바르작댄 것만 같았다. 강우는 소년과 이렇게 마주선 적이 없었다. 늘 누군가 제 등을 보았고, 강우는 누군가와 마주서도 시선을 비끼거나 아랫도리만 보았다. 얼굴과 얼굴을 맞댄 적이 없었다. 마주서는 건, 완전한 사랑의 동작이라고 믿었지만, 강우는 그것을 실현하지 못했다. 이제야 제가 아꼈던 그 동작을 실현하고 있었다. 밤알이 떨어지듯 정욕이란 것이 저절로 툭툭 터뜨려지기도 전에 동작을 연습해본 적이 있었다. 흙이었을 것이다. 장난처럼 그렇게 몸을 포개고 있다, 불뚝 솟아오른 볼트와 너트처럼 죄는 느낌에 강우는 화들짝 그 몸에서 떨어져 나와 실수로 바닥에 떨어진 것처럼 웃음을 터뜨렸다.

강우는 미래-우주를 억지로 들어 바닥에 눕혔다. 그 위에 몸을 포개고 싶었지만, 강우는 저도 모르게 미래-우주의 젖은 옷을 벗기고, 수건을 적셔 더러운 몸을 꼼꼼히 닦았다. 자신도 무언가를 돌볼 게 있고, 착해지고, 친절해지고, 결국은 슬퍼지는 기분이었다. 강우는 그런 자신이 마음에 들지 않았다. 강우는 미래-우주의 젖고 더럽고 거뭇한 가운데를 빡빡 문질렀다.

네 코를 빨고 싶어.

……

네 이를 핥고 싶어.

......

네 목구멍에 혀를 집어넣고 싶어.

......

네 손톱을 깨물고 싶어.

......

네 배꼽에 숨을 불어넣고 싶어.

......

네 무릎에 볼을 대고 싶어.
네 발바닥을 눈썹으로 간질이고 싶었어.

......

네가 그런 꿈을 꾸었으면 좋겠어.

하지만 강우는 머릿속의 바람들을 하나도 행동으로 실현하지 않았다.

나는 노력하고 싶지 않아. 게으른 게 아냐. 그냥, 아무것도 하기 싫은 거라고. 그냥 식물처럼 살고 싶어. 강우는 갑자기 흙의 얼굴이 떠올랐다. 넌 닻섬에서도 그랬어. 소년들이 어떻게든 돈을 얻으려고 어떤 짓도 서슴지 않을 때 넌 집 안에 틀어박혀 기생충처럼 살았어. 넌 부끄러워하지도 않았어. 싸움에서 열외였던 강우, 아이들이 피를 흘릴 때, 그저 즐거움을 팔고 돈을 얻었던 강우. 내가 모든 걸 박살내버린 걸까. 그런 건 중요하지 않아. 난 부끄러운 게 없어. 부끄러울 게 없었다. 부끄러웠다면…… 그건 너야. 흙은 몰랐다. 강우가 푸른등대를 버틴 건 삼촌 때문이 아니라고. 자신을 키운 건 삼촌이 아니라고. 우주가 날 돌봤어. 내가 우주를 기다렸다고. 우리가 우리를 키웠어. 태풍이 몰아쳤을 때 우린 태어났어. 태풍이 우릴 낳았어. 나는, 그리고 너는 우리의 삶을 발명했어. 너와 내가 마주 서 있는 이 생활만이 허구가 아니라, 진짜라고.

하지만 강우는 점점 마음에서 미끄러지는 우주가 완전히 떨어져나가는 걸 느낀다. 비로소 완전히 혼자가 된 느낌이었고, 비로소 제 스스로가 된 기분이었다. 혼자라는 사실이 하나도 두렵지 않았다. 어떤 사실도 그것을 잠재울 수 없었다. 비로소 완성된 것 같았다. 하지만 그것은 완전하지 않았다. 하지만 강우는 그 빠르고 시시한 결말을 다시 시작하고 싶었다. 미래가 숨을 내쉬면 강우는 숨을 삼켰고, 미래의 가슴이 잦아들면 제 배를 부풀렸다. 그것은 사랑이 아니었지만…… 기쁨도 아니었지만…… 그 어떤 것을 발명한 것과는 달리…… 강우의 어떤 껍질을 한 꺼풀 벗겨냈다. 그것은 차라리…… 슬픔을 닮아 있었으나, 눈물처럼 맑은 그것을 강우는 천천히 이해할 수 있었다.

슬픔이 게으른 것이라고 아무도 내게 가르쳐주지 않았어.[5]

*

　강우는 마당으로 나왔다. 해가 사라진 도시의 밤하늘이 희붐했다.
전구는 우주의 높이까지 다다르지 못했다. 아직 정복되지 않은 어둠
이 있다는 게, (숨을 수 있는) 뚜껑이 있다는 게 다행스러웠다. 강우
는 바닥에 엎질러진 빨래를 주웠다. 어둠 속에서 그걸 탈탈 털었다.
먼지는 보이지 않았지만, 시간의 모래가 발치에 수북이 쌓이는 것 같
았다. 모래로 빨래하는 검은 아이. 그런 생각이 딱딱하게 멈췄고, 상
상으로 들끓지 않았다. 빤하고 시시하지 않았다. 빨래와 같은 물건으
로 그저 있었다. 강우는 빨래를 줄에 차곡차곡 널었다. 빨래에서 낮
의 냄새가 남아 있었다. 강우가 넌 빨래가 깃발처럼 손짓했는지 아래
에서 발소리가 들렸다. 강우는 숨지 않았다. 제 앞에 어떤 것도 방패
로 내세우고 싶지 않았다.
　강우는 한 발 두 발 계단으로 걸어갔다.
　맨발이었다.
　소년이 오고 있었다.
　가로등을 헤치고, 오랜 노동을 끝내고 돌아오고 있었다.
　소년은 아빠기계처럼 보였다.
　강우는 서서 기다리지 않고 한 발 더 앞으로 다가갔다.
　강우는 옥탑 마당을 지나 계단을 막아섰다.
　우주가 층계참에 서서 강우를 올려다봤다.

---

5) C. S. 루이스, 『헤아려 본 슬픔』, 강유나 옮김, 홍성사, 2004.

강우는 한 걸음 내려섰다.

우주가 한 걸음 올라온다.

강우는 한 걸음 내려섰다.

우주는 가만히 서서 허탈한 웃음을 지었다.

씩

두 계단 아래 선 우주와 강우는 서로 눈을 맞추고 있다.

강우는 우주의 목을 가만히 끌어안았다.

강우는 우주의 어깨에 턱을 괴고 소년이 걸어온 세상을 내려다봤다. 강우는 우주처럼 깜깜한 어둠을 걷어내고 둘이 오갔던 곳의 지도를 그릴 수 있었다. 지구의처럼 기운 달은 둘의 미소를 비추기에는 너무 어두웠다. 강우는 우주의 어깨 위에서 어딘가를 향해 씩, 웃었다. 우주도 그렇게 웃음으로 화답했는지는 모르겠다. 둘의 표정이 같았는지는 모르겠다. 우주는 먼 길을 돌아온 듯 젖어 있었다. 태어난 사람의 몸에서 맡아지는 비릿한 땀내가 고스란했다. 강우는 어떤 짐작도, 욕망도 보이지 않았다.

강우는 우주의 귓바퀴에 얼굴을 묻고 입술을 달싹였다.

강우가 발꿈치를 들지 않아도, 우주가 무릎을 구부리지 않아도 둘의 키는 처음 만나 함께 누웠을 때와 똑같이 깍짓손처럼 딱 들어맞았다.

2004년 3월 1일, 태풍위원회는 2002년 여름을 강타한 루사를 은퇴시키고, 청색 버슬을 가진 잉꼬라는 뜻의 누리로 대체한다고 공식 발표했다. 이 이야기는 희미하나마 2002년 여름부터 2003년 여름까지의 시간을 다루고 있는데, 그러니까 소년은 자신을 낳은 사슴이라는 태풍이 딱 한 번 불리고 버려질 거라는 사실을 알지 못했다.

정확히 1년 전, 이 소설을 연재하면서 나는 이런 기록을 남겼다.

소설은, 시작을 망각하고 과정에서 태어난다.

전자레인지와 책상 사이의 벽에는 2009년 붉덩물이 범람해 도로를 잠근 개천 사진과 옹벽이 무너지면서 주차장이 주저앉아 질흙에 뒤엉킨 자동차 사진이 마치 이 소설의 동기였던 것처럼 붙어 있다. 두 번의 여름이 지나는 동안, 나는 이 소설의 시작을 잊었고, 소년(들)은 제가끔 태풍이라는 이름의 삶을 살아가고 있을 것이다.

내 키, 몸무게, 허리둘레는 열다섯 그대로다. 더는 자라지 않은 것일 수도 있고, 그 시간 그대로 멈춰버린 것인지도 모른다. 소설을 쓴 뒤로, 그것이 물리적인 사실이 아니라, 기억과 등가가 아닐까, 생각할 때가 있다. 나는 돈을 처음 벌고 사용하는 시간부터가 기억이라고 생각하는데, 그것은 대개 (법률적으로) 죄에 대한 책임을 스스로 지어야하는 열다섯, 소년이라는 시간에 발생하고, 소년은 부모에게서 태어난 기억이 없기 때문에, 돈으로 자신의 삶(기억)을 발명했다고 오해한다. 죄의 예감마저 공짜라고 기뻐한다. 나는 자주, 가끔 기실 부모에기생하면서도 허영에 들떠, 아무 노력도 않고 시간만 재촉하는 소년에흠칫한다. 나는 그 소년이 밉고, 전혀 안쓰럽지 않다.

이 소설은 아마 그런 마음에서 비롯했겠지만, 강우, 우주, 미래, 래오…… 돌림노래처럼 이어진 이름들은 오해 속에서도 어떻든 제 삶을지속하고, 아마도 끝끝내 자신들의 절망을 반성하지 않을[1] 것이다.그러니까 이건 열다섯, 소년(들)의 이야기다. 나는 그저 소년(들)에게서 부모와 학교를 생략시켰고, (한 소년만이 가냘프게 흡혈귀와 로봇이 사랑을 나누는 것 같은 부모에게 엄마기계와 아빠백작이라는 별명을선물한다) 그것들에 적선받은 삶의 서사를 시늉하지 않고, 나약한 육신의 껍데기나마 세상의 부스러기라도 채워 홀로 아름다워지길 바랐다. 그저 소년(들) 서로서로 죄를 떠넘기며, 기만하고, 다투고, 배신하며, 사랑하고, 마주 서도록 부추겼다. 그렇게 소년(들) 스스로 제허약한 몸과 시간을 밑천으로 두 차례의 태풍을 통과하고 나면, 나는발기한 성기처럼 딱딱했던 마음을 풀고, 그들의 이야기를 공들여 복기해볼 심사다. 나는 그것을 화해나 희망이라고 발음하고 싶지는 않다.다만 그때에는 소년(들)이 발명한 지옥도가 조금은 예뻐 보이기를 바란다.

---

1) 김수영의 시 「절망」 중에서.

이 소설은 아주 구체적인 연도와 공간을 느슨한 배경으로 삼고 있지만, 소년(들)의 삶에 온전히 복무하기 위하여 모두 허구로 재편됐다. 나는 나로부터 시작하지 않는 소설은 자신 없어 하는 편인데, 이 소설은 내가 이제껏 쓰고, 지우고, 버리고, 나누었던 소설 중 거의 전부에 가깝게 허구에 기대고 있다. 그러므로 이 소설은 하나의 시작과 끝이 아니라, 내 온 소설의 과정 중 하나일 수밖에 없을 것이다.

마지막으로 「작가의 말」을 쓰는 지금 이 글을 다시 읽어보니, 나는 소년들의 사연이 더욱 희미하고, 어쩐지 이 글이 대상도 없는 무엇에게 보내는 편지 같다. 편지는 변명이기도 해서, 말을 보탤수록 이 글이 미래에 관해 미리 쓰는 반성문 같기도 하다.

분명히 이 소설은 내가 썼다. 엄연한 게 한밤중 찬물에 씻고 앉은 내 눈앞에는 여전히 2009년의 그 사진이 퇴색한 채 붙어 있고, 이 소설의 첫 문장을 쓰던 어느 열대야의 기억은 고스란하다. 아마 이 소설을 처음 시작한 그 시간의 마음으로라면, 결말은 비극 쪽으로 기울었겠다, 하는 생각이 든다. 그러나 두 소년이 깍짓손처럼 마주 선 모습을 돌아보게 된 지금 내게 비극은 노을이라는 비극, 구름이라는 비극…… 누군가의 허밍을 닮아 있다.

나는 조금 지치고 외롭다.
그래서 다행이다, 아무렇지 않은 게 아니라서.

나는 나를 위해 쓴다. 내가 읽고 싶은 글을 쓴다. 그래놓고는 온 감각을 곤두세워 그것을 전시하기만 한 것 같아 부끄러워지는 건 사실이다. 그러나 시간의 갈피를 헤매며, 무수한 문장을 실패하며, 방향을 짐작할 수는 없으나 어떤 지도 하나를 얻은 것 같아, 이 막막한 길이 조금 덜 두려워진 건 다행이다.

오래, 깊이, 다 쓰고 싶다.

조금씩 투명해지겠지.

채 1년도 지나지 않아 문학과지성사에서 첫 책에 이어 두번째 책을 낸다. 새삼, 소설은 시간이 쓰는 것이고, 혼자 쓰는 게 아니라는 사실을 깨달았다. 이 소설을 처음부터 끝까지 함께 읽으며 소년들의 계절을 걱정해준 편집자 최지인 씨를 비롯해 문학과지성사 모든 분께 깊은 감사를 드린다. 이 소설을 쓰고 마무리하는 동안 자주 집을 떠나 있었다. 만해마을의 겨울과 담양의 가을, 다시 연희창작촌의 겨울과 이 소설을 연재할 때 하필 마지막 회를 쓰는데 덜컥 에어컨이 고장 난 긴 여름 동안의 이진아기념도서관도 이 글로 기억하고 싶다.

그리고 당신,
당신의 소년은 어떤 계절에 있는지 못내 궁금하다.

2012년 6월 여름, 성북동에서
임수현